VERONIKA RUSCH

Die Todesgabe

GOLDMANN
Lesen erleben

Buch

Als die Polizei im Englischen Garten den siebzehnjährigen Solo neben seinem grausam getöteten Bruder findet, verlangt dieser, Rechtsanwältin Clara Niklas zu sprechen. Doch gegenüber der von der Bluttat entsetzten Clara redet er nur unverständliche Dinge und sagt den mysteriösen Satz: »Ich bin der Todbegleiter.« Clara, die voller Unbehagen Solos Verteidigung übernimmt, steht vor vielen offenen Fragen, denn das Motiv des jungen Mannes liegt vollkommen im Dunkeln. Warum hat er seinen Bruder, den er über alles geliebt hat, getötet, und zwar nach einem alten keltischen Ritual? Was bedeutet der Salamander, den Solo mit dem Blut seines Bruders an den Tatort gemalt hat? Und warum verhalten sich Solos Eltern so merkwürdig abweisend und unbeteiligt? Da eine forensische Gutachterin bei Solo eine Psychose vermutet, wird er in die Jugendpsychiatrie gebracht. Doch schon bald gelingt ihm die Flucht. Clara muss sich nun ganz auf ihren Instinkt und ihre Hartnäckigkeit verlassen, um den Fall zu lösen. Erst als ein zweiter Mord geschieht, kommt sie dem Hintergrund der Geschichte langsam näher, einem Hintergrund, der jedoch so unvorstellbar grauenhaft ist, dass Clara die Last der Wahrheit kaum verkraften kann ...

Autorin

Veronika Rusch ist Rechtsanwältin. Sie wohnt mit ihrer Familie in Oberbayern. Mit ihrem ersten Kriminalroman, »Das Gesetz der Wölfe«, begann sie die Reihe um die Rechtsanwältin Clara Niklas und feierte ein grandioses Debüt. Für ihren Kurzkrimi »Hochwasser« wurde sie mit dem Agatha-Christie-Krimipreis ausgezeichnet.

Von Veronika Rusch außerdem bei Goldmann lieferbar:

Das Gesetz der Wölfe. Ein Fall für Clara Niklas
Brudermord. Ein Fall für Clara Niklas
Seelengift. Ein Fall für Clara Niklas

Veronika Rusch

Die Todesgabe

Ein Fall
für Clara Niklas

GOLDMANN

MIX
Papier aus verantwortungsvollen Quellen
FSC® C014496
www.fsc.org

Verlagsgruppe Random House FSC-DEU-0100
Das FSC®-zertifizierte Papier *München Super*
für dieses Buch liefert Arctic Paper Mochenwangen GmbH.

1. Auflage
Originalausgabe Februar 2013

Gestaltung des Umschlags: UNO Werbeagentur München
Umschlagfoto: FinePic®
BH · Herstellung: Str.
Satz: DTP Service Apel, Hannover
Druck und Bindung: GGP Media GmbH, Pößneck
Printed in Germany
ISBN: 978-3-442-47827-9

www.goldmann-verlag.de

TEIL EINS

Ich sehe Rot. Scharlachrot.

Weissagung der Sidhe

Sie weiß nicht, ob sie tot ist.

In ihrem Kopf kann sie die Dinge noch sehen: das kalte Licht der Straßenbeleuchtung, die Schatten unter den Bäumen, den fernen, wolkenverhangenen Himmel. Regen war gefallen. Regen. Jetzt gibt es keinen Himmel und keinen Regen mehr. Ist das Sterben? Den Himmel nicht mehr sehen? Das Atmen fällt ihr schwer. Doch Atmen bedeutet Leben. Also ist sie noch nicht tot. Der Gedanke gibt ihr neue Kraft. Sie bewegt ihren Kopf. Es tut weh. Irgendetwas ist vor ihrem Gesicht, etwas Raues, es stinkt nach verfaulten Kartoffeln. Jemand hat ihr einen Sack über den Kopf gestülpt. Sie zieht ihn herunter und stöhnt vor Schmerz auf. Der Sack ist an ihrem Hinterkopf festgeklebt. An ihrem Blut. Als sie versucht, sich aufzurichten, stößt sie mit dem Rücken gegen ein Hindernis. Ihre Hände beginnen zu tasten und verfangen sich in rauem, unnachgiebigem Metall. Plötzlich versteht sie ihre gebückte Haltung: Sie kauert in einem Käfig, der kaum höher ist als sie selbst, zusammengekrümmt wie ein Embryo. Vor Entsetzen vergisst sie weiterzuatmen, und ihr Herz macht einen schmerzhaften Sprung. Jetzt kann sie die Gitter auch unter sich spüren. Sie drücken in ihre Knie. Wenn ich tot bin, werden sie ein Muster auf mir sehen können, denkt sie. Kleine Karos an den Knien …

Sie beginnt zu schreien. Zuerst nach Hilfe, dann nur noch wortlos, und das Echo wirft ihre Stimme hohl und verzerrt zurück.

Doch dann hört sie noch etwas anderes.
»Hallo?«, flüstert sie in die Dunkelheit. »Ist da wer?«
Doch es kommt keine Antwort.

EINS

»Ich hab's kommen sehen. Da war ein Unheil im Dorf, seit die da waren. Ich kann nicht sagen, woran es lag. An den Kindern vielleicht. Man hat's ihnen angesehen, dass etwas nicht stimmt.«

Zeugenaussage Leichensache Wolfsberg
1. November 1998

Die Kälte kam über Nacht. Wie eine Diebin schlich sie sich in die schlafende Stadt, schickte Windböen die Fassaden der Häuser entlang und ließ die Fensterscheiben erzittern. Gegen drei Uhr morgens begann es zu regnen; es war ein alles durchdringender, eisiger Regen, der den goldenen Herbst schlagartig in weite Ferne rückte.

Am nächsten Tag war die Temperatur auf neun Grad Celsius gesunken, und das welke Laub lag nass und braun in den Rinnsteinen.

Clara hatte schon den ganzen Tag Kopfweh; mit einem einseitigen, pochenden Schmerz reagierte ihr Körper auf den plötzlichen Temperatursturz. Sie rieb sich die Schläfen, trank einen Schluck schal gewordenen Kaffee und senkte dann den Blick wieder auf die Monatsabrechnung ihrer Kanzlei, die ihr, wie die vorherigen auch, unverändert Kopfzerbrechen bereitete, gleichgültig, wie oft sie die Zahlen addierte. Wenn es so weiterging, würde sie aufgeben müssen.

Vor über einem Jahr hatte ihr Kollege und alter Freund Willi Allewelt die gemeinsame Kanzlei verlassen, und seitdem war es sowohl mit ihrer Motivation als auch mit ihren Einnahmen stetig bergab gegangen. Clara seufzte und schaltete die Schreibtischlampe ein. Obwohl es erst halb fünf war, war es bereits düster in dem großen Raum, der sich über zwei Ebenen erstreckte und der jetzt, da sie allein war, langsam den Geruch staubiger Verwahrlosung annahm. Aber vielleicht war es auch der Geruch der Einsamkeit, der sie nach und nach einhüllte und der ihre Schritte begleitete, wenn sie die Stufen hinunter in das verwaiste Sekretariat ging, den Kopierer einschaltete oder auf das Piepen des Faxgeräts wartete, mit dem das erfolgreiche Versenden eines Schriftstücks gemeldet wurde. Hatten ihre Schuhe immer schon so laut auf dem Dielenboden geklappert? Hatte sie ihre Schritte überhaupt jemals gehört, als Willi und Linda, ihre gemeinsame Sekretärin, die mittlerweile Willis Ehefrau war, noch da gewesen waren?

Im Augenblick hörte sie nichts als den Regen, der in Wellen gegen die großen Fensterscheiben der ehemaligen Buchhandlung prasselte, und einen gelegentlichen tiefen Seufzer von Elise, ihrer kalbgroßen grauen Dogge, die ausgestreckt auf dem Boden lag und träumte. Clara wandte sich um und sah zum Fenster hinaus. Die Straße war kaum wiederzuerkennen. Wo die Münchner erst gestern noch viel braune Haut, lackierte Zehen und schicke Sonnenbrillen präsentiert hatten, fegte jetzt ein ruppiger Wind Plastiktüten über den Asphalt. Ritas Café wirkte verlassen, die Stühle standen aufeinandergestapelt neben dem Eingang, und man konnte durch das Regengrau kaum erkennen, ob im Inneren überhaupt Licht brannte. Eine alte Frau kam mühsam den Gehsteig entlang. Sie hatte einen durchnässten Hut über ihr graues Haar gestülpt und hielt den Kopf gegen den Regen gesenkt. Ihre Hände umklammerten einen Rollator, an dessen Gummireifen nasse Blätter klebten. Meter für Meter schob sie sich vorwärts, und Clara konnte sogar von ihrem entfernten Platz hinter dem Fenster erkennen, dass die Frau am Ende ihrer Kräfte war. Clara stand auf, um ihr ihre Hilfe anzubieten. Doch es erwies sich als unnötig, nach draußen zu gehen, denn noch bevor sie an der Tür war, schellte die altmodische Klingel, und Clara konnte durch die regenverspritzte Scheibe erkennen, dass es die alte Frau war, die geklingelt hatte.

Clara öffnete rasch, und die Frau stolperte herein. Der Rollator rumpelte über die Dielen, und schmutzige Pfützen breiteten sich auf dem Holzboden aus. Clara reichte ihr den Arm und führte sie zu einem Stuhl. Die Frau ließ sich keuchend darauf nieder und nahm dann mit einer erschöpften Bewegung den Hut vom Kopf. In dem Moment erkannte Clara sie. Es war Lilly Groman, eine sechsundachtzigjährige Dame, die im St. Anna-Stift lebte, einem Altersheim nur wenige Straßen von ihrer Kanzlei entfernt. Sie hatte keine Angehörigen und litt unter zunehmender Vergesslichkeit. Clara hatte ihr schon früher bei verschiedenen Angelegenheiten unter die Arme gegriffen, und seit zwei Jahren, seit Frau Gromans Vergesslichkeit durch die Heimleitung den neuen, hässlichen Namen Altersdemenz erhalten hatte, war sie auch ihre rechtliche Betreuerin.

»Frau Groman! Wie kommen Sie denn hierher?«, rief Clara überrascht. Sie hatte geglaubt, Lilly Groman könne kaum mehr ihr Zimmer verlassen.

»Auf meinen zwei Beinen!«, antwortete Frau Groman, doch die für sie so typische, schnippische Antwort kam nur gehaucht, und Clara konnte das angestrengte Zittern hören, das ihre Worte begleitete.

»Möchten Sie eine Tasse Tee?« Clara half ihr aus dem nassen Mantel und hängte ihn an die Garderobe.

Lilly Groman schüttelte stumm den Kopf. Sie war dünn und winzig und schien so zerbrechlich wie ein kleiner Vogel. Den Blick auf ihre blau geäderten, knotigen Hände gesenkt, versuchte sie, wieder zu Atem zu kommen. Clara setzte sich zu ihr und wartete. Nach endlosen Minuten qualvoller Stille hob Lilly Groman plötzlich den Kopf. »Sie müssen helfen!«, sagte sie. Clara nickte. »Gerne, wenn Sie mir sagen, worum es geht? Sie hätten auch anrufen können ...«

Lilly Groman schüttelte wieder den Kopf.

»Nein. Es ist nichts ... was ...« Sie hob fahrig die Hand und fuhr sich über die zerfurchte Stirn, als müsse sie einen Schatten wegwischen, der ihr die Sicht versperrte.

»Es ist etwas passiert! Etwas Furchtbares ...«

»Etwas passiert?«

»Menschen verschwinden ...«

»Wie?« Clara runzelte die Stirn. »Was meinen Sie?«

Lilly Groman packte Clara am Arm und krallte sich mit so unerwarteter Kraft fest, dass Clara zusammenzuckte.

»Sie werden getötet«, sagte die alte Frau und starrte Clara aus weit aufgerissenen Augen an. »Getötet!«

Clara wich zurück und versuchte vergeblich, ihren Arm zu befreien. »Was reden Sie denn da, Frau Groman? Niemand wird getötet!«

Lilly Gromans Griff verstärkte sich. »Sie müssen mir glauben. Er hat es mir gesagt!«

»Wer?«

»...«

»Wer, Frau Groman? Wer hat Ihnen so etwas gesagt?«

Die alte Frau zögerte, und ihre Augen füllten sich langsam mit Tränen. »Ich ... ich kann mich nicht erinnern ...« Sie ließ Claras Arm los und schlug beide Hände vor das Gesicht. Ihre Stimme klang gedämpft dahinter hervor, als sie weitersprach. »Dieser verdammte Kopf. Man müsste ihn mir abschlagen. Ich wusste es noch, als ich losging …« Sie ließ die Hände verzagt sinken.

Clara legte ihre Hand auf Lilly Gromans Schulter. »Ich mache uns jetzt doch eine Tasse Tee, und dann fällt es Ihnen sicher wieder ein«, sagte sie aufmunternd und ging in die Küche. Während sie auf den Wasserkocher starrte und dazwischen immer wieder einen Blick hinunter in den Raum warf, wo Lilly Groman zusammengesunken auf ihrem Stuhl saß, überlegte sie, was das zu bedeuten hatte. Sie kannte sich mit Demenz nicht aus. War die Krankheit weiter fortgeschritten? Bildete sich Lilly Groman Dinge ein? Oder hatte irgendjemand im Altersheim ihr diesen Unsinn erzählt? Angesichts der täglichen Schreckensmeldungen in den Nachrichten bekamen die alten Leute oft Angst und brachten dann das eine oder andere durcheinander.

Als Clara mit zwei Bechern Tee zurückkam, schenkte ihr Lilly Groman ein zittriges Lächeln. »Sie denken, jetzt ist die alte Schrulle völlig verrückt geworden, nicht wahr?«

Clara erwiderte ihr Lächeln. »Es klingt schon ein wenig merkwürdig, was Sie mir da erzählen«, gab sie zu.

Lilly Groman nickte nachsichtig. »Da haben Sie recht. Doch es ist die Wahrheit.«

»Was macht Sie so sicher?«, wollte Clara wissen.

»Ich kann es spüren.« Lilly Groman klopfte sich mit einer Hand gegen die flache Brust.

Clara wusste nichts zu erwidern. Demenz war eine teuflische Krankheit, die den Menschen nach und nach ihre Würde und alles raubte, was sie als Person jemals ausgemacht hatte. Sie wollte sich nicht in den Reigen derer einreihen, die

Menschen wie Lilly Groman automatisch wie dreijährige Kinder behandelten, und beschloss, zumindest den Versuch zu machen, sie ernst zu nehmen. »Wer ist verschwunden, Frau Groman?«, fragte sie daher. »Wer wird getötet? Jemand aus dem Altersheim?«

Lilly Groman warf ihr einen entrüsteten Blick zu. »Aber nicht doch! Das würde doch jemandem auffallen.« Sie zögerte und fügte dann unsicher hinzu: »Hoffe ich jedenfalls.«

»Wer dann?«

»Ich weiß es nicht ...«

»Und was soll ich jetzt tun?«

Lilly Groman zwinkerte angestrengt. »Ich denke ... Sie müssen auf die Zeichen achten ...«

»Auf die Zeichen ...? Welche Zeichen?«

»Ich weiß nicht ...« Lilly Gromans Hände zitterten so, dass sie ihren Tee verschüttete. Clara half ihr, die Tasse abzustellen. Sie wartete, doch Lilly Groman schüttelte verzagt den Kopf und verfiel in ein grüblerisches Schweigen. Eine Weile waren nur der Regen zu hören, der immer wieder in Böen gegen die Scheibe prasselte, und das leise Rauschen der Reifen vorbeifahrender Autos auf dem nassen Asphalt.

»Äh, ja dann ...« Clara trank ihren Tee aus und stand auf. »Ich denke, ich sollte Sie jetzt nach Hause bringen lassen, Frau Groman ...«, begann sie, wurde aber von Lilly Groman unterbrochen, die plötzlich den Kopf hob und sie aus rot geränderten, wässerigen Augen ansah.

»Salamander!«, rief sie, und ihre Stimme war dünn und hoch vor Aufregung. »Sie müssen auf die Salamander achten!« Sie erhob sich mühsam von ihrem Stuhl und umklammerte Claras Arm mit beiden Händen. »Salamander! Ich weiß es wieder! Bitte! Tun Sie etwas! Sonst werden sie erneut töten!«

»Salamander?« Clara räusperte sich und entwand ihren Arm behutsam aus dem Klammergriff der alten Frau. »Ich weiß nicht ... äh ... das war ein sehr anstrengender Ausflug, den Sie da heute unternommen haben.«

»Das kann man wohl sagen!« Lilly Groman wandte sich ab und griff mit einer unsicheren Bewegung nach ihrem Hut. »Aber angesichts der Umstände war es selbstverständlich notwendig, persönlich zu kommen.«

Clara nickte unbehaglich. »Selbstverständlich«, stimmte sie leise zu und ging zum Telefon, um ein Taxi zu rufen.

Während sie draußen im nachlassenden Regen standen und zusahen, wie der Taxifahrer den Rollator in den Kofferraum wuchtete, griff Lilly Groman noch einmal nach Claras Arm. »Sie werden etwas unternehmen, nicht wahr?« Ihre Stimme war drängend.

»Ja ... ich werde sehen, was ich ...« In dem Moment bat der Taxifahrer die alte Frau einzusteigen. Sie fuhren los, und Clara winkte erleichtert.

Die feuchte Kälte drang ihr bis in die Knochen, und sie schlug fröstelnd die Arme um den Oberkörper. Mit Ausnahme eines jungen Mannes, der sich mit einer tief ins Gesicht gezogenen Kapuze gegen den unangenehmen Sprühregen zu schützen versuchte und in dem für seine Generation typischen schlurfenden Gang an ihr vorbeischlich, war die Straße menschenleer.

Clara ging zurück in ihre Kanzlei. Lilly Gromans Besuch hatte sie deprimiert. Was war das für eine grausame Krankheit, die eine eigentlich durch und durch pragmatische Frau so außer sich geraten ließ? Was sollte das Gefasel von Salamandern und getöteten Menschen? Was hatte sie so durcheinandergebracht, dass sie sogar zu Fuß zu ihr gekommen war? Wie hatte sie überhaupt hierher gefunden?

Lilly Groman war alleinstehend und nicht sehr gesellig. Ihr erster Mann war im Krieg gefallen, und ihr zweiter Ehegatte, Eugen Groman, war vor etwa zehn Jahren gestorben. Sie hatten keine Kinder. Soweit Clara wusste, bekam Lilly Groman nie Besuch – sie würde die Pfleger fragen. Vielleicht hatte es irgendeine Veränderung im Heim gegeben, oder Lilly Groman hatte sich mit jemandem angefreundet? Nachdenklich räumte Clara die Tassen in die Küche, goss den Rest Tee in die gesprungene Spüle und ging zu ihrem Schreibtisch zurück. Die Lust, sich noch weiter mit den unerfreulichen Zahlen zu beschäftigen, war ihr jetzt gänzlich vergangen. Es kam sowieso nichts dabei heraus. Sie schob ihre Papiere auf einen unordentlichen Haufen zusammen und schaltete die Schreibtischlampe aus. Damit lag der obere Teil der Kanzlei fast im Dunklen, und das düstere Zwielicht gemahnte an den Winter, obwohl es erst Oktober war.

Ein leises Klappern der Krallen auf dem Dielenboden zeigte an, dass Elise aufgestanden war und zu Clara herüberkam, die ihren Hund abwesend am Nacken kraulte und dann hinunterging. Auf Lindas altem Schreibtisch lag die magere Ausbeute eines ganzen Arbeitstages: vier dünne Briefe, die Clara noch in den Briefkasten werfen musste. Eine Sekretärin hatte sie schon seit längerem nicht mehr. Eigentlich schon seit Lindas Weggang. Die halbherzigen Versuche, jemand Neues einzustellen, waren überwiegend an ihren eigenen überzogenen Ansprüchen gescheitert. Es war ihr bisher einfach nicht gelungen, jemanden zu finden, der Linda ersetzen konnte. Und wenn sie ehrlich war, wollte sie das auch gar nicht. Clara sperrte ab und ging mit hochgestelltem Kragen Richtung U-Bahn am Sendlinger Tor. Elise folgte ihr mit missmutig gesenktem Kopf.

Anders als in der Stadt herrschte in der U-Bahn-Station noch immer die drückende Schwüle der vergangenen Föhntage. Im Zwischengeschoss lungerten einige Jugendliche herum, die Schutz vor dem Regen gesucht hatten. Sie tranken Bier und grölten Passanten an. Die gefliesten Wände waren mit Graffitis beschmiert, und überall lagen leere Flaschen herum. Die Jugendlichen kamen von dem nahen Park, der sich in der letzten Zeit als Treffpunkt der Drogenszene herausgebildet hatte. Solche Treffpunkte gab es überall in der Stadt. Sie verlagerten sich immer wieder, Wanderdünen gleich, vom Ostbahnhof zur U-Bahn Giselastraße oder, wie jetzt, zum Sendlinger Tor, je nachdem, wo die Polizei ihre Überwachungskameras aufstellte oder verstärkt Streife ging. Es war ein trauriges Hase-und-Igel-Spiel, das vor allem den Zweck hatte, für positive Nachrichten in den Medien zu sorgen: Die Stadt tat etwas. Bis die Störenfriede zurückkamen, andernorts ebenfalls vertrieben, und das Spiel erneut begann.

Clara ging an einem älteren Mann mit Hut vorbei, der im sicheren Abstand zu der Gruppe stehen geblieben war und den Kopf schüttelte. »Arbeiten sollt man die lassen, hart arbeiten, dann wär gleich a Ruh«, murmelte er halblaut und sah sich Beifall heischend nach Clara um.

Clara nickte ironisch: »Ab ins Arbeitslager, gell?«

Der Mann zuckte ungerührt mit den Achseln. »Arbeit hat noch keinem geschadet, und so was wie die da hat's seinerzeit jedenfalls nicht gegeben.«

Clara ließ den Mann stehen und ging zu der leise summenden Rolltreppe hinüber, die sie einen Stock tiefer zu den Bahnsteigen brachte, wo die Luft noch ein paar Grad wärmer war und der Sauerstoff fast ganz zu fehlen schien.

Eine stickige U-Bahn brachte sie zwei Stationen weit. Sie stand mit Elise eng gedrängt zwischen stummen, schwitzenden Menschen und bereute es zutiefst, nicht zu Fuß gegangen zu sein. Mit jedem Atemzug schien ihre Lunge ein Stück mehr zu verstopfen. Schweißgebadet gelangte sie schließlich am Kolumbusplatz wieder nach oben, wo sie ein rauer Wind empfing. Fröstelnd schlug sie ihren Mantelkragen nach oben und beeilte sich, nach Hause zu kommen.

ZWEI

»Die schauten immer so komisch. Nicht so, wie Kinder sonst schauen. Mir ist's kalt den Rücken runtergelaufen, wenn ich die beiden durchs Dorf hab gehen sehen.«

Zeugenaussage Leichensache Wolfsberg
1. November 1998

»Das hat sie gesagt?« Mick schüttelte den Kopf. »Und was hat das zu bedeuten?«

»Keine Ahnung.« Clara zuckte mit den Achseln. Ihr Kopf ruhte angenehm schwer auf Micks Schulter, und das Glas Whisky, das neben ihr auf dem Klavier stand, funkelte bernsteinfarben. »Sie ist dement. Vielleicht hat sie nur etwas geträumt«, sagte sie ohne rechte Überzeugung.

»Aber du glaubst, dass etwas dahintersteckt?«, bohrte Mick nach und versuchte vergeblich, sich eine Zigarette zu drehen, ohne Clara loszulassen. Sie nahm ihm den Tabak aus der Hand und drehte die Zigarette für ihn zu Ende. Die klare Stimme einer Jazzsängerin hallte durch den leeren Raum, und Clara sang leise mit:

Very, very close to heaven
So unobserved, you let it slide
Lucky you, you had forgotten
That you really couldn't fly

Mick hatte das Pub längst geschlossen, doch weder er noch Clara hatten bisher Lust verspürt, nach Hause zu gehen. Draußen goss es in Strömen. Sie saßen im Nebenzimmer auf einem durchgesessenen Sofa mit weinrotem Samtbezug, das zusammen mit einer wackligen Tiffanystehlampe auf der kleinen Bühne neben dem Klavier stand. Elise lag wie erschossen vor ihnen auf dem Boden und schnarchte laut.

»Ich weiß, es klingt verrückt«, sagte Clara unsicher. »Aber sie war so außer sich, und sie hat mich gebeten, etwas zu unternehmen, damit nicht noch jemand getötet wird.«

»Vielleicht ist im Altenheim etwas vorgefallen? Das hört man immer wieder, überforderte, genervte Pfleger fesseln die armen Leute an die Betten ...«

Clara schüttelte den Kopf. »Nein. Mit dem Heim hat es nichts zu tun. Ich habe Lilly Groman extra danach gefragt.« Sie nippte an ihrem Whisky. »Was hat sie nur damit gemeint, ich solle auf die Zeichen achten? Und was haben Salamander damit zu tun? Das klingt doch wirklich total bescheuert, oder?«, fragte Clara und tippte sich an die Stirn.

»Glaze under the salamander and surround the dish with port jus«, murmelte Mick und sah der dünnen Rauchfahne seiner Zigarette nach, die sich an die Decke ringelte.

»Wie? Wovon sprichst du?« Clara versuchte, sich aus der Tiefe des Sofas aufzurichten, scheiterte aber an Mick, der sie festhielt und näher zu sich heranzog.

»Das ist aus einem Kochrezept. Ist mir gerade eingefallen.«

»Ein *Koch*rezept? Engländer essen Salamander?« Clara kicherte nervös und trank zur Sicherheit noch einen Schluck von ihrem Whisky. »Also nicht dass es mich besonders erstaunen würde, aber ...«

»Man sieht, dass du vom Kochen rein gar nichts verstehst.

Und von Engländern auch nicht.« Mick zupfte Clara strafend am Ohr. »Salamander ist auch der Name für eine Warmhaltevorrichtung. Mit Heizschlangen, die das Essen von oben wärmen. Und das Rezept spricht von Beef Tournedo. Sehr lecker. Beef, weißt du, das ist Rindfleisch, nicht Molchfleisch … aua!«

Clara hatte ihn in die Rippen geknufft. »Idiot!«

»Und jetzt ist Schluss mit Salamandern!« Mick nahm ihr das Glas aus der Hand und stellte es auf den Boden. Dann beugte er sich über Clara und küsste sie.

Er stand vor dem Fenster des Pubs und beobachtete, wie die undeutlichen Schemen hinter den bunten Glasscheiben miteinander verschmolzen. So schnell würden sie offenbar nicht herauskommen. Der Regen prasselte unverändert heftig vom Himmel, und seine Schuhe waren so durchnässt, dass er das Gefühl hatte, barfuß durch die Pfützen zu waten. Doch das Haus, in dem sich das Pub befand, hatte glücklicherweise ein kleines Vordach, sodass die Fassade einigermaßen trocken blieb. Vorsichtig schaute er sich um: Kein Mensch war zu sehen. Es war halb drei Uhr morgens, eine gute Zeit. Er nahm die Dosen aus seiner Jackentasche, ging in die Hocke und begann, mit schnellen, geübten Bewegungen zu sprayen. Dazwischen hielt er immer wieder kurz inne und sah sich um, sprungbereit, fluchtbereit. Doch niemand kam. Niemand störte ihn. Es dauerte keine zwei Minuten, und er war fertig. Zufrieden musterte er sein Werk, steckte die Sprühflaschen zurück in seine Jackentasche und verschwand in der regennassen Nacht.

Clara und Mick gingen in dieser Nacht nicht mehr nach Hause. Irgendwann brachte Mick eine Decke, und sie schliefen auf dem alten Sofa ein, eng aneinandergeschmiegt, Elise ausgestreckt vor ihnen auf dem Boden.

Als Clara mit einem Ruck erwachte, wusste sie im ersten Moment nicht, wo sie sich befand. Durch die bunten Glasfenster am anderen Ende des Raumes fiel helles Sonnenlicht und warf grüne und rote Streifen auf die aufgestellten Stühle und den ausgetretenen Holzboden. Sie lag am äußersten Rand des Sofas, und hätte Mick sie nicht noch immer im Arm gehalten, wäre sie längst heruntergefallen. Die große Wanduhr, die Big Ben nachempfunden war, zeigte halb neun. Glücklicherweise war heute Samstag. Clara befreite sich vorsichtig aus Micks Umarmung und sammelte ihre Kleider zusammen. Als sie sich anzog, wurde sie ein wenig rot bei dem Gedanken, dass sie tatsächlich auf der Bühne des Pubs miteinander geschlafen hatten und vor den Fenstern noch nicht einmal Vorhänge waren. Doch die bunten Scheiben waren dick und gewölbt, vermutlich konnte man von außen gar nichts erkennen. »*Who cares?*«, würde Mick sagen und grinsen.

Clara ging in den Schankraum, schaltete die große Espressomaschine ein und öffnete alle Fenster. Elise war ebenfalls aufgewacht und tapste hinter ihr her. Clara stellte ihr eine Schüssel Wasser hin und holte aus dem Vorratsraum die Tüte Hundefutter, die Mick immer für Elise bereithielt. Dann machte sie sich einen Kaffee.

Es war nicht ratsam, Mick um diese Zeit zu wecken. Er würde außer unwilliger Grunzlaute nichts zu ihrer Unterhaltung beitragen können. Sie setzte sich mit ihrer Tasse auf die Fensterbank, ließ die Füße baumeln und sah hinaus, während sie in kleinen Schlucken von dem heißen, starken Kaffee trank. Die Regenwolken von gestern hatten sich verzogen, und der Himmel war von einem tiefen, strahlenden

Blau. Herbstblau. Die Häuserfassaden wirkten wie frisch gewaschen, und der noch feuchte Asphalt begann langsam im Licht der Sonne zu trocknen. Aus der Bäckerei gegenüber drang ein verführerischer Duft nach frischem Brot. Clara holte ihren Geldbeutel und ging hinüber, kaufte Brezen, Semmeln und vier Croissants. Zwei davon waren für Elise reserviert, die neben ihr wartete, die schnuppernde Nase freudig erhoben.

Die junge Verkäuferin trank mit ihrer Kollegin nach Feierabend oft ein Bier im Pub, weshalb Clara sie kannte. Jetzt deutete sie mit dem Kinn hinüber. »Das ist wirklich eine Sauerei«, sagte die junge Frau mitfühlend. »Wir haben auch schon mal solche Schmierereien gehabt. Die gehen so schwer wieder weg.«

»Was meinen Sie?«, fragte Clara verständnislos.

»Na, des greislige Viech da.« Die Verkäuferin deutete auf das Murphy's.

Clara wandte den Blick in die gleiche Richtung, und ihr blieb der Mund offen stehen: Auf die Fassade des Murphy's war unübersehbar mit schwarzer Farbe ein Tier gesprüht worden: ein Salamander.

»Da ... das ...«, stotterte Clara und ließ ihre Tüte fallen.

»Oh, mei! Ich wollt Sie nicht erschrecken!«, sagte die Verkäuferin. »So schlimm ist des auch wieder nicht. Man braucht halt ein spezielles Reinigungsmittel ...«

Clara hob die Tüte auf und stürmte ohne ein weiteres Wort zurück ins Murphy's. Die Verkäuferin, betrogen um ihren morgendlichen Ratsch, schaute ihr verwundert nach.

Clara riss Mick unsanft aus dem Schlaf. Sie trat ungeduldig von einem Bein aufs andere, während Mick schlaftrunken in seine Kleider stieg, und lief dann wieder hinaus, noch bevor er seine Schuhe gefunden hatte. Sie stand mit verschränkten

Armen vor der Wand, als Mick, noch immer nicht ganz wach, herauskam. »Was ist denn los? Bist du verrückt geworden?«, rief er ihr wütend zu, doch Clara deutete nur stumm auf die Zeichnung.

Mick folgte ihrem Finger und schüttelte ungläubig den Kopf. »Was zum Teufel hat das zu bedeuten?«

Clara sah ihn an. Sie war blass geworden. »Ich habe keine Ahnung«, sagte sie leise.

»Das kann kein Zufall sein!« Clara und Mick saßen vor ihrem Frühstück. Während Mick sich den Appetit nicht verderben ließ, pflückte Clara nur unentschlossen an ihrem Croissant herum und ließ dann und wann einen Fetzen in Elises erwartungsvolles Maul fallen. »Wir haben gestern Abend noch davon gesprochen und heute Morgen dann das!« Clara schauderte. »Das ist unheimlich!«

»Hm. Zumindest merkwürdig«, gab Mick kauend zu.

»Vielleicht sollte ich zur Polizei gehen.«

»Aber was willst du denen denn sagen? Das ist doch viel zu absurd.«

Clara nickte. »Du hast recht. Aber ich könnte zu Gruber gehen. Der wird mich wenigstens nicht auslachen.«

»Meinst du?«, fragte Mick zweifelnd.

Walter Gruber lachte sie nicht aus. Zumindest nicht gleich.

Clara und der Kriminalkommissar kannten sich schon einige Jahre, und aus tiefer beiderseitiger Abneigung hatte sich mit der Zeit eine echte Freundschaft entwickelt – vor allem, seit Clara Gruber geholfen hatte, als dieser unter Verdacht geraten war, seine eigene Frau getötet zu haben. Doch deswegen war er noch lange nicht von Claras Geschichte überzeugt.

»Bist du sicher, dass dieses Graffiti nicht schon am Abend zuvor da war?«, fragte er skeptisch.

»Hundertprozentig sicher. Erst am nächsten Morgen, nachdem wir darüber geredet hatten. So als ob jemand davon gewusst hätte ...«

»Könnte euch jemand belauscht haben?«

Clara schüttelte den Kopf. »Es war niemand mehr da. Das Pub war längst geschlossen.«

Gruber seufzte. »Aber besonders aussagekräftig ist das alles nicht. Ich kann mir nicht vorstellen, was eine alte, demenzkranke Frau aus dem Altersheim mit einem Graffiti zu tun haben sollte. Oder glaubst du, dass sie selbst in der Nacht herumgeistert und die Wände besprüht? Obwohl, wenn ich es mir recht überlege ... Vielleicht hat sie die Spraydosen ja in ihrer Rollatortasche versteckt.« Er grinste.

Clara schnaubte empört. »Wenn du mich nicht für voll nimmst, kann ich ja wieder gehen!«

Gruber schüttelte, noch immer lächelnd, den Kopf. »Würde ich mich nie trauen. Doch was soll ich deiner Meinung nach tun? Ihr könnt Anzeige wegen Sachbeschädigung gegen unbekannt erstatten ...«

»Und Lilly Gromans Aussage?«

»Dass Menschen verschwinden und du auf Salamander achten sollst?« Er winkte ab. »Bei allem Respekt, Clara, aber das ist doch keine Aussage!«

»Ja, aber die Zeichnung ...«

»... hat sich irgendein Jugendlicher ausgedacht, genauso wie tausend andere Schmierereien auch.« Er warf einen Blick auf das Foto, das Clara mit ihrem Handy gemacht hatte. »Wer sagt denn, dass das unbedingt ein Salamander ist? Das könnte auch ein Gecko sein oder ein Krokodil oder Grisu, der kleine Drache ...« Sein Grinsen wurde breiter.

»Und ich habe Mick noch gesagt, du würdest mich sicher nicht auslachen!«, sagte Clara und warf ihm einen wütenden Blick zu.

Gruber wurde ernst. »Ich lache dich auch nicht aus. Ich will dich nur beruhigen. Das ist eine dumme Schmiererei, sonst nichts.«

Er tippte etwas auf der Computertastatur und deutete dann auf den Bildschirm. »Schau, es gibt weder aktuelle Vermisstenanzeigen noch ungeklärte Todesfälle.«

Clara seufzte. »Und wenn doch etwas passiert? Frau Groman meinte, es würde noch jemand getötet werden, wenn ich nichts unternehme.«

»Clara! Hörst du mir zu? Es wurde niemand getötet, und es wird auch niemand getötet werden! Deine Frau Groman hat wahrscheinlich nur einen Fernsehkrimi zu viel gesehen.«

Clara nickte beschämt. »Du hast recht. Das ist wirklich Blödsinn.« Sie stand auf. »Danke, dass du mir trotzdem zugehört hast. Und das an einem Samstag!«

Gruber winkte ab. »Wenn dein Besuch das Schlimmste daran war, dann bin ich ganz zufrieden mit meinem Wochenenddienst.«

Clara ging durch die samstäglich stillen Flure des Präsidiums und versuchte vergeblich, den Rest Unbehagen abzuschütteln, den auch Grubers Worte nicht hatten vertreiben können. Immer wieder sah sie Lilly Gromans erregtes Gesicht vor sich, ihre aufgerissenen Augen, fühlte den harten Griff ihrer Finger an ihrem Arm. War alles nur Unsinn? Hatte sich die alte Frau tatsächlich nur etwas eingebildet? Immerhin war sie deswegen sogar zu ihr gekommen. Clara verzog zweifelnd das Gesicht. Sie konnte sich nicht vorstellen, wie Lilly

Groman herausgefunden haben sollte, wo genau ihre Kanzlei lag. Clara hatte Frau Groman bisher immer nur im Altenheim getroffen. Andererseits hatte die alte Dame seit Jahrzehnten in der Gegend gewohnt. Vielleicht gab es lichte Momente, in denen sie sich mühelos an die Straßen ihres Viertels und der Umgebung erinnerte?

Ein Anruf von Mick holte sie aus ihren Gedanken zurück. Er hatte eine Vertretung für das Pub organisiert und schlug vor, einen Ausflug in die Berge zu machen. Mick liebte alles, was kahl und schroff und hoch war, und hätte am liebsten jede freie Minute im Gebirge verbracht. Clara war von Kraxeleien und schweißtreibenden Wanderungen weniger angetan, ebenso Elise, was Clara als willkommene Ausrede diente. Meistens gelang es ihnen, sich auf einen Kompromiss zu einigen, bei dem sie zuerst ein bisschen im flachen Gelände herumwanderten und Clara und Elise dann auf der Terrasse irgendeines gemütlichen Gasthofs warteten, bis Mick von seinen Höhenwanderungen zurückkam. In der Zwischenzeit gönnte sie sich ein Weißbier und ließ sich die Sonne ins Gesicht scheinen.

Sie trat aus dem Polizeigebäude und warf einen Blick zum Himmel. Dünne Nebelschwaden waren heraufgezogen und verdeckten bereits die Sonne, die nur noch eine matt glänzende Scheibe hinter dem dichter werdenden Grau war. Wahrscheinlich würde der Nebel das ganze Wochenende über der Stadt hängen. Bei diesen Aussichten fiel es nicht schwer, Micks Vorschlag zuzustimmen, und sie einigten sich nach einigem Hin und Her darauf, nach Südtirol zu fahren und keine, wirklich keine große Wanderung zu unternehmen, sondern stattdessen Schlutzkrapfen und Kastanien zu essen und vielleicht einen Abstecher nach Bozen zu machen, um ein bisschen shoppen zu gehen.

Als Clara auflegte, fiel ihr Blick auf einen jungen Mann mit Kapuzenshirt, der an der Hausmauer gegenüber dem Präsidium lehnte und zu ihr herübersah. Sie konnte sein Gesicht im Schatten der Kapuze nicht erkennen, doch etwas an seiner Haltung ließ sie stutzig werden. Er stand verkrampft da, leicht vornübergebeugt, als ob er Schmerzen hätte, doch gleichzeitig schien er sie zu beobachten. Clara runzelte die Stirn und blieb stehen. Kannte sie ihn? Er hatte die schlaksige, hoch aufgeschossene Gestalt eines Jugendlichen, trug ausgefranste Jeans und Turnschuhe mit dünnen Sohlen. Seine Hände waren in den Taschen seiner Jacke vergraben. Sie machte unentschlossen ein paar Schritte auf ihn zu, überlegte es sich dann jedoch anders und bog in die Fußgängerzone ein. An der Ecke drehte sie sich noch einmal um: Von dem Jungen war nichts mehr zu sehen.

Er starrte der Frau aus dem Schatten des Hauseingangs heraus nach. Sie war bei der Polizei gewesen. Was hatte er nur getan? Seine Finger bohrten sich in die Innenseiten seiner Handflächen, und er schnappte unwillkürlich nach Luft.

Den Verrätern bleibt nichts als der Tod.

Die Stimme flüsterte in seinem Kopf, und er sprach die Worte nach, während er gebeugt in dem engen Hauseingang lehnte. Seine Beine begannen zu zittern, und er überlegte, dass er sich noch ein paar Tabletten besorgen musste. Sonst hielt er es nicht aus. Seine Kiefer waren so angespannt, dass ihm die Zähne schmerzten, und es gelang ihm nicht, sie zu lösen. Er schüttelte eine Zigarette aus der Packung und schob sie sich zwischen die Lippen. Es half, seine Zähne lockerten sich ein wenig. Tief inhalierte er den Rauch und dachte daran, wie gut es täte, ein bisschen Shit zu rauchen. Doch er hatte geschworen, davon nichts mehr anzurühren. Also blieben ihm nur die Zigaretten und ab und zu eine Packung Diazepam. Er stellte sich vor, wie das Nikotin in sein Gehirn schoss und die Adern verengte. Er stellte sich vor, wie es ihm die Angst nahm. Doch es klappte nicht. Es reichte nicht.

DREI

»Sie waren immer zu zweit. Immer hat der große Bub den Kleinen an der Hand geführt. Ich meine, das ist doch auch nicht normal, wenn ein großer Bub sich so um seinen kleinen Bruder kümmert. Normale Kinder gehen doch zum Fußballspielen oder so. Die haben auch nie gelacht. Und ganz blass waren sie.«

Zeugenaussage Leichensache Wolfsberg
1. November 1998

Als Clara am Montagmorgen die Post vom Wochenende durchsah, fiel ihr ein Briefumschlag aus teurem cremefarbenem Papier auf, der zwischen den Rechnungen hervorleuchtete. Die Adresse ihrer Kanzlei war von Hand geschrieben, und als Absender trug der Brief den Stempel der Universität München. Neugierig riss Clara den Umschlag auf. Es war eine Einladung: Die Stadt München und die Ludwig-Maximilians-Universität luden zur festlichen Übergabe eines archäologischen Fundstückes, das während der Grabungsarbeiten des Tunnels am Luise-Kiesselbach-Platz gefunden worden war und das nun der archäologischen Staatssammlung übergeben werden sollte. Clara hatte flüchtig darüber in der Zeitung gelesen. Offenbar war der Fund, über den im Frühsommer seitenlang berichtet worden war, eine Sensation. Clara kannte sich in frühzeitlicher Geschichte überhaupt nicht aus, und es hatte sie auch noch nie interessiert.

Interessant fand sie allerdings, dass man sie eingeladen hatte. Der Festakt sollte bereits heute Abend stattfinden. Sie sah sich den Umschlag noch einmal an. Er war am Samstag abgestempelt worden. Offenbar hatte man sich in letzter Minute auf sie besonnen. Aber wer? Sie kannte niemanden an der Universität, das war immer Willis Domäne gewesen. Erst jetzt fiel ihr auf, dass der Einladung eine Visitenkarte beigefügt war. Clara las neugierig den Namen: Priv.-Doz. Dr. Marcel Ringgenberg. Institut für Altertumsforschung. In kleiner schnörkeliger Handschrift stand auf der Rückseite der Karte:

Nachdem ich Sie telefonisch nicht erreichen konnte, hier die schriftliche Einladung. Ich hoffe, Sie zusammen mit Ihrer Kollegin am Montagabend im alten Rathaus begrüßen zu dürfen!
Herzlichst,
Ihr Dr. Ringgenberg

Damit war das Rätsel gelöst. Natürlich war Willi gemeint gewesen. Offenbar kannte er diesen Herrn Ringgenberg persönlich. Clara glaubte sogar, sich düster erinnern zu können, dass Willi einmal ein umfangreicheres rechtliches Gutachten für jemanden aus der Universität angefertigt hatte. Dabei war es um irgendwelche Ansprüche einer Forschungsabteilung, um abstruse Scherbensammlungen und Fliesenstücke gegangen. Probleme der Art, die Willi geliebt hatte, wie Clara sich wehmütig erinnerte. Je verworrener und abwegiger ein Rechtsgebiet gewesen war, desto begeisterter hatte sich ihr Kollege der Sache angenommen. Clara steckte die Einladung an den Wandkalender und beschloss, am Abend hinzugehen. Möglicherweise ließen sich alte Kontakte erneuern, vielleicht sprang sogar ein neues Mandat heraus. Den klammen Kanzleifinanzen täte es jedenfalls gut, und dafür wäre Clara sogar bereit, sich um die Besitzrechte am Schwanzknochen eines Eichhörnchens aus der Bronzezeit zu streiten – falls es damals überhaupt schon Eichhörnchen gegeben hatte.

Clara schaltete alle Lichter, die Kaffeemaschine und ihren PC ein und gab dem Kaktus auf dem Fensterbrett, der als einzige Zimmerpflanze Lindas Weggang überlebt hatte, etwas Wasser. Blumen waren nichts für Clara. Sie konnte mit ihnen nicht umgehen. Genau genommen war ein Kaktus aber keine Blume, vielleicht hielt er es deshalb so lange bei ihr aus. Sie betrachtete ihn nachdenklich. Er wuchs kaum, hatte weder Blätter noch Blüten und überstand lange Trockenperioden ohne sichtbare Probleme. Er war weder schön noch besonders exotisch. Einfach ein runder, dicker Kaktus mit höllisch spitzen gelben Stacheln, die in einem perfekten Reihenmuster angeordnet waren. Sie goss noch ein wenig Wasser um den Rand herum und sah aus dem Fenster. Wie sie vorhergesehen hatte, war der Hochnebel seit Samstag nicht mehr gewichen. Die Stadt sah grau und leblos aus.

In Südtirol war der Himmel blau gewesen. Sie waren durch die Weinberge spaziert, hatten roten, leichten Wein getrunken und am Abend so viel gegessen, dass sie wie tot in die Betten gefallen waren. Clara dachte daran, dass Mick ihr von dem Fluss erzählt hatte, an dem er aufgewachsen war, davon, wie flach die Landschaft um Newcastle herum war und wie das Land in South Shields unvermittelt wie abgebrochen am Meer endete. Er hatte ihr erzählt, wie sich die Stadt in den letzten Jahren verändert hatte, wie modern sie geworden war und wie er jedes Mal, wenn er dorthin kam, etwas Neues entdeckte und etwas Altes nicht mehr wiederfand. Clara hatte nur mit halbem Ohr zugehört. Sie war zu sehr mit ihren eigenen Problemen beschäftigt gewesen. Jetzt fiel ihr das Gespräch aber wieder ein, und sie fragte sich, wieso Mick plötzlich dieses Thema angeschnitten hatte. Er sprach so selten von zu Hause, dass Clara immer der Ansicht gewesen war, er dachte kaum daran. Womöglich war das ein Irrtum. Clara zündete sich eine Zigarette an und wandte sich vom Fenster ab. »*Carry coals to Newcastle*«, murmelte sie leise. Die englische Redewendung war so ziemlich das Einzige, was sie über die einstige Kohlenstadt wusste, aus der Mick stammte, und bedeutete so viel wie »Eulen nach Athen tragen«. Der Gedanke daran deprimierte sie unerklärlicherweise, und sie wischte ihn mit einer wütenden Handbewegung zur Seite. Es war Zeit, mit der Arbeit zu beginnen.

»... und so habe ich die große Ehre, Ihnen, verehrte Gäste, nun diese Kostbarkeit zu enthüllen, die seit mehr als zweitausend Jahren tief unten in den Eingeweiden unserer Stadt verborgen war und nun so unerwartet wieder ans Tageslicht kam. Meine lieben Münchner und Münchnerinnen, heute ist ein großer Tag für uns und unsere Stadt ...«

Clara nippte an ihrem Glas Prosecco und reckte den Kopf. Sie stand im Rathaussaal inmitten der Festgäste, von denen die meisten sie um ein gutes Stück überragten, und versuchte, einen Blick auf die Kostbarkeit zu erhaschen, die dort vorn noch von einem Tuch verhüllt auf einem Sockel ruhte. Besonders groß schien sie nicht zu sein. Daneben standen der Bürgermeister und der Kurator der archäologischen Staatssammlung, der über das ganze Gesicht strahlte, und beide hoben jetzt mit einer bedeutungsvollen Geste das Tuch. Ein ehrfurchtsvolles Raunen ging durch das Publikum. Auf dem Sockel stand – effektvoll beleuchtet – ein bauchiger Silberkessel, innen und außen reich mit Mustern und Motiven verziert, die Clara aus der Ferne nicht erkennen konnte. Sie kniff die Augen zusammen.

Jemand neben ihr reichte ihr einen Zettel. »Da können Sie es besser sehen«, meinte er und zwinkerte ihr aus winzigen, runden Brillengläsern zu.

Clara bedankte sich lächelnd bei dem Mann, dessen wirre graue Lockenpracht und offensichtliche Kurzsichtigkeit ihn wie einen Gelehrten aus dem Bilderbuch erscheinen ließen, und schlug das kleine Faltblatt auf, das offenbar irgendwo auslag und das sie übersehen hatte. Sie hatte gerade die Beschreibungen der einzelnen Motive zu lesen begonnen, die den Kessel zierten, als lautes Klatschen das Ende des offiziellen Teils der Veranstaltung verkündete und damit den Run auf das Büfett eröffnete. Sie nutzte die plötzliche Verlagerung der Aufmerksamkeit, um sich das gefeierte Fundstück aus der Nähe anzusehen. Der Kessel war aus mehreren dünnen Einzelplatten gefertigt, die allesamt mit merkwürdigen Gestalten verziert waren: Ein sitzender Mann mit Hörnern hielt eine Schlange in der Hand, die ebenfalls Hörner hatte. Dann gab es Hirsche, weitere Schlangen, Hunde, einen Stier, Soldaten und eine weibliche Figur mit einem großen Rad in der Hand und einem Drachen an ihrer Seite. Clara runzelte die Stirn und blätterte in dem Faltblatt.

»Fantastisch, nicht wahr?« Der Mann mit den wirren Haaren, der ihr zuvor das Informationsblatt gegeben hatte, gesellte sich zu ihr. Er deutete mit einem langen, dünnen Finger auf den gehörnten Mann mit der Schlange. »Dieser Cernunnos ist noch filigraner gearbeitet als der auf dem Kessel von Gundestrup, finden Sie nicht auch?« Seine Stimme war weich und melodisch und hatte einen leichten Schweizer Akzent.

»Äh, ja, sehr schön«, gab Clara unsicher zurück. »Ich kenne

mich in solchen Dingen leider nicht besonders gut aus …« Sie schielte hilfesuchend auf das Blatt in ihren Händen.

»Ein nahezu identischer Kessel wurde Ende des 19. Jahrhunderts in Gundestrup in Dänemark gefunden«, half ihr der Mann freundlich weiter. »Es war damals eine Sensation. Ähnlich wie jetzt dieser Fund.« Er reichte ihr die Hand. »Mein Name ist Ringgenberg. Ich arbeite hier am archäologischen Institut an einem Forschungsprojekt über keltische Kunst.«

»Clara Niklas. Ich bin Rechtsanwältin.« Jetzt erst fiel ihr der Name auf. »Dr. Marcel Ringgenberg? Sie haben die Einladung an die Kanzlei geschickt, nicht wahr? Niklas und Allewelt …«

»Oh, ja, ja! Dann sind Sie der Kompagnon von Willi?«

Clara gefiel, wie er das Wort Kompagnon aussprach. Er war definitiv Schweizer. »Ja. Das heißt, ich war es. Jetzt bin ich allein in der Kanzlei. Willi ist letztes Jahr nach Brüssel gegangen.«

»Ich habe mich schon gewundert, warum er heute nicht gekommen ist.« Ringgenberg sah sich um, als hoffte er trotzdem, Willi noch irgendwo zu erblicken. Dann wandte er seine Aufmerksamkeit wieder Clara zu. »Er hat mir nie erzählt, wie hübsch und charmant seine Kollegin ist.« Ringgenberg zwinkerte ihr erneut zu, und Clara stellte fest, dass er bei weitem nicht so alt war, wie die Brille und sein etwas exzentrisches Äußeres auf den ersten Blick vermuten ließen.

Sie lächelte und deutete auf den Kessel. »Dann können Sie mir sicher erzählen, was das alles bedeutet?«

Ringgenberg nickte, offensichtlich erfreut, dass sie ihn danach fragte. »Ich kann Ihnen gerne die Details ein wenig erläutern. Dann ergibt auch alles einen Sinn.« Er deutete erneut auf den Mann mit Hörnern. »Cernunnos, der keltische

Gott der Dunkelheit und des Winters. Sein Symbol waren der Hirsch und die gehörnte Schlange.«

»Und der hier?« Sie deutete auf einen weiteren Mann, den sie gerade entdeckt hatte: Er hielt ein Kind kopfüber an einem Fuß fest und war offensichtlich dabei, es in einen Kessel zu werfen. »Was hat das zu bedeuten?« Clara musterte den Kessel kritisch. »Ist das ein Menschenopfer oder so etwas?«

Ringgenberg zögerte. »Das ... ist ein uralter keltischer Mythos ...«

»Marcel Ringgenberg, wie immer dabei, alles den Kelten in die Schuhe zu schieben, nicht wahr?«

Ein weiterer Besucher war zu ihnen getreten, ein alter, weißhaariger Herr im dunklen Anzug und mit Krawatte, der sich mit seiner knotigen Hand schwer auf einen Stock stützte. Am kleinen Finger trug er einen protzigen Siegelring mit einem schwarzen Stein.

Ringgenberg musterte ihn finster. »Um Ihre Meinung hat hier niemand gebeten.«

Der andere ging nicht darauf ein, sondern wandte sich mit einer knappen Verbeugung Clara zu. »Darf ich mich vorstellen? Professor Dr. Friedrich Hagenfeld. Ich habe zufällig Ringgenbergs Ausführungen zu dem Fund mit angehört und kann diese nicht unwidersprochen lassen.« Er lachte heiser. Ringgenberg drängte sich dazwischen. »Ich glaube nicht, dass die Dame Interesse an unseren Disputen hat ...«

»Nein, eigentlich nicht ...«, pflichtete Clara ihm unbehaglich bei, doch der alte Mann wischte die Einwände mit einer herrischen Geste beiseite.

»Natürlich ist dieser Kessel nicht keltischen Ursprungs, wie es immer wieder behauptet wird. Das habe ich schon in meinem Aufsatz von 1972 über den Kessel aus Gundestrup ausführlich dargelegt, und dieser neue Fund, hier, so tief im Süden, beweist meine These, dass es sich um einen Opferkessel der Kimbern und Teutonen handelt, die auf dem Weg über die Alpen waren …«

»Das ist doch völliger Quatsch!«, unterbrach ihn Ringgenberg erbost, und seine Locken über der Stirn zitterten vor Erregung. »Die gesamte Symbolik ist keltisch, es steht doch völlig außer Zweifel, dass dieser Kessel ein *keltischer* Kultgegenstand ist …«

»Papperlapapp!« Der alte Mann schüttelte eigensinnig den Kopf. »Die germanischen Stämme hatten längst die Kelten überlagert. Es sind die Germanen, verstehen Sie! Die Germanen!« Der alte Professor war jetzt laut geworden, und einige Besucher schauten neugierig zu ihnen herüber. Clara fand, dass dies der richtige Zeitpunkt war, um sich aus der Diskussion, zu der sie ohnehin nichts beizutragen hatte, zurückzuziehen. Höflich lächelnd trat sie einen Schritt zurück, und nachdem keiner der beiden Männer sie beachtete, ging sie, ohne sich zu verabschieden. Mit zwei Lachsbrötchen vom fast leer gefegten Büfett verließ sie schnellen Schrittes die Veranstaltung.

Der Abend war kühl. Wie ausgestorben lag der Marienplatz im Licht der Straßenlaternen. Nur vereinzelt schlenderten noch ein paar späte Touristen umher, und aus der Fußgängerzone war das laute Lachen einer Gruppe Jugendlicher zu hören. Clara ging in Richtung Viktualienmarkt und dann weiter hinunter zur Isar.

Der Fluss strömte ruhig und dunkel unter der Reichenbachbrücke dahin, und ein paar flackernde Lichter auf den Sandbänken zeigten an, dass der plötzliche Kälteeinbruch die Jugendlichen, die sich dort unten während der Sommermonate regelmäßig versammelt hatten, noch nicht völlig hatte vertreiben können. Leises Murmeln drang herauf, ab und zu ein plötzliches Auflachen. Clara hörte das Klirren von Flaschen und dann einen dumpfen Schlag, gefolgt von einem leisen Zischen; offenbar war eine Flasche zu Bruch gegangen.

Als Clara kurz danach in ihre von Kastanien gesäumte Straße einbog, löste sich wenige Meter vor ihr eine Gestalt aus dem Schatten eines Baumes. Sie blieb einen Augenblick reglos stehen, starrte Clara unverwandt an und verschwand dann ebenso schnell, wie sie aufgetaucht war, wieder in der schützenden Dunkelheit der kleinen Anlage zwischen Flussufer und Straße. Clara, die erschrocken stehen geblieben war, konnte nur noch eine schwarze Silhouette erkennen, die sich lautlos von ihr fortbewegte, dann wurde auch diese von der Nacht verschluckt.

Langsam ging Clara weiter, die Augen angestrengt in das Dunkel gerichtet. Sie konnte nichts erkennen, nur der Fluss hob sich auf der anderen Seite etwas heller gegen die schwarzen Bäume ab. Wo war die Gestalt hingelaufen? War sie überhaupt weg, oder lauerte sie noch in der Dunkelheit? Kauerte jemand im Schatten und beobachtete sie? Clara drehte sich langsam um. Die Straße war um diese Zeit menschenleer. Die Fenster der Häuser auf der gegenüberliegenden Seite waren dunkel. Ihr Nacken begann zu kribbeln, und sie zwang mit Mühe den Impuls nieder, einfach loszurennen. Schritt für Schritt ging sie weiter, überquerte an der Ecke die stille Straße und erschrak dabei über das laute Geräusch, das ihre Schuhe auf dem Asphalt machten. Als sie die schützende Häuserzeile erreicht hatte, wurde sie schneller, und jetzt klangen ihre Schritte nach Flucht, hallten an den Wänden wider und jagten ihr noch mehr Angst ein. Sie rannte durch den Torbogen ihres Hauses, sperrte mit zitternder Hand die Haustür auf und schloss sie dann hastig hinter sich. Das Licht im Treppenhaus surrte wie immer, und aus der Hausmeisterwohnung drang noch der leichte Geruch nach Grillhähnchen und Pommes frites. Irgendwo im Obergeschoss war Musik zu hören. Erleichtert atmete Clara auf und stieg die Stufen zu ihrer Wohnung hinauf. Hinter der Tür ertönte Elises freudiges Bellen.

VIER

»In der Schule war der Bub unauffällig. Nicht gut, nicht schlecht. Ganz still und angepasst. Aber er hatte etwas Merkwürdiges an sich.«

Zeugenaussage Leichensache Wolfsberg
1. November 1998

Er hatte es schon oft gehört, doch der erste Schrei kam immer überraschend. Er fuhr ihm in die Knochen und ließ ihn erstarren. Selbst wenn er gewollt hätte, hätte er in diesem Moment nicht ausschalten können. Doch er wollte nicht. Er musste es sich anhören. Immer und immer wieder. Es war kein menschlicher Schrei mehr. Er drückte nicht einmal mehr Angst aus, nur noch Schmerz. Es war der letzte Schrei vor dem Tod.

Er ließ die Aufnahme noch einmal von vorn laufen und zuckte erneut zusammen, als der gellende Ton kam. Irr, irr vor Schmerz. Tränen stiegen ihm in die Augen. Dieser Laut rührte etwas ganz tief in ihm. Es war da, meistens ruhig, doch manchmal bewegte es sich. Es war wie eine Erinnerung an etwas, doch er wusste nicht, woran. Und er konnte es auch nicht lange genug festhalten, um es herauszufinden. Solo hatte von Déjà-vu-Erlebnissen gehört, Dingen, an die sich Menschen erinnerten, obwohl es in Wirklichkeit gar nicht möglich war, weil sie noch nie an dem erinnerten Ort oder in der erinnerten Situation gewesen waren. Ihm ging es auch so. Ein Geräusch, ein bestimmter Geruch, ein paar aufgeschnappte Wortfetzen, und es begann sich in ihm eine vage Ahnung zu regen, dass er dies schon einmal gehört, gerochen, gesehen hatte. Ganz leise nur, kaum spürbar, dann wischte er das Gefühl immer schnell beiseite, denn wenn er es nicht tat, dann kam die Angst. Dieses Monster aus der Tiefe, das ihn packte, wenn er nicht damit rechnete, und das nur zu besänftigen war, wenn es Blut sah. Eine Träne tropfte auf das Display seines Handys, wo grünliche undeutliche Schemen das Grauenhafte andeuteten, was geschehen war.

»Ich bin der Todbegleiter«, flüsterte Solo und lauschte auf die grausigen Geräusche und schließlich das letzte, erstickte Wimmern. Er schaltete aus und krümmte sich, als müsse er sich übergeben. Seine zu Fäusten geballten Hände bohrten sich in seine Magengrube.

Den Verrätern bleibt nichts als der Tod ... den Verrätern bleibt nichts als der Tod ... den Verrätern bleibt nichts als der Tod ...

Die Zimmertür öffnete sich so überraschend, dass er vor Schreck zusammenfuhr.

»Da bist du ja!« Frank stand in der Tür. Offenbar war er nach Hause gekommen, ohne dass Solo ihn gehört hatte. »Ich hab gerufen ...« Er warf einen Blick auf Solos gekrümmte Haltung. »Was ist los?« Er kam ein paar Schritte auf ihn zu.

Solo wich zurück. Schweiß hatte sich auf seiner Oberlippe gesammelt. »Kannst du nicht anklopfen?«, zischte er wütend.

»Hey, tut mir leid, ich dachte, du wärst gar nicht da.« Frank blieb stehen. »Ich warne dich, wenn du wieder mit dem Scheiß anfängst ...«

»Verpiss dich!«

Frank hob die Arme. »Schon gut.« Er ging und schloss die Tür nachdrücklich hinter sich.

Solo stöhnte leise auf. Er holte das Handy aus seinem Hosenbund und schob es unter die Matratze seines Betts. Er konnte Frank im Flur herumgehen hören: Zuerst zog er seine Schuhe aus, dann ging er in die Küche, öffnete den Kühlschrank, machte ihn wieder zu und ging dann in sein Zimmer. Die Tür schloss sich mit einem kurzen Schnappen. Wenig später ertönte gedämpfte Musik.

Solo fühlte sich unsagbar elend. Sein Bruder war immer für ihn da gewesen, seit er denken konnte. Solo konnte sich sogar erinnern, wie er ihn zum ersten Mal in den Kindergarten gebracht hatte:

Sie gingen zusammen eine lange, öde Straße hinunter. Es regnete an dem Tag, und er trug gelbe Gummistiefel. Frank hielt ihn fest an der Hand, musste ihn hinter sich herziehen, weil er Angst davor hatte, in den Kindergarten zu gehen. Er war froh, dass es wenigstens regnete, weil er dann Gummistiefel anziehen durfte. Er konnte sich nämlich die Schuhe noch nicht selbst binden. Niemand hatte es ihm bisher gezeigt. Doch Frank hatte ihm versprochen, es ihm bald beizubringen, denn so etwas musste man im Kindergarten können.

Das Haus, in dem sich der Kindergarten befand, war rosa gestrichen, und es roch nach nassen Kindern und Früchtetee. Während Frank mit der Erzieherin redete, starrte Solo auf seine Gummistiefel. Er musste sie ausziehen und unter eine Bank stellen, wo sie eine schmutzige Pfütze auf dem Boden bildeten. Anders als die anderen Kinder hatte er keine Hausschuhe dabei. Er hatte noch nie welche besessen. Seine Socken waren nass, und eine Socke hatte vorn ein Loch, durch das zwei Zehen passten. Die Erzieherin nahm ihn bei der Hand und führte ihn in ein Zimmer, in dem ihm tausend Kinder entgegenstarrten. Frank war weg. Solo war allein. Mit all den fremden Kindern, die ihn anstarrten.

Doch Frank würde wiederkommen.

Er würde ihn wieder abholen.

Er würde ihn nicht hier zurücklassen.

Daran dachte er, während die Erzieherin ihn auf einen kleinen Stuhl setzte und ihm ein Puzzle hinschob. Er nahm ein Teil davon in die Hand und hielt es ganz fest, während die Kinder um ihn herum aufsprangen und herumzutoben begannen. Und während die Kanten des Puzzleteils schmerzhaft in seine Handfläche drückten, dachte er unablässig daran, dass Frank kommen und ihn wieder abholen würde.

Den Verrätern bleibt nichts als der Tod ... den Verrätern bleibt nichts als der Tod ... den Verrätern bleibt nichts als der Tod ...

Solo ließ sich auf das Bett fallen und schloss die Augen. Vielleicht konnte er ein bisschen schlafen. Eine Stunde wenigstens.

Der nächste Tag begann so trüb, wie der vorige aufgehört hatte. Die Stadt schien im schmutzigen Nebelgrau erstarrt, das alle Farben aufsaugte. Die Bäume entlang der Isar verloren sich darin ebenso wie die Häuser auf der gegenüberliegenden Uferseite. Man konnte kaum entscheiden, ob es früher Morgen oder schon Nachmittag war.

Clara überquerte den Fluss am deutschen Museum und bog dann nach rechts ab. Wie eine Decke lag die feuchte Nebelluft über der Isar und stieg nur zögernd nach oben, sodass man das unwirkliche Gefühl hatte, einen Fluss aus zähem weißem Rauch zu überqueren.

Das St. Anna-Stift lag in einer ruhigen Nebenstraße, durch eine Häuserzeile vom Isarufer getrennt. Clara ging mit Elise durch die endlos langen Flure in den Trakt des Gebäudes, in dem Lilly Groman ihr Zimmer hatte. Der gelbe Gang.

Jede Abteilung, jedes Stockwerk war farblich gekennzeichnet, damit die meist demenzkranken Bewohner sich besser zurechtfanden. Passend zu den gelben Handlaufleisten und den gelben Streifen an der Wand gab es hier im ersten Stock großformatige Fotos mit Sonnenblumen, Schlüsselblumen und Butterblumen. Es roch nach Alter und Gebrechen, vermischt mit einem Deodorantduft, der unablässig aus einer kleinen Maschine durch die Flure geblasen wurde und die Illusion frischer Luft verbreiten sollte.

Die Tür zu Lilly Gromans Zimmer war nur angelehnt, doch Clara klopfte trotzdem. Als keine Antwort kam, ging sie zusammen mit Elise, deren Krallen auf dem PVC-Boden leise klackerten, hinein. Unwillkürlich musste Clara lächeln, wie jedes Mal, wenn sie Frau Groman besuchte. Der Kontrast zwischen dem penetrant gelben und trotzdem so traurigen Flur und Lilly Gromans Zimmer war einfach überwältigend. Man wähnte sich nicht mehr länger in einem Altersheim, sondern in einer vornehmen Villa. In einer solchen hatte Lilly Groman als Kind gewohnt, doch nach und nach waren ihre Wohnungen kleiner geworden, und am Ende war nur dieses Zimmer übrig geblieben, eine winzige Insel großbürgerlicher Pracht inmitten zweckmäßiger Tristesse. Seidene Vorhänge hingen an den Fenstern, drapiert mit ockerfarbenen Kordeln. Es gab eine Vitrine aus glänzendem Mahagoniholz, angefüllt mit Kristallgläsern, aus denen niemand mehr trank, und zierlichen Sammeltassen aus Meißener Porzellan. Gegenüber der Anrichte stand ein Bücherregal mit gedrechselten Beinen, in dem sich die Gesamtausgaben von Rilke und Shakespeare mit goldgeprägten Buchrücken befanden. Daneben ein Klappsekretär mit Intarsien, auf dem in silbernen

Rahmen Porträts der beiden verstorbenen Ehemänner von Lilly Groman standen.

Das Bett allerdings störte den eleganten Gesamteindruck etwas, es war ein stilloses Krankenbett mit automatisch verstellbarem Lattenrost und einer Notrufvorrichtung an einem stumpfen grauen Kabel. Dies und die Tatsache, dass kein Teppich erlaubt war, waren Anlass ständigen Unmuts von Lilly Groman, die in regelmäßigen Abständen den Hausmeister, oder wen sie dafür hielt, energisch anmahnte, dass nun endlich ihre Teppiche und ihr Bett angeliefert werden sollten.

Lilly Groman lag noch im Bett. Sie trug ein gerüschtes rosa Nachthemd und hatte die Augen geschlossen. Ihre altersfleckigen Hände mit den knallrot lackierten Fingernägeln ruhten entspannt auf der Bettdecke. Clara stellte die Gebäckstücke, die sie mitgebracht hatte, auf dem kleinen Esstisch ab, der in die letzte freie Ecke zwischen Vitrine und Kleiderschrank gezwängt worden war, und berührte Lilly Groman sacht am Arm. Er fühlte sich trocken wie Papier an.

»Frau Groman? Ich bin es, Clara Niklas. Schlafen Sie?«

»Jetzt nicht mehr!«, kam es prompt zurück, und ohne die Augen zu öffnen, fuhr Lilly Groman fort: »Haben Sie das Hundchen mitgebracht?«

»Ja, natürlich.« Clara klopfte auf das Bett, und Elise kam herangetapst und legte schnaufend ihren schweren Kopf auf die Hand der alten Frau.

Lilly Gromans faltiges Gesicht überzog ein Lächeln, und sie öffnete die Augen. »Fein.« Mit Hilfe von Clara richtete sie sich ächzend auf und tätschelte Elise den Kopf. »Ich habe gar nichts für dich«, meinte sie bedauernd.

»Das macht nichts.« Clara deutete auf das Paket. »Ich habe ein Croissant für sie dabei.«

»Croissant? Das ist französisch, oder?« Lilly Groman runzelte die Stirn.

»Ja. Für ein französisches Frühstück!« Clara packte die Croissants und Brioches aus. »Das ist doch genau das Richtige für so einen trübsinnigen Morgen.« Sie gab Elise, die bereits erwartungsvoll den Hals reckte, ein halbes Hörnchen.

»Nun, warum eigentlich nicht?« Lilly Groman schlüpfte verkehrt herum in ihre Hausschuhe. »Sieht jedenfalls ganz ordentlich aus.«

»Kaffee?«, fragte Clara und hob die Thermoskanne vom Nachttisch hoch.

»Nein, danke!« Die alte Frau verzog angewidert das Gesicht. »Das Gesöff kann man nur zum Abspülen verwenden. Ein Piccolöchen wäre mir lieber.« Sie deutete auf den Tisch. Dort standen sorgfältig aufgereiht sechs Piccoloflaschen Sekt.

»Das ist aber ein Service!«, lächelte Clara. Ihr war noch nie aufgefallen, dass Lilly Groman Sekt im Zimmer hatte. »Bekommen Sie die vom Haus?« Sie holte zwei der staubigen Kristallgläser aus der Vitrine und pustete kräftig hinein.

»Vom Haus? Nein, die kaufe ich mir bei Seidlmann um die Ecke. Schon seit dreißig Jahren.«

Seidlmann war ein Feinkostladen in der Straße gewesen, in der Lilly Groman früher gewohnt hatte. In ihrer lückenhaften Erinnerung kaufte sie dort noch immer ein.

Clara verzichtete darauf, sie zu korrigieren, schenkte stattdessen ein und hob das Glas. »Auf Ihr Wohl!«

»Gin, gin«, sagte Lilly Groman und nahm einen kräftigen Schluck.

»Ich wollte mit Ihnen noch einmal über Ihren Besuch bei mir sprechen«, begann Clara zögernd, während sie aßen und Lilly Groman dem überaus dankbaren Hundchen immer wieder Croissantstückchen zusteckte. »Haben Sie noch etwas von dieser furchtbaren Geschichte gehört?«

»Furchtbare Geschichte?«

»Von den Menschen, die verschwinden. Und den Zeichen, auf die ich achten soll. Die Salamander. Erinnern Sie sich?«

Lilly Groman starrte sie an. Sie hatte helle Augen, die wie leuchtend blaue Seen in ihrem alten Gesicht lagen. »Menschen verschwinden ...«, sagte sie. »Ja ...«

Clara zögerte. »Ich habe ... einen Salamander gesehen. Aber ich verstehe es trotzdem nicht. Was bedeutet das alles?«

»Sie sind tot ... alle tot ...« Lilly Groman machte eine hastige Bewegung und stieß dabei gegen den Nachttisch. Das Croissant fiel zur Freude von Elise auf den Boden.

»Wer ist tot?«, wollte Clara beunruhigt wissen.

»Es ist zu spät ...« Lilly Groman starrte angestrengt vor sich hin, dann begann sie unvermittelt zu zittern. »Zu spät ...« Ihre Stimme klang plötzlich dünn und brüchig, und dann fing sie leise an zu weinen.

Clara stand auf und setzte sich zu ihr auf die Bettkante. »Nicht weinen, Frau Groman«, sagte sie und nahm die alte Frau in den Arm. Sie spürte ihre zerbrechlichen Schultern unter dem Nachthemd.

Lilly Groman zog ein Taschentuch aus dem Ärmel ihres Nachthemdes und tupfte sich damit über die Augen. »Es wird ein letztes Opfer geben«, sagte sie plötzlich. »Am Tag des dunklen Jägers ...« Ihre Stimme klang verweht, als käme sie von weit weg.

Clara überlief unwillkürlich ein Schauder. »Was soll das bedeuten? Was für ein Opfer?«, fragte sie ratlos.

»Gehen Sie weg!«, sagte Lilly Groman unvermittelt heftig, und ihre Augen zwinkerten nervös. »Lassen Sie mich in

Ruhe.« Sie schüttelte Claras Arm ab. »Was wollen Sie überhaupt von mir?«

Clara zuckte hilflos mit den Schultern. »Nichts«, sagte sie leise. »Ich will doch gar nichts von Ihnen. Alles ist gut.«

Lilly Groman ließ sich zurück in ihr Bett fallen. Winzig wie ein Kind lag sie zwischen den Kissen. Ihre Hände zupften an den rosa Rüschen ihres Nachthemdes. »Nichts ist gut, Sie dumme Gans! Die Welt gerät aus den Fugen.« Sie starrte in die Luft. »Wenn es so weit ist, möchte ich tot sein.«

Clara biss sich auf die Lippen. »Es tut mir leid, wenn ich Sie beunruhigt habe, aber ...«

»Es wird nicht mehr lange dauern«, sagte die alte Frau. »Der Tag kommt bald. Dann wird die Totenzeit beginnen, die Zeit des dunklen Jägers.«

»Wovon sprechen Sie?« Clara ließ den Blick durch den stillen Raum schweifen. Das dunkle Holz der Möbel glänzte matt im grauen Licht. Die herbstlichen Bäume vor dem Fenster waren im Nebel kaum zu erkennen. »Wovor haben Sie Angst?«

»Es ist die Dunkelheit. Die Dunkelheit des Herzens.«

Clara seufzte. »Ich habe den Salamander gesehen, von dem Sie gesprochen haben«, versuchte sie es schließlich noch einmal. »Er wurde an eine Wand gesprüht. Ein schwarzer Salamander mit roten Augen. Können Sie mir sagen, was er bedeutet?«

»Nutrisco et extinguo«, antwortete Lilly Groman, und ihre Stimme klang jetzt müde. »Auch ein Franzose, der das gesagt hat ...« Sie schloss die Augen.

»Was heißt das?« Clara wartete noch einen Augenblick, doch als keine weitere Erklärung kam, stand sie resigniert auf. »Ich gehe jetzt.«

»Schon?« Lilly Groman öffnete die Augen und warf einen

Blick auf Claras Sektglas. »Sie haben ja noch gar nicht ausgetrunken.«

»Tut mir leid. Ich habe noch viel zu tun.« Clara hob die Schultern. Sie fühlte sich mit einem Mal zutiefst unbehaglich.

Lilly Groman griff nach ihrer Hand und hielt sie mit beiden Händen fest. »Sie kommen mich doch wieder besuchen, Kindchen? Auch wenn ich Sie eine dumme Gans genannt habe?«

Jetzt musste Clara lächeln. »Ja, ganz sicher!«

FÜNF

»Die Kinder wirkten wie Roboter. Ferngesteuert.«

Zeugenaussage Leichensache Wolfsberg
1. November 1998

»It's four in the morning, the end of December ...«

»Hör doch endlich auf mit diesen traurigen Liedern!«

»New York is cold, but I like where I'm living ...«

»Clara, komm, setz dich zu uns!« Mick deutete auf einen Tisch im Schankraum, wo ein paar seiner Freunde saßen.

»And Jane came and brought me a lock of your hair, she said you gave it to her, that night that you planned to come clear...« Clara lehnte sich einen Augenblick an ihn und spielte dann weiter auf dem Klavier. »Ich komme gleich«, sagte sie, »in fünf Minuten ...«

»Wie du meinst.« Mick zuckte mit den Achseln und ging.

Clara begann wieder zu singen: *»Your famous blue raincoat was torn at the shoulder ...«* Seit einer Stunde schon saß sie im Murphy's am Klavier. Sie sang nicht für die Gäste, es waren ohnehin kaum mehr welche da, und der Nebenraum, in dem das Klavier stand, war schon längst leer. Sie sang für sich selbst, leise, so, dass sie die Töne mehr spüren als hören konnte. Als sie aufhörte, sah sie aus den Augenwinkeln, wie sich jemand bewegte. Sie wandte überrascht den Kopf. Am Durchgang zwischen den beiden Gasträumen stand ein junger Mann mit dem Kopf voller Dreadlocks von unbestimmter Farbe, die Hände in den Taschen seiner Jacke vergraben. Er hatte ihr offenbar zugehört.

Clara stand auf. »Magst du Leonard Cohen?«, fragte sie überrascht. Sie hatte ihn automatisch geduzt, er schien so jung, sicher war er noch keine achtzehn.

Er zuckte mit den Schultern. »Keine Ahnung«, sagte er. »Kenn ich nicht.« Er trat nervös von einem Bein auf das andere, ging aber nicht weg.

Clara musterte ihn genauer. Irgendetwas an seiner Haltung, dem nervösen Gezappel und der Art, wie er sich immer umsah, war seltsam. Was tat er hier im Murphy's? Um diese Zeit, ganz allein? Sie wollte gerade auf ihn zugehen, als Mick kam und ihn ansprach.

»Ich glaube, für dich wird's Zeit, Kumpel«, sagte er freundlich, aber bestimmt und deutete dabei zur Tür. »Komm gut nach Hause.«

Der Junge zog sich mit einer Handbewegung die Kapuze seiner Sweatshirtjacke über den Kopf und ging ohne ein Wort.

Clara starrte ihm nach. Irgendetwas an ihm kam ihr plötzlich bekannt vor. Doch erst als die Tür hinter ihm zugefallen war, fiel es ihr ein: Es war der Gang, diese leise, federnde Art, die Füße aufzusetzen, die ungewöhnlich war und sie an die Gestalt erinnerte, die sie Montagnacht auf dem Rückweg von der Feier im Rathaus in der Nähe ihrer Wohnung bemerkt hatte.

»Halt!«, rief sie und sprang von der Bühne. »Warte!« Sie lief zur Tür und sah hinaus, doch der Junge war weg. »Hallo?« Sie lief ein paar Meter die Straße entlang, doch kein Mensch war zu sehen. Es regnete noch immer wie aus Kübeln. Sie ging wieder hinein. »Mist!«

Mick stand an der Theke und musterte sie erstaunt. »Alles in Ordnung?«

»Ja. Nein. Doch.« Clara hob etwas ratlos die Arme. »Keine Ahnung. Krieg ich noch was zu trinken?«

Sie ging zusammen mit Mick zu den anderen. Es waren Leo und Donald, zwei Freunde von ihm aus England, die ihn schon öfter besucht hatten. Dieses Mal war noch ein Pärchen dabei, das weder Clara noch Mick vorher gekannt hatten. Im Gegensatz zu Micks Freunden, in deren Gegenwart sich Clara immer ein wenig unwohl fühlte, waren Dave und Laura ihr auf Anhieb sympathisch. Laura war gebürtige Irin, klein, dunkelhaarig und von überschäumendem Temperament, und Dave Amerikaner aus Massachusetts, ein langes, rothaariges Elend mit Nickelbrille und buschigen blonden Augenbrauen. Er hatte einen trockenen Humor und ertrug es geduldig, von seiner Frau immer wieder auf die Schippe genommen zu werden. Sie waren erst vor kurzem von Boston nach Newcastle gezogen, weil Dave für eine Firma arbeitete, die dort eine Niederlassung hatte. Was Laura beruflich machte, hatte Clara nicht ganz verstanden. Es hatte etwas mit Visionssuche und Seelenwanderungen oder Ähnlichem zu tun.

Als Clara sich an den Tisch setzte, rückte Laura gleich näher, offenbar froh um weibliche Unterstützung.

»Ich dachte ja immer, Newcastle sei ein öder Ort, in dem es nach Kohle stinkt und man die Wäsche nicht zum Trocknen ins Freie hängen darf, sonst ist sie nachher schwarz«, plapperte sie sofort los, und ihr weicher irischer Tonfall ließ in Clara wehmütige Erinnerungen wach werden. »Aber das ist gar nicht so! Newcastle ist eine richtig coole Stadt! Warst du schon mal dort?«

»Nein …«

»Nicht? Dann kennst du Micks Familie gar nicht?«

»Nein …«

»Oh!« Laura trank einen Schluck von ihrem Cocktail. »Warum denn nicht? Das ist doch nur ein Katzensprung von hier.«

»Ich habe vor, bald mit Mick hinzufahren«, sagte Clara schnell.

Mick hob ironisch die Augenbrauen. Bisher hatte sich Clara aus Angst, Micks Familie gegenüberzutreten, immer geweigert, mit ihm nach England zu fahren. Sie fürchtete sich vor allem vor Micks umwerfend aussehender Mutter, die nur zehn Jahre älter als Clara war.

Mit einem anzüglichen Grinsen Richtung Clara stimmte Mick unverfroren zu: »Stimmt. Wir haben es im November geplant, da hat das Murphy's drei Wochen zu.«

»Oh, das ist großartig!«, rief Laura. »Dann können wir uns treffen! Kommt doch zu Halloween, wir machen eine Party, ein verspätetes Housewarming. Das ganze Haus muss noch energetisch gereinigt werden.«

»Super!«, sagte Mick. »Das lassen wir uns nicht entgehen, oder Clara?«

»Äh, was ist denn eine energetische Reinigung?«, versuchte Clara das Thema zu wechseln und mied Micks herausfordernden Blick.

»Räuchern mit schutzmagischen Kräutern. Die Ahnen besänftigen und die Energieströme neu ordnen«, erklärte Laura und wedelte mit ihren vielfach beringten Händen in der Luft herum. »Müsste man hier auch mal machen, diese ganzen Frustrationen, die die Leute in eine solche Kneipe tragen, die ganze negative Energie …«

»Also bitte!«, entrüstete sich Mick. »Hier gibt's nur positive Energie!« Er überlegte. »Außer natürlich, wenn Clara traurige Lieder singt. Vielleicht solltest du das Klavier mal ausräuchern. Aber von dem Sofa lässt du bitte die Finger, das ist genau so, wie wir es haben wollen!« Er zwinkerte Clara zu.

»Wieso? Ist das euer Liebesnest?«, fragte Laura prompt. »Habt ihr denn kein Zuhause?«

»Doch, haben wir schon ...«, sagte Mick und lachte.

»Apropos Zuhause«, mischte sich jetzt Micks Freund Leo ein. »Wusstest du, dass das Tyne Inn einen neuen Pächter sucht?«

»Tatsächlich? Nein ... wusste ich nicht.« Mick runzelte die Stirn. »Woher auch?«

»Ich dachte, Katie hätte es dir gesagt«, meinte Leo. »Deine Schwester ist nämlich der Meinung, das wäre genau das Richtige für dich. Sie findet, es wäre an der Zeit, dass du wieder nach Hause kommst.«

»Blödsinn! Was Katie sich da wieder zusammenspinnt!« Mick winkte ab und trank von seinem Bier.

»Wir denken das auch!«, mischte sich jetzt Donald ein, ein breitschultriger Glatzkopf mit einem Gesicht wie ein Bär. »Du kannst doch nicht ewig hierbleiben.«

»Wieso nicht?«, gab Mick zurück, und seine Stimme klang jetzt aggressiv. »Ich kann tun, was ich will.«

»Aber irgendwann muss man die Dinge hinter sich lassen.«

»Meint ihr das Tyne Inn unten am Fluss?«, mischte sich jetzt Dave ein. »Wir waren da schon mal beim Essen, Laura!«

»Ja. Es ist wunderschön dort!« Laura nickte.

»Nicht nur das«, sagte Leo. »Es ist eine Institution in Newcastle. Das älteste Lokal der Stadt.« Er sah Mick an. »Es war immer dein Traum.«

»Red keinen solchen Scheiß!«, fuhr ihn Mick wütend an.

»Ich bin glücklich hier, es gibt keinen Grund zurückzugehen.«

Sein Blick suchte Clara, die dem Gespräch mit wachsender Unruhe gefolgt war. Sie sah ihn an. »Ich wusste gar nicht …«, begann sie, doch Leo redete unbeirrt weiter.

»Du hast immer gesagt, du würdest hier alles stehen und liegen lassen, wenn du je die Chance bekämst, dieses Lokal zu übernehmen …«

»Leo!« Laura funkelte ihn warnend an, doch Leo ignorierte sie.

»Hast du doch gesagt, nicht wahr? Erst letztes Mal, als wir hier waren.«

»Leo, es reicht!«, versuchte es Laura mit Nachdruck. »Du bist ein Vollidiot.«

Doch es war bereits zu spät. Clara griff mit einer fahrigen Bewegung nach ihrer Tasche. »Ich glaube, ich gehe jetzt nach Hause«, sagte sie und sah Mick dabei nicht an. »Es ist schon spät, und ich muss morgen früh raus.« Sie brachte ein hilfloses Lächeln zustande und nickte in die Runde. »Vielleicht sehen wir uns ja noch, bevor ihr wieder abreist.« Sie winkte knapp, stand auf und war weg, noch bevor jemand ein Wort an sie richten konnte.

Clara lief mit eingezogenem Kopf, die Hände in den Taschen ihrer dünnen Lederjacke vergraben, die Straße entlang. Der Regen prasselte mit voller Wucht auf sie herab. Sie hatte ihren Schirm im Murphy's stehen lassen, doch sie würde einen Teufel tun und zurückgehen, um ihn zu holen.

»Clara!«

Sie beschleunigte ihren Schritt, doch Mick mit seinen langen Beinen holte sie mühelos ein. Er hielt sie am Arm fest. »Warte doch!«

Sie schüttelte ihn ab. »Lass mich in Frieden. Ich will nach

Hause.« Ihre Haare, die mittlerweile vollkommen durchnässt waren, hingen ihr in die Augen, und sie strich sie mit einer wütenden Handbewegung zurück. Der Regen rann ihr über das Gesicht.

Mick war ebenso durchnässt wie sie. »Renn doch nicht immer weg«, sagte er.

»Ich renne nicht weg, ich gehe nach Hause.«

Mick lachte freudlos. »Und da hast du es so eilig, dass du dich weder ordentlich verabschieden kannst noch an deinen Schirm denkst?«

Clara sah ihn an. Sein Hemd klebte ihm am Körper, und Regentropfen hingen an seinen Wimpern. Er sah aus wie ein halb ertränkter Hund. »Wirst du weggehen?«, fragte sie unvermittelt.

»Blödsinn, ich gehe nicht weg ...«

»Aber du hast zu Leo gesagt, du würdest *alles stehen und liegen lassen*, wenn dieses Restaurant ...«

»Wie man so etwas eben sagt. Da wusste ich ja noch nicht, dass ich jemals die Möglichkeit hätte!«

»Aber jetzt hast du sie«, bohrte Clara weiter. »Wirst du sie nutzen?«

Mick zögerte, und allein das Zögern bohrte sich tief in Claras Herz. Sie wandte den Kopf ab, um nicht in sein Gesicht zu sehen.

»Würdest du denn mitgehen?«, fragte Mick plötzlich.

»Was?« Clara fuhr herum. »Was hast du gesagt?«

»Du hast mich schon verstanden«, gab Mick zurück. »Würdest du mit mir nach Newcastle gehen? Etwas Neues anfangen?«

Der Regen tropfte von ihren Haaren und lief ihr in die Augen. Sie zwinkerte. »Äh ...«, begann sie überrumpelt. »Ich ...« Sie wusste nicht weiter.

»Du wolltest nie wirklich wissen, warum ich von England weggegangen bin«, sagte Mick leise.

»Ich ... ich, doch, ich weiß es doch, du hast studiert und dann ... äh ...« Clara schloss die Augen. Wie hatte es nur passieren können, dass sie beide hier im Regen standen und ein solches Gespräch führten?

»Siehst du! Du wolltest noch nie wirklich etwas von mir erfahren. Du hast nie Fragen gestellt, immer weichst du aus, läufst weg. Keine Pläne für die Zukunft, keine Fragen über die Vergangenheit. Warum? Interessiere ich dich zu wenig?«

Clara schüttelte den Kopf. »Nein. Es ist nur ...« Sie biss sich auf die Lippen und unterdrückte den Impuls, seinen Arm abzuschütteln und einfach weiterzugehen. *Immer läufst du weg.* Sie heftete ihren Blick auf ihre Schuhspitzen, die schwarz vor Nässe waren. »Ich habe Angst, dich zu verlieren«, sagte sie und fühlte sich plötzlich müde. »Ich habe Angst, dass ... dass ... ich plötzlich zu alt für dich bin. Ich habe Angst davor zu hören, dass du lieber endlich eine richtige Familie gründen willst, als mit mir ...« Sie hob die Arme in einer unbestimmten Geste und ließ sie wieder fallen.

Mick schwieg. Jemand ging hinter ihnen über die Straße, ein Schirm leuchtete auf, Schritte erklangen und wurden wieder leiser. Ein Auto fuhr so nah am Gehsteig vorbei, dass das Spritzwasser ihnen die Hosen bis zu den Knien durchnässte. In der Ferne war die Sirene eines Krankenwagens zu hören.

»Weißt du, ich hatte schon eine Familie«, sagte Mick plötzlich. »Meine Frau hieß Elizabeth. Liz. Wir haben ganz jung geheiratet, waren beide noch Studenten. Liz hatte Probleme, sie ... sie nahm Drogen. Wir dachten, wir kriegen das hin. Oder besser, ich dachte das. Aber es hat nicht geklappt. Sie hat … sie ist gestorben. Sie war schwanger. Das Kind ist auch gestorben.«

»Was?« Clara starrte ihn entsetzt an.

Micks nasses Gesicht wirkte fremd und hart in dem kalten Licht der Straßenbeleuchtung. »Jetzt weißt du's, obwohl du nie gefragt hast.« Er drehte sich um und ging.

SECHS

»Manchmal hat man was gehört. Schreie, Weinen. Aber man wusste ja nicht, was los war. Man kann ja schließlich nicht einfach ins Haus reingehen und nachschauen, was die da treiben.«

Zeugenaussage Leichensache Wolfsberg
1. November 1998

Solo wusste nicht mehr, was er tun sollte. Die Tage vergingen, und nichts geschah. Sein Kopf wollte platzen von all den Gedanken, die darin herumspukten. Fast hätte er mit ihr gesprochen. Fast. Doch dann war ihr Typ dazugekommen und hatte ihn rausgeworfen, und der Moment war vorüber gewesen. Aber was hätte er gesagt? Er krümmte sich wie unter einem Schlag zusammen, als er daran dachte, dass er womöglich beinahe zum Verräter geworden wäre. *Den Verrätern bleibt nichts als der Tod, den Verrätern bleibt nichts als der Tod, den Verrätern bleibt nichts als der Tod* ... Sein Blick fiel auf die Zigarette in seiner Hand. Sie war halb heruntergebrannt und glühte schwach im trüben Licht. Er nahm die Kippe zwischen Daumen und Zeigefinger. Bereits der vertraute Griff verschaffte ihm Erleichterung. Dann hielt er die Luft an, schloss die Augen und presste das glühende Ende in die Innenseite seines Unterarms. Es machte ein ganz leises, zischendes Geräusch, und es roch nach verbranntem Fleisch. Er schloss die Augen. Der Schmerz war vollkommen.

Wie in Trance stieg Clara die Treppen zur U-Bahn-Station hinunter. Sie war vollkommen durchnässt und schlotterte vor Kälte, doch sie bemerkte es kaum. Der geflieste Boden war schmierig vom Schmutz unzähliger Schuhe, und fast wäre sie ausgeglitten, wenn sie sich nicht im letzten Moment an einer der Säulen abgestützt hätte. In der Ecke zwischen dem Kiosk, der seit Stunden geschlossen hatte, und der Rolltreppe, die zu den unteren Bahnsteigen führte, saß ein junger Mann am Boden. Er hatte die Beine ausgestreckt und den Kopf nach hinten gegen die Betonwand gelehnt. Eine durchnässte Kapuze verdeckte größtenteils das Gesicht.

Clara kniff die Augen zusammen. War das nicht der Junge, der ihr im Murphy's zugehört hatte? Der, der ihr im Schatten an der Isar begegnet war? Jetzt, wo sie ihn dort sitzen sah, kam es ihr so vor, als habe sie ihn früher schon einmal gesehen, doch sie kam nicht darauf, wo das gewesen sein könnte. Sie ging leise auf ihn zu. Er bewegte sich nicht, nur seine Schultern hoben und senkten sich vom schweren Atmen. Er hielt den linken Arm an seinen Körper gepresst, als ob er Schmerzen hätte, und in seiner rechten Hand, die schlaff herunterhing, qualmte der Stummel einer glühenden Zigarette. Wenn er sie nicht ausmachte oder wegwarf, würde sie ihm gleich die Finger verbrennen.

»Hey!« Clara blieb vor ihm stehen. »Alles in Ordnung?«

Der Junge zuckte zusammen und sprang in Rekordgeschwindigkeit auf die Füße. Dabei rutschte seine Kapuze nach hinten, und Clara erkannte ihn. Es war tatsächlich der Junge von vorhin. Filzige messingfarbene Dreadlocks hingen in ein schmales Gesicht mit misstrauischen Augen. Auf der rechten Kopfseite war ein handbreiter Streifen über dem Ohr kahl rasiert. Der Junge war etwa einen Kopf größer als sie, ziemlich dünn und schmächtig, doch wie er jetzt so unmittelbar vor ihr stand und sie anstarrte, bekam es Clara doch ein wenig mit der Angst zu tun. Der U-Bahnhof war menschenleer, und nicht einmal Elise stand an ihrer Seite. Clara hatte den Jungen angesprochen, ohne nachzudenken. Sie machte eine besänftigende Geste mit beiden Händen. »Ich wollte dich nicht erschrecken, ich dachte nur, dir geht's nicht gut ...«

Er nickte kaum merklich, und seine Augen flogen nach links und rechts, als fürchtete er sich vor etwas.

»Was willst du von mir?«, fragte sie, wieder ein wenig mutiger geworden, da der Junge offensichtlich nicht vorhatte, sie anzugreifen. »Ich habe dich gesehen, unten an der Isar. Du hast mich beobachtet.«

Er antwortete nicht. Clara überlegte, ob er wohl Drogen genommen hatte. Seine Augen waren weit aufgerissen, die Pupillen geweitet. Sie wagte noch einen letzten Versuch, einen Schuss ins Blaue. »Du hast den Salamander an die Wand gesprayt, nicht wahr?«

Sein Erschrecken war so deutlich sichtbar und spürbar, dass Clara unwillkürlich zurückzuckte. »Nein! Ich war das nicht!«, sagte er schnell, und Panik glomm in seinen Augen auf.

»Es ist egal, ich möchte nur wissen, warum ...«, begann Clara, doch sie wurde von einer Gruppe unterbrochen, die lärmend die Treppe von der Straße herunterkam. Sie wandte einen Augenblick den Kopf, und der Junge nutzte die Gelegenheit, schob sich an ihr vorbei und lief davon.

»Halt! Warte doch!«, rief Clara ihm nach, doch natürlich blieb er nicht stehen. Mit großen, federnden Schritten lief er zum nächsten Aufgang, sprang die Stufen hinauf und war verschwunden. Clara rannte ihm nach, rempelte dabei einen der Nachtvögel an, der sich, kaum mehr der deutschen

Sprache mächtig, lallend beschwerte und ihr Schimpfwörter nachrief. Sie nahm zwei Stufen auf einmal, aber sie war zu langsam. Von dem Jungen war nichts mehr zu sehen. Trotzdem lief sie weiter. Sie rannte die Straße entlang, bog aufs Geratewohl in eine Seitenstraße ein und bog erneut ab. Einmal glaubte sie, Schritte zu hören, doch als sie in die Richtung lief, woher sie gekommen waren, waren da nichts als eine leere Straße, schwarz glänzender Asphalt und eine Zeile dunkler Bürogebäude. Irgendwann wusste sie nicht mehr genau, wo sie war, und gab auf.

Dem Gefühl nach musste sie sich irgendwo in der Nähe des Hauptbahnhofs befinden. In der Ferne hatte sie beleuchtete Gleise gesehen. Schwer atmend bog sie die nächste Straße links ab und erreichte tatsächlich kurze Zeit darauf wieder die Nymphenburger Straße. Nicht weit von ihr entfernt leuchtete das blaue Schild der U-Bahn-Station, von der sie losgerannt war, und nur eine Straße weiter befand sich das Murphy's. Sie war eine halbe Stunde im Kreis gelaufen. Jetzt konnte sie von Glück reden, wenn sie die letzte U-Bahn noch erwischte. Müde fuhr sie mit der Rolltreppe wieder nach unten. Dieses Mal kam sie von der anderen Seite. Mit einem Blick auf die Anzeige am Bahnsteig registrierte sie erleichtert, dass der letzte Zug noch nicht weg war. Sie ließ sich auf einen der am Boden festmontierten Metallstühle fallen und schloss erschöpft die Augen. Nicht denken. Nur nicht denken.

Den Verrätern bleibt nichts als der Tod … den Verrätern bleibt nichts als der Tod … den Verrätern bleibt nichts als der Tod …

Er sprang über die Absperrung am Güterbahnhof und landete wieder auf der Straße. Jetzt war sie sicher weg. Langsam ging er die stille Straße entlang. Wenigstens hatte es zu regnen aufgehört. Seine Kapuzenjacke war noch feucht und die Turnschuhe wieder einmal durchweicht, aber das störte ihn nicht besonders. Wie sie allerdings ausgesehen hatte. Klitschnass. Irgendwie ein bisschen irre, fand er, mit diesen triefenden roten Haaren und dem kreideweißen Gesicht. Warum lief so eine mitten in der Nacht im Regen herum? Warum nahm sie kein Taxi? Er kickte einen Stein auf die Straße. Er war nahe dran gewesen, mit ihr zu reden. Fast hätte er es getan.

Die Brandwunde an seinem Unterarm pochte. Er bohrte seinen Finger hinein, so tief es ging. Es zerriss ihn. Von innen heraus riss etwas auf. Beinahe konnte er das Geräusch hören. Es klang, wie wenn man einen dünnen Stoff zerreißt, ein kurzes hartes Zischen, und dann war Stille – bis auf das Pochen des Blutes in seinen Ohren, das ihn begleitete, seit er denken konnte. Er blieb stehen und sah nach oben in den wolkenverhangenen Nachthimmel, der im Licht der Stadt orange wirkte. Kein Stern war zu sehen. Warum kam kein Zeichen? Warum sagte ihm nichts und niemand in diesem endlosen Universum, was zu tun war? Eine Stimme in ihm flüsterte ihm zu: *»Du weißt längst, was du tun musst …«* Er hielt sich die Ohren zu und begann zu laufen. Das Geräusch seiner Schritte wurde von den dunklen Häusern vielfach zurückgeworfen, und sein Schatten zuckte riesenhaft vergrößert an den Fassaden entlang. Er lief nicht allein, ein schwarzes Ungeheuer folgte ihm auf Schritt und Tritt.

Clara ging wie in Trance von der U-Bahn nach Hause. Ihre Haare klebten an Stirn und Schläfen, und die dünne Jacke, die sie trug, war noch immer nass und eiskalt. Sie schlotterte, und ihre Zähne schlugen aufeinander, ohne dass sie es wirklich bemerkte. Zu Hause angekommen ließ sie Elise nur noch kurz vor die Tür und wartete zitternd im Treppenhaus auf sie. Danach riss sie sich die nassen Kleider vom Leib und schlüpfte in ihren alten Jogginganzug. Mit dicken Socken an den kalten Füßen und einem heißen Whisky mit braunem Zucker und Zitrone in der Hand wickelte sie sich ungeschickt in eine Wolldecke und kauerte sich auf das Wohnzimmersofa, ohne Licht zu machen. Langsam konnte sie ihre Fingerspitzen wieder fühlen. Doch innerlich hielt die Kälte an. Ihre Gedanken blieben eingefroren. Beim Versuch, über das nachzudenken, was Mick ihr an diesem Abend eröffnet hatte, versagte ihr Gehirn. Vielleicht wollte es auch einfach nicht. Stellte sich stur.

Clara trank das Glas in zwei großen Schlucken aus und goss sich aus der Flasche nach. Sollte sie ins Bett gehen? An Schlaf war jedoch nicht zu denken. Sie fühlte sich hellwach. Sie zündete sich eine Zigarette an und starrte auf das helle Rechteck des Flurs. Elise tapste draußen herum, schlapperte an ihrem Wassernapf und sank dann geräuschvoll auf ihre Matratze. Clara zündete sich eine neue Zigarette an. Langsam begann der Whisky zu wirken. Doch er brachte weder die ersehnte Entspannung noch die Müdigkeit. Stattdessen verstärkte er nur das unbestimmte Gefühl der Angst und Trauer über etwas, was verloren schien, noch bevor Clara gewusst hatte, dass sie es besaß. Die Gefühle schwappten unvermittelt wie eine Woge über Clara zusammen, ohne dass sie sich dagegen wehren konnte. Sie blieb sitzen, starrte mit brennenden Augen in die Dunkelheit und wartete darauf, dass der Sturm sich legte.

Die Schmerzen machen sie taub. Taub für alles, was um sie herum geschieht. Sie kann nichts hören, nichts sehen, sie fühlt nur den Schmerz. Er rast durch ihren Körper wie ein Feuer. Warum schlägt ihr Herz überhaupt noch? Es pumpt das Blut aus ihr her-

aus, Stoß für Stoß, verwandelt den Rest Leben, der noch in ihr ist, in eine klebrige, dunkle Pfütze, die eintrocknen wird, bald, bald, wenn alles vorbei ist.

Plötzlich nimmt sie eine Bewegung wahr. Im nachtschwarzen Dunkel kann sie ein winziges Licht ausmachen und einen Schatten. Er lässt sie zusammenzucken wie unter einem Stromschlag. Ihr gekrümmter Körper, in dem kaum noch die Kraft ist, um am Leben zu bleiben, erzittert, und ihre zerrissenen, blutigen Lippen formen sich zu einem lautlosen Flehen. »Bitte! Bitte nicht!«

Der Schatten verschwindet. Stattdessen hört sie ein Kratzen an der Wand und dann ein metallisches Klicken, kurz und scharf. Das Gitter vor ihrem Gesicht fällt zu Boden. Dort gibt es jetzt nichts mehr. Nichts, was sie zurückhält. Sie streckt ihre Arme in das Dunkel. Das Licht ist nicht mehr zu sehen. War es eine Täuschung? Doch das Gitter liegt flach am Boden. Sie kriecht heraus. Jede Bewegung schmerzt und ringt ihr ein Stöhnen ab. Sie steht schwankend auf, die Hände stützend an die Wand gepresst. Das Blut läuft warm zwischen ihren nackten Beinen hinunter. Sie rennt los, ohne etwas zu sehen, ohne zu wissen, wohin sie laufen soll, und prallt mit voller Wucht gegen eine Wand. Mühsam steht sie wieder auf, die Dunkelheit um sie herum beginnt sich zu drehen, flimmert. Sie läuft in die andere Richtung, die Hände vor sich ausgestreckt wie eine Blinde. Erneut endet ihr Weg an einer Wand. Ihre Fingernägel schaben an rauem Beton. Sie stoppt, tastet sich dann weiter, Schritt für Schritt an der Wand entlang. Dazwischen hält sie inne, lauscht auf das leise Geräusch, das sie immer wieder zu hören glaubt.

Doch vielleicht ist da auch nichts. Sie hat schon vieles gehört in den schwarzen Stunden, seit die Welt in ihr ausgelöscht wurde. Vieles, was nur in ihrem Kopf war. Und das, was nicht in ihrem Kopf war, das, was sie tatsächlich gehört hat, das waren Dinge, die sie am liebsten aus ihrem Gehirn herausgerissen hätte.

Vier Wände zählt sie. Vier lange Wände, glatt und ohne eine Öffnung. Sie schluchzt auf, der Ton hallt klagend zu ihr zurück, endet in einem Wimmern. Doch das Wimmern erinnert sie. Lässt sie erneut den Kopf heben. Zwingt sie nachzudenken. Es ist nicht möglich. Von irgendwo muss sie hierhergekommen sein. Sie beginnt ihre Wanderung erneut, tastet nach oben und nach unten, zählt ihre Schritte. Fünfundzwanzig Schritte, die erste Wand. Dort der Käfig. So niedrig, dass sie nur kauern konnte wie ein Hund in einem zu engen Zwinger. Zehn Schritte die zweite Wand. Ein rechteckiger Raum. Dann, plötzlich umfassen ihre Finger etwas Neues, etwas, das sie zuerst nicht gefühlt hat. Ein Metallrohr, nein, eine Metallstufe, in der Wand eingelassen. Es gibt mehrere, plötzlich kann sie sie vor sich sehen, ein Weg nach oben. Sie klettert hinauf, ihre nackten Zehen pressen sich an das kalte, geriffelte Metall, ihre Hände krallen sich fest, sie zieht sich nach oben, Stufe um Stufe, bis sie die Decke erreicht. Dort ist eine Öffnung, sie kann nach oben ins Leere greifen. So schnell sie kann, klettert sie aus dem Loch heraus. Oben angekommen bleibt sie liegen, atmet schwer. Ihr Körper funktioniert nur noch mühevoll. Sie muss ihn überreden, sich aufzurappeln, muss ihre Finger zwingen weiterzutasten. Schritt für Schritt.

Irgendwann wird die Dunkelheit durchlässiger, ist die Schwärze vor ihren Augen nicht mehr so dicht. Sie glaubt ein schwaches Licht zu sehen, bleibt stehen, dreht den Kopf, versucht sich zu orientieren. Langsam kann sie die Umrisse der Wände erkennen, sieht das rabenschwarze Loch, aus dem sie gekrochen ist, und direkt gegenüber, mattgrau, kaum von den Wänden zu unterscheiden, eine Treppe. Jetzt kann sie auch den Luftzug fühlen, der von dort herunterströmt, und nimmt das Dröhnen bewusst wahr, das sie bereits die ganze Zeit begleitet hat und das jetzt lauter wird. Es kommt von oben. Sie geht langsam auf die Treppe zu. Es wird heller, zwar sind es nur Nuancen von Schwarz, doch ihre

Augen, längst an die Dunkelheit gewöhnt, nehmen sie dennoch wahr. Dann plötzlich hält sie inne, denn etwas anderes hat ihre Aufmerksamkeit erregt:

Etwas ist hinter ihr.

Etwas bewegt sich.

Ihr Herz stockt. Langsam dreht sie sich um. Direkt hinter ihr steht eine schwarze Gestalt, vollkommen reglos. Sie schreit auf, und die Panik, die die ganze Zeit schon in ihr gelauert hat, bricht aus. Sie beginnt zu laufen, die Stufen fliegen unter ihr weg, während ihr eigener hoher, schriller Schrei sie hinaufbegleitet. Sie weiß nicht, wo sie sich befindet, als sie an die Oberfläche stolpert, noch immer schreiend vor Angst. Sie läuft über Steine und Draht, läuft weiter, dem steten Dröhnen entgegen. Sie läuft blind, ist nur noch Laufen, der Versuch, dem Grauen zu entkommen, das ihr dort unten begegnet ist. Sie läuft, ohne innezuhalten, die Fetzen eines Plastikbandes bleiben an ihrem Körper hängen, ohne dass sie etwas bemerkt. Sie läuft dem Licht entgegen, das sie vor sich sieht, vielfach gebrochen durch die Tränen in ihren Augen. Sie schreit, wirft die Arme hoch und hört einen schrillen Ton, der ihre Stimme und das Dröhnen durchdringt. Ein Kreischen, das näher kommt, dem sie entgegenläuft, unfähig anzuhalten. Plötzlich ist das Pfeifen in ihr. Ein harter Stoß stoppt alles Hören, und sie fliegt. Sie ist entkommen, denkt sie, und die Wirklichkeit um sie herum zerbricht in tausend glitzernde Sterne.

SIEBEN

»In der Nacht sind Autos gekommen. Es waren oft mehrere Leute oben im Haus. Man hat nie gesehen, was die da getrieben haben. Aber es war nichts Rechtes. Nein. Ganz sicher nicht.«

Zeugenaussage Leichensache Wolfsberg
1. November 1998

»Das ist nicht möglich!«, insistierte Clara wütend. »Sie muss von jemandem Besuch bekommen.«

»Aber wenn ich es Ihnen doch sage!« Die Heimleiterin, eine Frau in den Fünfzigern mit schmuckloser grauer Kurzhaarfrisur, seufzte. »Ich habe mit dem Pflegepersonal gesprochen. Sie haben mir alle bestätigt, dass Frau Groman mit Ausnahme von Ihnen in den letzten Monaten überhaupt keinen Besuch bekommen hat. Früher ist noch ab und zu jemand vom sozialen Besuchsdienst gekommen, aber den hat Frau Groman vor einigen Monaten rausgeworfen. Sie ist ja nicht gerade einfach, wie Sie wissen.« Die Stimme der Heimleiterin klang jetzt vorwurfsvoll, so als trüge Clara Schuld daran, dass ihr Schützling nicht so pflegeleicht war, wie es wünschenswert gewesen wäre.

Clara schüttelte den Kopf. »Es ist ein Jugendlicher, etwa siebzehn, achtzehn, mit Dreadlocks ...«

»Frau Anwältin!« Die Heimleiterin verschränkte ihre Arme vor der Brust. »Es war niemand da!«

Clara nickte resigniert. Sie hatte selbst schon einige Pfleger und Pflegerinnen gefragt, die sie im Flur angetroffen hatte, und die gleiche Antwort erhalten.

»Vielleicht ein Zivildienstleistender?«, fragte sie noch.

»Gibt es nicht mehr, seit dieser windige Schwindelbaron die Wehrpflicht abgeschafft hat«, schnappte die Heimleiterin wütend und funkelte Clara an, so als wäre auch dies ihre Schuld. »Wenn Sie also sonst nichts mehr auf dem Herzen haben ...« Sie stand auf.

Clara verabschiedete sich. Sie hatte Lilly Groman besucht und mit ihr einen Kaffee in der Cafeteria des Heims getrunken, ohne dass irgendetwas Erhellendes im Hinblick auf den rätselhaften jungen Mann herausgekommen war, den sie gestern getroffen hatte. Lilly Groman wirkte so aufgeräumt und ruhig, beinahe fröhlich, dass Clara nicht gewagt hatte, sie zu sehr zu bedrängen.

Sie ging nachdenklich zum Ausgang. Elise trottete hinter ihr her. Neben der großen Glastür saßen wie üblich ein uralter Mann ohne Zähne und eine stämmige Frau mit schlohweißem Haar und einem für ihr Alter seltsam faltenlosen, glatten Gesicht. Unbeweglich wie Wachsfiguren thronten sie dort auf dem Sofa und starrten in das gegenüberliegende Aquarium, wo ein paar Guppys und Schleierschwänze herumschwammen. Der Mann hielt sich mit beiden Händen an seinem Stock fest, und die Frau hatte die Hände in den Schoß gelegt. Auf ihrem ausladenden Busen ruhte ein rosafarbener, gehäkelter Brustbeutel. Clara nickte ihnen wie üblich zu, ohne eine Reaktion zu erwarten, doch dieses Mal sprach die Frau sie völlig unvermutet an.

»Grüß Gott«, sagte sie, ohne zu lächeln.

»Grüß Gott.« Clara blieb stehen. »Wie geht es Ihnen?«

»Haben Sie meine Tochter geseh'n?«

»Ihre Tochter? Nein ... tut mir leid«, sagte Clara bedauernd.

»Ich wart nämlich auf sie, wir geh'n heut noch in die Stadt. Aber sie hat sich scheint's verspätet.«

»Sieht so aus.« Clara nickte betreten. Seit sie in dieses Altersheim kam, saß die alte Dame dort wartend auf dem Sofa. Zu jeder Tageszeit.

»Die kommt doch nicht«, mischte sich jetzt der Mann undeutlich nuschelnd ein, und seine Kiefer mahlten nachdrücklich.

»Doch. Freilich kommt's. Gleich wird sie da sein«, sagte die Frau mit unbewegter Miene.

»Schmarrn! Nie kommt die. Ich hab noch nie eine Tochter gesehen von dir. Vielleicht hast ja gar keine.«

»Ich soll keine Tochter haben? Monika heißt sie. Sie hat studiert ...«

»Die kümmert sich doch einen Scheißdreck um dich«, stichelte der alte Mann weiter. »Weil'st so ein böses Weib warst, dein ganzes Leben lang.«

»Du bist ein Depp«, sagte die Frau gleichmütig. »Wo hast denn wieder deine Zähne lassen?«

Clara wagte einen Versuch. »Kennen Sie vielleicht einen jungen Mann, der hier ab und zu vorbeikommt?« Sie hob eine Hand über ihren Kopf. »Er ist etwa so groß und hat komische Haare. Rastalocken.«

»Der müsst mal zum Friseur gehen«, sagte die Frau. »Da setzen sich doch die Läuse rein.«

Clara hielt vor Überraschung den Atem an. »Sie kennen ihn?«

»Aber freilich kenne ich den.«

»Wann kommt er denn immer?«

»Der war schon lang nicht mehr da!«, sagte jetzt der Mann. »Schon ein paar Jahre nicht mehr.«

»Ein paar Jahre?«

»Ja, ja …«, nickte die Frau. »Der ist auf einmal nicht mehr gekommen. So wie meine Tochter.«

»Deine Tochter ist doch noch nie gekommen!«

»Aber heut kommt sie. Wir gehen nämlich heut in die Stadt. Sie hat's mir versprochen.«

Der alte Mann hieb mit dem Stock auf den Boden. »Die kommt nicht. Nie kommt die …«

Clara trat unauffällig den Rückzug an.

Der Wasserhahn tropfte. Clara konnte das Geräusch nicht mehr ertragen. Sie rieb sich genervt über die Augen und starrte auf das rosa gebratene, sündhaft teure Stück Fleisch auf ihrem Teller, von dem sie höchstens zwei Bissen gegessen hatte. Eine Kerze brannte auf dem Tisch. Sie hatte versucht, sich einen schönen Abend zu machen. Um zur Ruhe zu kommen, zum Nachdenken. Sogar gekocht hatte sie, für sich ganz allein: Beef Tournedo ausgerechnet. Weil Mick letztens ihre Kochkenntnisse angezweifelt hatte. Clara rief Elise und hielt ihr das Filet vor die Schnauze. Die Dogge zögerte, konnte ihr Glück kaum fassen, doch dann schnappte sie zu und trug ihre Beute zurück auf ihr Lager. Clara hörte sie schmatzen.

Sie schenkte sich einen Schluck Redbreast ein und ließ ihn im Glas kreisen. »Saufen ist auch keine Lösung, oder?«, murmelte sie und trank einen kleinen Schluck. Der Whisky brannte in ihrer Kehle, doch gab ihr keine Antwort. Er hatte ihr schon gestern Abend keine Antwort gegeben, als sie das leere Glas in einem Anfall von Verzweiflung gegen die Wand geschleudert hatte. In der Nacht hatte sie wie eine Tote geschlafen. Traumlos, reglos, betäubt. Und so fühlte sie sich noch immer. Als ob sie schliefe, in einem tiefen, dunklen Schlaf gefangen, der keine Erholung brachte, nur bleierne, lähmende Müdigkeit. Wie konnte Mick sie nur dermaßen überrumpeln? Sie mit so einer schrecklichen Geschichte konfrontieren, um halb eins in der Nacht, im strömenden Regen? Was war nur in ihn gefahren? Warum hatte er ihr nie vorher davon erzählt?

»Scheiße«, brummte Clara, stand auf und stellte das Glas und den Teller in die Spüle. Sie zündete sich eine Zigarette an und ging in das alte Kinderzimmer ihres Sohnes, das sie bis heute nicht in irgendetwas Zweckmäßiges umgewandelt hatte, obwohl er schon vor drei Jahren ausgezogen war. Sie legte sich auf sein Bett und starrte an die Decke. Dort klebten noch die Reste alter Leuchtsterne, die sie vor mehr als fünfzehn Jahren für Sean angebracht hatte, damit er sich im Dunkeln nicht fürchtete.

War es Zeit wegzugehen? Alles hier hinter sich zu lassen? Hatte Mick seine Frage überhaupt ernst gemeint? Eigentlich war doch alles, was er zu ihr gesagt hatte, nur ein einziger Vorwurf gewesen. Er glaubte doch zu wissen, dass sie niemals mit ihm nach England gehen würde. Oder? Sie versuchte, sich Mick verheiratet vorzustellen, einen jüngeren Mick zusammen mit einer Frau namens Liz. Sie stellte sie sich dunkelhaarig vor, wild, schön, atemlos. Eine Frau, die gerne Grenzen überschritt, für die das Wort Sicherheit nicht galt. Doch was wusste sie schon? Liz war drogenabhängig gewesen. Also vielleicht eher traurig, depressiv ... und außerdem schwanger. Claras Magen zog sich zusammen, wenn sie daran dachte. Es war etwas, was sie sich nicht vorstellen konnte. Es gelang ihr überhaupt nicht, sich Mick auf diese Weise vorzustellen. Alles in ihr sträubte sich dagegen. Sie konnte ihn nur hier sehen, mit ihr, auf seinem Motorrad, im Murphy's hinter der Theke. Ihr war klar, dass er mit seinen Vorwürfen recht hatte. Sie hatte nie etwas anderes als die

Gegenwart von ihm gewollt. Keine Zukunftspläne, keine belastende Vergangenheit. Eine Träne stahl sich aus Claras Augenwinkel und tropfte auf die abgezogene Matratze.

War das der Preis dafür? Dass es jetzt eben keine Zukunft mit ihm geben würde? Dass sie selbst mit ihrer ständigen Angst, verletzt oder verlassen zu werden, dafür gesorgt hatte, dass es so war? Sie wollte weinen, aber es gelang ihr nicht. Es kam nicht mehr als diese einzelne Träne. So starrte sie mit brennenden Augen auf einen halb abgerissenen Stern an der Decke und wartete darauf, dass er zu leuchten begann.

Solo saß am Küchenfenster und sah hinaus. Auf der anderen Seite des Hinterhofs waren mehrere Fenster erleuchtet. Er konnte die Bewohner in den Zimmern umhergehen sehen, sah das blaue Licht eines Fernsehers zucken und einen jungen Mann reglos vor einem Computerbildschirm sitzen. Sie schienen so weit entfernt von ihm zu sein wie der Mond und die Sterne.

Er wusste nicht mehr, wie er es aushalten sollte. Zwei Diazepam hatte er schon genommen, doch sie halfen kaum mehr. Sie konnten nicht einmal mehr das Zittern unterdrücken, das ihn seit gestern Nacht erfasst hatte. Er senkte seinen Blick auf seine Unterarme, die von kaum verheilten Schnittwunden und Narben von glühenden Zigaretten übersät waren. Die frische Brandwunde pochte heftig. Gelber Eiter bedeckte die kreisrunde Fläche, und die Aschereste der Zigarette schwärten dunkel um die entzündeten Ränder herum. Es würde dauern, bis die Wunde verheilt war. Er hatte die falsche Entscheidung getroffen, sie würde ihm zum Verhängnis werden. Er schloss die Augen.

Als er Frank in die Küche kommen hörte, wandte er nur kurz den Kopf. »Hey!«, murmelte er und hoffte, Frank würde ihn einfach hier sitzen lassen, ohne auf ihn einzureden, ohne Fragen zu stellen. Unverhofft blieb Frank tatsächlich stumm, erwiderte nicht einmal seinen Gruß. Solo sah auf. Frank war an der Tür stehen geblieben und schaute ihn an. Sein Gesicht war wie versteinert.

»Was ist?«, fragte Solo und stand langsam auf. Etwas stimmte nicht mit Frank. Seine Augen glühten wie blaues Eis.

»Was ist los?«, fragte Solo noch einmal, jetzt unbehaglicher. Seine Finger tasteten unwillkürlich nach der Wunde.

Frank trat einen Schritt in die Küche. »Ich habe etwas gefunden.«

Solo sagte nichts.

Franks Schuhe glänzten, und sein hellblauer Pullover war frisch gewaschen. In der Hand hielt er eine durchsichtige Plastiktüte.

Solo erkannte ein Messer darin. Sein Messer. Er spürte, wie ihm kalt wurde. Der Boden unter ihm brach weg. Er befand sich im freien Fall.

Frank beobachtete ihn, und in seinen Augen lag eine Spur von Trauer. »Wir waren eins«, sagte er.

Solo bohrte einen Finger in die entzündete Wunde und sog scharf die Luft ein. »Wir sind eins«, widersprach er. Seine Stimme war brüchig.

Frank schüttelte den Kopf. »Du bist tot.«

»Nein!« Der Finger grub sich ins Fleisch. Tränen stiegen ihm in die Augen. »Bitte!«

»Es war deine Entscheidung. Du hattest die Wahl.«

»Ich wollte nicht …«, begann Solo, und seine Stimme war nicht mehr als ein Wimmern.

Frank betrachtete ihn ohne Regung. »In einer Stunde bist du weg.«

Solo senkte den Kopf. Blut rann seinen Unterarm hinunter und tropfte auf den Boden. Er nickte.

Frank verließ die Küche. Er drehte sich nicht mehr um, und Solo konnte hören, wie die Haustür ins Schloss fiel.

Solo ging in sein Zimmer und starrte minutenlang an die Wand. Dann begann er mit schwerfälligen, unbeholfenen Bewegungen seinen Rucksack zu packen, stopfte wahllos Dinge hinein und leerte sie wieder auf das Bett. Schließlich brach er zusammen. Die Beine knickten unter ihm weg, als wären sie aus Papier. Er schlug hart mit dem Kopf auf dem Boden auf und blieb liegen. Keuchend atmete er, während die Bilder vor seinen Augen vorüberzogen. Er ließ sie kommen und gehen. Ließ den Atem kommen und gehen. Hörte sich keuchen und husten und schließlich weinen. »Wir sind eins«, flüsterte er und schlang sich die Arme um den Leib. »Wir sind eins ...«

Clara döste ein, und ihre Gedanken vermischten sich mit beunruhigenden Traumbildern. Der Stern an der Decke verlöschte zischend und verwandelte sich in die abgebrannte Zigarettenkippe in der Hand eines Jungen. Seine Fingerkuppen waren schwarz. Sie stand vor ihm und wusste plötzlich, dass auch sein Herz schwarz war, schwarz verbrannt wie ein dunkel glühender Klumpen Kohle. Es schwelte durch sein Sweatshirt hindurch, verbrannte den weichen Stoff, und silbrige Rauchfahnen schlängelten daraus nach oben. Die Rauchfahnen verwandelten sich in dünne schwarze Linien, die an der Wand hinter ihm Muster bildeten, bis sie sich schließlich zu einem schwarzen Salamander fügten.

Clara starrte auf das Bild an der Wand und wusste, dass etwas fehlte. Ihr Blick wanderte zurück zu dem Jungen, der reglos an einer Mauer lag. Sie konnte sein Gesicht nicht sehen, es war unter der Kapuze verborgen. Aber sein brennendes Herz hatte sich den Weg freigekämpft und lag jetzt offen da. Beißender Rauch stieg ihr in die Nase. Dann verwandelte sich das Herz in eine Schlange, die wie ein messerscharfer Schatten über den Körper des Jungen und hinter ihm die Wand hinaufkroch, sich um den Kopf des Salamanders ringelte und mit ihm verschmolz. Clara machte einen Schritt darauf zu, streckte die Hand aus, doch jemand riss sie zurück. Es war Mick. Er stand hinter ihr und hielt ihren Arm wie in einem Schraubstock fest. Sein Gesicht war weiß, und in seinen Augen leuchtete Panik. »Das darfst du nicht tun!«, flüsterte er, und Clara öffnete den Mund. Doch bevor sie ein Wort sagen konnte, hatte die Flamme aus dem Herzen des Jungen auch Mick erfasst, und er brannte wie eine lebendige Fackel. Er hielt noch immer ihren Arm, seine Hand war eine schwarz verbrannte Kralle, die nicht mehr loslassen konnte. Clara schrie auf.

Ihr eigener Schrei weckte sie. Sie fuhr entsetzt hoch und wusste einen Augenblick lang nicht, wo sie war. Der Mond schien durch das vorhanglose Fenster, nur hie und da unterbrochen von vorbeijagenden Wolkenfetzen, die das bläuliche Licht im Zimmer immer wieder veränderten und die Schatten verschoben. Sie tastete nach dem Lichtschalter und atmete erleichtert auf, als die Nachttischlampe den Raum erhellte. Es roch noch immer verbrannt. Und jetzt erkannte Clara auch den Grund. Sie war mit der brennenden Zigarette auf dem Bett ihres Sohnes eingeschlafen, und die Glut hatte bereits ein Loch durch das Kopfkissen gebrannt.

Clara atmete einmal tief aus und rieb sich den schweißfeuchten Nacken. »Ganz toll, Clara, wenn du dich umbringen willst ...« Sie nahm die Zigarette und drückte sie aus. Dann packte sie das Kissen und warf es in die Dusche. Während der Strahl darüberprasselte, hielt sie ihr Gesicht über das Waschbecken und wusch sich mit eiskaltem Wasser. Die Traumbilder mochten nicht weichen. Das Entsetzen steckte ihr noch in den Knochen, und ihre Beine fühlten sich kraftlos an. Sie trocknete ihr Gesicht ab und starrte in den Spiegel. Als Kind hatte sie das oft gemacht und sich dabei so lange angesehen, bis sich ihre Züge im Spiegel veränderten, bis ihr ein fremdes, unheimliches Gesicht entgegenstarrte, das ihr Angst machte. Es war ein Spiel gewesen. Aber manchmal hatte sie dabei das Gefühl gehabt, sich selbst nicht mehr wiederzufinden.

Sie wandte sich ab und schaltete das Licht aus. Der Traum hatte sie zu Tode erschreckt. Es hatte eine unmissverständliche Warnung darin gelegen. Eine Warnung davor, an bestimmten Dingen zu rühren. Doch woran? Was ging hier vor? Sie setzte sich an ihr Klavier. Unentschlossen klimperte sie ein wenig darauf herum und versuchte vergeblich, ihre zitternden Finger zu beruhigen. Nach zehn Minuten gab sie es auf und ging ins Wohnzimmer. An Schlaf war nicht mehr zu denken. Sie hatte Angst davor, dass der Traum zurückkäme. Clara setzte sich an ihren Schreibtisch und holte ihr Handy heraus, um sich das Foto, das sie am Samstag von dem Salamander an der Fassade des Murphy's gemacht hatte, noch einmal anzugucken.

Plötzlich fiel ihr etwas ein. Sie hatte diese Zeichnung schon einmal gesehen. Vorher, noch bevor sie an die Wand von Micks Pub gesprayt worden war. Doch wo war das gewesen? Clara schloss die Augen und versuchte, sich zu konzentrieren. Und dann sah sie es vor sich, so deutlich, dass sie sich wunderte, warum es ihr nicht sofort aufgefallen war.

Sie sprang auf und ging in den Flur, um sich anzuziehen. Elise hob kaum den Kopf, als Clara in ihre Stiefel stieg. »Komm! Los, auf mit dir!«, rief Clara und wickelte sich noch einen Schal um ihren Hals. Elise rührte sich nicht. Als Clara die Wohnungstür öffnete und drohend rief: »Ich gehe jetzt!«, schloss Elise demonstrativ die Augen. Clara seufzte. Sie wollte nicht allein gehen. Nicht in dieser Nacht. Nicht nach diesem Traum. Sie ging zurück in die Wohnung und klopfte ihrem Hund energisch auf das Hinterteil. »Jetzt komm schon!«

Die Dogge erhob sich schnaufend und so schwerfällig, dass man meinen konnte, sie litte unter Arthritis und Rheuma gleichzeitig. Missmutig trottete sie hinter Clara her und stieg umständlich und im Zeitlupentempo die Treppe hinunter. Clara schob sie mit dem Knie zur Haustür hinaus. Gemeinsam gingen sie Richtung Kolumbusplatz. Vor einem Haus, an dem sie schon oft vorbeigekommen war, ohne es zu beachten, blieb sie stehen. Es war ein unscheinbares, abweisend wirkendes Wohnhaus mit grünlicher Fassade und einer Eingangstür aus bruchsicherem Glas. Sie hatte sich nicht getäuscht. Dort, neben der Tür an der Wand, war ein schwarzer Salamander an die Wand gesprayt worden. Clara zog ihr Handy aus der Tasche und verglich die beiden Bilder miteinander. Sie waren identisch. Sie fotografierte auch diesen Salamander mit ihrem Handy, betrachtete eine Weile nachdenklich das Haus und ging dann langsam zurück zu ihrer Wohnung.

Solo ging in die Küche, nahm das Messer aus der Klarsichthülle und schob es in eine Seitentasche seines Rucksacks. Nach kurzem Zögern holte er die verbeulte Blechbüchse aus dem Regal über dem Kühlschrank und nahm sich zweihundert Euro heraus. Es war ihre Haushaltskasse. Nie hätte er sich vorstellen können, Frank einmal zu bestehlen, doch das machte jetzt auch keinen Unterschied mehr.

Den Verrätern gebührt nichts als der Tod.

Er warf noch einen letzten Blick in die Wohnung und zog dann leise die Tür hinter sich zu. Als er auf den Gehweg trat, war ihm merkwürdig zumute. Leicht, fast schwebend ging er die dunkle Straße entlang, doch der erste Eindruck täuschte: Es war nicht das Gefühl von Freiheit, das ihn begleitete, sondern die bittere Gewissheit, dass er von nun an nichts mehr zu verlieren hatte.

ACHT

»Als dann die Polizei kam, wussten wir sofort, dass da was Schlimmes passiert sein muss. Aber dass es so grauenhaft war, konnten wir uns nicht vorstellen.«

Zeugenaussage Leichensache Wolfsberg
1. November 1998

Als Clara am nächsten Morgen die Kanzlei aufsperrte, fiel ein Brief zu Boden. Clara sah auf den Absender: *Dr. Marcel Ringgenberg* stand dort in der schwungvollen, leicht schrägen Handschrift, die sie von der Einladung her bereits kannte. Sie drehte den Brief nachdenklich in den Händen. Was mochte den Privatdozenten wohl dazu bewogen haben, ihr einen Brief zu schreiben?

Es war eine Entschuldigung. Mit sorgsam gewählten, etwas gespreizten Worten bat Marcel Ringgenberg um Verzeihung dafür, dass er sich bei dem Festakt so »überaus ungebührlich« benommen habe. Er habe »sich hinreißen lassen« und ein ebenso unerfreuliches wie sinnloses Fachgespräch mit einem Kollegen ihrer »so viel angenehmeren Gesellschaft« vorgezogen. Offenbar habe ihn dabei »ein besonders verabscheuenswürdiger Teufel geritten«, anders könne er sich diesen »unverzeihlichen Fauxpas« nicht erklären. Ob sie ihm die Gelegenheit gäbe, dies wiedergutzumachen, und er sie am Abend zum Essen einladen dürfte?

Clara musste lächeln. Kein Wunder, dass Willi und Marcel Ringgenberg sich sympathisch gewesen waren. Sie waren sich in ihrer leicht verschrobenen, altmodischen Art sehr ähnlich. Ein Abend mit dem Wissenschaftler konnte daher durchaus eine amüsante Ablenkung werden, vorausgesetzt, es kam ihnen nicht wieder ein streitsüchtiger Kollege in die Quere. Sie beschloss, die Einladung anzunehmen, und griff nach dem Telefon.

Am späten Nachmittag ging Clara noch einmal in das St. Anna-Stift. Lilly Gromans Geschichte ließ ihr keine Ruhe, besonders jetzt, da sie noch einen Salamander entdeckt hatte.

Als sie das Seniorenheim betrat, fiel ihr als Erstes auf, dass das Sofa neben dem Eingang leer war. Sie klopfte an der Bürotür der Heimleiterin, doch es kam keine Antwort, und als sie die Klinke drückte, stellte sie fest, dass die Tür verschlossen war. Leise fluchend ging sie nach oben. Elise lief mit federndem Schritt voraus. Im Gegensatz zu Clara hatte sie das Schlafdefizit aufgrund ihres nächtlichen Spaziergangs im Laufe des Tages wieder ausgeglichen.

»Schön, dass du so munter bist«, brummte Clara und rieb sich ihre müden Augen. Sie war erst gegen vier Uhr eingenickt und auch danach immer wieder aus dem Schlaf hochgeschreckt.

Lilly Groman stand am Fenster. Sie war nur mit einer weißen Rüschenbluse bekleidet, und ihre faltigen Beine, die darunter hervorstaken, waren erschreckend dünn und sahen aus wie Vogelbeine. Sie reagierte nicht, als Clara hereinkam, erst als Elise zu ihr hinlief und an ihrer reglos herabhängenden Hand schnupperte, drehte sie sich um. »Ach, das Hundchen!« Sie schwankte ein wenig.

»Frau Groman!« Clara lief zu ihr und reichte ihr eine Hand. »Sie sind ja ganz kalt. Möchten Sie sich nicht besser etwas anziehen?«

»Anziehen?« Lilly Groman sah an sich hinunter. Die bläulichen, rissigen Füße steckten wie üblich in ihren großen Flauschpantoffeln, und ihre nackten Beine zitterten leicht. »Ach … das habe ich wohl vergessen …«, murmelte sie.

»Ich bringe Ihnen etwas«, sagte Clara. »Setzen Sie sich erst einmal.«

Mit Claras Hilfe nahm Lilly Groman auf dem Stuhl am Fenster Platz.

»Sie brauchen gar nicht nachzusehen«, sagte Lilly Groman, als Clara zum Kleiderschrank ging. »Da ist nichts drin. Sie haben mir alles weggenommen.«

Clara öffnete die Tür. Der Kleiderschrank war voll mit frisch gewaschenen Kleidern. Sie nahm eine dunkelblaue Wollhose heraus, von der sie wusste, dass Lilly Groman sie gerne mochte, und half ihr, sie anzuziehen. Als sie ihr noch Strümpfe über die kalten Füße ziehen wollte, weigerte sich Lilly Groman strikt.

»So hässliche Strümpfe ziehe ich nicht an. Niemals!«

Clara bestand nicht darauf. Sie reichte ihr stattdessen den Cappuccino, den sie mitgebracht hatte, und setzte sich zu ihr ans Fenster. »Der ist nicht vom Heim, ich habe ihn aus einer Kaffeebar«, sagte sie lächelnd.

»Oh. Fein. Gibt es jetzt schon Kaffeebars?« Lilly Groman trank mit zittrigen Bewegungen aus dem Pappbecher. »Zu meiner Zeit gab es in den Bars nur alkoholische Getränke.« Sie sah versonnen aus dem Fenster. »Und Musik.«

»Diese Bars gibt es immer noch«, sagte Clara. »Aber die Musik ist wohl ganz anders als zu Ihrer Zeit.«

»Für mich soll's rote Rosen regnen …«, begann Lilly Groman

plötzlich zu singen und fuhr dann mit unerwartet kräftiger Stimme fort: *»Mit sechzehn sagte ich still, ich will, will groß sein, will siegen, will froh sein, nie lügen, mit sechzehn sagte ich still, ich will, will alles oder nichts …«*

Clara stiegen Tränen in die Augen, während sie der alten Frau zuhörte, die nicht mehr wusste, welcher Tag heute war, und vergaß, sich eine Hose anzuziehen, und jetzt dasaß und sang, ohne zu stocken, und dabei mühelos den Text beherrschte.

Lilly Groman verstummte und nippte an ihrem Kaffee. »Sie war eine schöne Frau, die Knef. Und sie hatte Mumm. Sie war keine von diesen dummen Weibchen, die hinter dem Herd versauerten und das auch noch als ihre gottgewollte Bestimmung ansahen.«

Clara nickte. Diese Ansichten gehörten zu den Gründen, warum sie Lilly Groman so mochte.

Eine Weile schwiegen sie. Dann fasste sich Clara ein Herz. »Ich wollte Sie noch etwas fragen«, begann sie zögernd.

»Fragen Sie!«

»Ihre Geschichte geht mir einfach nicht mehr aus dem Kopf. Ich habe vor ein paar Tagen einen Jungen getroffen, und ich bin mir sicher, dass er es ist, der die Salamander an die Wände sprüht.« Sie holte ihr Handy heraus und zeigte Lilly Groman die Fotos. »Der Junge hat Rastalocken. Die Frau, die immer im Eingang sitzt, meinte, sie würde ihn kennen, und er sei früher öfter hier gewesen.« Clara sah sie hoffnungsvoll an. »Vielleicht erinnern Sie sich ja auch an ihn?«

Lilly Groman nickte. »Ja, die Frau Faltermeier. Sitzt immer mit dem alten Zausel aus Zimmer 103 unten am Eingang und wartet auf ihre Tochter, die nicht kommt. Eine sehr dumme Frau.«

»Heute sitzt sie aber nicht da«, wandte Clara ein. Sie hatte das Bedürfnis, Frau Faltermeier gegenüber Lilly Gromans hartem Urteil in Schutz zu nehmen.

»Kann sie ja auch nicht«, sagte Lilly Groman ungerührt. »Sie ist im Krankenhaus.«

»Wie bitte?« Clara hob überrascht den Kopf. »Warum?«

»Sie ist heute Nacht aus dem Bett gefallen. Hat sich den Oberschenkelhals gebrochen.« Lilly Groman tippte sich an die Schläfe. »Glaub nicht, dass die noch mal wird. Mit dem Oberstübchen war's bei ihr ja ohnehin nicht mehr so weit her.«

Clara schwieg betroffen.

»Wir haben immer mit ihr Kaffee getrunken und manchmal auch *Mensch ärgere dich nicht* gespielt. Obwohl sie ja meistens geschummelt hat.«

»Wer hat mit ihr Kaffee getrunken?«, fragte Clara, verwirrt über den plötzlichen Themenwechsel.

»Na, ich und der nette junge Mann, nach dem Sie gerade gefragt haben. Wissen Sie denn nicht mehr, wovon Sie sprechen?« Lilly Groman sah Clara scharf an. »So hat es bei mir auch angefangen ...«

Clara richtete sich aufgeregt auf. »Sie erinnern sich an den jungen Mann mit den Rastalocken?«

»Natürlich. Er ist hier Krankenpfleger. Früher gab's das ja nicht, Männer in solchen Berufen ...«

»Nein, das kann nicht sein, Frau Groman«, Clara schüttelte den Kopf. »Ich habe schon nachgefragt, es gibt keinen Krankenpfleger mit so einer Frisur, außerdem ist der Junge, den ich meine, zu jung dafür.«

»Nicht?« Lilly Groman sah sie erstaunt an. »Wer ist er dann?«

»Keine Ahnung.« Clara hob die Schultern. »Ich dachte ja, Sie wüssten es ...«

»Habe ich ihm denn kein Geld gegeben?«

»Wofür hätten Sie ihm denn Geld geben sollen?«

»Ich muss ihm doch die Piccolos bezahlen.« Lilly Groman sah bestürzt aus. »Habe ich das nicht gemacht? Der arme Junge hat sicher nicht viel Geld …«

»Er bringt Ihnen den Sekt mit?«, hakte Clara aufgeregt nach, und ihr Blick wanderte zu der Reihe kleiner Flaschen auf dem Esstisch. Es waren wieder sechs Stück. Die beiden Piccolos, die sie und Frau Groman das letzte Mal getrunken hatten, waren offenbar ersetzt worden.

»Ja, natürlich tut er das!« Lilly Gromans blaue Augen schauten fast entrüstet auf Clara, als ob die alte Frau nicht verstand, wie jemand so begriffsstutzig sein konnte.

»Aber das letzte Mal haben Sie gesagt, Sie kaufen die Flaschen bei Seidlmann«, warf Clara leicht verzweifelt ein.

»Habe ich das? Na ja … kann sein, dass ich so etwas gesagt habe …« Lilly Groman zuckte mit den knochigen Schultern und trank ihren Kaffee aus.

»Dann war der Junge hier, seit ich Sie das letzte Mal besucht habe? Er hat Ihnen wieder Sektflaschen mitgebracht?« Clara versuchte vergeblich, ihre Aufregung zu verbergen.

»Ich denke schon …« Lilly Gromans Stirn bekam vor Anstrengung Falten. »Da war etwas … dieser verfluchte Kopf … er ist wie mein seliger Mann Eugen, immer wenn ich ihn brauche, funktioniert er nicht.«

Clara lächelte nervös und versuchte, Lilly Groman nicht abzulenken.

Die alte Frau schüttelte den Kopf. »Nein, da kommt nichts …« Plötzlich erstarrte sie mitten in der Bewegung. »O mein Gott!«, flüsterte sie. »Wie konnte ich das nur vergessen? Der arme Junge …« Sie stand mühsam auf und schob Clara, die ihr helfen wollte, beiseite. »Lassen Sie mich, ich muss ihm helfen!«

»Was ist denn passiert?«, fragte Clara bestürzt wegen des entsetzten Gesichtsausdrucks der alten Frau.

»Er hat sie getötet ...«, murmelte sie und ging ziellos ein paar Schritte in den Raum hinein, um dann ebenso unvermittelt wieder stehen zu bleiben. »Mein Gott! Mein Gott!«, rief sie und begann zu weinen.

»Was erzählen Sie der armen Frau nur immer für Sachen!« Der Blick der Pflegerin, die Clara gerufen hatte, weil Lilly Groman sich nicht mehr beruhigen ließ, war zutiefst vorwurfsvoll. »Jedes Mal, wenn Sie da waren, ist sie danach so unruhig!«

»Aber ...«, begann Clara hilflos, verstummte dann jedoch, da es keinen Sinn hatte, die junge Pflegerin über Zusammenhänge aufzuklären, die sie selbst nicht verstand.

»Der schwarze Jäger!«, flüsterte Lilly Groman mit schreckgeweiteten Augen. »Er kommt. Es wird wieder passieren ...«

Clara beugte sich zu der alten Frau, die sie mit vereinten Kräften wieder in ihr Bett bugsiert hatten, hinunter. »Was wird passieren, Frau Groman?«

Ein leises Wimmern antwortete ihr, und die Pflegerin packte Clara energisch am Arm. »Jetzt ist es aber genug mit den Schauergeschichten!«, schimpfte sie. »Sehen Sie nicht, dass Sie die alte Dame verwirren?«

»*Ich* verwirre sie doch nicht!«, verteidigte sich Clara. »Ich möchte doch nur wissen ...«

»Schluss jetzt! Ich dachte, als Betreuerin müsste man zumindest ein bisschen Verständnis für demenzkranke Menschen mitbringen!« Die Pflegerin deutete kopfschüttelnd auf die beiden leeren Kaffeebecher. »Außerdem es ist in unserem Haus nicht erwünscht, dass die Bewohner so starken Kaffee trinken! Das regt sie noch mehr auf.«

»Lilly Groman kann aber die Pippibrühe hier nicht ausstehen, und ich werde ihr daher den Kaffee auch in Zukunft mitbringen, solange sie es wünscht!«, widersprach Clara wütend. »Tun Sie nicht so besorgt, Sie wissen ja noch nicht einmal, wer hier aus und ein geht. Oder wissen Sie, wer Frau Groman regelmäßig die Piccoloflaschen bringt?«

Die Pflegerin hob überrascht die Augenbrauen. »Ich dachte, das wären Sie ...«

»Nein!«, fauchte Clara. »Die bringt der junge Mann, nach dem ich gefragt habe und den angeblich niemand gesehen hat! Und er ist es auch, der Frau Groman so durcheinanderbringt. Aber den gibt es ja nicht, nicht wahr? Wahrscheinlich ist er ein Gespenst ...«

Die Pflegerin stemmte ihre Arme in die Seite. »Wissen Sie eigentlich, wie viele kranke alte Menschen wir täglich zu versorgen haben und wie viel Zeit davon von der Krankenkasse bezahlt wird? Da kann es schon mal sein, dass man nicht jeden sieht, der zu Besuch kommt.«

»Und warum haben Sie das nicht gesagt, als ich gefragt habe?«

Die Pflegerin zuckte mit den Schultern. »Warum ist das denn überhaupt so wichtig?«

»Weil ...«, Clara starrte die Pflegerin einen Augenblick wütend an, dann hob sie hilflos die Arme. »Keine Ahnung«, sagte sie resigniert. »Ich hatte nur das Gefühl, dass es wichtig ist. Dieser Junge hat irgendein Problem, irgendetwas belastet ihn, und er erzählt es offenbar Frau Groman. Das bringt sie durcheinander.«

»Wer ist er denn?«, fragte die Pflegerin stirnrunzelnd. »Und wieso kommt er überhaupt zu Frau Groman?«

Clara seufzte. »Wenn ich das wüsste.«

Als Clara mit Elise zum Ausgang ging, hockte ganz einsam auf dem Sofa der alte Mann und starrte kiefermalmend vor sich hin. Er saß ganz am Rand, als müsse er noch immer den Platz für Frau Faltermeier freihalten. Clara nickte ihm grüßend zu, doch er reagierte nicht, und Clara wurde mit einem Mal in aller schmerzhaften Deutlichkeit bewusst, dass dies hier tatsächlich die Endstation war. Nach dem Altenheim gab es nichts mehr. Und wer weiß, ob die alte Frau überhaupt wieder hierher zurückkommen würde.

Sie ging schnell nach draußen und sog mit aller Macht die frische Luft ein, um die plötzlichen Gedanken an Tod und Vergänglichkeit zu vertreiben. Was war nur los mit ihr? Warum rannte sie mitten in der Nacht herum, um Graffitis zu fotografieren, anstatt zu schlafen? Warum träumte sie von brennenden Herzen und schwarzen Salamandern? Clara beschleunigte ihren Schritt. Es war langsam an der Zeit, ihr Leben wieder in Ordnung zu bringen.

NEUN

»Nach dieser Nacht war nichts mehr, wie es einmal war.«

Zeugenaussage Leichensache Wolfsberg
1. November 1998

Dr. Marcel Ringgenberg ließ sich seine Entschuldigung durchaus etwas kosten. Er hatte sie um Punkt halb acht vor ihrer Haustür abgeholt, und sie waren in ein nobles, französisches Restaurant in der Münchner Innenstadt gefahren. Jetzt saßen sie bei Champagner und Kerzenlicht in dem gediegenen Gastraum, und Ringgenberg lächelte Clara charmant zu. »Eigentlich gut, dass ich mich bei dem Festakt wie ein Holzklotz aufgeführt habe, sonst wäre ich nicht in den heutigen Genuss Ihrer Gesellschaft gekommen.«

Clara grinste keck. »Sie hätten mich auch einfach so fragen können.«

Ringgenberg lachte. »Auch wieder wahr.«

Während die Gänge serviert wurden, sprachen sie hauptsächlich über Claras Arbeit. Ringgenberg gestand ihr, dass er immer einen »Heidenrespekt« vor Anwälten gehabt hatte und erst seine Bekanntschaft mit Willi ihn davon hatte überzeugen können, dass auch Juristen normale Menschen seien. Clara äußerte ihre Zweifel, ob die Bekanntschaft von Willi, der durchaus als etwas eigenwillig angesehen werden durfte, Ringgenberg tatsächlich das richtige Bild ihres Berufsstandes vermittelt hatte, was Ringgenberg wiederum köstlich amüsierte. Bei Crème brûlée und nachfolgender Käseplatte wechselten sie endlich das Thema, und Clara erkundigte sich nach Ringgenbergs Arbeit.

»Was ist eigentlich so besonders an diesem Kessel, dass Sie sich mit dem anderen Herrn in die Haare gekriegt haben?«, wollte sie wissen.

Ringgenberg hob das Kinn. »Oh, das liegt nicht an dem Fund, sondern vor allem an Herrn Professor Dr. Friedrich Hagenfeld.« Er sprach den Namen so gedehnt aus, dass man das Gefühl hatte, er müsse sich zwingen, ihn überhaupt in den Mund zu nehmen.

»Warum?«, hakte Clara nach und schnitt sich ein Stück provenzalischen Rohmilchkäse im Kräutermantel ab.

»Ach ... er ist ein alter Mann ...«, versuchte Ringgenberg abzuwiegeln.

»Aber doch ein Fachmann, wie es schien?« Der Käse schmeckte göttlich, und Clara schloss für einen Moment die Augen.

»Hm. Er war Dekan an der Fakultät für Altertumsforschung. Mittlerweile ist er emeritiert.«

»Er hat also eigentlich nichts mehr zu sagen?«, fragte Clara.

Ringgenberg seufzte. »Eigentlich. Aber er war lange Jahre der Vorstand einer privaten Stiftung, die das archäologische Institut finanziell unterstützt, und außerdem ist sein Sohn im Stadtrat ...«

»Verstehe.« Clara nickte. »Aber Ihr Disput war doch eher fachlicher als politischer Natur, soweit ich das verstanden habe?«

»Ja.« Ringgenberg verzog gequält das Gesicht. »Er ist ein unverbesserlicher Fanatiker. Ignoriert die Fakten, biegt sich

Forschungsergebnisse so lange zurecht, bis sie in sein Weltbild passen.«

»Und was wäre das für ein Weltbild?« Clara wurde langsam neugierig.

»Er ist überzeugt davon, dass nicht die Kelten, sondern allein die Germanen prägend für unsere gesamte deutsche Kultur waren. Das ist blanker Unsinn!« Ringgenberg schnaubte empört. Er schimpfte ausführlich über Hagenfelds Germanen-Theorie und behauptete, Hagenfeld sei ein verbohrter Ideologe, der der, wie er sie nannte, Blutfraktion in die Hände spiele, rassistisch gesinnten Germanenverehrern, die unter anderem davon ausgingen, dass die Germanen das Blut ihrer Feinde getrunken haben, um sich ihre Stärke einzuverleiben.

Clara schüttelte sich angewidert. »Das ist gruselig!«, bekannte sie.

Ringgenberg machte eine wegwerfende Handbewegung. »Die Leute glauben doch alles Mögliche.« Nach einer kurzen Pause fügte er hinzu: »Andererseits bin auch ich davon überzeugt, dass in vielen der alten Riten etwas Wahres steckt. Nichts ist verloren. Alles kehrt irgendwann zurück. Das lehrt uns die Geschichte.« Dann lächelte er unvermittelt, hob sein Glas und prostete Clara zu. »Sie zum Beispiel gäben eine wundervolle keltische Göttin ab, für die so mancher wilde Krieger zu einem Opfer bereit wäre ...«

Clara hob amüsiert die Augenbrauen. »Ach, tatsächlich? Sie meinen, wegen meiner Haarfarbe?«

»Ja, aber nicht nur. Der tiefe Rotton, die Locken und Ihre helle, zarte Haut sind in der Tat sehr ungewöhnlich, und man sieht Ihren Typ vor allem in Irland, wo das keltische Erbe noch viel stärker erhalten geblieben ist. Aber es ist vor allem Ihre Haltung, die so etwas Stolzes, Königliches hat ...«

Clara lachte auf. »Hören Sie auf, ich werde gleich rot!«

Ringgenberg zwinkerte ihr zu. »Das ist nicht meine Absicht, aber …«

Er kam nicht dazu, seinen Satz zu beenden, denn in dem Moment klingelte Claras Handy. »Entschuldigen Sie …« Sie kramte es aus der Tasche und warf einen Blick auf die Nummer. Es war Grubers Handy. Clara runzelte die Stirn. Was konnte Gruber so spät von ihr wollen? Er rief sie nur äußerst selten an. Sie lächelte Ringgenberg entschuldigend zu. »Ich glaube, da muss ich rangehen.« Sie stand auf und ging aus dem Lokal. »Ja?«

»Clara!« Grubers Stimme klang merkwürdig gepresst. »Wo bist du?«

»Im *La Grenouille Rouge* …«

»Ich lasse dich abholen. In fünf Minuten steht ein Streifenwagen vor der Tür. Bitte sei schon draußen.«

»Was? Warum?« Clara spürte, wie ihre Hände kalt wurden. »Ist etwas mit Mick?« Nein, bitte nicht!, flehte sie stumm.

»Nein, nein. Es ist … etwas anderes. Ich erkläre dir alles, wenn du da bist.«

»Aber …«, begann Clara erneut, doch Gruber hatte bereits aufgelegt. Verwirrt ging Clara zurück.

»Es tut mir leid«, sagte sie zu Ringgenberg, der überrascht zu ihr aufsah. »Ich muss leider gehen.«

»Ist etwas passiert?« Ringgenbergs Augen hinter den kleinen Brillengläsern zwinkerten erschrocken.

»Ja. Nein. Ich weiß nicht.« Clara hob die Schultern.

»Soll ich Sie irgendwo hinbringen?«

Clara schüttelte den Kopf. »Ich werde abgeholt.« Sie verabschiedete sich, nickte abwesend, als Ringgenberg fragte, ob er sie wieder anrufen dürfe, und holte ihren Mantel. Draußen stand bereits ein Polizeiwagen mit Blaulicht.

Sie rasten durch die Innenstadt. An den Kreuzungen schaltete der Beamte, der sich Clara nicht vorgestellt hatte und auch sonst keine Auskunft gab, die Sirene ein, und Clara klammerte sich mit einer Hand an der Beifahrertür fest. Die Fahrt dauerte nur wenige Minuten. Sie preschten Richtung Universität und bogen dann nach links zum Englischen Garten ab. Bei der Tierklinik fuhr der Beamte über die Brücke, die über den Schwabinger Bach führte, und weiter auf dem dunklen Spazierweg. Äste streiften die Fenster, und dann öffneten sich die dichten Bäume hin zu der großen Wiese, die in den Sommermonaten immer dicht bevölkert war und jetzt leer in der zwielichtigen urbanen Nacht lag. Der Himmel spiegelte die Lichter der umgebenden Stadt in einem grünlich dumpfen Schimmer wider, und die Bäume, die wie eine undurchdringliche Wand die Wiese umstanden, erschienen dadurch umso schwärzer.

Sie fuhren auf den Monopteros zu, einen kleinen offenen Säulentempel, der auf einer künstlichen Anhöhe stand. Das Auto rumpelte jetzt auf einem unebenen Reitweg dahin, und Clara erkannte am Fuß des Monopteros mehrere Fahrzeuge, darunter einen Krankenwagen. Der Monopteros selbst war mit Scheinwerfern hell erleuchtet und wirkte wie eine Filmkulisse im ansonsten dunklen Park.

Gruber erwartete sie am Fuß des Hügels, und statt einer Begrüßung legte er den Arm um sie.

»Was …«, begann Clara, doch Gruber schüttelte den Kopf und drehte sie von den umstehenden Beamten weg, die sie misstrauisch musterten, und ging mit ihr in Richtung des Tempels.

»Das hier ist nicht gerade üblich, und sie werden mir einen Strick daraus drehen, wenn die Sache in die Hose geht, aber er hat ausdrücklich nach dir verlangt …«

»Wer?«, fragte Clara nervös. »Was ist denn passiert?«

Sie versuchte, sich von Grubers Griff zu befreien, doch er drückte sie nur noch fester. Vor den Stufen blieb er stehen.

»Es wird ein Schock für dich sein«, sagte er leise und sah sie eindringlich an.

Jetzt, wo ihn das Licht der Scheinwerfer traf, sah Clara, wie blass er war. Sein Gesicht hatte eine ungesunde, fast graue Färbung, und die Augen leuchteten schwarz daraus hervor. Clara konnte Mitgefühl für sie darin erkennen und Angst und noch etwas, was über Angst hinausging.

Gruber räusperte sich unter Claras forschendem Blick und sagte: »Er will nicht aufstehen, bevor du da bist. Wir hätten ihn natürlich mit Gewalt mitnehmen können, aber in Anbetracht der Umstände ...« Er zuckte mit den Schultern.

Clara wusste nicht, was sie darauf erwidern sollte. Diese merkwürdigen Andeutungen hatten sie fast hysterisch werden lassen. Ihr Magen fühlte sich merkwürdig hohl an, und ihr Herz klopfte irgendwo in der Halsgegend. Schweigend ging sie zusammen mit Gruber die Stufen nach oben zu dem hohen Säulenrund des Tempels.

Obwohl sie vorgewarnt war, entfuhr ihr ein entsetztes Keuchen, als sie über die Schwelle trat. Sie geriet ins Schwanken, und Grubers Griff um ihre Schulter verstärkte sich. Als ob ihre Sinne sie schützen wollten, leisteten sie nur zögernd und nach und nach ihren gewohnten Dienst. Das Erste, was Clara wirklich wahrnahm, war der Geruch. Der metallische, süße, alles durchdringende Geruch nach Blut. Die Luft war davon erfüllt. Er verdrängte alles andere, so als befänden sie sich in einem geschlossenen Raum und nicht in einem nach allen Seiten offenen Gebäude. Dann spürte Clara die Wärme des Scheinwerfers, der neben ihr stand und die Szene beleuchtete. Aber sie konnte nicht richtig hören. Es war, als befände sie sich unter einer Glocke, die sämtliche Geräusche schluckte. Ihre Augen brauchten ihre ganze Kraft, um aufzunehmen, was sie sah.

Der ganze Boden war voll Blut. Ein scharlachroter See, aus dem sich einzelne Rinnsale davongestohlen hatten wie dünne, blutige Finger, die über den Staub gekrochen waren und jetzt langsam zu Schwärze erstarrten. Auch der Gedenkstein in der Mitte des Raumes war mit Blutspritzern übersät. Doch Claras Blick wurde zunächst von etwas anderem angezogen: Auf die Säule direkt gegenüber von Clara war mit Blut ein Bild gemalt worden. Die roten Linien waren verschmiert, und stellenweise war das Blut so dick aufgetragen, dass es hinuntergetropft war. Doch es war unverkennbar, was es darstellen sollte: ein Salamander mit gekrümmtem Körper und eckigem Kopf, der die Säule hinaufzuklettern schien. Unterhalb der Säule lag eine Gestalt mit weit ausgestreckten Armen. Irgendetwas an dem leblosen Körper war merkwürdig, doch Claras Verstand weigerte sich, ihr die notwendigen Informationen zu übermitteln.

Ihr Blick wanderte langsam und angstvoll weiter: Neben dem Toten kauerte der Junge mit den Dreadlocks mit gekreuzten Beinen und wiegte sich langsam vor und zurück. Er hielt etwas in den Armen. Der Junge sah sie direkt an, und sie hatte das Gefühl, er wollte etwas sagen. Doch seine Miene blieb unbewegt, und seine Augen blickten starr aus dem schmalen Gesicht, das ebenfalls voller Blut war. Jetzt sah sie den Gegenstand, den er in den Händen hielt, und erst als sie erkannte, was es war, erfasste sie die ganze Szene: Die Gestalt auf dem Boden hatte keinen Kopf. Der Kopf war vom Rumpf getrennt, und der Junge hielt ihn in seinen Armen, sorgsam wie ein Baby.

Clara musste würgen, sie wandte sich schnell um und erbrach sich auf den Stufen. Jemand reichte ihr ein Taschentuch. Es war Gruber. Er stand neben ihr und streichelte etwas unbeholfen ihren Rücken. Clara putzte sich das Gesicht und sah ihn an. »Der Kopf …«, begann sie und erschrak über den Ton ihrer eigenen Stimme, die sie plötzlich überdeutlich hörte. Gruber nickte nur. Seine Augen lagen im Schatten, doch Clara wusste, dass er dasselbe fassungslose Entsetzen fühlte wie sie. Sie griff unwillkürlich nach seiner Hand.

Scharfe Stimmen ertönten hinter ihnen, und Clara fuhr herum. Der Junge war aufgesprungen und wurde von zwei Beamten an den Armen festgehalten. Der abgetrennte Kopf lag am Boden, und die blinden Augen starrten ins Leere. Mit unerwarteter Kraft riss sich der Junge los und machte einen Schritt auf Clara zu. Sie wich entsetzt zurück, während die Beamten ihn sofort wieder packten und ihm grob einen Arm auf den Rücken drehten. Er beugte sich keuchend vor Schmerz nach vorn, und Clara konnte das Weiße in seinen Augen sehen.

»Sagen Sie es!«, schrie er plötzlich. »Sagen Sie es ihnen!« Seine Stimme war hoch und schrill und die Verzweiflung darin kaum zu ertragen.

Clara wich noch einen Schritt zurück. »Was …«, begann sie, doch sie konnte nicht weitersprechen. Das Entsetzen schnürte ihr die Kehle zu.

»Sagen Sie es ihnen! BITTE!« Der Junge fiel vor ihr auf die Knie und begann lautlos zu weinen. Die Beamten zogen ihn auf die Beine und legten ihm Handschellen an.

Clara starrte auf seine blutbeschmierten Hände. Die Fingerkuppen schimmerten tiefschwarz durch das Rot hindurch: Sie sahen genauso aus wie in ihrem gestrigen Traum. Das konnte nicht sein. Es durfte nicht sein.

»Seine Finger … sind sie … verbrannt?«, flüsterte sie.

Der Beamte neben dem Jungen warf einen Blick darauf. »Nein, ich würde sagen, das ist Farbe.«

Clara zwang sich, den Blick von den Händen abzuwenden und dem Jungen ins Gesicht zu schauen. »Was soll ich sagen?« Ihre Stimme zitterte.

»Die Zeichen! Erzählen Sie von den Zeichen!«

»Ich verstehe nicht …«

Der Junge sah sie aus weit aufgerissenen Augen an, und sein Atem ging schwer. »Ich bin der Todbegleiter«, sagte er.

ZEHN

»Dort klebt noch immer Blut an den Wänden.«

Zeugenaussage Leichensache Wolfsberg
1. November 1998

Clara öffnete den Mund, doch es kam kein Ton heraus.

»Was zum Teufel hat das zu bedeuten?«, fragte einer der Beamten verständnislos.

Der Junge senkte den Kopf und schwieg.

Der Beamte warf zuerst Gruber, dann Clara einen langen Blick zu und führte dann zusammen mit seinem Kollegen den Jungen ab.

Clara wandte sich an Gruber: »Was wollte er von mir?«

»Ich hatte gehofft, du wüsstest es.« Gruber hatte sich abgewandt und beobachtete die Beamten von der Spurensicherung, die jetzt damit begannen, ihre Arbeit zu tun. Blitzlicht flammte auf, und jemand packte den Kopf des Toten in eine Plastiktüte.

»Aber ich weiß nichts! Überhaupt nichts!«

Gruber nickte müde. »Als wir ihn fanden, hat er geheult wie ein wildes Tier. Er hat darauf bestanden, dich zu holen. Er schrie immer wieder, dass nur du es verstehen würdest. Und weil du ja wegen des Salamanders schon bei mir warst, hielt ich es für richtig, dich hierherzubringen.« Gruber rieb sich mit der Hand über das Gesicht. »Ich dachte wirklich, es könnte uns weiterhelfen ...« Er schloss für einen Augenblick die Augen und verstummte.

»Wer ist der Tote?«, fragte Clara.

»Das wissen wir noch nicht.«

»Und der Junge?«

»Wissen wir auch nicht.«

Claras Blick wanderte zu dem Salamander an der Säule. Was sollte sie erzählen? Sie hatte keine Ahnung. Dann sah sie die schwarzen Finger des Jungen wieder vor sich, dachte an ihren Traum und versuchte, die Angst zu bekämpfen, die sie bei diesen Gedanken erfasste. »Es ist verbrannt ...«, sprach sie leise vor sich hin, während Gruber sie die Stufen hinunterführte.

»Was? Was ist verbrannt?«

»Das Herz des Jungen. Es ist verbrannt ...«

»Alles in Ordnung mit dir?« Gruber blieb stehen und sah ihr forschend ins Gesicht.

»Ich habe es geträumt.« Clara stolperte, und Gruber fing sie gerade noch auf. »Ich habe von dem Jungen geträumt. Gestern Nacht.« Sie löste sich energisch aus Grubers Griff.

»Wie? Was hast du geträumt?« Gruber sah sie verwirrt an.

Clara winkte ab. Eine unerklärliche Erschöpfung hatte sie befallen. Sie hatte das Gefühl, kaum noch aufrecht stehen zu können.

»Kann ich jetzt heimgehen?«

»Heimgehen? Jetzt sofort?«

»Ich möchte nach Hause.«

Gruber seufzte. »Ich verstehe dich ja, aber das ist keine gute Idee. Immerhin war das doch ein ziemlicher Schock ...«

»Das kann man wohl sagen.« Clara mobilisierte ihre letzten Kräfte und sagte dann mit fester Stimme: »Ich komme morgen um acht ins Präsidium. Ich muss mit dem Jungen reden, bevor er vernommen wird. Ich werde ihn verteidigen.«

Gruber sah sie lange an. »Du musst jetzt nicht die Starke spielen …«, begann er.

Clara unterbrach ihn wütend. »Was erwartest du denn von mir? Du bestellst mich ohne Vorwarnung hierher, damit ich mir … so … etwas ansehe, und dann soll ich in deinen Armen zusammenbrechen oder was?«

»Nein, natürlich nicht, so ist das nicht gemeint. Ich habe gehofft, du könntest uns helfen.«

»Ich kann euch nicht helfen! Ich habe keine Ahnung, was der Junge von mir will. Aber ich bin Anwältin. Und daher werde ich versuchen, ihm zu helfen«, berichtigte Clara.

»Du hast doch gesehen, was er getan hat.«

»Gerade deswegen braucht er eine gute Verteidigung.« Clara spürte, wie sie wieder zu zittern begann, und schlang die Arme um ihren Oberkörper.

Gruber hob in einer resignierten Geste die Arme. »In Ordnung, Frau Anwältin.«

»Dann sehen wir uns morgen um acht.« Sie nickte ihm zu und stieg mit weichen Knien den Hügel hinunter.

Gruber sah ihr einen Augenblick nach und winkte dann dem Beamten, der Clara hergebracht hatte. »Bringen Sie sie nach Hause«, sagte er. »Bis vor ihre Wohnungstür. Wenn sie sich weigert, sagen Sie ihr, das sei eine Anordnung von mir persönlich. Klar?«

Der Beamte nickte.

»Lassen Sie sich nicht abwimmeln. Sie sind mir dafür verantwortlich, dass sie sicher ankommt.«

»Natürlich!«

Gruber verzog das Gesicht. »Stellen Sie sich das nicht so leicht vor.«

Clara dachte an nichts. Sie ließ sich ohne Widerspruch von dem Beamten nach Hause bringen, ging mit Elise noch einmal kurz vor die Tür und legte sich dann ins Bett. Sie schlief tief und traumlos bis vier Uhr morgens. Dann wachte sie mit einem Ruck auf, und alles war wieder da. Sie roch das Blut, sah den Kopf mit den toten Augen in den Armen des Jungen und schrie auf. Elise kam und sah sie verwundert an. Clara ließ sich zurück in ihr Kissen fallen und streckte den Arm aus, um ihren Hund zu kraulen. Elise kam näher und legte ihren Kopf schwer auf Claras Brust. Clara konnte ihre Wärme spüren, strich über das glatte Fell und schloss die Augen. Doch keine Tröstung mochte sich einstellen. Noch nicht einmal Müdigkeit. Ihre Gedanken rasten.

Nach einer Weile gab sie auf und kletterte aus dem Bett. Es war noch dunkel – die Dunkelheit vor dem Morgengrauen, die von besonderer Tiefe ist und in der alle Geräusche überdeutlich werden. Clara stellte sich unter die Dusche, blieb eine Viertelstunde reglos unter dem heißen Wasser und hüllte sich dann in ihren alten Bademantel. Barfuß und mit feuchten Haaren kochte sie sich einen Kaffee und setzte sich damit an den Küchentisch. Die Uhr tickte laut, und der Wasserhahn tropfte noch immer. Sie rauchte eine Zigarette und starrte minutenlang dem Rauch nach. Dann stand sie auf und zog sich an. Elise lag in Claras Bett. Sie hatte die Gelegenheit genutzt und war unter die noch warme Decke gekrochen. Nur äußerst widerwillig kam sie daraus hervor, als Clara sie rief.

Clara lief zur Isar. Weißer Nebel lag noch auf dem Wasser, und das Licht wurde langsam grau. Sie ging mit Elise bis zum Großmarktgelände, wo um diese Tageszeit bereits reger Betrieb herrschte. Sie trank noch einen Kaffee an einem kleinen Imbiss und aß zusammen mit Elise zwei Brioches. Dann ging sie über die Lindwurmstraße zurück zum Sendlinger Tor und zu ihrer Kanzlei. Erst jetzt erlaubte sie sich, an den Jungen zu denken. Sie holte ihre Strafprozesskommentare und vertiefte sich in die Vorschriften und Richtlinien der Staatsanwaltschaft, las im Jugendgerichtsgesetz und studierte die Paragraphen und die dazugehörigen Rechtsprechungsverweise über Schuldfähigkeit, bis es vor ihren Augen zu flimmern begann. Sie wusste das alles. Keine dieser Vorschriften war neu, keine hatte etwas Überraschendes zu bieten. Es gab nichts vorzubereiten. Sie konnte nur hingehen und versuchen, mit dem Jungen zu sprechen.

Um zehn vor acht stand sie vor dem Präsidium. Elise schlief in der Kanzlei, Clara hatte Rita eine Nachricht an die Scheibe geklebt. Rita hatte einen Schlüssel, sie konnte sich um Elise kümmern, wenn es länger dauerte.

Gruber sah aus, als hätte er die ganze Nacht nicht geschlafen. »Er ist noch nicht da«, sagte er zu Clara, als er sie in sein Büro bat. Die Luft war stickig, und es roch nach Kaffee. Gruber öffnete die Fenster. »Die Leute vom jugendpsychiatrischen Dienst kümmern sich um ihn. Sie werden gleich kommen.«

Clara setzte sich. »Wie geht es dir?«, fragte sie und musterte Grubers tief zerfurchtes Gesicht.

Seine Augen waren gerötet, und die dichten Haare standen wirr zu Berge. Er lächelte müde. »Das Gleiche wollte ich dich auch gerade fragen.«

Clara hob die Schultern. »Geht schon.«

Gruber setzte sich und schob ihr ein Blatt Papier zu. »Wir wissen, wer er ist. Wir haben seinen Rucksack gefunden, er lag im Gebüsch.«

Clara überflog die wenigen Zeilen.

Beschuldigter: Stefan Eibl, geboren am 17.08.1995, wohnhaft in Rastlach.

»Rastlach?«, fragte Clara stirnrunzelnd. »Wo ist das denn? Wohnt er denn nicht in München?«

»Das ist ein winziges Kaff westlich von München. Eine Handvoll Häuser und eine S-Bahn-Station. Dort leben seine Eltern. Er wohnt aber dort schon seit längerem nicht mehr. Ist zu seinem Bruder nach Sendling gezogen.« Gruber deutete auf das Papier in Claras Hand. »Lies weiter!«, befahl er.

Opfer: Frank Eibl, geboren am 13.01.1988, wohnhaft in München. Clara sah auf. »Es war sein Bruder? Er hat seinen Bruder getötet?«

Gruber nickte. »Sieht so aus.« Das Klingeln des Telefons unterbrach ihn. Er hob ab, hörte kurz zu und meinte dann: »Sie kommt gleich.« Er stand auf. »Er ist da.«

Auf den ersten Blick sah er aus wie ein normaler Siebzehnjähriger. Nicht besonders groß, ein bisschen zu dünn, blass, mit einem schmalen Gesicht. Die Rastalocken schimmerten zwischen messingfarben und dunkelbraun und hatten mehr Ähnlichkeit mit dem verfilzten Fell eines Tieres als mit den Haaren eines Menschen. Seine Augen waren von einem klaren, leeren Grau und wirkten zu groß für sein Gesicht. Unstet wanderten sie umher, blieben kaum ein paar Sekunden irgendwo haften und fanden immer wieder zu seinen Händen zurück, die verknotet in seinem Schoß lagen. Er trug ein kurzärmeliges schwarzes T-Shirt mit einem Drachen auf der Brust und schmutzstarrende, abgewetzte Jeans.

Claras Blick blieb an seinen Unterarmen hängen, die von Narben und Schnitten entstellt waren. Eine frische kreisrunde Wunde war entzündet und eiterte. »Das musst du behandeln lassen«, sagte sie und deutete auf die Wunde.

»Das da? Ja …« Der Junge kratzte mit den Fingern daran herum.

Sie zuckte zusammen. »Hör auf.«

Er ließ die Hand sinken.

Clara überlegte, wie sie beginnen sollte. Er hatte bisher zu allem genickt, was sie ihm zu ihrer Arbeit erklärt hatte, hatte die Vollmacht für die Verteidigung unterschrieben und nur einmal den Kopf geschüttelt, als sie ihn fragte, ob er auf seine Eltern warten wolle. Er wollte geduzt werden, hatte gemeint, seine Freunde würden ihn Solo nennen, aber Stefan sei auch in Ordnung. Damit waren die Formalien geklärt. Jetzt musste sie auf das zu sprechen kommen, weswegen sie hier waren.

»Du weißt, warum du hier bist?«, fragte sie.

Er nickte.

»Hast du deinen Bruder getötet?«

Er gab keine Antwort.

»Warum hast du das getan?«

Er schaute zu ihr auf. »Menschen verschwinden …«

Clara sah ihn an. Diesen Satz hatte sie schon einmal gehört. Aus dem Mund einer alten Frau.

»Du kennst Lilly Groman, nicht wahr? Was hast du ihr erzählt?«

»Wir mussten sterben.«

»Wir? Meinst du deinen Bruder und dich? Nur Frank ist tot, du lebst.«

»Wir sind tot.«

Clara erwiderte nichts. Sicher kam es vor, dass jemand so erschüttert von der eigenen Tat war, dass er sich den Tod wünschte. Sie würde mit der Psychologin sprechen müssen, die sich um den Jungen kümmerte. Und sie musste dafür sorgen, dass der Junge überwacht wurde. Er war akut selbstmordgefährdet.

»Du sagst, Menschen verschwinden?«, fragte sie dann. »Wer verschwindet?«

»Sie sagen, es ist der Dreck, der vom Boden gekratzt wird.«

Clara schluckte. »Wohin verschwinden sie?«

»In die Hölle.« Sein Gesicht gerann zu einer Maske. Seine Augen, gerade noch unruhig, wurden starr.

Claras Entsetzen über die Tat, die sie am Morgen noch so erfolgreich verdrängt hatte, kam zurück. Sie sah wieder die Hände des Jungen vor sich, die jetzt sauber waren – schwarze Fingerkuppen, in Blut getaucht, sein Gesicht blutverschmiert.

»Schickst du sie in die Hölle?«, fragte sie leise.

Er reagierte nicht. Sein Blick war noch immer starr. Wie ein Zombie, dachte Clara unwillkürlich. Er sieht aus wie ein lebender Toter.

»Solo?«, sprach sie ihn an. »Hörst du mich?«

Er hob den Kopf. »Ich bin der Todbegleiter«, sagte er.

»Er ist nicht vernehmungsfähig!« Clara verschränkte die Arme vor der Brust. »Dieser Junge kann nicht polizeilich vernommen werden.«

Der junge Polizist, der vor der Tür auf sie gewartet hatte, zögerte. »Er macht von seinem Aussageverweigerungsrecht Gebrauch?«

»Blödsinn, Sie Idiot! Er ist überhaupt nicht in der Lage, von einem Recht Gebrauch zu machen! Sehen Sie das denn nicht? Er muss in eine Klinik. Auf der Stelle. Und dann muss ein Gutachten erstellt werden …«

»Sehe ich auch so.« Gruber war hinter sie getreten und nickte dem jungen Polizisten zu. Er fasste Clara sacht am Arm. »Wir werden uns darum kümmern, du kannst dich darauf verlassen.«

Clara drehte sich dankbar zu ihm um. »Er ist vollkommen …«, sie suchte nach einem passenden Wort, während sie zurück in Grubers Büro gingen.

»Durchgeknallt«, half ihr Gruber weiter. »Habe ich auch schon festgestellt.«

»Gibt es eine Akte über ihn? Ist er vorbestraft?«

»Ja.«

»Kann ich sie gleich mitnehmen?«

»Eigentlich ist der Dienstweg ein anderer, wie du weißt, Antrag auf Akteneinsicht, Beiziehung der Vorakten, die Staatsanwaltschaft …«

»Du weißt selbst, wie lange das dauert.«

Gruber seufzte. »Mach dir eine Kopie.« Er reichte ihr eine dünne hellgrüne Akte. »Aber jetzt, gleich hier und schnell.« Er deutete auf den Kopierer in der Ecke seines Büros. »Die Eltern kommen jeden Moment, und dann muss ich in die Rechtsmedizin. Die Obduktion ist für zehn angesetzt.«

»Danke.« Clara nahm die Blätter aus der Akte und ging damit zum Kopierer.

Als Clara wenig später durch den Flur zum Ausgang ging, kam ihr ein Ehepaar entgegen. Sie waren beide etwa um die fünfzig. Die Frau war außerordentlich dick und keuchte schwer, als sie den Treppenabsatz erreichte. Ihr Mann hingegen war hager wie ein Storch. Clara ging kurzentschlossen auf die beiden zu. »Sind Sie Herr und Frau Eibl?«, fragte sie.

Der Mann nickte stumm. Die Frau schnaufte nur.

Clara stellte sich vor und sprach ihnen ihr Beileid aus. Dann reichte sie dem Mann ihre Visitenkarte. »Ich möchte Sie jetzt nicht weiter belästigen, aber Ihr Sohn Stefan hat mich als seine Verteidigerin beauftragt, und da wollte ich Ihnen nur Bescheid geben.« Sie schaute das Ehepaar mitfühlend an. »Ich melde mich in den nächsten Tagen, wenn es Ihnen recht ist.«

»Verteidigerin?« Der Mann glotzte sie an.

»Ja. Ich bin Rechtsanwältin. Ihr Sohn wollte ...«

»Woher kennt der denn eine Rechtsanwältin?«, mischte sich jetzt die Frau ein.

»Ich weiß nicht«, sagte Clara. »Er hat jedenfalls gegenüber der Polizei nach mir verlangt.«

Sie wollte nichts über Lilly Groman und die merkwürdigen Zusammenhänge verraten, bevor sie selbst nicht klarer sah.

Die Frau beäugte sie misstrauisch. »Er hat aber kein Geld und wir auch nicht.«

»Das ist kein Problem, in solchen Fällen übernimmt das der Staat, ich werde dann als Pflichtverteidigerin bestellt werden.«

»Warum soll er überhaupt verteidigt werden nach dem, was er getan hat?«, fragte jetzt der Mann. Er war schlecht rasiert und hatte eine Zahnlücke in der oberen Reihe.

»Wie bitte?« Clara blieb der Mund offen stehen. »Jeder hat das Recht auf eine Verteidigung. Außerdem ist Ihr Sohn noch minderjährig ...«

»Lassen Sie den bloß nicht mehr raus!«, sagte die Frau und tippte Clara mit einem dicken Zeigefinger gegen die Brust. »Leute wie Sie sind schuld, dass solche Menschen immer wieder morden können ...«

Clara sah die beiden fassungslos an. »Er ist Ihr Sohn ...«, sagte sie leise.

»Er ist ...!« Die Frau zitterte jetzt, doch sie weinte nicht. Nur ihre Lippen und ihr Doppelkinn vibrierten. Ob vor Wut oder Trauer, konnte Clara unmöglich sagen.

»Er ist ... abartig.« Der Mann nahm seine Frau wieder am Arm. »Komm jetzt«, sagte er. »Der Kommissar wartet doch.« Er verabschiedete sich mit einem kurzen Nicken von Clara und ging dann mit seiner Frau den Flur entlang Richtung Grubers Büro.

Clara sah den beiden nach. Die Frau schwankte unter ihrem eigenen Gewicht. Sie trug einen Jeansrock von der Größe eines Ein-Mann-Zeltes und offene, an den Fersen heruntergetretene Birkenstocksandalen. Ihre nackten Beine waren bläulich rot verfärbt. Die dünnen Haare hatte sie zu einem straffen, fettigen Pferdeschwanz zusammengebunden. Der Mann hatte schütteres Haar und trug einen abgetragenen braunen Anzug, der an seinem dürren Körper schlotterte wie an einem Kleiderständer.

Als die Tür sich öffnete und Gruber die beiden hereinbat, wandte Clara sich ab und verließ das Präsidium.

Kriminalpolizei München
Kommissariat 11: Vorsätzliche Tötungsdelikte

Auszug aus dem vorläufigen Ermittlungsbericht zum Tötungsfall Frank Eibl, geb. 13.01.1988; Jugendsache

1: Ergebnisse der Rechtsmedizinischen Untersuchung des Opfers und der Tatwaffe (Auszug)
(Vgl. anliegende Untersuchungsberichte Blatt 14-25 der Akte)

Der Tod erfolgte gegen 22.00 Uhr durch einen gezielten Stich mit einem Schwert von hinten ins Herz, bei dem die linke Herzkammer perforiert wurde. Nach Eintritt des Todes wurde der Kopf des Opfers vom Rumpf getrennt. Die Tatwaffe war hier ebenfalls das Schwert, das neben der Leiche aufgefunden wurde. Es handelt sich um ein Schwert neuer Herstellung, das ei-

ner in einem Internet-Rollenspiel verwendeten Waffe nachempfunden ist und dort den Namen »Der Schatten des Todes« trägt. Die extrem scharfe und schwere Klinge, die an ein übergroßes Jagdmesser erinnert, ist an der Schneidekante gezackt und leicht gebogen und hat das englische Wort *extinguish* (Auslöschen/Lösche aus!) eingraviert. Die Waffe ist frei über den einschlägigen Internethandel zu beziehen. Der mutmaßliche Täter, Stefan Eibl, der Bruder des Opfers, trug das Schwert offenbar in einer dafür vorgesehenen Scheide auf den Rücken geschnallt. Die Tasche wurde ebenfalls am Tatort gefunden.
Bei der Blutentnahme wurde festgestellt, dass der mutmaßliche Täter starke Beruhigungsmittel eingenommen hatte. Der missbräuchliche Konsum dieses verschreibungspflichtigen Medikaments ist vor allem unter Drogenabhängigen sehr verbreitet. Es ist über Internetapotheken mit Sitz im Ausland, vor allem in Mexiko, und über den Schwarzmarkt leicht auch ohne Rezept zu erwerben.
Das Opfer hingegen hatte neben einer geringen Menge Alkohol einen pflanzlichen Giftstoff im Blut, der stark toxisch und halluzinogen wirkt. Es handelt sich hierbei um Auszüge der Pflanze *Schwarzes Bilsenkraut (lat. Hyoscyamus niger),* ein alkaloidhaltiges Nachtschattengewächs, das neben unlöschbarem Durst, Kopfschmerzen, Schwindel und Muskelstarre sehr heftige Halluzinationen hervorruft und in hohen Dosen zu Koma, Atemlähmung oder auch zum Tod führen kann. Auf welche Weise die Droge dem Opfer verabreicht wurde oder ob er sie freiwillig konsumiert hat, konnte bislang nicht festgestellt werden.
Der Konsum dieser Pflanze ist nicht sehr gebräuchlich, allerdings nicht illegal. Es existiert, soweit bekannt, kein entsprechender Handel.

2: Kriminaltechnische Untersuchung und Tatortbefundbericht (Auszug)
(Vgl. anliegende Berichte/Fotos Blatt 26-38 der Akte)

Die kriminaltechnische Untersuchung ergab auf der Waffe ausschließlich die Fingerabdrücke des mutmaßlichen Täters, der neben der Leiche sitzend aufgefunden wurde und sich widerstandslos festnehmen ließ. Er äußerte sich gegenüber den Anwesenden mit dem Satz: »Ich bin der Todbegleiter.« Weitere Angaben machte er nicht, weder zum Tathergang noch zum Motiv. Er ist nach Einschätzung des ermittelnden Beamten derzeit nicht vernehmungsfähig und wurde zur gutachterlichen Untersuchung in die Jugendpsychiatrie überstellt.
Der Fundort der Leiche (Monopteros, ein tempelähnliches, offenes Gebäude im Englischen Garten) ist zugleich der Tatort. Tatzeit etwa 22.00 Uhr. Die Tat wurde von einem Zeugen gemeldet, der lt. seinen Angaben auf dem Heimweg vom nahegelegenen Seerestaurant war und durch lautes Schreien bzw. Heulen auf den mutmaßlichen Täter aufmerksam wurde. Er hat per Handy die Polizei informiert und musste sich anschließend wegen eines schweren Schocks in ärztliche Behandlung begeben (vgl. Zeugenaussagen Blatt 4-12 der Akte).
Spuren, die auf eine Drittbeteiligung schließen ließen, wurden nicht sichergestellt.
Nach der Tat wurde mit dem Blut des Opfers an einer Säule die Zeichnung eines Tieres (siehe Foto und Skizze in der Anlage) angefertigt, deren Bedeutung unklar ist. Es handelt sich hierbei offenbar um einen Salamander. Auf der Säule wurden ebenfalls Fingerabdrücke des mutmaßlichen Täters sichergestellt, dessen Hände und Gesicht mit dem Blut des Opfers bedeckt waren.
Im Gebüsch unweit des Tatorts fand sich ein olivgrüner Rucksack mit Kleidung, 193,50 Euro, einem Hausschlüssel, einem Butterfly Messer und einem Ausweis, wonach die Identität des mutmaßlichen Täters

als Stefan Eibl, geb. am 17.08.1995, festgestellt werden konnte. Er wohnt seit März dieses Jahres bei seinem Bruder, dem Opfer, Frank Eibl in München-Sendling (vgl. Angaben zu den beteiligten Personen, Blatt 2 und 3 der Akte).
Der Tathergang (Tatwaffe, Wandzeichnung, Art der Tötung) weist insgesamt auf einen möglichen rituellen Hintergrund hin.

3: Zu den Beteiligten (Opfer und mutmaßlicher Täter)

FRANK EIBL war Angestellter eines Elektrogroßmarktes. Er hat dort seine Ausbildung als Einzelhandelskaufmann abgeschlossen und war im Anschluss übernommen worden. Seine Mitarbeiter und Vorgesetzten schildern ihn als zuverlässig und freundlich, ebenso die befragten Nachbarn und sein Vermieter (vgl. Aussagen Blatt 4-12 der Akte). Er ist nicht vorbestraft.
STEFAN EIBL ist arbeitslos und ohne Schulabschluss. Er hat die Hauptschule bis zur neunten Klasse besucht, jedoch das Klassenziel nicht erreicht. Nach Angaben der Lehrer gab es häufig Schwierigkeiten aufgrund fehlender Disziplin und Alkohol- und Drogenproblemen. Stefan Eibl ist mehrfach vorbestraft u. a. wegen Diebstahl, Verstößen gegen das Betäubungsmittelgesetz und Sachbeschädigung (vgl. Auszug aus dem Bundeszentralregister/Erziehungsregister Blatt 13 der Akte). Seit der letzten Straftat im Mai 2012 (vgl. Beiakte) und der darauffolgenden Erziehungsmaßnahme keine weiteren Vorkommnisse.

4: Schlussfolgerungen

Aufgrund der (vorläufigen) Ermittlungsergebnisse bestehen derzeit keine begründeten Zweifel an Stefan Eibl als in Frage kommenden Täter. Dies entspricht auch seiner eigenen Aussage (»Ich bin der Todbegleiter«), die als Tateingeständnis gewertet werden kann. Das Motiv der Tat ist noch unklar. Die Eltern bzw.

Freunde und Bekannte des Opfers müssen noch gehört werden. Möglicherweise lässt sich das Motiv aufgrund der seelischen Verfassung des mutmaßlichen Täters auch nicht hinreichend klären. Hier ist das psychologische Gutachten abzuwarten.
Haftbefehl wurde erlassen.

Geschlossen:
Walter Gruber, Kriminalhauptkommissar,
Leiter Kommissariat 11, vorsätzliche Tötungsdelikte

ELF

»Es war unheimlich.«

Zeugenaussage Leichensache Wolfsberg
1. November 1998

Clara sperrte ihre Kanzlei ab und ging über die Straße zu Rita. Sie hatte den vorläufigen Ermittlungsbericht, den Gruber ihr hatte zukommen lassen, wieder und wieder gelesen und dann den halben Nachmittag über der alten Strafakte von Stefan Eibl gebrütet, allerdings nichts Erhellendes gefunden. Zwar hatte er ein beachtliches Vorstrafenregister, das bereits im zarten Alter von vierzehn begonnen hatte, doch handelte es sich dabei nur um kleinere Delikte wie Diebstähle oder Sachbeschädigung durch Graffitimalereien und Straftaten im Zusammenhang mit Drogen. Wegen Gewalttätigkeit war Stefan Eibl bisher nicht aufgefallen. Keine Schlägereien, keine Körperverletzung. Nichts dergleichen. Er war mehrmals wegen des Besitzes von und Handels mit kleineren Mengen von Marihuana und Ecstasy verurteilt worden.

Zuletzt hatte es im Mai dieses Jahres ein Verfahren gegen ihn gegeben, weil er bei einer Razzia in einem Münchner Club mit zehn Gramm Phencyclidin, besser bekannt als Angel Dust, aufgegriffen worden war. Diese Droge, so hatte Clara aus der Akte gelernt, war eine hochgefährliche chemische Verbindung und als Partydroge offenbar sehr populär. Zu einer Gefängnisstrafe war es nur deswegen nicht gekommen, weil die Stellungnahme der Jugendgerichtshilfe überaus positiv ausfiel. Stefan Eibl sei auf dem besten Weg, sich zu stabilisieren, hieß es dort. Sein Bruder habe ihn bei sich aufgenommen und ihm eine Stelle als Lagerarbeiter in dem Fachmarkt, in dem er selbst beschäftigt war, besorgt. Außerdem leiste er seit einigen Monaten einen freiwilligen sozialen Dienst bei einem gemeinnützigen Verein ab, der sich um straffällige Jugendliche kümmert. Ein Gefängnisaufenthalt oder auch nur Jugendarrest zum jetzigen Zeitpunkt sei daher im höchsten Maße kontraproduktiv und gefährde den gerade begonnenen Eingliederungs- und Stabilisierungsprozess des Jugendlichen. Dies und eine engagierte Stellungnahme des Bruders in der Verhandlung hatten den Jugendrichter davon überzeugt, dem Erziehungsgedanken des Jugendstrafrechts noch einmal den Vorzug zu geben, und er hatte Solo die ohnehin schon freiwillig begonnenen Sozialstunden als Pflicht für weitere sechs Monate auferlegt. Die ebenfalls auferlegten, regelmäßigen ärztlichen Untersuchungen hatten keinen Drogenkonsum mehr ergeben.

Clara hatte den Bericht mit gemischten Gefühlen gelesen. Einerseits war sie eine entschiedene Verfechterin des geltenden Erziehungsstrafrechts für Jugendliche und bekam jedes Mal Wutanfälle, wenn sie die gegenteiligen Ansichten der einschlägig bekannten Hardliner in der Politik dazu las: »Wegsperren! Jugendstrafrecht drastisch verschärfen! Schluss mit Kuschelpädagogik und Streicheljustiz!« Andererseits hatte sie den Jungen gesehen, wie er den abgetrennten Kopf seines Bruders in den Händen gehalten hatte, und fragte sich nun unweigerlich, ob diese Tat mit einer härteren Gangart hätte verhindert werden können. Wäre der Mord auch passiert, wenn das Gericht ihn bei seinem letzten Vergehen zu einer Gefängnisstrafe verurteilt hätte, anstatt noch einmal ein Auge zuzudrücken? Aber damit landete sie bei der ohnehin alles entscheidenden Frage nach dem Motiv. Warum hatte dieser Junge überhaupt so etwas Grausames getan? Vor allem, nachdem er offenbar auf einem guten Weg gewesen war?

Sie bestellte sich bei Rita einen Salat und ein Glas Wein und setzte sich an ihren Lieblingsplatz am Fenster. Elise wanderte zuerst das kleine Café ab, um Rita und sämtliche sonstigen Menschen, die bereit waren, einer Dogge über den Kopf zu streicheln, gebührend zu begrüßen, und ließ sich dann in der Nähe der Küchentür nieder, in der Hoffnung, etwas von den verführerisch duftenden Speisen abzukommen, die von dort herausgetragen wurden.

Rita brachte Clara das Essen zusammen mit einer aktuellen Ausgabe der Abendzeitung, die den gestrigen Mord erwartungsgemäß in drei Zentimeter hohen Lettern auf der Titelseite brachte:

TEUFLISCHER RITUALMORD!

Rita tippte auf die Schlagzeile. »Hast du schon gelesen? *Incredibile*!«

Clara seufzte. »Ich habe es sogar gesehen.«

»Was?« Rita setzte sich auf den freien Stuhl. »Wie meinst du das?«

Clara zuckte mit den Schultern. »Ich war dort. Gestern Nacht. Ich verteidige den Jungen, den sie festgenommen haben.« Sie überflog die Zeilen unter der Schlagzeile, las etwas von »Monster« und »sadistischem Gemetzel« und schob die Zeitung angewidert beiseite.

»*Non è vero!* Sag, dass das nicht wahr ist!« Rita schaute Clara ungläubig an.

Clara zuckte mit den Schultern und schwieg.

»Warum nimmst du so einen schrecklichen Fall an?«

»Irgendjemand muss es tun, oder?«, sagte Clara kühl. »Oder glaubst du auch, dass so einer nicht verteidigt zu werden braucht?«

»*Ma no!*« Rita wedelte entrüstet mit den Händen. »Aber warum denn ausgerechnet von dir? Das sollen andere machen, die abgebrühter sind als du!«

Clara lächelte dünn. »Ich kann durchaus abgebrüht sein, wenn es sein muss.«

Rita sah sie besorgt an. »Das ist nicht gut für dich. Du wirst Schaden nehmen.«

»Warum? Es ist mein Beruf.«

Rita schüttelte den Kopf. »Es wird dir schaden«, wiederholte sie, »ich weiß es.«

»Danke sehr für die Ermutigung! Das ist genau das, was ich brauche!«, entgegnete Clara bissig.

»Entschuldige!« Rita legte ihre Hand auf Claras Arm. »Ich mache mir nur Sorgen.«

Clara nickte versöhnlich. »Ich habe mich um den Fall nicht gerissen, weißt du? Der Junge hat mich ausgesucht.«

»Du hättest ablehnen können.«

»Er ist siebzehn!«

»Ja und? Offenbar alt genug, um so etwas zu tun!« Rita zeigte auf die Zeitung.

»Aber es muss einen Grund dafür geben! Eine Erklärung!«

»Bist du dir da so sicher?« Rita sah sie skeptisch an.

Clara nickte. »Es gibt für alles eine Erklärung.«

»Wenn das so ist, glaube ich nicht, dass ich sie in diesem Fall erfahren möchte.« Rita stand auf. »Und für dich wäre es auch besser, die Finger davon zu lassen, glaub mir!« Sie sah Clara ernst an. »Ich habe ein ganz merkwürdiges Gefühl. *Nel mio cuore*!« Sie tippte sich an ihren üppigen Busen. »Es ist nicht gut für dich!«

»Aber …«, versuchte Clara einzuwenden, doch Rita ließ sie nicht zu Wort kommen. Sie schüttelte erneut den Kopf, und ihre dunklen Augen bekamen einen seltsamen, fast furchtsamen Ausdruck. »An manchen Dingen sollte man nicht rühren, wenn man sich nicht sicher ist, ob man stark genug dafür ist.« Sie strich Clara in einer liebevollen Geste über die Wange. *»Stai attenta, cara!«* Damit ging sie zurück hinter die Theke.

Clara sah ihr verwirrt hinterher. Es war ganz und gar nicht Ritas Art, mit solch düsteren Prophezeiungen um sich zu werfen. Rita war pragmatisch, rational und überaus praktisch veranlagt. Immer wenn in der Vergangenheit die Emotionen mit Clara durchgegangen waren, war sie ihr ein Fels in der Brandung gewesen. Was also sollten diese Warnungen? *Sei vorsichtig!*

Clara fiel ihr Traum wieder ein. Auch er hatte sich wie eine Warnung angefühlt. Sie fröstelte. Obwohl es ihr widerstrebte, an Vorahnungen zu glauben, hatte der Traum sie zutiefst erschreckt, mehr als es gewöhnliche Albträume vermochten. Und dann war tatsächlich etwas geschehen: ein grauenhafter Mord. Der Anblick der kopflosen Leiche hatte sich so tief in ihr Gehirn eingebrannt, dass ihr übel wurde, sooft sie daran dachte.

Sie schob ihren Teller beiseite, der Appetit war ihr vergangen. Hätte sie den Fall ablehnen sollen? Doch sie wusste, dass sie dazu nicht in der Lage gewesen wäre. Nicht, nachdem sie Stefan Eibl vorher schon getroffen hatte. Er hatte ihr etwas mitteilen wollen. Doch sie hatte nicht verstanden, was. Wenn der Junge mit ihr gesprochen hätte, wenn er nicht vor ihr davongelaufen wäre, wenn sie nur begriffen hätte, was er von ihr wollte … dann wäre sein Bruder womöglich noch am Leben.

Warum hatte er es getan?

Ihr Verstand saugte sich an dieser Frage fest, klammerte sich an das *Warum*, als ob die Antwort darauf die Tat weniger schrecklich machte. Aber vielleicht war das auch tatsächlich so. Vielleicht war das Unerklärliche immer das Schrecklichste an einer Sache. So wie unerklärliche Schmerzen einen immer das Schlimmste befürchten lassen und die Diagnose des Arztes dann oft Erleichterung bringt. Oder wenn nicht, dann zumindest Gewissheit.

Clara ging in Gedanken noch einmal die alte Akte des Jungen durch. Sein Leben schien nach einigen Turbulenzen endlich in die richtigen Bahnen zu gleiten, sein Bruder setzte sich für ihn ein, besorgte ihm Arbeit, ließ ihn bei sich wohnen, hatte es offenbar sogar geschafft, ihn von Drogen fernzuhalten. Und dann diese Tat. Solo hatte unter Beruhigungsmitteln gestanden. Aber das konnte wohl kaum als Begründung reichen. Er musste krank sein, um so etwas zu tun, davon war Clara eigentlich überzeugt. Doch in der Vorakte gab es keinen Hinweis auf ernsthafte psychische Probleme.

»Pubertäre Anpassungsschwierigkeiten«, hatte es in der Stellungnahme der Jugendgerichtshilfe pauschal geheißen, Schwierigkeiten, die sich nach dem Auszug des älteren Bruders aus dem Elternhaus massiv verschärft hätten. Die beiden Geschwister hätten von klein auf eine besonders enge Bindung gehabt, und der Umzug des Bruders nach München hätte Stefan Eibl »aus der Bahn geworfen«. Deshalb schien es auch eine gute Lösung zu sein, als er zu seinem Bruder nach München zog.

Clara holte einen Stift aus der Tasche ihrer Jacke und kritzelte das Wort »Eltern« auf die Serviette. Die Eltern waren ihr merkwürdig vorgekommen. Auch wenn man berücksichtigte, was sie gerade durchmachten, war ihr Verhalten seltsam gewesen. Man hätte Trauer erwartet, Fassungslosigkeit, Verzweiflung, doch Clara hatte das Gefühl, dass keines dieser Gefühle zutreffend war. Es war Wut gewesen, die sie bei den beiden gespürt hatte. Eine dumpfe Wut »auf Leute wie Sie«, auf Clara, die ihren Sohn verteidigen würde, und Wut auf Stefan selbst. War das normal angesichts der Tatsache, dass er seinen Bruder umgebracht hatte? *Abartig* hatte der Vater ihn genannt. War das eine Bezeichnung, die sich nur auf die Tat bezog, oder hatte es schon früher Hinweise gegeben, dass der Junge nicht »normal« war, was auch immer das bedeuten mochte? Clara hatte außerdem den Eindruck gehabt, dass die Mutter etwas ganz anderes hatte sagen wollen, als ihr der Mann ins Wort gefallen war.

»Er ist ...«, hatte sie begonnen. Was ist er? Sie schrieb die Frage auf die Serviette und kritzelte weiter darauf herum, bis sie bemerkte, dass sie einen Salamander gemalt hatte. Der Salamander. So rätselhaft wie die ganze Geschichte.

ZWÖLF

»Wer tut so etwas?«

Zeugenaussage Leichensache Wolfsberg
1. November 1998

Nach einem stillen, leeren Wochenende, an dem Clara sich verbissen geweigert hatte, über irgendetwas nachzudenken, war sie am Montagmorgen auf dem Weg nach Rastlach. Sie war 20 Minuten mit der S-Bahn gefahren und stand jetzt, nachdem sie den Bahnhof hinter sich gelassen hatte, mit Elise mitten in der Einöde. Eine schmale, gewundene Straße führte über Wiesen in das Dorf, das, wie ein Schild verkündete, 1 km vom Bahnhof entfernt war. Clara konnte hinter einer Gruppe von Bäumen einige rote Dächer erkennen.

Der Entschluss, die Eltern zu Hause aufzusuchen, war spontan erfolgt und ohne groß darüber nachzudenken. Sie wollte wissen, wo dieser Junge herkam, was ihn geprägt hatte, hoffte, auf diese Weise, quasi durch die Hintertür, ein wenig Licht in die Sache zu bringen. Zwei braune Hühner kamen ihr entgegen, als sie in die Dorfstraße einbog, und sie fasste Elise warnend am Halsband. Elise war als Stadthund frei laufende Tiere, die so ganz anders aussahen als Hunde, nicht gewohnt. Sie blaffte vorsichtig in Richtung der Hühner, und als diese aufgeregt gackernd davonflatterten, sah Elise ihnen erstaunt nach.

Die Eibls bewohnten ein schmalbrüstiges, zweistöckiges Haus mit nackten Fenstern, das zwischen einem Tante-Emma-Laden, der, der leeren Auslage und den schmutzigen Scheiben nach zu schließen, schon lange geschlossen war, und einem heruntergekommen wirkenden Bauernhof, zu dem offenbar die Hühner gehörten, eingezwängt war. Ein kleiner, grauweiß gesprenkelter Hahn kratzte auf dem Misthaufen des Bauernhofes herum. Hinter der Tür der Eibls war das Weinen eines Babys zu hören. Clara klingelte. Ein kleiner Junge von etwa fünf Jahren öffnete die Tür. Der Rotz lief ihm aus der Nase, und sein Mund war mit Ketchup verschmiert.

»Hallo«, Clara lächelte ihn an. »Ist deine Mama da?« Sie wunderte sich, da sie in Stefan Eibls Akte nichts von weiteren Geschwistern gelesen hatte.

Der Junge antwortete nicht. Er starrte wie gebannt auf die Dogge, deren Kopf ungefähr in Augenhöhe zu ihm war.

Clara streichelte Elise den Nacken. »Sie ist ganz lieb«, sagte sie. »Du kannst sie streicheln, wenn du willst.«

Der Junge zögerte, streckte dann aber vorsichtig die Hand aus und berührte kurz Elises Ohr. Dann zog er die Hand schnell wieder zurück und musterte den Hund mit ernstem Blick.

»Wer ist denn da?« Die Frage kam irgendwo aus dem Inneren des Hauses und übertönte das Schreien des Säuglings. Frau Eibl tauchte im Flur auf, ein rotgesichtiges Baby im Arm, dessen Äuglein voller Tränen waren. Sie kniff die Augen zusammen, als sie Clara erkannte. »Was wollen Sie denn hier?«

»Grüß Gott, Frau Eibl.« Clara setzte ihr gewinnendstes Lächeln auf. »Ich wollte nur mal kurz mit Ihnen über Stefan sprechen. Ich brauche ein paar Anhaltspunkte, und er spricht nicht sehr viel …« Sie trat über die Schwelle. »Darf ich reinkommen?«

Die Frau zuckte die Schultern. »Von mir aus. Ich füttere

grade die Kleine.« Sie drehte sich um und watschelte den Flur entlang in eine große, unordentliche Küche.

Clara folgte ihr. Von der Küche führte eine Tür nach hinten hinaus in einen kleinen Garten, der mit kaputten Spielsachen übersät war. Fußbälle, denen die Luft fehlte, ein rostiges Dreirad, Eimer, eine Puppe mit verfilzten blonden Haaren. An einem kleinen Obstbaum, der schon längst seine Blätter verloren hatte und an dem sich nur noch ein paar verschrumpelte Äpfel festklammerten, hing eine windschiefe Schaukel.

Der Junge war mit ihnen in die Küche gekommen und setzte sich an den Tisch, wo ein hellgrüner Plastikteller mit Nudeln und Tomatensoße auf ihn wartete. Er senkte den Blick und begann mit heiligem Ernst die Nudeln in sich hineinzuschaufeln. Auf dem Herd dampfte ein großer Topf. Die Frau lehnte ihren massigen Körper an die Küchenzeile und hielt ein Fläschchen unter kaltes Wasser, während das Baby in ihrem Arm leise greinte.

Clara deutete auf einen Stuhl neben dem Jungen. »Darf ich mich zu dir setzen?«

Der Junge hielt einen Augenblick inne und sah sie an, doch er gab keine Antwort.

»Er spricht nicht«, sagte die Frau. »Sein Vater hat ihm eine solche Ohrfeige verpasst, dass ihm das Trommelfell geplatzt ist. Seitdem hört er schlecht und redet kaum ein Wort.«

Clara starrte sie an. »Sein Vater ...? Sie meinen ... Ihr Mann?«

»Nein. Justin ist ein Pflegekind.« Frau Eibl setzte sich jetzt auch, wobei sie Mühe hatte, ihre Leibesfülle auf dem schmalen Küchenstuhl zu platzieren. »Wie die Kleine hier auch.« Sie wechselte das Baby von einem Arm auf den anderen und gab ihm die Flasche. »Mia heißt sie. Ihre Junkiemutter ist mit ihrem Freund tagelang um die Häuser gezogen und hat sie einfach zu Hause gelassen. Die Polizei hat Mia halb verhungert in ihrer eigenen Scheiße gefunden.«

»Oh.« Clara schluckte und nestelte nervös an ihrer Tasche herum. Auf solche Informationen war sie nicht gefasst gewesen. »Sie nehmen also Pflegekinder auf?«, fragte sie hölzern. »Haben Sie noch mehr?«

»Zwei kommen noch nach der Schule, aber sie sind nur am Nachmittag bei mir. Abends gehen sie nach Hause.«

»Das ist sicher nicht immer leicht. Ich meine, die Kinder sind ja wahrscheinlich nicht einfach ...« Clara fühlte sich verlegen, wusste plötzlich nicht mehr, was sie sagen sollte.

»Das können Sie laut sagen!«, schnaubte die Frau. »Zwölf Kinder hatte ich im Laufe der Jahre schon in Pflege. Da könnte ich Ihnen Geschichten erzählen ...«

»Ich wollte mit Ihnen eigentlich über Stefan und seinen Bruder sprechen.«

Frau Eibl klappte den Mund zu, und ihr feistes Gesicht verdüsterte sich.

»Wie war denn ihr Verhältnis zueinander? Verstanden sie sich gut, oder gab es oft Streitereien?«

Die Frau zögerte ein wenig mit der Antwort, dann sagte sie langsam: »Frank und Stefan waren wie Pech und Schwefel. Immer schon.«

»Haben sie nie gestritten?«

»Nein. Nie.«

»Und als Stefan zu Frank gezogen ist, hatten Sie da noch Kontakt zu ihm?«

»Nein.«

»Überhaupt nicht mehr? Auch zu Frank nicht?«

»Nein. Ich habe Stefan schon mindestens ein Jahr nicht mehr gesehen. Frank noch länger nicht.«

Clara stutzte. »Aber Stefan hat doch noch bei Ihnen gewohnt …«

»Offiziell schon, aber er ist in den letzten beiden Jahren kaum noch nach Hause gekommen. Hat sich rumgetrieben, bei seinen Drogenfreunden übernachtet.«

»Haben Sie dagegen nichts unternommen?«

Sie zuckte mit den Schultern. »Da war nichts zu machen. Er war nicht zu halten. Und dann ist er im Frühjahr zu seinem Bruder gezogen. War besser so.« Sie stellte das Fläschchen auf den Tisch und wischte dem Baby mit einem schmierigen Küchenhandtuch den Mund ab. »Hören Sie, ich kann Ihnen nicht mehr sagen«, meinte sie plötzlich und stand auf. »Ich muss die Kleine jetzt auch wickeln.« Sie hob den Hintern des Babys vor ihr Gesicht. »Sie müffelt schon.«

Clara nickte und stand auf. »Haben Sie denn irgendeine Erklärung?«

»Wofür?«

»Weshalb Stefan das getan hat?«

Frau Eibl schwieg. Irgendetwas regte sich in ihren Augen, sie schien mit sich zu kämpfen, doch dann schüttelte sie den Kopf. »Keine Ahnung.«

»Aber es sind Ihre beiden Söhne! Der eine ist tot, und der andere ist sein Mörder! Das muss Sie doch beschäftigen!«, rief Clara ungläubig, die Frau schaute sie jedoch nur aus dumpfen Augen an. Ihr Mund war zu einem Strich zusammengepresst.

»Ihr Mann hat Stefan abartig genannt. Was hat er damit gemeint?«, versuchte Clara es noch einmal.

»Nichts. Das hat er nur so dahergesagt.«

»Niemand sagt das über sein Kind *einfach so*! Warum vertrauen Sie mir nicht? Ich bin auf Ihrer Seite, ich möchte Stefan helfen!«

Die Frau nahm Justin den leeren Teller weg und stellte ihn in die Spüle. Dann öffnete sie den Kühlschrank, nahm einen Pudding heraus und schob ihn dem Jungen hin.

»Ich will nicht mehr darüber reden«, sagte sie unvermittelt, wieder zu Clara gewandt. »Was passiert ist, ist passiert. Gehen Sie und kommen Sie nicht mehr her!«

Clara gab auf. Sie folgte Frau Eibl zur Tür und sah dabei zu, wie das Baby dünne Milchfäden über die breite Schulter der Frau spuckte.

An der Tür drehte sie sich noch einmal zu Frau Eibl um. »Soll ich Stefan etwas von Ihnen und Ihrem Mann ausrichten?«

Das Gesicht der Frau war trotz der vielen Fettschichten hart und abweisend. »Nein«, sagte sie und schloss die Tür.

Clara stand auf der Straße, und ihr Blick wanderte über die schmucklose Fassade des Hauses. »Das kann nicht sein«, murmelte sie. »Das ist doch einfach nicht möglich.«

»Sind Sie von der Polizei?«

Clara fuhr herum. Eine alte Frau stand hinter ihr und musterte sie aus blitzblauen Äuglein.

»Nein ...«

»Von der Presse?«

»Nein, ich bin Rechtsanwältin.«

»Ah so.« Die Frau nickte, sichtlich enttäuscht über diese Information. »Ich wohn nebenan. Bin die Nachbarin von den Eibls.«

Clara warf einen Blick auf den alten Hof, der bis auf die Hühner verlassen wirkte. »Kennen Sie die Familie gut?«, fragte sie.

Die Frau nickte. »Schon. Ich kenn alle in Rastlach. Bin ja hier auf die Welt gekommen.«

»Dann kennen Sie also auch Stefan und Frank?«

»Freilich.« Die Frau lächelte, und ihre Augen zwinkerten erfreut. »Wollen 'S vielleicht eine Tasse Kaffee?«

Clara willigte ein und folgte zusammen mit Elise der Frau, die eilig über den Hof trippelte und eine verwitterte Tür aufsperrte.

Sie gingen durch den Stall, der, leer und spinnennetzverhangen, noch immer nach den Tieren roch, die er einmal beherbergt hatte. Schwalben flogen an der gewölbten Decke entlang, und auf der Brüstung eines vor Schmutz blinden Fensters hockte eine Katze und sah sie aus schmalen Augen an. Elise durchfuhr ein aufgeregtes Zittern, und Clara warf ihr einen mahnenden Blick zu. Der enge Flur, der vom Stall in das Wohnhaus führte, war mit ausrangierten Möbeln, uralten Schuhen, Jacken und alten Zeitungen fast vollständig zugestellt. Es roch nach Staub und Schmutz, nach Dingen, die seit ewigen Zeiten kein Sonnenlicht mehr gesehen hatten und in den dunklen Ecken vor sich hin moderten.

Die alte Frau öffnete eine Tür und führte Clara in die Küche. Clara blieb überrascht stehen. Sie hatte das Gefühl, sich in einer Puppenstube aus dem letzten Jahrhundert zu befinden. Ein uralter Holzofenherd nahm eine ganze Seite des Zimmers ein. Ein Wasserkessel stand darauf und stieß kleine Rauchwölkchen aus. An der Wand hingen eine gusseiserne Pfanne und eine emaillierte Backform, daneben zahlreiche Schöpfkellen und große, vom jahrelangen Gebrauch fast schwarze Holzlöffel. Auf dem Tisch pickte ein braunes Huhn herum, und auf der Lehne der Eckbank saß reglos eine weitere, grau gestreifte Katze, der ein Ohr und ein Auge fehlten. Die alte Frau hob das Huhn sanft auf den Boden und stellte eine Kanne und einen Kaffeefilter aus Plastik bereit. »Setzen Sie sich doch«, sagte sie.

Clara schob sich in die Nähe der Katze, die sie aus ihrem einen Auge misstrauisch musterte, und befahl Elise, sich hinzulegen. Während die Frau Kaffee in den Filter löffelte und heißes Wasser darauf goss, sah sich Clara um.

Offenbar wohnte die alte Frau in diesem Raum, denn neben der Eckbank stand ein niedriges, schmales Bett mit hohen Federkissen, und an der Tür hing an einem Bügel ein geblümtes Altfrauennachthemd mit langen Ärmeln, das Clara an Lilly Gromans Nachthemden erinnerte. Ein paar Hausschuhe aus Filz standen ordentlich unter dem Bett auf einem abgetretenen, gestreiften Bettvorleger. Die Wand hinter der Bank war voll mit gerahmten Fotos.

Clara stellte sich vor, wie die Frau hier in diesem einzigen kleinen Raum wohnte, während um sie herum das große Haus und der gesamte Hof langsam verfielen, und es hätte sie eigentlich traurig machen müssen, doch stattdessen fand sie die Vorstellung merkwürdig tröstlich. Diese Küche war wie eine heimelige Höhle, ein Rückzugsort, der zu der Frau passte. Es wäre viel deprimierender gewesen zu sehen, wie sich die alte Frau vergeblich bemühte, die vielen leeren Zimmer eines vergangenen Lebens auszufüllen.

Anders als im Flur und im Stall war es hier blitzsauber. Es gab keine Spinnweben und keinen Schmutz in den Ecken. Die Tassen, die die Frau jetzt mit bedächtigen Bewegungen aus dem Küchenschrank holte, waren zierlich und hatten einen kleinen, abgewetzten Goldrand. Sie schenkte ihnen Kaffee ein und setzte sich dann ebenfalls.

»Sie sind wegen dem Stefan hier.« Es war eine Feststellung, keine Frage.

»Ja. Ich werde ihn vor Gericht verteidigen.«

»Gut. Der Junge braucht jemanden, der sich für ihn einsetzt.«

Clara wunderte sich. Die alte Frau war die erste Person, die so etwas wie Mitgefühl für Stefan Eibl zeigte. »Kennen Sie ihn gut?«

»Der Stefan war immer bei mir, als er noch klein war. Jeden Tag ist er gekommen. Er ist mit einer meiner Hennen im Arm auf die Bank geklettert und hat mir beim Arbeiten zugesehen. Ich hab ihm Märchen erzählt. Dornröschen und Schneewittchen und Rumpelstilzchen. Rumpelstilzchen mochte er am liebsten. Ich musste es ihm immer wieder aufsagen. Er konnte gar nicht genug davon bekommen.« Sie lachte lautlos in sich hinein, und ihre Augen zwinkerten traurig. »Die haben ja nix gekannt. Keine Märchen, keine Kinderlieder, gar nix.«

Clara trank einen Schluck von dem Kaffee. Er war stark und köstlich. »Hat denn ihre Mutter ihnen nichts erzählt? Sie kennt sich doch mit Kindern aus.«

»Die Eiblin?« Die Frau verzog verächtlich den Mund. »Die kennt sich nur mit Geld aus.«

»Aber sie kümmert sich doch sogar um Kinder, die den leiblichen Eltern weggenommen werden müssen.«

»Ja. Das tut sie. Dafür bekommt sie auch gutes Geld.« Die Frau sah finster aus dem Fenster über den tristen Hof.

»Das ist doch legitim«, wandte Clara ein. »Die Kinder brauchen jemanden, und es ist sicher nicht immer leicht ...«

»Ich will ja nix gesagt haben. Sie macht ihre Arbeit ganz gut, gibt den Kindern ein geregeltes Leben, zu essen und ein Dach über dem Kopf. Trotzdem: Sie gibt ihnen nicht das, was sie am meisten bräuchten, verstehen Sie? Sie gibt ihnen keine Liebe. Ich glaub, sie weiß gar nicht, was das ist.«

Clara schwieg. Sie dachte an die harten Augen der Frau und ihr merkwürdiges, abweisendes Verhalten. »Aber das Jugendamt prüft doch die Pflegeeltern, zu denen es die Kinder gibt«, wandte sie halbherzig ein und wusste gleichzeitig, dass das kein Argument war.

»Haben Sie schon mal gesehen, wie man so etwas wie Zuneigung und Mitgefühl prüfen kann?« Die alte Frau schüttelte den Kopf. »Für die Eibls sind die Kinder nur ein Geschäft. Er ist gelernter Zimmerer und hatte vor über zwanzig Jahren einen schweren Unfall. Seitdem kann er nicht mehr arbeiten. Er bekommt eine kleine Rente und hilft hier und dort ein bissl aus. Sie hat in ihrem ganzen Leben noch nichts gearbeitet. Aber trotzdem fahren sie immer die neuesten und größten Autos. Da frage ich mich schon, woher das Geld kommt, oder?«

»Mit Pflegekindern kann man doch nicht reich werden.«

»Das Haus gehört ihnen. Sie zahlen also keine Miete und stecken nichts rein. Für die Kinder kaufen sie nur das Billigste vom Billigen, die müssen alles auftragen, was den Größeren gehört hat, es gibt nur Fastfood und solche Sachen. Keine Geschenke, höchstens mal ein paar Stifte oder einen Ball zum Geburtstag. Wenn man dann die Rente von ihm und die Schwarzarbeit dazunimmt, kommt monatlich schon was zusammen.«

Clara überlegte. Sicher war es möglich, dass die Familie vor allem davon lebte, dass sie Pflegekinder aufnahm. Doch das war nicht das Thema, weswegen sie hier war.

»Mich interessieren mehr die eigenen Kinder der Eibls. Ich möchte gerne etwas mehr über Stefan Eibl erfahren …«

»Die Eibls haben keine eigenen Kinder«, sagte die Frau.

»Wie? Aber Stefan und Frank sind doch …«

»Sind nicht ihre Kinder.«

»Nein?« Clara war verwirrt. Warum stand davon nichts in der Akte?

»Sie sind adoptiert?«

»Davon weiß ich nichts.«

»Aber sie heißen doch Eibl.«

»Ich weiß nur, dass sie eines Tages da waren. Beide zusammen.« Sie schenkte ihnen Kaffee nach. »Das war vor etwa dreizehn Jahren. Der Stefan war noch ein kleiner Wurm, er konnte kaum sprechen, obwohl er schon vier war, und Frank war vielleicht zehn, elf. Sie waren so still. Beide. Ganz merkwürdige Kinder.« Ihr Blick wanderte in die Ferne, als sie nachdenklich fortfuhr: »Sie hingen aneinander wie die Kletten, machten fast alles zusammen. Nur zu mir ist der Stefan immer allein gekommen, meistens wenn Frank in der Schule war. Ich hatte den Eindruck, er verheimlicht das vor seinem Bruder. Als der Frank dann die Lehre fertig hatte und ausgezogen ist, war es für Stefan das Allerschlimmste. Mir hat es fast das Herz gebrochen, ihm zuzusehen, wie er jeden Abend vor dem Haus gestanden und gewartet hat. Er wusste nichts mehr mit sich anzufangen. Ja, und dann ist er auch langsam auf die schiefe Bahn geraten.«

»Wo kamen die Kinder denn her? Haben Sie mal etwas darüber erfahren?«

»Nein. Kein Wort. Die Eiblin, die ja sonst immer ganz genau erzählt, was den armen Würmern alles zugestoßen ist, damit jeder sieht, was für eine gutherzige Person sie ist, hat über die beiden kein Wort verloren. Sie waren nur auf einmal da.«

Das Huhn hüpfte auf die Bank und gluckte leise vor sich hin. Die Frau streichelte es wie ein zahmes Haustier. »Das ist die Liesi. Sie legt mir immer Eier ins Bett.« Plötzlich schüttelte sie den Kopf. »Dass so etwas passiert! Das hätte ich mir nie träumen lassen. Ist es denn sicher, dass der Stefan das gemacht hat?«

Clara nickte. »Ziemlich sicher. Er hat es mehr oder weniger zugegeben. Und es waren auch seine Fingerabdrücke auf der Waffe.«

Die Frau schüttelte wieder den Kopf. »So etwas hätte ich ihm nie zugetraut.«

»Hatte er denn psychische Probleme?«, wollte Clara wissen.

»Einen Knacks hatten beide. Aber Stefan war noch so klein, als er hergekommen ist. Und er hat sich auch entwickelt. Ist viel offener geworden, fröhlicher und auch mal zornig. Normal halt. War ein lieber Kerl. Wenn jemand echte Probleme hatte, dann war es meiner Meinung nach der Frank.«

»Frank?« Clara riss die Augen auf. »Aber Frank hatte nie Probleme, er hat seine Ausbildung gemacht, hatte Arbeit, ist nicht vorbestraft, allen, die ihn kannten, schien er ganz normal zu sein.«

»Was heißt schon normal? Die Leute halten mich schon für verrückt, weil ich mit einem Huhn zusammenlebe. Der Frank war angepasst. Von Anfang an. So angepasst, dass er mir manchmal wie ein Roboter vorgekommen ist. Leblos, verstehen Sie?«

Die Frau wartete nicht auf eine Bestätigung, sondern fuhr fort: »Bei Frank war alles Fassade, und ich war mir nicht sicher, ob ich wissen wollte, was sich dahinter verbarg. Manchmal war er mir unheimlich.« Sie zögerte, dann deutete sie auf die Katze, die noch immer reglos auf der Lehne der Eckbank saß. »Der Schorschi ist schon sechzehn Jahre alt. Eines Tages, das ist jetzt vielleicht zehn Jahre her, lag er blutend und halb tot vor der Tür: Jemand hatte ihm das Ohr abgeschnitten und ein Auge ausgestochen. Ich kann es nicht beweisen, aber ich bin mir sicher, dass das Franks Werk war.«

Clara fröstelte, obwohl es in der Küche drückend warm war. »Wie kommen Sie denn darauf?«, fragte sie.

Die Frau hob ihre mageren Schultern. »Es ist nur eine Ahnung, aber ich täusche mich selten bei so etwas. Der Frank hatte von Anfang an etwas Beunruhigendes an sich.«

»Aber er war doch noch ein Kind!«

Die Frau sah sie nachdenklich an. »Ich glaube, mit diesen beiden Kindern ist etwas Schreckliches geschehen, bevor sie hierhergekommen sind. Und im Gegensatz zu Stefan war Frank alt genug, es zu begreifen. Man kann Menschen zerstören. Sie leben zwar weiter, aber innerlich sind sie tot.« Ihre Augen wurden traurig. »Deshalb wundert es mich so, dass es Stefan war, der Frank getötet hat. Wenn es umgekehrt gewesen wäre ...«, sie hob die Schultern und sprach nicht weiter.

Clara ging noch einmal zurück zum Haus der Eibls. Ein neuer silberfarbener Mercedes parkte vor der Tür. Sie klingelte und klopfte, doch niemand öffnete. Als sie sich beim Gehen noch einmal umwandte, sah sie, wie Frau Eibl ihr vom ersten Stock aus nachsah. Ihr massiger Körper füllte das ganze Fenster aus. Sicher hatte sie mitbekommen, wie Clara zu der Nachbarin gegangen war, und jetzt konnte sie sich denken, weshalb Clara noch einmal mit ihr sprechen wollte. Clara drehte sich um und ging die leere Dorfstraße zurück auf die Hauptstraße. Sie spürte die Augen der reglosen Frau im Fenster in ihrem Nacken. Von den Eibls würde sie nichts mehr erfahren, dessen war sie sich sicher.

Jugendpsychiatrie München
Stationäre Abteilung A3
Dr. Anna Ley

Zusammenfassung des Erstgutachtens zur Beurteilung der strafrechtlichen Schuldfähigkeit von Stefan Eibl, geb. 17.08.1995 (Auszug)

Da der Patient jegliche Mitarbeit verweigert, kann nur eine vorläufige Bewertung nach Aktenlage vorgenommen werden.

(...) ist davon auszugehen, dass die derzeitige psychische Verfassung des Patienten vordergründig auf seinen multitoxischen Drogenkonsum zurückzuführen ist. Insbesondere chemisch hergestellte Drogen wie Phencyclidin (Angel Dust) oder Amphetamine/ Ecstasy, wie sie der Patient in der Vergangenheit offenbar häufig konsumiert hat, können tiefgreifende Psychosen hervorrufen, die mitunter irreversibel sind. Die Vorgeschichte des Patienten lässt eine solche Schlussfolgerung wahrscheinlich erscheinen.
Auch die Tatsache, dass der Patient zum Zeitpunkt der Festnahme eine hohe Konzentration des Medikaments Diazepam im Blut hatte, unterstützt diese Annahme. Medikamente dieser Art machen sehr schnell körperlich und psychisch abhängig und können bei dauerndem, massivem Konsum zu schweren psychischen Schäden führen. Hervorzuheben ist auch, dass es in diesen Fällen zu erheblichen Entzugserscheinungen wie starke Aggressionen, generalisierte Angstzustände, Derealisationsgefühle etc. kommen kann. Nachdem nicht zweifelsfrei festgestellt werden konnte, ob der Patient das Medikament vor oder nach der Tat eingenommen hat, könnte dies auch ursächlich für den Gewaltausbruch gewesen sein.

Es ist also davon auszugehen, dass die exzessive Gewaltanwendung (Abtrennung des Kopfes) und der rituelle Charakter der Tat (Symbole, rituelle Waffen)

direkt auf den Drogenkonsum zurückzuführen sind, entweder aufgrund einer fortdauernden drogeninduzierten Psychose, die bis zum Zeitpunkt der Tat nicht bemerkt wurde, oder aber aufgrund einer Intrusion (Flashback), also eines sich Zurückerinnerns an ein ähnliches Erlebnis während eines Drogenrausches (Horrortrip), eines plötzlichen Sich-bedroht-Fühlens aufgrund einer halluzinogenen Erinnerung ohne realen Hintergrund.
In beiden Fällen dürfte zweifellos von einer verminderten oder aber sogar völlig fehlenden Schuldfähigkeit des Patienten zum Zeitpunkt der Tat auszugehen sein.

Unterzeichnet
Dr. Anna Ley
forensische Gutachterin
Jugendpsychiatrie München

DREIZEHN

»Ich mach mir Vorwürfe, dass ich nicht eingegriffen habe. Alle haben weggeschaut. Bis es zu spät war.«

Zeugenaussage Leichensache Wolfsberg
1. November 1998

Es war so leicht. Clara las das Gutachten, das Gruber ihr gefaxt hatte, nun schon zum dritten Mal, und sie wusste, es war ein Geschenk. *»Verminderte oder aber sogar völlig fehlende Schuldfähigkeit … zum Zeitpunkt der Tat«* – das bedeutete, Stefan Eibl konnte nicht als Mörder belangt werden. Es würde womöglich gar nicht zu einem Prozess kommen.

Natürlich stand das endgültige Gutachten noch aus, doch wenn sich die Gutachterin schon in ihrer ersten Beurteilung in dieser Richtung äußerte, dann konnte eigentlich nicht mehr viel schiefgehen. Clara würde nicht mehr tun müssen, als abzuwarten. Sollte es überhaupt zu einer Anklage kommen, konnte sie sich auf dieses Gutachten berufen. Es würde nicht schwer sein, den Richter von der fehlenden Schuldfähigkeit zu überzeugen, zumal die Tat so unerklärlich war. Nur ein Verrückter konnte so etwas tun. Nur ein durchgeknallter Junkie kam auf so eine abartige Idee, seinem Bruder den Kopf abzuschlagen.

Die Ärztin hatte dem Gutachten sogar noch einen eigenen Aufsatz über die verheerenden Wirkungen der Droge

Angel Dust auf die Psyche beigefügt. Angeblich hatten sich Leute im Drogenrausch schon selbst eine Hand abgehackt oder sich die Augen ausgekratzt. Da passte diese Tat gut hinein. Sie passte perfekt. So perfekt, dass sich jeder Richter der Argumentation der Gutachterin mit Freuden anschließen würde.

Stefan Eibl würde in therapeutische Behandlung kommen, und dort könnte ihm zweifellos besser geholfen werden als im Gefängnis. Da das Opfer sein Bruder war, gab es auch keine Drittbeteiligten, Nebenkläger, die auf eine andere Bewertung der Angelegenheit drängen konnten. Und den Eltern wäre es wohl egal, ob ihr Sohn in ein Gefängnis oder eine psychiatrische Anstalt gesperrt würde. Allen war geholfen. Und Stefan Eibl wohl am allermeisten.

Also wo lag das Problem?

Clara ließ den Blick durch die Kanzlei schweifen. Es war still. Zu still. Am Anfang hatte Clara es noch genossen, allein zu sein. Zu rauchen, wann sie wollte, Unordnung zu hinterlassen, wo immer sie wollte, nicht durch Lindas Tippgeräusche oder Telefonate gestört zu werden, nicht mit Willi plaudern zu müssen, wenn ihr nicht danach war. Mittlerweile hasste sie es. Sie hasste es, nichts zu hören als nur ihre eigenen Geräusche. Sie hasste den großen, leeren Raum um sich herum, in dem nichts geschah, wenn nicht sie selbst es tat. Wenn sie ein Buch aufgeschlagen liegen ließ, lag es am nächsten Morgen noch immer so da, neben einer halb vollen Tasse Kaffee und einem überquellenden Aschenbecher. Wenn sie keine Lust hatte, Briefe zu öffnen, öffnete sie niemand, wenn sie eine Frage hatte, musste sie selbst sie beantworten. Sie war einsam. Und das war etwas anderes, als nur allein zu sein. Clara war in ihrem Leben schon oft allein gewesen, war allein gereist, hatte allein Entscheidungen getroffen, doch wirklich einsam hatte sie sich nie gefühlt. Noch nie in ihrem Leben.

Clara riss sich zusammen und lenkte ihre Gedanken zurück zu Stefan Eibl. »Wo ist das Problem?«, wiederholte sie laut und wusste die Antwort natürlich längst: Es gab noch zu viele ungelöste Fragen, als dass diese Lösung sie hätte befriedigen können. Und es gab kein Motiv.

»Aber das ist ja der springende Punkt! Es muss gar kein Motiv geben!«

Clara stellte sich vor, wie ihr früherer Kompagnon Willi ihr gegenübersäße, seine Hornbrille zurechtrückte und ihr genau diese Antwort gäbe.

»Aber …«, wandte sie ein und schüttelte eigensinnig den Kopf, als Willi in ihren Gedanken lächelte und sagte: »Bei dir gibt es immer ein Aber, oder?«

Natürlich gab es ein Aber.

Abgesehen davon, dass sie es für ausgemachten Blödsinn hielt, pauschal eine Drogenpsychose anzunehmen, nur weil das die leichteste Erklärung war, gab es für sie noch immer die Frage nach dem Warum. Auch wenn Stefan Eibls Bewusstsein durch irgendetwas getrübt gewesen sein sollte, musste es einen Auslöser für die Tat gegeben haben. Etwas, was zumindest in seinen Augen den Mord an seinem Bruder als logische Konsequenz dargestellt hatte.

Willis imaginäres Grinsen wurde ironisch und ein wenig genervt. »Manchmal gibt es keine Erklärung für das, was Menschen tun«, sagte er in ihrem Kopf und fügte ungefragt noch hinzu: »Kannst du das nicht einfach mal akzeptieren? Kannst du nicht einfach einmal *irgendetwas* akzeptieren? Musst du immer nachbohren, immer alles hinterfragen? Musst du immer gleich die Welt retten? Geht es nie ein bisschen kleiner?«

»Nein!« Clara warf ihr Feuerzeug an die leere Stelle vor

der Wand, wo Willis Schreibtisch gestanden hatte. »Halt die Klappe, du Idiot! Du bist nicht mehr da, kapiert?«

Dann stand sie auf, holte das Feuerzeug zurück und zündete sich eine Zigarette an. Es ging tatsächlich nicht kleiner. Bei diesem Fall steckte ungleich mehr dahinter, als dass ein Junge wegen eines Drogencocktails durchgedreht war. Sie spürte es in ihren Knochen, und es war kein gutes Gefühl. Und deswegen konnte sie es auch nicht auf sich beruhen lassen. Sie öffnete eine Datei in ihrem Computer und begann zusammenzufassen, was sie erfahren hatte und welche Punkte sie noch klären musste. Am Ende hatte sie eine Liste der offenen Fragen:

Verhältnis Stefan – Frank?
Adoption?
Bedeutung des Salamanders?
Warum wollte Stefan Kontakt zu mir aufnehmen?
Verbindung Lilly Groman – Stefan?

Sie druckte die Liste aus und stellte fest, dass ihre bisherigen Bemühungen erheblich mehr Fragen aufwarfen als beantworteten. Am Ende schrieb sie darunter verschämt mit der Hand, so als ob sie weniger ernst zu nehmen sei, noch eine weitere Frage, die ihr auf der Seele lag, auch wenn sie das nicht wirklich zugeben wollte:

Verschwinden tatsächlich Menschen?

Sie beschloss, mit der wahrscheinlich einfachsten der ungelösten Fragen zu beginnen, und suchte in der Akte die Telefonnummer der Organisation, bei der Stefan die Sozialstunden abgeleistet hatte.

»Solo ist ein guter Kerl.«

Angie, die Sozialarbeiterin, mit der Clara sich getroffen hatte, sah selbst mehr wie einer ihrer Schützlinge aus als wie die Angestellte einer Hilfsorganisation. Ihre Haare waren raspelkurz geschnitten und wasserstoffblond gebleicht, was im krassen Kontrast zu ihren dunklen Augen und den rabenschwarzen, mehrfach gepiercten Augenbrauen stand. Ihr linker Nasenflügel war ebenfalls mit einem Ring durchstochen, und an ihren Ohren steckten Miniaturtotenköpfe und winzige Kreuze bis zur Ohrmuschel hinauf.

Sie saßen im Aufenthaltsraum der Organisation RoadKizz, die ihre Zentrale im Glockenbachviertel hatte und sich vornehmlich um straffällig gewordene Jugendliche kümmerte.

»Er ist sehr talentiert.«

»Talentiert?« Clara notierte sich im Geist dieses neue Detail in ihrem Puzzlespiel.

»Ja. Als Sprayer. Kennen Sie das große Graffiti an der Autobahnbrücke in Fröttmaning?«

»Nein.« Clara schüttelte den Kopf.

»Das ist von ihm. Es ist richtig gut. Und das da ...«, sie deutete auf die Wand hinter Clara, die mit einem großen Graffiti bemalt war, »das hat auch er initiiert.«

Clara drehte sich um und musterte die bunte Wand, auf der eine riesenhafte, vollbusige Batwoman durch eine düstere Häuserzeile sprang und bunte Handgranaten warf, aus denen Blumen sprossen. Es war ein fröhliches Bild mit vielen Details und außerordentlich skurrilen Gestalten, die sich aus den Fenstern lehnten, von den Dächern und aus dunklen Winkeln hervorlugten.

»Das gefällt mir.« Clara lächelte.

»Ja, nicht?« Angie nickte. »Solo hatte die Idee, und er hat

auch die Skizze dazu entworfen. Wir haben es dann mit der Gruppe umgesetzt.«

»Tatsächlich?« Clara betrachtete das Bild genauer. Es gab viel zu sehen, aber nirgendwo das Salamandersymbol, das sie suchte. »Hat er selbst auch mitgesprayt?«

»Ja.« Angie stand auf und ging zu der Wand. »Ich erinnere mich genau, denn es ist merkwürdig: Was er gesprayt hat, passt so gar nicht zum Rest.« Sie deutete auf eine Stelle in der Ecke.

Clara stellte sich neben sie und verstand sofort, was Angie meinte. Solo hatte den Umriss eines Hauses gesprayt, das wie ein dunkler Scherenschnitt abseits des übrigen Motivs lag. Das Gebäude stand vor einem blutroten Hintergrund, und davor kauerte eine Gestalt mit zwei Köpfen: zwei blasse Gesichter mit riesigen Augen über einem schmächtigen Kinderkörper, die Arme wie zu einem Hilferuf ausgestreckt.

»Das ist ...«, Clara zögerte.

»Gruselig«, half ihr Angie. »Wie aus einem Horrorfilm, nicht wahr? Ein Spukhaus.«

»Hat er mehr solche Sachen gemalt?«

»Er hat alles Mögliche gemalt. Das war auch der Grund, warum er zu uns gekommen war, er hatte deswegen dauernd Ärger mit der Polizei, saß schon einmal für ein paar Tage in Freizeitarrest.«

»Und die Drogen?«

»Ja, das war natürlich auch ein Problem, wobei es sich bei ihm vergleichsweise noch in Grenzen hielt. Er hat recht massiv gekifft und sich sicher manchmal ein paar Pillen eingeworfen, ist deswegen auch ein paarmal erwischt worden, aber richtig harte Sachen hat er nicht genommen.«

»Da habe ich aber andere Informationen.« Clara erzählte ihr von der letzten Festnahme und der Einschätzung der Psychologin.

Angie sperrte den Mund auf. »Da bin ich jetzt baff!«, sagte sie. »Kann ich mir bei Solo echt nicht vorstellen.«

»Er ist deswegen doch noch einmal hierhergekommen. Es gab eine Verfügung.«

»Wann soll das gewesen sein?«

»Die Verhandlung war im Mai.«

»Solo ist schon seit Monaten nicht mehr hier gewesen.«

»Das kann nicht sein«, widersprach Clara. »Es gibt eine richterliche Auflage, dass er seine Sozialstunden wieder aufnehmen muss.«

»Er war nicht da. Sicher nicht.«

»Aber Sie müssen doch vom Gericht das Urteil bekommen haben. Jemand muss doch überprüfen, ob die Auflagen eingehalten werden«, wunderte sich Clara.

»Ja, eigentlich schon ...«, sagte die junge Frau nachdenklich. »Vielleicht wurde da irgendwie geschlampt?«

»Ja, sieht mir auch so aus«, sagte Clara trocken.

Angie ging mit Clara in das Büro der Organisation und schaute im Computer nach. »Da haben wir ihn ja!« Sie deutete auf den Bildschirm und kniff die Augen zusammen. »Seine Sozialstunden haben erst im September begonnen. Da war ich gerade im Urlaub, das hat mein Kollege übernommen ...«

»Im September erst?«, fragte Clara nach. »Wieso dauert so etwas so lange? Bis dahin hat er doch schon wieder vergessen, weshalb er überhaupt verurteilt wurde.«

Angie sah sie mitleidig an. »Sie haben wohl nicht viel mit Jugendstrafrecht zu tun, oder?«

»Wieso?«

»Weil Sie sonst wüssten, dass das keine Ausnahme, sondern die Regel ist. Es gibt viel zu wenige Organisationen, die sich um die Betreuung straffällig gewordener Jugendlicher kümmern. Wir sind ein privater Verein und kämpfen jedes Jahr um Zuschüsse, sonst müssten wir dichtmachen. Die Richter schicken die Jugendlichen zu uns, damit wir die Arbeit machen, die eigentlich eine öffentlich-rechtliche Aufgabe ist, und trotzdem wird jedes Jahr aufs Neue unsere Anerkennung infrage gestellt.«

Sie deutete auf eine Reihe Ordner, die dicht gedrängt auf einem Regal neben dem Schreibtisch standen. »Alles Papierkram. Rechenschaftsberichte, Fallberichte, Formulare für jeden Furz, der in diesen Räumen gelassen wird. Die Stadt meint offenbar, dass wir hier einen geheimen Drogenumschlagplatz betreiben.« Sie schnaubte empört.

»Tut mir leid, das wusste ich nicht«, sagte Clara kleinlaut. »Aber Solo ist doch anfangs freiwillig gekommen, weshalb hat er denn überhaupt damit aufgehört?«

Angie runzelte die Stirn. »Da gab's irgendetwas, glaube ich, aber ich erinnere mich nicht mehr. Anfangs ist er regelmäßig hier gewesen, er hat dieses Praktikum gemacht, es schien gut zu laufen ...« Sie hob die Schultern. »Plötzlich ist er nicht mehr gekommen.«

»Haben Sie nicht versucht, mit ihm zu reden?«

»Ich habe ihn mal angerufen, und er hat gemeint, er hätte keine Zeit mehr, weil er einen Job bekommen hätte. Und dann habe ich mich nicht weiter gekümmert. Ein Job ist ja das, was wir für die Kids zu erreichen versuchen, oder?«

»Was hat Solo denn für ein Praktikum gemacht?«

»Da muss ich nachschauen ...« Angie tippte etwas in ihren Computer. »Er war beim sozialen Besuchsdienst. Das sind Leute, die Besuche in Krankenhäusern und in Altersheimen machen ...«

»War er auch im St. Anna-Stift?«, fragte Clara aufgeregt nach.

»Klar. Da gehen sie immer hin, das liegt ja praktisch um die Ecke.«

»Ich weiß …« Ein kleines Puzzleteilchen rutschte an die richtige Stelle. Aber es war umso unverständlicher, warum die Heimleiterin und das Pflegepersonal, das sie befragt hatte, Solo angeblich nicht kannten. »Ist er danach auch noch hingegangen? Ich meine, nachdem das Praktikum beendet war?«

Angie, die die Zeilen in ihrem Computer überflog, schüttelte den Kopf. »Keine Ahnung. Kann ich mir aber nicht vorstellen.« Sie griff nach einem der Ordner. »Das sind die Berichte der Betreuer. Ach ja, jetzt fällt's mir wieder ein …« Sie schlug den Ordner auf und blätterte hin und her, dann zog sie einen handschriftlichen Zettel heraus. »Hier ist es. Solo hat die Arbeit gefallen. Er konnte gut mit den alten Leuten umgehen. Der Betreuer hat sich deswegen um eine Anstellung für ihn dort bemüht. Als Hilfe bei der Essensausgabe oder auch nur eine Putzstelle, Solo wäre alles recht gewesen.« Sie drehte an ihrem Nasenring und deutete dann auf einen dick unterstrichenen Satz mit wütenden Ausrufezeichen. »Natürlich haben sie ihn nicht genommen. Sie könnten es gegenüber den schutzbedürftigen Bewohnern und deren Angehörigen keinesfalls verantworten, einen drogensüchtigen Kriminellen einzustellen, hieß es. Schon allein wegen der vielen Beruhigungsmittel, die es dort gibt …« Sie machte eine resignierte Handbewegung. »Das ist überall so. Niemand will den Kids eine Arbeit geben. Nicht einmal versuchsweise.«

Clara schwieg. Wieder eine Chance, die vertan worden war. Und wieder stellte sich die Frage, ob es etwas geändert hätte. Hätte die Tat verhindert werden können, wenn Solo eine feste Stelle bekommen hätte, die ihm Freude macht? Oder hätte sie verhindert werden können, wenn er sofort nach der Verurteilung im Mai weiter betreut worden wäre? Hätte die Tat verhindert werden können, wenn sie, Clara, richtig reagiert hätte? Doch was hätte sie tun können?

»Was hat er dann im September gemacht? Wie sahen die Sozialstunden aus?«, fragte sie nach.

»Mal schauen …« Angie konsultierte wieder den Computer. »Ich habe ihn hier bei uns überhaupt nicht gesehen … ah … er hat in unserer Jugendpension angefangen. Aber … er hat es nicht zu Ende gemacht, nach nicht mal drei Wochen ist er nicht mehr dort aufgetaucht.«

»Davon stand aber nichts in der Gerichtsakte«, wandte Clara verwundert ein. »Das muss doch gemeldet werden!«

»Ja, schon …«

»Aber?«

Angie zuckte etwas unbehaglich mit den Achseln. »Es kann schon mal vorkommen, dass wir ein bisschen abwarten, ob die Kids nicht doch noch die Kurve kriegen …« Sie schaute wieder auf ihren Computer. »Ist ja erst knapp drei Wochen her. Vielleicht wäre Solo ja wiedergekommen.«

»Was ist denn überhaupt eine Jugendpension?«

Angie warf ihr einen kurzen Blick zu, und Clara wurde rot. Sie kam sich so unglaublich ahnungslos und naiv vor, und wahrscheinlich war sie es auch. Dabei war sie doch eine von den Guten. Sie hatte immer Wert darauf gelegt, sich für die Schwächeren einzusetzen. Aber wie es aussah, hatte sie keinen blassen Schimmer von gar nichts.

»Eine Jugendpension ist eine Auffangstelle für obdachlose Kinder und Jugendliche.«

»Hier in München?« Clara konnte kaum glauben, dass es hier obdachlose Kinder geben sollte.

»Ja. Stellen Sie sich vor, so etwas gibt es.« In die Stimme der jungen Frau hatte sich jetzt eine leise Ironie eingeschlichen.

Clara biss sich auf die Lippen.

»Ungefähr fünfhundert Kinder und Jugendliche leben in dieser schönen, reichen Stadt mehr oder weniger auf der Straße. Sie sind von zu Hause ausgerissen, weil sie es nicht mehr ausgehalten haben. Misshandlungen, sexueller Missbrauch, Alkoholismus oder einfach nur den ganzen Tag den Streit der Eltern mitanhören müssen, ums Geld, um Arbeit, die es nicht gibt. Und dann sind da noch die anderen, die alles haben vom iPad bis zu Wii und alle neuesten Markenklamotten und deren Eltern sich gleichzeitig einen Dreck um sie scheren.« Angies junges Gesicht war jetzt hart und bitter, und Clara fragte sich plötzlich, ob die junge Frau nicht womöglich selbst eine ähnliche Geschichte hatte.

»Die Eltern fahren in den Wellness- oder Skiurlaub und lassen ihre Kinder wochenlang mit der Halbtages-Haushälterin allein in der Villa in Grünwald. Die Kinder lernen Ballett und Geige und Chinesisch im Kindergarten und sind noch nie von ihren Eltern ins Bett gebracht worden. Sie tragen Klamotten, von denen können wir nur träumen, und haben keine Ahnung, dass man morgens, anstatt Nintendo zu spielen, zusammen mit der Familie frühstücken könnte, bevor man in die Schule geht. Sie bekommen kein Frühstück, sie bekommen stattdessen Geld. Weihnachten wird in St. Moritz gefeiert oder irgendwo, wo es schön warm ist, und das Kindermädchen ist dabei, damit die Kinder bei der Christmas-Party keine Zicken machen. Und wenn sie in der Schule nicht ruhig sitzen bleiben, werden sie mit Psychopharmaka ruhiggestellt. Wohlstandsverwahrlosung nennt sich das heute. Ich nenne es den perfekten Einstieg in die Drogenkarriere.«

Clara räusperte sich verlegen. Sie schämte sich, obwohl sie eigentlich keinen Grund dazu hatte.

»Tut mir leid«, sagte die junge Frau. »Ich rege mich darüber immer wieder so auf, dass ich kotzen könnte.« Sie steckte zur Veranschaulichung andeutungsweise den Finger in den Mund.

»Kann ich verstehen. Zu welcher Kategorie zählen Sie denn Solo? Hat er etwas über sein Zuhause erzählt?«

»Nein. Keine Silbe. Nur über seinen Bruder. Das war sein großes Vorbild ... o Gott!« Angie schlug die Hand vor den Mund. Offenbar war ihr erst jetzt wieder eingefallen, weshalb Clara überhaupt hier war. »Ich kann wirklich nicht glauben, dass er so etwas Entsetzliches getan hat.«

»Wussten Sie eigentlich, dass die Eibls nicht seine richtigen Eltern waren?«

»Nein! Das ist das Erste, was ich höre!« Angie schaute ungläubig. »Sind Sie sicher?«

Clara seufzte. »Sicher bin ich mir im Moment bei fast gar nichts.« Sie warf einen Blick auf ihre Notizen, die sie sich während ihres Gesprächs gemacht hatte. »Wo ist denn diese Jugendpension? Kann ich da vielleicht mit jemandem sprechen?«

Angie nannte ihr die Adresse. »Das ist auf der anderen Seite der Isar, in der Au.«

»Ich weiß, ich wohne da«, murmelte Clara nachdenklich. Der Straßenname ließ irgendetwas in ihr klingeln, doch sie kam nicht darauf, was es war.

»Sie können mit Charlie sprechen. Das ist der Leiter. Karl Rohleder heißt er. Er kann Ihnen vielleicht auch sagen, wieso Solo nicht mehr gekommen ist.«

Clara notierte den Namen, setzte »Charlie« dahinter und bedankte sich.

VIERZEHN

»Man wusste ja gar nicht, wo diese Leute herkamen. Niemand hat sie gekannt. Doch es ging etwas Dunkles, etwas Böses von ihnen aus.«

Zeugenaussage Leichensache Wolfsberg
1. November 1998

Als sie vor dem Haus stand, in dem die Jugendpension untergebracht war, wusste sie wieder, weshalb sie bei dem Straßennamen aufmerksam geworden war: Es war das Haus, an dessen Fassade Clara vorletzte Nacht den zweiten Salamander entdeckt hatte. Nichts deutete auf die Jugendpension hin, kein Namensschild, nicht der geringste Hinweis. Als Clara jedoch näher kam, bemerkte sie neben der Klingel einen kleinen, unscheinbaren Aufkleber mit dem Logo der RoadKizz-Organisation.

Sie brauchte nicht zu klingeln, die Tür stand offen, und sie trat in ein kleines, menschenleeres Foyer. Elise folgte ihr zurückhaltend. Es war ihr deutlich anzumerken, dass sie keine Lust auf weitere Ausflüge hatte. Clara sah sich neugierig um. Eine der leuchtend orange gestrichenen Wände war mit Zetteln, Zeichnungen, Anzeigen und Infomaterialien zugepflastert, an einer anderen Wand hingen gerahmte, großformatige Fotos, die blasse Jugendliche vor verwahrlosten Häuserzeilen, hinter vergitterten Fenstern, auf Müllhaufen, in verdreckten Wohnungen oder in Gesellschaft struppiger Hunde zeigten. Unter jedem Bild stand ein handgeschriebener Text, der offenbar von den Jugendlichen selbst stammte, kurze tagebuchartige Notizen in erschreckend kindlicher Schrift, Gedichte oder auch nur ein Wort: »Ich.«

»Interessieren Sie sich für das Projekt?«, fragte plötzlich eine Stimme, und Clara fuhr erschrocken herum. Ein etwa fünfzigjähriger, drahtiger Mann in Jeans und T-Shirt stand hinter ihr und musterte sie mit unbeweglichem Gesichtsausdruck. Er hatte sein grau meliertes Haar zu einem Pferdeschwanz zusammengebunden und trug einen silbernen Ohrring.

»Was ist das denn für ein Projekt?«, wollte Clara wissen.

»Eine Initiative aus Berlin. Die Jugendlichen, die auf der Straße leben, bekommen eine Kamera und sollen ihr Leben abbilden. Es sind schon mehrere Wanderausstellungen organisiert worden.«

»Und? Hat es ihnen geholfen?«, fragte Clara mit unüberhörbarem Zweifel in der Stimme. Sie sah förmlich vor sich, wie die Fotos von teuer gekleideten, kunstbeflissenen Charity-Damen mit selbstgerechtem Schauder betrachtet wurden, während sie Prosecco tranken und ihre gelifteten Gesichter in die Kameras der Boulevardpresse reckten.

»Es gibt ihnen eine Stimme«, sagte der Mann scharf. »Aufmerksamkeit. Selbstbewusstsein. Dinge, die sie nie zuvor hatten.«

Clara schämte sich für ihren Zynismus: Immerhin tat jemand etwas. »Sind Sie Charlie Rohleder? Der Leiter dieser Einrichtung?«, fragte sie wieder freundlicher, und als er bejahte, stellte sie sich vor und erklärte ihm den Grund ihres Besuchs.

Charlie Rohleder hob überrascht die Augenbrauen. »Ich

habe über diesen Mord in der Zeitung gelesen«, sagte er. »Doch ich hatte keine Ahnung, dass es um einen unserer Schützlinge ging.« Er schüttelte den Kopf und rieb sich über die Augen. »Das ist ja furchtbar.«

Über Solo konnte er allerdings kaum etwas berichten. Er sei ein paarmal hier gewesen, habe sich aber unwillig und widerspenstig gezeigt und sei nach kurzer Zeit nicht mehr aufgetaucht. Auf Claras Frage, warum das Ausbleiben noch nicht gemeldet worden war, reagierte er ähnlich verhalten wie zuvor Angie. Man habe abwarten wollen. Er habe zunächst den Bruder kontaktiert.

»Den Bruder? Sie haben mit Frank gesprochen?«

Charlie Rohleder nickte. »Er schien einen guten Einfluss auf seinen Bruder zu haben. Doch es hat nichts gebracht. Er wusste von nichts, und Solo kam auch nicht wieder zurück. Ich hätte es in den nächsten Tagen gemeldet.«

Clara antwortete mit einem resignierten Nicken. Zu spät. Wieder zu spät.

Sie zeigte Charlie Rohleder das Foto von dem Salamander an der Fassade und deutete nach draußen. »Solo hat das an Ihre Wand gesprayt.«

»Woher wollen Sie wissen, dass das Solo war?« Die Frage kam sehr schnell, und Charlie fixierte sie scharf.

»Ich weiß es eben«, sagte Clara zurückhaltend. »Können Sie mir sagen, was es bedeutet?«

»Keine Ahnung.« Er zuckte mit den Achseln. »Das wird ein Tag sein.«

»Ein Tag? Was ist das?«

»Eine Art Signatur, wie sie Sprayer benutzen, um ihr ›Revier‹ zu markieren. Es dient als eine Art Botschaft innerhalb der Szene.«

»Was für eine Botschaft?«

Charlie lächelte mitleidig. »Eine *geheime* Botschaft, die nur Sprayer untereinander kennen.«

»Wer könnte mir sagen, was es bedeutet?«

»Warum fragen Sie nicht Solo selbst, wenn Sie schon so genau wissen, dass es von ihm stammt?«

Clara hob eine Augenbraue. »Wäre ich wohl hier bei Ihnen, wenn es so einfach wäre?«, gab sie verärgert zurück.

»Okay, okay.« Charlie Rohleder verdrehte die Augen. »Vielleicht wissen ja die Kids was. Kommen Sie mit.«

Er ging mit ihr hinunter in den Keller, wo es eine Art Café gab. Zwei Jungen, die aussahen, als wären sie kaum älter als zwölf, spielten Kicker, ein älterer Junge lag auf einer durchgesessenen Couch und hörte Musik über riesige Kopfhörer. Ein Mädchen mit pinkfarbenen Haaren und grünen Springerstiefeln saß an der Bar aus bunt bemalten Würfeln und hielt sich an einer Tasse fest.

Charlie Rohleder gab dem Jungen auf dem Sofa ein Zeichen, und er richtete sich auf und nahm die Kopfhörer ab. »Das ist Frau Niklas. Sie ist die Anwältin von Solo, vielleicht erinnert sich jemand an ihn?« Ausdruckslose Gesichter antworteten ihm.

»Vielleicht könnt ihr der Dame helfen. Wisst ihr, was das für ein Tag draußen neben der Tür ist?«

Clara zückte ihr Handy und zeigte es in die Runde. »Ich habe ein Foto, hier.«

Das Handy ging von Hand zu Hand, doch alle schüttelten den Kopf.

»Das ist kein Tag«, sagte der Junge mit den Kopfhörern schließlich. Er hatte schwarz gefärbte Haare und ein blässliches, langes Gesicht mit Pickeln am Kinn. »Jedenfalls nicht von hier.«

»Nicht? Wie kommst du darauf?«

»Das hat einen ganz anderen Style. Noch nie gesehen, außer hier an der Hauswand.«

Clara schob das Handy zurück in ihre Jackentasche. »Trotzdem danke.« Sie legte eine ihrer Visitenkarten auf den Tresen. »Wenn jemandem noch etwas einfällt, kann er mich jederzeit anrufen.« Sie lächelte in die Runde, erhielt aber keine Reaktion. Sie wollte sich gerade abwenden, da sagte das Mädchen: »Coolen Hund haben Sie da.«

Clara lächelte und tätschelte Elise den Kopf. »Danke. Sie heißt Elise.«

»Darf ich sie mal streicheln?«

»Klar.«

Das Mädchen kauerte sich neben Elise und strich ihr vorsichtig über den Kopf, dann schlang sie plötzlich die Arme um ihren Hals und schloss einen Moment die Augen. »Ist der süß!«, murmelte sie in Elises Fell. Elise stand ganz still und warf Clara einen langen Blick zu. Die beiden Jungs vom Kicker kamen ebenfalls dazu und streichelten die Dogge, nur der Junge auf dem Sofa hatte wieder seine Kopfhörer aufgesetzt und die Augen geschlossen. Hunde zu streicheln war ganz offensichtlich unter seiner Würde.

Das Mädchen sah zu Clara auf. »Ich habe auch …«, begann es, stockte dann aber und verstummte abrupt.

»Du hast auch einen Hund?«, fragte Clara interessiert nach.

Das Mädchen schüttelte den Kopf und presste die Lippen zusammen. Dann stand es hastig auf und verließ den Raum. Clara sah ihm verwundert nach.

»Was hat sie denn?«, fragte sie Charlie Rohleder.

Der zuckte mit den Schultern. Offenbar war das seine Lieblingsgeste. »Hunde sind oft die einzigen wirklichen Begleiter der Jugendlichen.« Sein Tonfall bekam etwas Belehrendes: »Die letzten Bezugspunkte in einer als feindlich empfundenen Welt. Sie erbetteln sich zuerst das Geld für Hundefutter, bevor sie selbst etwas essen.«

Sie gingen zusammen die Treppe zum Ausgang hinauf.

Clara antwortete nicht. Charlie Rohleder hatte etwas an sich, was sie fast automatisch zum Widerspruch reizte. Sie kannte die rührenden Geschichten über obdachlose Tierliebhaber und konnte sie durchaus nachvollziehen, hatte aber von Elises Tierärztin auch schon andere Geschichten gehört, bei denen die Tiere im Alkohol- oder Drogenrausch mit brennenden Zigaretten und Fußtritten gequält oder einfach aus dem Fenster geworfen wurden. Es war nicht so einfach. Es war nicht alles schwarz und weiß.

»Wie viele Schlafplätze haben Sie denn hier?«

»Zwanzig.«

»Und der Rest? Wo übernachten die?«

»Es gibt noch ein paar Einrichtungen in der Stadt, doch die meisten der Jugendlichen erreichen wir gar nicht. Wenn jemand hier übernachten oder einige Zeit bleiben will, muss er sich namentlich registrieren lassen, und das möchten die meisten nicht. Sie haben Angst, dass wir sie zurück zu den Eltern bringen. Und anonyme Notschlafstellen gibt es in Bayern nicht. Hier muss alles seine Ordnung haben.«

»Dann schlafen sie auf der Straße?«

»In Abbruchhäusern, in Punker-WGs oder bei Obdachlosen, oder aber sie gehen für ein paar Tage mit ›netten Männern‹ mit …«

Clara dachte einen Augenblick nach. »Wenn einer Ihrer Schützlinge nicht mehr kommt, fragen Sie dann nach, wo er geblieben ist?«

Er zögerte. »Wir müssen das alles genau dokumentieren und natürlich melden …«

»Aber Sie tun es nicht immer?«

Das Gesicht des Mannes verschloss sich. »Das ist eine Grauzone ... wir wollen den Kids helfen ...«, sagte er gedehnt.

Clara sah ihn auffordernd an. »Ja. Und weiter?«

»Es kommt schon mal vor, dass wir den einen oder anderen hier schlafen lassen, ohne ihn gleich nach seinem Namen zu fragen. Wir können sie ja nicht vor der Tür stehen lassen, wenn sie schon mal den Weg zu uns gefunden haben.«

»Ich verstehe. Und wenn so jemand dann am nächsten Tag oder nach ein paar Tagen nicht mehr auftaucht, kann man ihn auch nicht melden.«

Charlie Rohleder gab keine Antwort. Sein Gesicht war unbewegt, doch in seinen Augen blitzte Zorn auf. Er wusste genau, worauf Clara hinauswollte.

»Kinder können hier also einfach so verschwinden, und niemanden kümmert es?«, setzte sie provokativ nach.

»Aber das können sie doch sowieso! Herrgott noch mal! Wollen Sie mir daraus jetzt einen Strick drehen? Typisch Anwältin!«

»Niemand will Ihnen einen Strick ...«, begann Clara, doch Charlie Rohleder unterbrach sie mit einer rüden Handbewegung.

»Was glauben Sie, wie viele Jugendliche einfach von der Bildfläche verschwinden und erst Monate später oder überhaupt nie mehr auftauchen?« Sein Blick war verächtlich. »Manchmal wird von den Eltern nicht einmal Anzeige erstattet. Die setzen ihre Brut eigenhändig vor die Tür und sind froh, wenn sie nie wieder etwas von ihnen hören. Leben Sie eigentlich auf dem Mond oder was?«

Clara wurde jetzt auch langsam wütend. »Ich versuche nur zu verstehen«, fauchte sie. »Es ist sehr lobenswert, was Sie hier leisten, aber es ist nicht jeder ein ignoranter Trottel, der sich in diesem Bereich nicht auskennt.«

»Bereich? Sie nennen das *Bereich*? Das sind Kinder!«

»Ach ja? Wär mir jetzt gar nicht aufgefallen.« Clara musterte ihn kalt. »Wissen Sie, ich war so kurz davor, mich von meinen Vorurteilen gegenüber selbstgerechten Gutmenschen zu verabschieden.« Sie hob die Hände. »Pech gehabt. Passen Sie nur auf, dass Ihnen Ihr Heiligenschein nicht verrutscht.« Sie ging und ließ ihn einfach stehen.

Vor der Tür stockte Clara und dachte nach. Es ergab sich noch immer kein Bild. Sosehr sie sich auch bemühte, die Informationen, die sie erhielt, zu einem Ganzen zusammenzufügen, taten sich doch nur noch mehr Widersprüche auf. Solo war offenbar auf einem guten Weg gewesen, hatte freiwillig ein Praktikum absolviert und alte Leute in einem Seniorenheim besucht, und nicht einmal ein halbes Jahr später geht er los und bringt seinen Bruder um? Auf eine solch schaurige Art und Weise? Warum? Etwas war passiert. Irgendetwas war in der Zeit zwischen Mai und Oktober vorgefallen, etwas, was ihn aus der Bahn geworfen hatte. Charlie Rohleder hatte ihn auch ganz anders geschildert, als Angie es getan hatte: Er hatte ihn als lustlos und widerspenstig bezeichnet.

Clara dachte an das Schwert und diese merkwürdige Droge, die das Opfer im Blut gehabt hatte, und ihr fiel etwas ein, was sie noch hatte fragen wollen. Zwar hielt sich ihre Lust, Charlie Rohleder noch einmal unter die Augen zu treten, in Grenzen, doch sie überwand sich und ging zurück.

Der Leiter der Jugendpension empfing sie bereits an der Tür. Sein Blick war feindselig. »Ja?«

Clara trat unbehaglich von einem Fuß auf den anderen. »Mir ist noch etwas eingefallen, was ich Sie fragen wollte …«, begann sie.

»Einen selbstgerechten Gutmenschen wie mich?« Charlie Rohleder hatte nichts mehr von einem Gutmenschen an sich: In seinen Augen lag die blanke Wut.

Clara seufzte. »Es tut mir leid!«, sagte sie zerknirscht. »Ich will nur helfen. Und vielleicht haben Sie ja recht, und ich habe bisher wirklich auf dem Mond gelebt.« Sie lächelte ihn entwaffnend an.

Charlies Miene blieb eisig. Doch immerhin sagte er: »Was wollten Sie denn noch wissen?«

»Ich wollte nur fragen, ob Sie etwas von Solos ... äh ... Hobbys wissen, hatte er eine Vorliebe für irgendwelche ... spirituellen Dinge?«

»Spirituelle Dinge?« Charlie Rohleder sah sie abschätzig an. »Was meinen Sie denn *damit*?«

Clara zögerte. Nachdem keine Details in der Zeitung gestanden hatten, wollte sie nicht zu viel über den Tathergang verraten. »Ich weiß auch nicht, vielleicht hatte er ein Faible für eine besondere Art von Fantasy oder Kontakt zu einer Sekte oder so ...« Sie hob ratlos die Arme. »Ich möchte nur mehr über ihn erfahren. Es ist mir ein Rätsel, wie er so etwas tun konnte.«

Charlie Rohleders schmaler Mund verzog sich zu einem dünnen Lächeln, das seine Augen nicht erreichte. »Vieles von dem, was diese Kids treiben, bleibt ein Rätsel«, gab er glatt zurück. »Solo war mir gegenüber immer sehr abweisend. Ich habe keine Ahnung, was er in seiner Freizeit getrieben hat.« Er schloss die Tür, ohne sich zu verabschieden.

Als Clara sich abwandte, sah sie plötzlich Luzie, das Mädchen mit den pinkfarbenen Haaren, auf der anderen Straßenseite stehen und sie beobachten. Sie hob die Hand und winkte ihr zu, doch Luzie drehte sich um und verschwand in einer Seitenstraße.

Menschen verschwinden.

Der Satz fiel Clara wieder ein, während sie langsam in Richtung U-Bahn ging. Kinder, Jugendliche konnten offenbar verschwinden, ohne dass es jemandem auffiel. Sie rissen von zu Hause aus und tauchten nie wieder auf. War es das, was Solo gemeint hatte? Aber wie passte das zu dem Mord? Wie passte das alles überhaupt zusammen?

Als sie die Kanzlei erreichte, dämmerte es bereits, und es hatte leicht zu regnen begonnen. Das Büro lag dunkel und verlassen da. Wie jedes Mal, wenn sie den vertrauten, ehemaligen Buchladen so sah, wurde sie wehmütig, so als ob nicht Willi, sondern sie selbst die Kanzlei im Stich gelassen hätte. Es war kühl in dem zugigen großen Raum, als sie eintrat. Sie hatte vergessen, die Heizung höher zu drehen, und auch der kleine Schwedenofen, den sie sich vor einiger Zeit angeschafft hatte, war in diesem Jahr noch nicht wieder aktiviert worden. Sie machte alle Lichter an und drehte die Thermostate an den Heizkörpern auf die höchste Stufe, und kurze Zeit später zeigte ein leichtes Klopfen in den altersschwachen Rohren an, dass sie sich erwärmten.

Clara stand mit dem Rücken zum Fenster, als ein dumpfer Schlag und ein Klirren sie herumfahren ließen. Sie hörte Reifen quietschen, und ein kalter Luftzug traf sie im Gesicht. Die große Fensterscheibe hatte ein fußballgroßes Loch, und mit einem leisen Knacken breiteten sich die Sprünge über die ganze Scheibe aus. Das Glas erzitterte, und wie in Zeitlupe brach es in sich zusammen.

Starr vor Schreck blieb Clara stehen. In Ritas Café gegenüber brannte Licht, und man konnte die Umrisse der Gäste sehen, die sich stumm hin und her bewegten wie Fische in einem Aquarium. Clara wollte hinüberlaufen, Rita holen, sie fragen, ob sie etwas gesehen hatte, doch sie konnte sich nicht bewegen. Wie betäubt starrte sie auf den großen Stein, der auf dem Boden lag. Jemand hatte ihn durch die Scheibe geworfen und sie dabei nur um wenige Zentimeter verfehlt. Irgendwann löste sich ihre Erstarrung. Zitternd machte sie ein paar Schritte zurück. Glasscherben knirschten unter ihren Füßen, und ohne den Blick vom Fenster zu wenden, tastete sie nach dem Telefon auf Lindas altem Schreibtisch und rief Walter Gruber an.

Gruber fuhr sie nach Hause. Clara kauerte stumm auf dem Beifahrersitz und hörte kaum, was er zu ihr sagte. Sie war todmüde, ihr Kopf dröhnte vor Anstrengung, und sie wollte nur noch schlafen. Gruber hatte sich die Bescherung angesehen und ihr geholfen, die Scheibe notdürftig mit einer Plane abzudecken. Dann hatte er eine Glaserei aufgetrieben, die versprach, die Scheibe gleich am nächsten Morgen zu ersetzen. Er hatte sie zu Mick fahren wollen, doch sie hatte sich geweigert. Als er wissen wollte, was zwischen ihnen vorgefallen war, hatte sie nur stumm den Kopf geschüttelt. Schließlich hatte er sie und Elise in sein Auto verfrachtet und war jetzt mit ihr auf dem Weg zu ihrer Wohnung.

»Das waren irgendwelche Idioten«, sagte er jetzt zum wiederholten Mal und deutete auf die Zeitung, die Clara in den Händen hielt. »Die haben das gelesen und dachten, sie müssten nun mit ›Volkes Stimme‹ ein Statement abgeben.«

Das Boulevardblatt, das bereits den Mord genüsslich in aller epischen Breite ausgewalzt hatte, hatte in der neuen Abendausgabe einen wenig schmeichelhaften Artikel über Clara gebracht und die Frage aufgeworfen, ob sie sich eher aus Geldgier oder aus Geltungssucht darum gerissen hatte, dieses »Monster« zu verteidigen. Ohne in irgendeiner Weise mit ihr Kontakt aufgenommen zu haben, tat die Zeitung so, als habe sie ein Interview mit ihr geführt, und zitierte daraus Dinge, die Clara angeblich gesagt hätte. Am Ende des Artikels war ein Foto von Stefan Eibls Eltern, wie sie das Polizeipräsidium verließen, und darunter stand: »Anwältin übernimmt Verteidigung gegen den Willen der Eltern.«

Clara war weiß vor Wut geworden, als sie den Artikel gelesen hatte, und Gruber war es nur mit Mühe gelungen, sie davon zu überzeugen, dass es keine gute Idee war, zur Redaktion zu fahren und den zuständigen Journalisten dorthin zu treten, wo es wehtat.

»Die Zeitung von heute ist morgen schon wieder Schnee von gestern«, sagte er. »Es ist der Mühe gar nicht wert.«

Clara war da ganz anderer Meinung, doch sie hatte nicht mehr die Kraft zu widersprechen.

»Wusstest du, dass die Eibls gar nicht Stefans leibliche Eltern sind?«, fragte Clara plötzlich, während Gruber über die Isarbrücke fuhr.

»Wo hast du den Blödsinn denn her?«

»Das ist kein Blödsinn!«, fuhr Clara auf. »Die Nachbarin hat gesagt …«

»Dazu müsste es doch Unterlagen geben.«

»Eben. Das ist doch merkwürdig, oder?«

»Vielleicht hat die Nachbarin auch nur einen Schmarrn erzählt?«

»Nein. Hat sie nicht. Wieso sollte sie so etwas erzählen?«

»Vielleicht, weil sie sich wichtigmachen will? Weil sie etwas gegen die Familie Eibl hat? Weil sie verrückt ist?«

»Du kennst sie doch gar nicht«, wandte Clara ein.

»Ich ermittle in dem Fall, schon vergessen?« Gruber bog

ab. »Ich habe mit der Familie Eibl gesprochen. Sie werden seit Jahren von ihrer Nachbarin drangsaliert. Sie hat ihnen schon mehrmals das Jugendamt auf den Hals gehetzt, allerdings immer erfolglos, sie behauptet, die Familie Eibl würde ihre Hühner vergiften und ihre Äpfel stehlen ...«

»Das wusste ich nicht«, sagte Clara betroffen.

Gruber warf ihr einen kurzen Blick zu. »Die Frau ist im ganzen Dorf dafür bekannt, dass sie mit jedem Streit hat. Sie und ihre Schwester waren schon früher als ›Dorfhexen‹ verschrien. Sie hat schon mehrere Klagen eingereicht, gegen Hinz und Kunz, wegen Belästigung und Beleidigung, Diebstahl, Sachbeschädigung, alles Mögliche, und sie hat alle Prozesse verloren. Du als Anwältin müsstest doch solche Leute am besten kennen, oder?«

Clara konnte sehen, wie er lächelte. Sie wandte den Kopf ab und presste die Lippen aufeinander. Ihre Augen brannten vor Müdigkeit, und in ihren Schläfen pochte es. Sie wollte nicht streiten.

»Du verrennst dich da in etwas!«, sagte Gruber versöhnlich.

Clara gab keine Antwort.

»Ich verstehe ja, dass dich dieser Fall mitnimmt, und ich bin ja eigentlich sogar schuld daran ...«

»Darum geht's also! Du hast ein schlechtes Gewissen, weil du mich dazugeholt hast!«, sagte Clara. »Das brauchst du nicht haben. Mir geht es gut.«

»Ich habe kein schlechtes Gewissen, und dir geht es ganz und gar nicht gut!«, erwiderte Gruber ungeduldig. »Ich verstehe nur nicht, warum du nicht einfach deinen Job machst. Du hast das psychologische Gutachten doch gelesen, keiner wird auf dieser Grundlage den Jungen für voll schuldfähig erachten. Das ist eine einfache Geschichte für dich.«

»Ich mache meinen Job so, wie es mir passt!«, fauchte Clara. »Und ich muss wissen, warum er es getan hat! Verstehst du denn nicht? Er wollte mit mir sprechen! Vorher! Wenn ich kapiert hätte, was er mir hatte sagen wollen, dann hätte man den Mord vielleicht verhindern können ...«

»Wer hat denn jetzt ein schlechtes Gewissen?«, gab Gruber trocken zurück und parkte auf dem Gehsteig vor Claras Haus. »Mag sein, dass er vorgehabt hatte, mit dir zu reden. Aber er hat es nicht getan! Du konntest also überhaupt nichts verstehen und folglich auch nichts verhindern!«

Clara sah ihn wütend an. »Aber an dieser Sache ist etwas faul, und ich frage mich, warum du das nicht sehen willst.«

Gruber gab keine Antwort. Er sah aufmerksam aus dem Fenster. »Ich gehe mit dir nach oben und schaue, ob alles in Ordnung ist. Vielleicht kann die Streife ein paarmal vorbeifahren. Wenn du irgendwelche Anrufe bekommst oder sonst irgendetwas Beunruhigendes passiert, kannst du mich jederzeit anrufen, okay?«

Clara nickte müde. »Danke.«

Gruber ging mit ihr durch den Torbogen zur Haustür und legte dabei tröstend den Arm um ihre Schultern. »Mach dir die Sachen doch nicht immer so schwer!«, sagte er. »Es ist ja auch so schon schlimm genug.«

Claras Zorn verrauchte. Sie ließ den Kopf auf seine Schulter sinken. »Es tut mir leid. Du hast ja recht ... ich ...«, sie stutzte. Elise war plötzlich stehen geblieben und hatte wachsam ihren Kopf erhoben. Gruber ließ seinen Arm sinken. Clara konnte seine Anspannung spüren und folgte seinem Blick. Vor ihrer Haustür hockte eine Gestalt. Man konnte in dem schwachen Licht, das von der Straße hereindrang, einen undeutlichen Schemen erkennen.

»Hallo!«, rief Gruber laut, und Clara sah, wie er zu seiner Waffe griff. »Stehen Sie auf! Polizei!«

Die Gestalt bewegte sich und sprang auf die Füße, und im gleichen Moment schaltete sich der automatische Bewegungsmelder ein, und das Licht über der Tür ging an. Es war Mick, der dort auf den Stufen gesessen hatte.

»My goodness«, brummte er und blinzelte in das Licht.

»Mick!« Clara starrte ihn an. »Was machst du denn hier?«

Gruber atmete scharf ein. »Dann gehe ich jetzt wohl lieber. Du weißt ja, wie du mich erreichen kannst.«

Er verschwand in der Dunkelheit, bevor Clara antworten konnte.

Elise lief zu Mick und begrüßte ihn schwanzwedelnd.

Claras Unterlippe begann gefährlich zu zittern. »Ich bin ... ich war ... ich ...«, stotterte sie.

Es war zu viel nach den vergangenen zwei Tagen, es war zu viel, um damit wie ein zivilisierter Mensch umgehen zu können. Ihre Augen füllten sich mit Tränen.

»Ich habe gelesen, was sie über dich geschrieben haben«, sagte Mick etwas verlegen, »und da dachte ich, du könntest vielleicht ein bisschen Unterstützung gebrauchen.«

Clara versuchte vergeblich, den Kloß in ihrem Hals hinunterzuschlucken. »Ich habe diesen schrecklichen Fall übernommen.« Ihre Stimme kippte, und sie brach in Tränen aus.

Über den Abend im Pub verlor sie kein Wort, auch nicht über Micks traurige Geschichte von seiner Frau und dem Kind und nicht über Newcastle. Ihr fehlten die Kraft und vor allem der Mut, das Thema anzusprechen, obwohl sie spürte, dass Mick darauf wartete. Sie schliefen in stiller Verzweiflung miteinander, und schließlich, gegen vier Uhr morgens, nickte Clara, die geglaubt hatte, in dieser Nacht keinen Schlaf zu finden, in Micks Armen ein.

Am nächsten Morgen ging Mick noch vor dem Frühstück, und Clara hatte das Gefühl, dass er eine Entscheidung getroffen hatte. Sie konnte es in seinen Augen sehen, als er sich verabschiedete, und ihr war, als zöge sein Blick ihr den Boden unter den Füßen weg. Als die Tür ins Schloss fiel, zuckte sie schmerzhaft zusammen und starrte mit brennenden Augen auf den leeren Stuhl in der Küche. Er hatte sich nicht setzen wollen, hatte kein Frühstück gewollt.

Sie biss sich auf die Lippen und goss sich eine Tasse Kaffee ein. Nachdem sie drei Zigaretten geraucht hatte, konnte sie wieder halbwegs vernünftig denken, wie sie sich einredete, und sie wiederholte in Gedanken immer wieder die Sätze, die sie beruhigen sollten: Alles zu seiner Zeit. Zuerst der Fall. Vorher würde sie keine Entscheidung treffen können. Das musste Mick verstehen. Sicher würde er das tun. Erst dann hatte sie den Kopf frei. Erst dann war sie bereit, über die Zukunft nachzudenken.

Erst dann.

Doch das hohle Gefühl blieb, ließ sich nicht verdrängen, flüsterte sich leise, aber hartnäckig durch ihre wirkungslosen Beschwörungsformeln hindurch:

Es ist zu spät. Du hast es verbockt.

FÜNFZEHN

»Der große Junge ist mal mit Blutergüssen und merkwürdigen Schnitten auf dem Rücken in die Schule gekommen. Der ganze Rücken war blau. Die Lehrerin hat das Jugendamt informiert, und die haben jemanden hingeschickt. Angeblich sei der Bub vom Baum gefallen.«

Zeugenaussage Leichensache Wolfsberg
1. November 1998

Ihr erster Gang, nachdem die Scheibe repariert worden war, galt dem Stadtjugendamt. Sie quälte sich durch drei Instanzen von Mitarbeitern, die ihr alle keine Auskunft über Stefan Eibl geben mochten oder konnten. Erschöpft und wütend verließ sie das Gebäude, um ihr Glück beim Vormundschaftsgericht zu versuchen. Doch obwohl sie den dortigen Richter kannte und auf lange Anträge verzichten konnte, kam sie nicht weiter: Es gab keinen Adoptionsbeschluss bezüglich der Geschwister Frank und Stefan Eibl und keinen diesbezüglichen Antrag der Familie. Verwirrt verließ Clara das Gericht. Sollte Gruber recht gehabt haben, und die Nachbarin hatte ihr nur irgendeinen Unsinn erzählt?

Sie ging zurück in ihr Büro und telefonierte mit dem Einwohnermeldeamt. Nach dessen Auskunft lebten die Eheleute Eibl seit fast 24 Jahren in Rastlach. Sie waren nach dem Tod von Herrn Eibls Eltern in das Haus gezogen. Die Eheschließung zwischen Hermine Kropf und Johann Eibl im

Jahr 1988 war vermerkt, doch Geburtsurkunden der beiden Söhne gab es nicht.

Clara horchte auf. »Was heißt das?«

»Das heißt, dass die Kinder offensichtlich nicht hier geboren sind.«

Clara legte nachdenklich auf. Hier stank etwas zum Himmel. Vielleicht würde ihr Gruber jetzt glauben. Sie sah auf die Uhr: Es war halb zwölf, sie könnte ihn noch vor seiner Mittagspause antreffen. Sie schlüpfte eilig in ihren Mantel, sperrte ab und machte sich mit Elise auf den Weg zum Polizeipräsidium.

»Da stimmt doch etwas nicht!«, beharrte Clara. »Das kannst du doch nicht einfach ignorieren!«

Gruber seufzte. »Ich bin Kriminalkommissar und kann mich nicht um jede Schlamperei des Einwohnermeldeamtes kümmern. Das ist nicht meine Aufgabe.«

»Aber es gehört zusammen! Der Mord und diese Geschichte mit der Adoption oder was auch immer das gewesen sein mag, gehören doch zusammen!«, rief Clara erregt.

»Nein. Du täuschst dich.« Gruber wurde jetzt ungeduldig, und die Falten um seinen Mund verschärften sich. »Selbst wenn da etwas nicht korrekt gewesen sein sollte – ich sage *wenn* –, dann hat das trotzdem noch lange nichts mit dem Mord zu tun. Wir haben einen Jungen, der seinen Bruder hinterrücks erstochen und ihm dann den Kopf abgeschlagen hat. Er hat mehr oder weniger gestanden. Er ist vorbestraft. Er nimmt Drogen. Was also interessiert mich dieses Einwohnermeldeamt?«

»Aber darin könnte ein Grund liegen ...«, begann Clara erneut, doch Gruber wischte ihren Einwand mit einer Handbewegung beiseite.

»Schwierige Kindheit und entsprechende Traumata fallen in dein Ressort. Mich interessiert nicht, ob der Junge im Kindergarten einmal von seinem Bruder von der Schaukel geschubst worden ist. Du kannst ja in deinem Plädoyer anführen, dass der Junge Identitätsprobleme hat, weil er keine Geburtsurkunde besitzt ...«

Clara schnaubte empört. »Du ... du ... ignoranter ... arroganter ... Bulle!«

Gruber verzog das Gesicht zu einem bitteren Lächeln. »Und ich dachte, die Versöhnungsnacht mit deinem Engländer hätte dich etwas sanftmütiger gemacht.«

Clara war für einen Moment sprachlos. »Warum benimmst du dich so arschlochmäßig?«, sagte sie dann.

»Entschuldigung.« Gruber zuckte mit den Achseln. »Ich glaube nur, es war ein Fehler, dich in den Fall zu involvieren. Du verwechselst da etwas: Aufklärung ist nicht deine Sache. Das ist unsere Aufgabe.«

»Ach, tatsächlich?«, konterte Clara spitz. »Für euch ist der Fall doch längst geklärt.«

»Ja, stell dir vor! Wir hatten einen Mörder zu überführen, und das haben wir getan.«

»Einen Mörder, der sich euch selbst auf dem Silbertablett serviert hat. Tolle Leistung!«, höhnte Clara.

Gruber schüttelte den Kopf. »Clara, ich bitte dich inständig, hör endlich auf! Lass diese Sache ruhen und kümmere dich lieber darum, wie es mit dem Jungen weitergehen soll. Damit kannst du wenigstens etwas Gutes tun. Andernfalls wirst du dir nur Probleme einhandeln. Und mir auch.«

Clara warf ihm einen langen Blick zu. »Ach«, sagte sie gedehnt. »So ist das also. Hast wohl eins auf den Deckel bekommen?«

»Nein, aber ...«

»Es ist nicht mein Problem, wenn du nicht das Rückgrat hast, deine Entscheidungen auszusitzen«, schnappte Clara.

Grubers Gesicht verdüsterte sich. »Mir reicht's jetzt! Ich sag es dir nur noch einmal: Lass die Finger von der Sache! Und wenn du das nächste Mal jemanden brauchst, bei dem du dich ausweinen kannst, dann ruf gleich deinen Engländer an!« Er ging zur Tür und riss sie auf. »Ich habe jetzt zu arbeiten.«

Clara ging langsam an ihm vorbei. »Entschuldige, dass ich dich belästigt habe«, sagte sie giftig.

Gruber gab keine Antwort.

Im Flur drehte sie sich noch einmal um. »Er heißt übrigens Mick. Und weil es dich gar so interessiert: Die Nacht war ganz toll.« Sie stolzierte davon.

Gruber lief rot an vor Zorn. »Musst du eigentlich immer das letzte Wort haben?«, schrie er ihr hinterher.

Zwei junge Beamte, die gerade den Flur entlanggingen, warfen ihm einen amüsierten Blick zu. »Hoppla!«, feixte der eine. »Beziehungskrise?«

»Kümmer dich um deinen eigenen Scheiß!«, knurrte Gruber und knallte die Tür zu.

Clara war so wütend, dass sie erst eine halbe Stunde durch die Fußgängerzone laufen musste, bevor sie wieder klar denken konnte. Dann ging sie zurück in die Kanzlei und wollte sich auf die Arbeit konzentrieren, die dort auf sie wartete. Doch sie kam nicht dazu, denn in dem Moment, in dem sie die erste Akte aufgeschlagen hatte, klingelte das Telefon.

Es war Marcel Ringgenberg, der ebenfalls den gestrigen Zeitungsartikel über sie gelesen hatte und sich mit ausgesuchter Höflichkeit nach ihrem Befinden erkundigte.

Sie war wortkarg und ziemlich kurz angebunden, doch

dann tat er ihr leid, und sie wurde freundlicher. Er konnte ja nichts dafür. Außerdem hatte sie ihn beim Abendessen sitzen gelassen, weil dieser Idiot Gruber sie in den Englischen Garten bestellt hatte. Sie spürte, wie ihre Wut zurückkam, und atmete einige Male tief ein und aus, während Ringgenberg ihr etwas von Keramikscherben erzählte, die er offenbar gerade untersuchte.

Er fragte sie, ob sie nicht Lust hätte, am Abend auf einen Drink bei ihm zu Hause vorbeizukommen. Er habe ein paar Gäste, und es wäre ihm eine »außerordentliche Freude«, wenn sie sich entschließen könnte, ebenfalls zu kommen.

Clara hatte zu nichts weniger Lust, sagte aber dennoch zu. Eine paar Drinks mit einem Haufen Scherbensammler zu kippen war immer noch besser, als zu Hause zu sitzen und zu grübeln. Alles war besser als das, umso mehr, als sie heute Nachmittag einen Termin in der Jugendpsychiatrie hatte, um mit Solo zu sprechen. Danach würde sie sicher jede Art von Ablenkung gebrauchen können.

Sie hatte ihre ganze anwaltliche Professionalität wie einen Schutzschild um sich herum aufgebaut. Mit steifem Jackett und Aktentasche saß sie in dem kleinen Raum, in den graues Herbstlicht durch ein vergittertes Fenster sickerte, und versuchte, das Bild von der blutverschmierten Gestalt jener Nacht mit dem Jungen in Verbindung zu bringen, der jetzt vor ihr hockte. Er trug Jeans und ein schwarzes Kapuzenshirt mit langen Ärmeln und sah aus wie höchstens fünfzehn.

»Wie geht es dir?«, fragte Clara.

Er antwortete nicht. Seine Augen hatten die Farbe des grauen Herbsthimmels vor dem Fenster.

»Als du im Murphy's warst, bevor ... das passiert ist, da hattest du vor, mit mir zu sprechen, nicht wahr?«

Wieder kam keine Antwort. Solo starrte vor sich hin, als hätte er Clara gar nicht gehört.

»Was wolltest du von mir?«

»Sie was fragen.« Seine Stimme war rau und viel tiefer, als sein fast noch kindliches Äußeres vermuten ließ.

»Etwas fragen? Was denn?«

»Egal …« Er versank wieder in Schweigen.

»Ich war bei deiner Nachbarin«, begann Clara einen nächsten Versuch. »Sie wohnt in dem Bauernhof neben dem Haus deiner Eltern. Erinnerst du dich an sie?«

Er hob den Kopf. »Klar. Frau Faltermeier. Die mit den Hühnern. Sie hat mir immer Geschichten erzählt.«

Clara stutzte. »Faltermeier? Sagtest du Faltermeier?«

»Ja. Wieso?«

»Im St. Anna-Stift, in dem du immer die Besuche gemacht hast, gibt es auch eine Frau Faltermeier …«

»Klar, das ist ihre Schwester.«

»Die Schwester?« Clara begann zu begreifen. »Du wusstest das?«

Er nickte. »Die ist vor fünf, sechs Jahren ins Heim gekommen, weil sie sich immer im Dorf verirrt hat. Ihre schicke Tochter hat das ruckzuck gedeichselt. Die ist auch Anwältin, wie Sie.« Er verzog das Gesicht. »Die beiden alten Faltermeierschwestern haben zusammen auf dem Hof gewohnt. Ich war oft dort.«

»Und deswegen bist du zu dem Besuchsdienst gegangen? Weil du Frau Faltermeier wieder treffen wolltest?«

Solo zuckte mit den Schultern. »Ich dachte, die freut sich, wenn sie mal jemand besucht, den sie kennt. Aber sie hat sich nicht mehr an mich erinnert.«

»Warst du traurig deswegen?«

»Ein bisschen. Aber egal.« Er sah zum Fenster hinaus.

»Und dann hast du dich mit Lilly Groman angefreundet?«

»Ja. Die ist cool drauf.« Solo lächelte zum ersten Mal leicht. »Mit ihren roten Fingernägeln und den Rüschen und so. Ich hab immer Sekt mit ihr getrunken.«

»Du wolltest dort arbeiten, nicht wahr?«, sagte Clara vorsichtig. »Das hat mir Angie von RoadKizz erzählt.«

»Ja, fuck, die wollten mich nicht!« Solo verknotete seine Hände, bis sie knackten, und seine Kiefer spannten sich. »Aber die hatten ja recht. So was wie mich, das können die da nicht gebrauchen. Ich hätt das eh nicht gepackt ...« Er senkte den Kopf.

»Das glaube ich nicht«, widersprach Clara energisch. »Du hättest das sicher gut gemacht. Lilly Groman mag dich jedenfalls sehr gerne.«

»Echt?« Solo hob den Kopf. »Dabei kennt sie mich von einem auf den anderen Besuch nicht mehr. Ich komme jetzt immer heimlich. Zu Zeiten, in denen das Personal wechselt. Einmal hat sie geglaubt, ich sei der Pfarrer.« Er lachte kurz auf.

Clara lächelte. »Ist bei mir genauso. Manchmal meint sie, ich bin die Putzfrau.«

»Putzfrauen kann sie genauso wenig leiden wie Pfarrer«, sagte Solo, und in seinen leeren Augen zeigte sich ein Funken Wärme.

»Deshalb hast du ihr dein Herz ausgeschüttet, nicht wahr? Weil ihr Gedächtnis so löchrig ist.«

Solos Lächeln verschwand. »Ich dachte, sie vergisst alles gleich wieder.«

»Aber das hat sie nicht?«

»Nein. Sie wurde ganz aufgeregt. Sie wollte unbedingt mit Ihnen darüber sprechen. Sie hat keine Ruhe mehr gegeben, bis ich sie zu Ihnen gebracht habe.«

»Also du hast sie zu mir gebracht? Ich habe mich schon gefragt, wie sie zu mir gefunden hat.«

»Nur bis zur Straßenecke. Dort habe ich gewartet. Als sie mit dem Taxi weggefahren ist, bin ich an Ihnen vorbeigegangen.«

Clara erinnerte sich vage an einen jungen Mann mit Kapuzenshirt und nickte. Die Dinge fügten sich langsam. Wenigstens ein paar davon.

»Vielleicht kannst du mir jetzt erklären, worum es eigentlich ging? Es war nicht sehr aufschlussreich, was Lilly Groman mir erzählt hat.«

Solo schüttelte den Kopf. »Es ist zu spät«, sagte er.

»Reden könnte trotzdem helfen«, meinte Clara behutsam. »Es erleichtert manchmal.«

Solos Augen wurden wieder leer, der warme Funke war verschwunden. »Ich habe alles zerstört ... alle getötet ...«

»Von wem sprichst du? Du hast doch nicht noch jemanden getötet?«, fragte Clara leise und wagte kaum zu atmen.

Solo gab keine Antwort. Er starrte mit abwesendem Blick zum Fenster hinaus.

»Sie müssen vorsichtig sein!«, sagte er plötzlich. »Und Sie müssen gut auf Frau Groman aufpassen.«

»Warum? Glaubst du, ihr könnte etwas passieren?«

Solo schwieg.

»Wie kommst du darauf?«

»Ich bin der Todbegleiter.«

»Was soll das heißen? Was ist ein Todbegleiter?«

»Das Totem, das in die andere Welt führt. Die Verbindung.«

Clara seufzte. »Du machst es mir wirklich nicht leicht. Warum erklärst du mir nicht einfach, worum es geht? Ich höre dir zu, ich versuche zu verstehen!«

Er sah sie mit ausdruckslosen Augen an. »Es ist zu spät. Ich bin tot.«

»Nein! Du bist nicht tot! Du lebst!« Clara war versucht, den Jungen zu schütteln, doch sie beherrschte sich. Stattdessen probierte sie es auf eine andere Art und Weise. »Kannst du dich an deine Eltern erinnern?«

Er hob den Kopf und sah sie verwirrt an. »Meine Eltern?«

»Ich meine nicht die Eibls. Ich meine deine richtigen Eltern. Erinnerst du dich daran, wie es war, als du ganz klein warst?«

Er zuckte zusammen wie unter einem Schlag. »Ganz klein …«, wiederholte er langsam, und sein Gesicht veränderte sich. Furcht kroch in seine Augen, und er begann plötzlich zu zittern. Es dauerte nur einen kurzen Augenblick, dann verschloss sich sein Blick wieder wie eine Tür, die zugeschlagen wurde. Er sprang auf und begann, den Kopf gegen die Wand zu schlagen. Immer und immer wieder.

»Was tust du? Hör auf damit!« Clara sprang auf und versuchte, ihn festzuhalten, doch er stieß sie mit unerwarteter Kraft von sich.

»Hauen Sie ab!«, schrie er sie an, und sein Gesicht war vor Angst und Wut verzerrt. »Hauen Sie ab und lassen Sie mich in Ruhe!«

Ein Pfleger kam zur Tür herein, packte Solo fest an den Schultern und zog ihn von der Wand weg. »Gehen Sie jetzt bitte!«, sagte er zu Clara gewandt.

Clara gehorchte zutiefst betroffen. Solo sah sich nicht mehr nach ihr um, als sie sich verabschiedete und leise das Zimmer verließ.

Da war etwas. Irgendetwas lag im Dunkeln. Es hatte etwas mit Solos Herkunft zu tun, dessen war Clara sich jetzt, nach dieser heftigen Reaktion, hundertprozentig sicher, und wenn Gruber sie noch tausendmal deswegen auslachen sollte. Sie trat auf die Straße und versuchte vergeblich, sich von dem verstörenden Anblick des Jungen zu lösen, der seinen Kopf wie besessen gegen die harte Wand schlug.

»Er hat ein verbranntes Herz«, wisperte sie leise und schauderte bei dem Bild, das dieser Satz in ihr auslöste. »Etwas in ihm ist zerstört worden. Es gibt einen schwarzen Fleck.«

Sie blieb stehen, und ihr Traum stand ihr wieder vor Augen: Sie sah die alles verzehrende Flamme vor sich und Micks vergeblichen Versuch, sie davor zu bewahren, von ihr erfasst zu werden. Und sie begann zu ahnen, dass ihre leichtsinnige und unbedachte Frage nach Solos Eltern diese Flamme neu entfacht haben könnte.

Clara fuhr mit der Straßenbahn nach Hause und ließ die herbstlich grauen Fassaden der Stadt an sich vorübergleiten. Was sollte sie nur tun? Wohin sie sich auch wandte, ihr Schritt endete an einer Wand. Blieb wirklich nichts weiter, als die Anklageerhebung abzuwarten, die Sache auf sich beruhen zu lassen, wie Gruber ihr geraten hatte? Sie lehnte sich zurück und schloss die Augen. Zu allem Überfluss kam noch der Streit mit Gruber dazu.

Was war nur in ihn gefahren? Fast war es ihr vorgekommen, als habe sie wieder den alten Gruber vor sich gesehen, den verbitterten, voreingenommenen Kommissar, so wie sie ihn damals kennengelernt hatte. Aber er hatte sich seitdem verändert, zumindest war sie dieser Ansicht gewesen. Mit jedem Schritt, den sie sich nähergekommen waren, war er ihr sympathischer geworden. Sie hatte ihn für einen Freund gehalten. Doch offenbar hatte sie sich getäuscht. Er war noch genauso borniert und stur wie früher. »Ein Idiot!«, flüsterte sie leise, und noch während sie es sagte, fühlte sie, dass es falsch war. Gruber war kein Idiot. Und er war eigentlich auch alles andere als borniert. Es schien ihr, als verstecke er sich plötzlich wieder hinter seiner alten Fassade. Doch warum? Was hatte sie ihm getan?

Sie stieg am Kolumbusplatz aus und ging die Straße entlang zu ihrer Wohnung. Es war kalt und dämmerte schon. Die Fenster der Jugendpension von RoadKizz waren hell erleuchtet. Ihr Blick glitt an der Fassade entlang, doch Solos Zeichen war nicht mehr da. Clara blieb stehen. War es Zufall, dass es gerade jetzt entfernt worden war? Oder wollte jemand nicht, dass sie sich noch mehr damit beschäftigte? Langsam ging sie weiter. Der Stein, der in ihr Fenster geworfen worden war, fiel ihr wieder ein. Womöglich war es gar kein x-beliebiger Idiot gewesen, der seinem Frust gegen Gott und die Welt auf diese Weise Luft gemacht hatte, sondern eine ganz gezielte Drohung. *»Seien Sie vorsichtig«,* hatte Solo gesagt. Die gleichen Worte im Übrigen, wie auch Rita sie verwendet hatte, um sie vor der Übernahme dieses Mandates zu warnen.

Ihr wurde plötzlich mulmig zumute. Gab es vielleicht noch jemanden außer Solo? Gab es einen Mitwisser? Einen Mittäter? Clara sah sich um. Es waren wenige Passanten unterwegs, und keiner achtete auf sie. Trotzdem fühlte sie sich unbehaglich, beobachtet. Sie beschleunigte ihren Schritt und hastete, so schnell sie konnte, nach Hause.

SECHZEHN

»Ich kann mich an den Blick des Buben erinnern, als sie ihn rausbrachten. Seine Augen waren die eines Toten.«

Zeugenaussage Leichensache Wolfsberg
1. November 1998

Ihre Frage hatte eine Tür einen Spalt weit geöffnet. Solo brauchte seine ganze Kraft, um die Tür in seinem Kopf wieder ganz zu schließen. Sie war immer schon da gewesen, diese Tür, manchmal hatte er einen Lichtschimmer dahinter gesehen, rot und flackernd, doch nie hatte er sie geöffnet. Er würde es auch jetzt nicht tun. Doch die Frage kam wieder. Wieder und wieder: »Als du noch klein warst ...«

In Solos Innerem bewegte sich etwas. Wie ein Tier, das langsam erwachte. Bilder blitzten auf, zu schnell, um sie festzuhalten, wie ein Videoclip im Fernsehen, und verschwanden wieder im Dunkel. Seine Hände begannen zu zittern. Er verkrallte sie ineinander, presste sie gegen seinen Magen. Das Haus. Das Haus am Waldrand. Ein spitzes, hohes Dach, im Flur eine Kellertür. Die Tür öffnete sich, und jemand kam heraus. Irgendwo bellte ein Hund. Er begann zu schreien, und das Bild verschwand. Zurück blieb ein Gefühl der Panik. Es lauerte in seinen Knochen, bereit, beim nächsten Mal, wenn er sich der Tür nähern sollte, wieder auszubrechen.

Solo riss die Augen auf und keuchte vor Entsetzen. Er

brauchte etwas, um das unruhige Gefühl in ihm zum Schweigen zu bringen. Irgendetwas. Sie hatten seinen Arm verbunden, damit die Brandwunde heilen konnte. Er riss die weißen Lagen herunter und starrte auf das kreisrunde Loch in seinem Unterarm. Es war noch immer leicht entzündet, doch die offene Stelle hatte sich schon geschlossen. Schweiß perlte ihm von der Stirn. Er hielt es nicht mehr aus. Es zerriss ihn von innen heraus wie in dem Märchen, das ihm die alte Frau Faltermeier immer erzählt hatte: Rumpelstilzchen riss sich mitten entzwei. Er hatte die Geschichte immer am liebsten gemocht, denn er wusste, wie dieser kleine Mann sich fühlte. Nie hatte er verstehen können, weshalb ihn alle für böse hielten. Rumpelstilzchen hatte doch nur etwas gewollt, was alle anderen auch hatten, etwas Schönes, etwas, was für die anderen selbstverständlich war. Er wusste genau, warum der Zwerg sich zerrissen hatte. Er hatte den Schmerz nicht mehr ertragen.

Solos Blick fiel auf den Boden. Dort lag eine Büroklammer. Offenbar war sie der Anwältin aus der Tasche gefallen. Er hob sie langsam auf und bog die Enden auseinander. Mit einem spitzen Ende riss er die dünne neue Haut auf, die sich über der Wunde gebildet hatte, und stieß die Klammer dann so tief ins wunde Fleisch, dass er laut aufschreien musste. Tränen rannen ihm über das Gesicht. Dann spürte er, wie das Blut kam. Er lehnte sich zurück und schloss erleichtert die Augen.

Clara fuhr mit dem Taxi zu Dr. Ringgenbergs Wohnung, die sich in Schwabing befand, unweit der Universität; wahrscheinlich hatte sie ihm das Institut für die Zeit des Forschungsprojekts zur Verfügung gestellt. Ringgenberg empfing sie an der Tür. Er trug ein hellblau kariertes, weiches

Flanellhemd und ausgebeulte Cordhosen, und seine grau melierten Haare standen ihm zu Berge. »Wie schön, dass Sie kommen konnten!« Erfreut zwinkerte er hinter den runden Brillengläsern und winkte sie herein. »Kommen Sie, kommen Sie!«

Clara folgte ihm durch einen blendend weiß gestrichenen Flur in ein spartanisch eingerichtetes Wohnzimmer. Eine Gruppe Leute stand dort locker verteilt, die meisten hielten sich an schweren Rotweingläsern fest. Ringgenberg stellte Clara alle der Reihe nach vor, und sie bemerkte mit Erstaunen, dass auch der alte Professor Dr. Hagenfeld unter den Gästen war. Alle außer sie selbst waren Mitarbeiter der Universität. Sie war überdies die einzige Frau.

Ringgenberg brachte ihr ein Glas Rotwein. »Ich habe meinen Freunden davon erzählt, dass Sie die Verteidigung des Mörders in diesem schrecklichen Fall übernommen haben«, sagte er. »Ich hoffe, das war nicht indiskret?«

Clara lächelte gequält. »Es weiß sowieso schon jeder, der Zeitung liest.«

»Richtig, richtig.« Ringgenberg schaute mitfühlend. »Das dürfen Sie sich nicht zu Herzen nehmen. Die Zeitungen sind ein Rudel Bluthunde.«

Clara fand den Vergleich treffend, wenngleich nicht gerade beruhigend. Sie nippte an ihrem Wein, der schwer und stark war, und sah sich unauffällig in dem spärlich möblierten Raum um. An den Wänden hingen mehrere großformatige Bilder. Fotos von weiten Landschaften, Steinkreisen und Dolmen waren darunter ebenso wie Abbildungen von mittelalterlichen Schriften und aufwendig verzierten, kostbaren Schmuckstücken. Über einer schwarzen Ledercouch befand sich eine Art Steinrelief, das eine Frau mit finster verzerrtem Gesicht und Schlangenhaaren zeigte, links und rechts neben ihr zwei weitere, kleinere Frauen, eine mit einem riesigen Schwert in der Hand, die andere trug einen Raben auf der Schulter.

Ringgenberg bemerkte Claras Interesse. »Gefällt es Ihnen? Das ist die Kopie eines Reliefs, das man in Irland gefunden hat.«

»Ist das eine Medusa?«

»Nein, aber so ähnlich. Das ist Morrígan in ihrer dreifachen Gestalt. Morrígan ist die keltische Göttin des Krieges und des Todes, und links und rechts davon sind ihre Schwestern Babdh und Nemain, die Raserei und Entsetzen verkörpern. Es heißt, Nemains Stimme versetzte die Krieger im Kampf in helle Panik, und die schwarze Krähe, das Symbol der Kriegsgöttin, setzt sich als Nachtmahr auf die Brust unglücklicher Seelen.«

»Oh.« Clara hob die Brauen. »Keine sehr nette Dreifaltigkeit, die Sie da über Ihrem Sofa hängen haben.«

Ringgenberg lächelte. »Nett vielleicht nicht, aber faszinierend.«

»Hm.« Clara konnte sich Faszinierenderes vorstellen als eine dreifache Todesgöttin über ihrem Sofa. »Die Kelten scheinen mir doch ein recht blutrünstiges Volk gewesen zu sein?«, meinte sie.

»Nun ja, sie waren sehr kriegerisch«, gab Ringgenberg zu. »Aber nicht nur. Es gab herausragende Künstler, Gelehrte und Dichter unter ihnen. Die Kelten waren ein hochentwickeltes, stolzes, gnadenloses Volk.«

»Gnadenlos?«, fragte Clara irritiert nach. »Wie meinen Sie das?«

»Gnade und Mitleid sind eine Erfindung des Christentums. Bei den archaischen Völkern gab es so etwas nicht«, sagte Ringgenberg knapp.

»Das kann ich mir nicht vorstellen«, widersprach Clara. »Es ist doch eine zutiefst menschliche Regung, Mitleid zu empfinden.«

»Das mögen wir heute so sehen, weil es uns von einer machthungrigen Kirche zweitausend Jahre lang so eingeimpft wurde. Doch Mitleid und Gnade sind keine instinktiven, keine natürlichen Regungen. Sie sind uns von der christlichen Moral aufoktroyiert worden. Kein Tier kennt diese Gefühle.«

»Aber gerade das unterscheidet uns ja von den Tieren!«

»Vielleicht. Aber sicher nicht in positiver Art und Weise.« Ringgenberg trank sein Glas aus. »Es macht uns schwach und verletzlich. Es lässt uns unter unseren Fähigkeiten bleiben. Wir verkümmern selbst aus Rücksicht auf die Schwachen und Lebensunfähigen.«

Clara sah ihn konsterniert an. »Das können Sie nicht wirklich denken!«, entgegnete sie.

Ringgenberg lachte laut auf. »Ach nein! Entschuldigen Sie, wenn ich Sie verwirrt habe. Ich beschäftige mich so viel mit diesen Dingen, dass ich manchmal vergesse, in welcher Zeit wir leben.« Er blinzelte ihr zu. »Nicht jeder hat so eine Leidenschaft für vergangene Völker wie wir Scherbensammler. Noch Wein?« Er nahm Clara das Glas aus der Hand, ohne eine Antwort abzuwarten. Kurze Zeit später kam er mit zwei frischen Gläsern Rotwein zu Clara zurück. »Ich hoffe, ich habe Sie nicht erschreckt mit meinem Gerede«, sagte er lächelnd.

Clara schüttelte den Kopf. »So leicht bin ich nicht zu erschrecken.«

»In Ihrem Beruf müssen Sie sicher ziemlich tough sein?«

»Kommt darauf an«, sagte sie achselzuckend. »Man darf sich jedenfalls nicht so leicht ins Bockshorn jagen lassen.«

»Aber dieser Mord im Englischen Garten ist doch wirklich grauenhaft! Da braucht man starke Nerven.« Ringgenberg legte den Kopf schief. »In der Presse stand etwas von Ritualen?«

Clara lächelte unbestimmt. »Man darf der Presse nicht alles glauben. Die sind wie ein Rudel Bluthunde.«

»Ja. Natürlich.« Er schaute etwas schuldbewusst. »Ich wollte Sie nicht ausfragen … Aber es stimmt doch, dass der Mörder noch minderjährig ist, oder? Und dass das Opfer sein Bruder ist! Das muss schrecklich für die Eltern sein.«

»Hm …« Clara wechselte schnell das Thema. »Warum sieht man auf diesen Bildern eigentlich immer Tiere abgebildet? Hatten Tiere eine besondere Bedeutung für die keltische Religion?«

»Oh, ja!« Ringgenberg zwinkerte heftig und rückte seine Brille gerade. »Die Kelten waren sehr naturverbunden. Mit den Tieren verbanden sie bestimmte Eigenschaften. Diese Krähe auf dem Relief hier, das Symbol der Morrígan, nennt man auch die Schlachtenkrähe, sie kündigt eine Schlacht oder aber auch den Tod an und ernährt sich nach dem Kampf von den Gefallenen. Dann gab es den Hirsch als Symbol des Cernunnos, den Sie schon auf dem Kessel gesehen haben, und noch viele andere. Die Schlange zum Beispiel steht für Erneuerung und Wiedergeburt, weil sie sich häuten kann, und fungierte deshalb oft als Todbegleiter …«

»Todbegleiter?« Clara starrte ihn an. »Haben Sie gerade Todbegleiter gesagt?«

»Ja …« Ringgenberg sah sie überrascht an. »Ich meine damit eine Art Schutzgeist, um den Toten unbeschadet in die Anderswelt zu geleiten. Das ist natürlich vor allem symbolisch zu verstehen, als Zeichnung oder Amulett, obwohl man durchaus auch Tieropfer in Gräbern gefunden hat, die diesen Zweck gehabt haben dürften.«

»Ist der Salamander auch ein Todbegleiter?« Claras Stimme war vor Aufregung deutlich höher als sonst.

»Der Salamander?« Ringgenberg hob die Augenbrauen. »Wie kommen Sie denn darauf?«

Clara räusperte sich verlegen. »Nur so, ich glaube, ich habe so etwas mal gehört«, sagte sie lahm.

»Ich glaube nicht, dass dieses Tier bei den Kelten eine Rolle spielte«, antwortete Ringgenberg langsam. »Habe ich jedenfalls noch nie gehört.« Er wedelte etwas wegwerfend mit der Hand. »Es gibt auch viel Unsinn, der über die Kelten erzählt wird. Esoteriker stopfen alles in alte Kulturen hinein, was ihnen passend vorkommt. Man muss versuchen, die Dinge von dilettantischen Deutungen freizuhalten.«

»Solchen wie von Professor Hagenfeld?« Clara deutete mit dem Kinn unauffällig in die Richtung des alten Herrn.

Ringgenberg verdrehte gequält die Augen. »Leider ist Professor Hagenfeld alles andere als ein Dilettant. Dennoch haben wir durchaus verschiedene Ansichten darüber, was das Reine und Wahre ist.«

Clara lachte. »Das ist ein Problem, das Sie mit vielen anderen teilen. Besonders mit solchen, die sich mit Religionen und Weltanschauungen beschäftigen.«

Ringgenberg lachte ebenfalls. »Gott sei Dank bin ich nur Wissenschaftler. Ich muss die Welt nicht verändern. Ich versuche nur, sie zu verstehen.«

»Das ist oft schwer genug.« Clara seufzte.

SIEBZEHN

»Ich sage Ihnen: In dem Haus wohnte der Teufel.«

Zeugenaussage Leichensache Wolfsberg
1. November 1998

Wieder zu Hause kletterte Clara auf ihr Bücherregal und holte eine Schachtel Fotos und zwei verstaubte Bildbände hervor, die sie gekauft hatte, bevor sie nach Irland gegangen war. Das war vor über zwanzig Jahren gewesen. Damals hatte sie alles fasziniert, was auch nur annähernd keltisch oder irisch gewesen war. Sie hatte sich im Trinity College in Dublin das *Book of Kells* angesehen, zahllose Steinkreise und Hügelgräber besucht und hunderte Fotos von irischen Grabkreuzen geschossen. Später, während ihrer Ehe mit Ian, hatten sie die deprimierenden Facetten des modernen Irlands schnell auf den Boden der Tatsachen zurückgeholt, und ihre einstige naive Begeisterung war ihr nur noch peinlich gewesen. Geblieben waren im Grunde einzig ihre Liebe zu irischer Musik und irischem Whisky und eine unbestimmte, zuweilen schmerzhafte Sehnsucht, die sie mit der weiten, wilden Landschaft verband und von der sie nicht wusste, woher sie kam und was sie bedeutete.

Wehmütig sah sie sich die vergilbten und aufgebogenen Fotos von damals an, als sie monatelang allein mit dem Rucksack über die Insel getrampt war. Ihre Haare waren noch um einiges länger gewesen, und sie hatte sie zu einem dicken rotbraunen Zopf geflochten, aus dem sich immer wieder Strähnen herausstahlen und ihr ins Gesicht hingen. Auf den meisten Fotos lachte sie, ungeschminkt und unbekümmert. Sie war schön gewesen, stellte Clara erstaunt fest. Es war ihr nie bewusst aufgefallen, doch wenn sie sich jetzt, fast ein Vierteljahrhundert später, mit der jungen Frau von damals verglich, wurde ihr klar, dass es tatsächlich so gewesen war. Und plötzlich packte sie der Neid. Neid auf dieses schöne, wilde Mädchen auf den Fotos, das sie einmal gewesen war. Neid auf ihre Sorglosigkeit und auf die Freiheit, die sie sich damals einfach genommen und nie zu schätzen gewusst hatte.

Clara biss sich auf die Lippen und legte die Fotos zurück in die Schachtel. Mit einer heftigen Bewegung stülpte sie den Deckel darauf und versetzte der Schachtel einen heftigen Stoß, sodass sie unter das Sofa rutschte. Danach schenkte sie sich einen Whisky ein, erlaubte sich, einen Augenblick in dem Aroma von Torf und Rauch und Salz zu versinken, und schlug dann den ersten Bildband auf. Sie hatte geglaubt, mit dem Stoß, den sie der Fotokiste versetzt hatte, auch ihre Zeit dort weit weg zu schieben, doch als sie das Buch langsam Seite für Seite umblätterte, wurde ihr klar, dass das ein Trugschluss gewesen war. Jede Seite, jedes Foto weckte neue Erinnerungen. Zu oft hatte sie sich diese Bücher damals angesehen. Zu heftig war das Verlangen gewesen, alles mit eigenen Augen zu sehen, die Steine zu berühren, das Meer zu sehen und zu riechen und die Musik zu erleben.

Sie blätterte hastig zu dem Kapitel »Mythen und Götter« und vertiefte sich in den Text. Nach kaum zwei Minuten stutzte sie, hob den Kopf und starrte minutenlang ins Leere. Dann las sie die Stelle noch einmal:

»Es ist bekannt, dass die Kelten dem Kopfkult huldigten. Der Kopf galt als Sitz der Seele eines Menschen. Feinden wurde der Kopf abgeschnitten, um sie daran zu hindern, in die ›Anderswelt‹ zu gelangen …«

»Ich glaube das nicht«, sagte Clara zu sich selbst. »Der Junge hat nach einem keltischen Ritual getötet?«

Mit wachsender Beklemmung las sie weiter:

»Auch Menschenopfer waren fester Bestandteil der keltischen Religion. Das Opfer wurde von hinten mit einem Schwert erstochen. Seinen Todeskampf deuteten speziell dafür ausgebildete Wahrsager, die Vaten, als Orakel oder Prophezeiung.«

Clara spürte, wie ihr Herz heftiger klopfte. Frank Eibl war mit einem Schwert von hinten erstochen und danach geköpft worden. Sie sprang auf, schaltete den Computer ein und begann zu suchen, was es zum Thema Kelten gab. Sie fand eine überwältigende Menge an Informationen. Offenbar war es wirklich so, wie Ringgenberg gesagt hatte: Die Kelten waren bei Esoterikern hoch im Kurs. Clara versuchte, sich in Solo hineinzuversetzen und die Informationen so zu filtern, wie er es vielleicht getan hätte. Sie fand eine große Anzahl von Online-Computerspielen, deren virtuelle Welten sich der keltischen Mythologie bedienten. Außerdem stieß sie auf mehrere Internethändler, die das als Mordwaffe benutzte Schwert frei verkauften und es mit dem Hinweis anpriesen, es handle sich um die originalgetreue Nachbildung des Schwertes eines keltischen Kriegers aus einem Internet-Rollenspiel. Clara scrollte sich über Seiten diverser »keltisch-germanischer« Bands und hörte sich auf Youtube Lieder an, die klangen, als kämen sie direkt aus der Gruft. Es überlief sie eiskalt, als sie die dazugehörigen Texte las, die von Blut und Vergeltung, Hass und Verdammnis handelten. Sie erfuhr von der unheiligen Allianz, die Dark-Metal- und extremistische Mittelalterfans mit obskuren Gruppierungen eingegangen waren, die ihre rechte Gesinnung hinter verquasten germanisch-keltisch verbrämten Theorien verbargen. Keltische Rachegöttinnen und germanische Runen, Odin und Hexenpentagramme, Ritualdolche, schwarze Magie, perverse Gewaltfantasien und Todessehnsucht vermischten sich auf Seiten wie »Thors schwarze Horden«, »Totenkult« oder »Ahnenblut« zu einem giftigen, gewaltverherrlichenden Gemisch, das Clara sprachlos machte.

War Solo so auf die Idee gekommen, seinen Bruder zu töten? Das mochte vielleicht eine Erklärung für die Art und Weise der Tötung sein, aber es lieferte immer noch keinen Hinweis auf das Motiv.

»Ein keltischer Ritus ...« Clara schenkte sich von dem Whisky nach. Feinde waren geköpft worden. Es sollte ihnen damit unmöglich gemacht werden, Erlösung in einem Leben nach dem Tod zu finden.

»War Frank dein Feind?«, fragte sie laut in den Raum hinein. Solo hatte seinen Bruder nicht nur getötet, sondern ihn ein für alle Mal und für alle Zeiten unschädlich gemacht. Ihn ausgelöscht, bis über den Tod hinaus. *»Extinguish«* lautete der Name des Fantasyschwerts, das er dafür benutzt hatte.

Aber warum? Was hatte er ihm angetan?

Clara seufzte. Sie rauchte eine letzte Zigarette vor dem offenen Fenster und versuchte, die Beklemmung loszuwerden, die sie den ganzen Abend schon verspürt hatte. Es war fast drei Uhr nachts. Im Flur konnte sie Elise leise schnarchen hören.

Plötzlich regte sich etwas in ihrem überwachen, überkonzentrierten Geist. Etwas, was Lilly Groman gesagt hatte und was sie damals als wirr und unverständlich abgetan hatte: *extinguo*. Hatte die alte Dame nicht dieses lateinische Wort benutzt, als sie sie nach dem Salamander gefragt hatte? Lilly Groman hatte noch etwas gesagt, doch Clara kam nicht darauf, was es gewesen war. Warum hatte sie nicht genauer darauf geachtet? Rasch schloss sie das Fenster und ging zurück an ihren Computer. Sie tippte die Wörter *Salamander* und *extinguo* in die Suchmaschine ein und wurde zu ihrer eigenen Überraschung sofort fündig: *Nutrisco et estinguo*, der Wahlspruch König Franz' von Frankreich, zudem mit englischer Übersetzung: *Nourish the brave and extinguish the evil*. »Die Guten ernähren, die Feinde auslöschen«, flüsterte Clara leise vor sich hin, und ein Schauer durchlief sie, als sie das Wappentier des Königs sah, das neben dem Text abgebildet war: ein Salamander. Sie las den ganzen Artikel und fand heraus, dass der Salamander als mystisches Tier galt, das durch Feuer gehen könne und sogar in der Lage sei, Feuer zu Eis gefrieren zu lassen. Unter anderem hatten Alchimisten das Tier als ihr Schutztier verehrt. Dieser Verbindung zum Feuer war es auch zu verdanken, dass eine Heizvorrichtung zum Wärmen der Speisen im Englischen *salamander* genannt wurde.

Clara biss sich auf die Lippen. Mick hatte dies an jenem Abend bereits erwähnt, als sie im Pub übernachtet hatten und jemand vor dem Fenster gestanden und den Salamander an die Wand gesprüht hatte. Nein, nicht jemand – Solo. Er war es gewesen. Er hatte ihr ein Zeichen hinterlassen, das sie nicht zu deuten gewusst hatte.

»Durchs Feuer gehen«, wiederholte Clara. »Ist es das, was dich mit dem Salamander verbindet?« Die Frage stand im Raum und fühlte sich richtig an. Clara fiel ihr Traum von dem verbrannten Herz wieder ein. »Du musst durchs Feuer gehen. Musst die Feinde auslöschen …«

Sie tippte das Wort Salamander noch einmal ein und gab als Zusatz »keltisch« dazu. Auch zu dem Thema gab es mehrere Seiten. Sie las, dass der Salamander auch von den Kelten als eine Verbindung zwischen der realen Welt und der Welt der Toten angesehen wurde. »Ich bin die Verbindung«, hatte Solo bei ihrem letzten Gespräch auf die Frage, was ein Todbegleiter sei, gesagt. Sie las, dass der Salamander als Krafttier half, die *»Angst zu überwinden und über sich selbst hinauszuwachsen, wie Feuer zu werden, zerstörerisch und unverwundbar«*.

Clara wunderte sich flüchtig, dass Ringgenberg als Keltologe dies nicht gewusst hatte. Aber wahrscheinlich lag es daran, dass diese Internetinformationen eher dem Dilettantismus zuzuordnen waren als der reinen Lehre. Clara schmunzelte ein wenig, als sie an den heiligen Ernst dachte, mit dem der Schweizer Privatdozent die »reine Lehre« gegen Verwässerungen zu verteidigen suchte und sich dabei ausgerechnet an einem Kollegen rieb, der die gleichen Ziele hatte wie er selbst.

Sie schaltete den Computer aus und dachte nach: Welche Bedeutung hatte der Salamander für Solo? War er sein Schutztier oder das des Opfers? Das Tier, das durchs Feuer gehen konnte und nach keltischem Glauben die Toten in ihr Reich begleitete. Aber warum hatte er den Salamander an Micks Hausmauer gesprayt? Als Warnung? Vor der Tat, die er begehen würde? Hatte er Lilly Groman erzählt, was er vorhatte?

Sie dachte wieder daran, was sie über den Kopfkult der Kelten gelesen hatte: Den Feinden wurde der Kopf abgeschlagen, um sie daran zu hindern, in die Anderswelt, das Totenreich, zu gelangen. Sie sollten ausgelöscht werden. Wenn also der Salamander in Solos Augen ein keltisches Schutztier war, was sollte er an der Säule? Frank brauchte keine Begleitung in die Anderswelt mehr. Er war ausgelöscht worden.

Clara rieb sich die brennenden Augen. Das passte alles nicht richtig zusammen. Es war nicht logisch. Warum hätte Solo sie vor einem Mord warnen sollen, den er selbst begehen wollte? Warum sein Zeichen hinterlassen? Sie gähnte und sah auf die Uhr. Halb vier. Zu viele Rätsel für diese Uhrzeit. Clara stand auf und streckte sich. Ihr Rücken schmerzte. Höchste Zeit, ins Bett zu gehen.

ACHTZEHN

»Was wird wohl aus den Buben geworden sein? Die können doch kein normales Leben mehr führen.«

Zeugenaussage Leichensache Wolfsberg
1. November 1998

Solo betrachtete sein Gesicht im Spiegel. Es war ein fremdes Gesicht. Er erkannte es nicht. Die Augen gehörten nicht ihm. Nichts konnte man in ihnen sehen. Es waren Eisaugen, solche, wie Frank sie gehabt hatte.

Er musste sich erinnern. Doch die Angst war so groß, dass ihm der Schweiß ausbrach, wenn er nur versuchte, daran zu denken. Er musste sich aber erinnern. Die Tür ließ sich nicht mehr schließen. Sie quälte ihn unablässig. In jeder unbedachten Sekunde, immer wenn er nicht wachsam war, kehrten die Gedanken daran zurück. Es kündigte sich wie ein leichtes Flattern an, ein leises Knacken im Gebälk, eine flüchtige Bewegung aus den Augenwinkeln. Und dann kam der Riss. Der Riss in seinem Kopf, der alles, was gerade noch normal gewesen war, seltsam fremd und unbekannt erscheinen ließ. Die Welt um ihn herum wirkte plötzlich wie die Kulisse in einem Theaterstück, und er hatte das Gefühl, nicht mehr bei sich zu sein. Er war nicht mehr in seinem Körper zu Hause, betrachtete ihn von außen, ohne Schmerz und ohne Regung. Er sah seine Narben, die Kratzer und Schnitte und die offene Brandwunde und wusste, er würde nichts spüren, wenn er jetzt ein Messer hätte, um sich damit tief ins Fleisch zu schneiden.

Er versuchte, es auszuhalten. Der Arzt, der ihn das letzte Mal verbunden hatte, hatte gesagt, er solle es versuchen. Er wäre stark genug, es auszuhalten. Solo hatte ihm geglaubt. Wenn er es sich recht überlegte, war es das erste Mal, dass er jemandem geglaubt hatte. Außer Frank natürlich. Ihm hatte er immer geglaubt. Bis zuletzt.

Der Riss wurde tiefer, er betraf jetzt nicht nur die Dinge um ihn herum, sondern auch seinen Körper. Er platzte auf, drohte auseinanderzubrechen. Solo schlang sich die Arme um den Oberkörper und lehnte sich mit dem Rücken an die Wand. Er musste zurück. Vielleicht würde sich der Riss dann wieder schließen. Der Arzt hatte es gesagt, doch man konnte nicht sicher sein. Es kam vor, dass sich solche Risse nie wieder schlossen. Solo kannte jemanden, bei dem es so gewesen war. Sie hatten ihn Bone genannt, weil er so dürr und ausgemergelt gewesen war. Bone hatte von diesem Zeug genommen, das das Gehirn auffraß und die Haut verfaulen ließ. Angel Dust, Engelsstaub, nannten sie es, doch es kam direkt vom Teufel. Es kam aus kleinen dunklen Kellerlöchern, in denen die Teufel saßen und es kochten. Der Typ war völlig irre davon geworden. Schon bevor sie ihn geholt hatten. Er war der Erste gewesen.

Solo rappelte sich auf und starrte erneut in den Spiegel. Nichts war von Bone übrig geblieben. Nur der Stoff, den er sich hatte reinziehen wollen. Solo hatte das Tütchen aufgehoben, es lag zwischen Unrat und Müll, dort, wo er gelegen hatte, selbst schon fast Müll geworden. Er hätte es liegen lassen sollen. Prompt hatten ihn ein paar Tage später die Bullen gefilzt und den Mist gefunden. Was hätte er denen sagen sollen? Denen war ja noch nicht einmal aufgefallen, dass jemand verschwunden war. Niemand interessierte sich für Typen, die im Abfall lagen und sich Engelsstaub in die Nase zogen. Bone war neunzehn gewesen und hatte auf der Straße gelebt, seit er sechzehn war. Wie er selbst.

Solo sah sich an. Versuchte sich wiederzuerkennen, doch er sah nichts Vertrautes. Die Tür in seinem Inneren versperrte ihm die Sicht auf die normalen Dinge. Er musste sich erinnern, sonst würde sich der Riss nicht mehr schließen.

»Aber ich muss mit ihm sprechen! Bitte!« Clara sah den Arzt drängend an. »Es ist wichtig!«

Dr. Faller, wie auf dem Namensschild an seinem Kittel zu lesen war, schüttelte den Kopf. »Stefan Eibl ist gerade bei einem Therapiegespräch mit Dr. Ley. Außerdem geht es ihm nicht gut. Er befindet sich in einem hochgradigen Erregungszustand und hat sich massiv selbst verletzt.« Er musterte sie misstrauisch. »Was haben Sie ihm eigentlich bei Ihrem letzten Besuch erzählt? Er hat sich danach mit einer Büroklammer die Wunde am Arm wieder aufgerissen. Sie steckte fast ganz in der Brandwunde, als wir sie entdeckt haben.«

»Ich habe ihm gar nichts erzählt! Ich wollte, dass er mir etwas erzählt!« Clara verstummte und biss sich auf die Lippen. »Also ... vielleicht ...«, sagte sie schließlich gedehnt, ich ... habe ihn nach seinen Eltern gefragt.«

»Nach seinen Eltern? Wieso das denn?«

»Ich vermute, dass er adoptiert wurde, doch es gibt keine Unterlagen dazu, und niemand will etwas sagen.«

Der Arzt hob vorwurfsvoll die Brauen. »Und da haben Sie einfach mal so nachgefragt? Einen hochgradig traumatisierten jungen Menschen mit einer solchen Frage konfrontiert, ohne zu wissen, ob er überhaupt davon weiß?«

Clara machte ein unglückliches Gesicht. »Ich weiß, das war dumm von mir. Aber er war etwa vier Jahre alt, als er zu seinen Pflegeeltern gekommen ist, da dachte ich, er müsste sich doch erinnern oder aber mit seinem älteren Bruder darüber gesprochen haben.«

»Vier Jahre? Sie sind nicht auf die Idee gekommen, dass er die Erfahrung verdrängt haben könnte, weil sie zu schmerzhaft für ihn war?«

Sie sah Dr. Faller zerknirscht an. »Es tut mir leid.«

Der Arzt maß sie mit einem langen Blick. »Zumindest erklärt das einiges. Ich denke, Ihre Frage hat etwas in ihm in Bewegung gebracht.« Er sah auf die Uhr und deutete dann auf eine Tür am Ende des Flurs. »Kommen Sie mit in mein Büro, da können wir in Ruhe reden.«

»Ich bin nicht der Ansicht meiner Mitarbeiterin, dass Stefan Eibl die Tat im Drogenwahn oder aufgrund einer fortdauernden Drogenpsychose begangen hat«, eröffnete Dr. Faller ohne Umschweife das Gespräch, als sie in seinem Büro saßen. Das Zimmer war klein und schmal. Vor dem Fenster schwankte ein zerrupfter Ahornbaum im Wind. Er hatte kaum noch Blätter, und die wenigen, die sich noch an die Äste klammerten, waren mit schwarzen, kreisrunden Flecken übersät.

»Tatsächlich?« Clara sah ihn überrascht an. »Ich dachte, dass Ärzte niemals zugeben, anderer Meinung als ihre Kollegen zu sein.«

Der Arzt lächelte. »Und ich dachte, dass Anwälte kein großes Interesse daran hätten, die Einschätzung der Ärzte anzuzweifeln, wenn diese im Sinne ihrer Mandanten sind.«

Clara seufzte. »Ich weiß. Es wäre viel einfacher und wahrscheinlich auch viel günstiger für Stefan Eibl, das Gutachten zu akzeptieren und nichts weiter zu unternehmen. Aber es ist falsch.«

»Ich bin ganz Ihrer Meinung.« Der Arzt nahm seine Brille ab. Ohne sie wirkten seine Augen merkwürdig nackt. »Ich habe in den letzten Tagen viel mit Solo gesprochen.«

»Hat er denn etwas zu der Tat gesagt?«, wollte Clara wissen.

»Nein. Er hat sie vollkommen ausgeblendet. Wenn man ihn darauf anspricht, sagt er nur ›Ich bin tot‹, so als habe er nicht seinen Bruder, sondern sich selbst getötet.«

»Vielleicht glaubt er ja, durch den Mord tatsächlich auch sich selbst getötet zu haben«, vermutete Clara. »Er hatte ein sehr enges Verhältnis zu seinem Bruder.«

»Ja.« Der Arzt nickte. »Das denke ich auch. So sieht er es. Mit seinem Bruder ist auch er gestorben. Er glaubt, ohne ihn nicht leben zu können. Das würde auch zu Ihrer Annahme der Adoption passen. Womöglich haben die beiden ihre Eltern verloren und hatten nur noch sich.«

»Aber warum hat er ihn dann getötet?«

Dr. Faller rieb sich die Nasenwurzel und sah sie müde an. »Tut mir leid. Ich habe keine Antwort auf diese Frage.«

»Hat er Ihnen gegenüber auch das Wort ›Todbegleiter‹ erwähnt?«, fragte Clara.

Dr. Faller blätterte in seinen Unterlagen. »Das Wort ›Todbegleiter‹ ist tatsächlich öfter gefallen. Ich konnte noch nicht herausfinden, was er damit meint. Vielleicht hat es etwas mit der symbiotischen Bindung zu seinem Bruder zu tun …«

»Nein«, widersprach Clara. »Es hat etwas mit dem keltischen Glauben und mit Opferritualen zu tun. Todbegleiter sind in der keltischen Mythologie Tiere, die die Toten in die Anderswelt begleiten.« Sie erzählte ihm, was sie gestern Nacht herausgefunden hatte. »Doch etwas passt noch nicht ganz zusammen: Frank brauchte keinen Todbegleiter. Solo wollte ihn auslöschen. Deshalb hat er ihn geköpft«, sagte sie langsam, »über den Tod hinaus vernichtet. Er wollte seinen Bruder unschädlich machen, so wie man einen Feind unschädlich macht, dem man sogar im Leben nach dem Tod nicht mehr begegnen will.« Dann fasste sie kurz zusammen, was sie über den Kopfkult der Kelten recherchiert hatte.

Dr. Faller hörte ihr aufmerksam zu. »Der Kopf als Sitz der Seele«, wiederholte er. »Das ist sehr interessant ...«

Clara dachte nach. »Ist Solo denn Ihrer Meinung nach psychisch krank? Vielleicht leidet er unter Schizophrenie oder so etwas?« Sie errötete und fügte hinzu: »Ich bin natürlich keine Expertin, was solche Diagnosen anbelangt ...«

Dr. Faller lächelte. »Sie haben ein gutes Gespür für Menschen. Sicher wären Sie eine gute Ärztin geworden.«

»Meine Mutter ist Ärztin und Psychotherapeutin«, sagte Clara, und ihre Röte vertiefte sich. »Sie hat sich immer gewünscht, dass ich auch Medizin studiere.«

»Aber Sie hatten keine Lust dazu?«

»Nach der Schule hatte ich zu gar nichts Lust. Ich bin davongelaufen. Genauer gesagt bin ich um die halbe Welt gelaufen, um herauszufinden, was ich wirklich will.«

»Und?«

»Was und?«

»Haben Sie es herausgefunden?«

Clara schwieg einen Moment. Die Frage berührte sie auf unangenehme Weise. »Nein«, sagte sie schließlich. »Noch nicht.«

»Sie sind also noch immer unterwegs?«

»Kann man so sagen!« Clara lachte nervös. »Obwohl ich mich schon seit fast zwanzig Jahren nicht mehr aus München wegbewegt habe.«

Der Arzt lächelte ebenfalls. »Das muss ja nichts heißen.«

Clara sah ihn nachdenklich an. »Nein. Muss es nicht«, sagte sie und deutete dann auf Dr. Fallers Unterlagen. »Aber wir wollten doch eigentlich nicht über mich, sondern über Stefan Eibl reden.«

»Richtig.« Er senkte den Blick auf die Blätter. »Ich neige dazu anzunehmen, dass bei Stefan Eibl eine dissoziative Persönlichkeitsstörung vorliegen könnte«, sagte er und setzte sich umständlich die Brille wieder auf.

»Was ist das?«, wollte Clara wissen.

»Es ist eine Störung, die dazu führt, dass die Betroffenen ihre Handlungen, ihr Denken und ihr Fühlen voneinander abspalten. Das kann so weit führen, dass sie sich selbst als mehrere Personen wahrnehmen, die unabhängig voneinander handeln. Eine multiple Persönlichkeit also.«

»Gibt es das tatsächlich?«, fragte Clara. »Ich habe davon bisher nur in Filmen gehört.«

»Die Diagnose ist nicht einfach«, gab der Arzt zu. »Aber es gibt solche Fälle. Ich denke nicht, dass bei Stefan Eibl die Erkrankung so weit geht, dass er sich als verschiedene Personen wahrnimmt, aber es deutet schon vieles darauf hin, dass er bestimmte Aspekte seiner Persönlichkeit abgespalten hat. Andererseits identifiziert er sich stark mit Persönlichkeitsaspekten seines Bruders. Auch sein massiver Drang zur Selbstverletzung passt in dieses Bild. Die innere Spannung, die dadurch erzeugt wird, dass er ständig versucht, etwas auszublenden, wird so hoch, dass er sie nur lösen kann, indem er sich selbst Schmerz zufügt.«

»Wie kommt es denn zu so einer Störung? Ist das angeboren?«

»Solche Störungen sind eigentlich immer das Ergebnis schwerer Traumata in der frühen Kindheit. Extreme Gewalterfahrung, sexueller Missbrauch, massive Verwahrlosung ...« Er zuckte mit den Schultern. »Jede Art von Gefühlen, die für das Kind so schmerzhaft sind, dass sie nicht verarbeitet werden können. Sie werden abgekapselt, damit das Kind überhaupt in der Lage ist weiterzuleben. Doch wie das so ist mit den Leichen im Keller: Irgendwann tauchen sie wieder auf. Und ebenso verhält es sich mit dem Unterbewusstsein. Irgendwann tritt alles wieder zutage.«

»Dann könnte also der Mord an Frank eine Reaktion auf etwas sein, was Stefan als Kind erlebt hat?«

»Möglicherweise. Allerdings ist Stefan Eibl das natürlich nicht bewusst. Wenn es das wäre, könnte er es ja anders verarbeiten.«

»Es muss aber trotzdem einen Auslöser für die Tat gegeben haben, oder?«

»Vermutlich. Aber nicht zwingend einen Auslöser, den wir als solchen verstehen.«

Clara dachte nach. »Ich glaube, der Auslöser war etwas ganz Konkretes. Er hat sich nämlich vorher jemandem anvertraut, einer dementen alten Frau, die sich leider nicht mehr genau erinnern kann, er wollte auch mit mir sprechen, er hat Zeichen hinterlassen, doch niemand hat es verstanden.«

»Haben Sie eine Idee, was es gewesen sein könnte?«

Clara sah den Arzt dankbar an. Wenigstens verwarf er ihren Ansatz nicht von vornherein, so wie Gruber es getan hatte. »Ich habe keine Ahnung«, gestand sie schließlich. »Doch ich bin überzeugt, dass sich hinter dem Mord etwas verbirgt, von dem wir bisher keine Ahnung haben. Der Junge will uns auf etwas hinweisen, kann es aber aus irgendeinem Grund nur verschlüsselt tun. Ich glaube, er weiß etwas, was er uns nicht direkt sagen kann. Deswegen bin ich heute hergekommen. Vielleicht redet er jetzt endlich mit mir.«

Dr. Faller schwieg, und sein Blick ruhte nachdenklich auf Clara. »Wieso verbeißen Sie sich so in diese Angelegenheit? Ist das nicht eigentlich Sache der Polizei?«

Clara schnaubte frustriert. »Die Polizei interessiert das nicht. Sie haben ja den Täter.«

Der Arzt nickte und stand dann abrupt auf. Offenbar hatte er einen Entschluss gefasst. »Wenn Sie mir versprechen, dass Sie Stefan nicht einfach so mit Ihren Fragen überfallen, sondern ganz behutsam vorgehen, können Sie kurz mit ihm sprechen. Aber nur in meinem Beisein.«

»Einverstanden!« Clara stand ebenfalls auf. »Ich werde nur Dinge fragen, die Sie mir erlauben.«

Dr. Faller hob ironisch die Augenbrauen. »Ach, tatsächlich?«

Sie gingen den Flur entlang, als ihnen eine junge Frau im Arztkittel entgegengelaufen kam. Sie wirkte ziemlich aufgewühlt, aus ihrem Haarknoten hatten sich Strähnen gelöst, und auf ihrem Hals und ihren Wangen leuchteten hektische rote Flecken.

»Dr. Faller!«, rief sie ihnen entgegen und blieb dann schwer atmend stehen.

»Dr. Ley? Was ist los?«, fragte der Arzt stirnrunzelnd.

»Er ... ist ...«, sie versuchte, zu Atem zu kommen. »Er ... ist ...«

»Wer? Wovon sprechen Sie?«

»Der Junge! Stefan Eibl! Er ...«

»Hat er sich etwas angetan?«, unterbrach Clara sie erschrocken.

»Nein. Er ist weg. Wir haben ihn schon überall gesucht! Ich war mit ihm unten im Therapieraum und habe nur einen Augenblick nicht aufgepasst ... Das Telefon hat geklingelt ...« Sie war den Tränen nahe.

Der Arzt sah sie wütend an. »So etwas darf nicht passieren!« Seine Stimme war schneidend.

Die junge Frau senkte geschlagen den Kopf, und Clara vermutete, dass ihre Karriere damit wohl fürs Erste beendet war.

Dr. Faller beachtete sie nicht weiter, sondern hastete schon den Flur entlang. »Er muss noch in der Klinik sein!«, rief er über die Schulter der jungen Ärztin zu, die sich jetzt ebenfalls wieder in Bewegung setzte und ihm hinterherlief.

»Sicher!«, keuchte sie und schloss auf. »Er kann ja nicht weit sein ...«

Clara folgte ihnen im gemessenen Abstand und versuchte, das Unbehagen zu ignorieren, das sich in ihr regte. Irgendetwas sagte ihr, dass die beiden Ärzte sich gewaltig täuschten und Stefan Eibl nicht mehr hier in der Klinik war.

NEUNZEHN

»Jemand, der so etwas tut, ist kein Mensch.«

Zeugenaussage Leichensache Wolfsberg
1. November 1998

Clara sollte recht behalten. Man fand Stefan Eibl trotz einer großangelegten Suchaktion nicht auf dem Klinikgelände. Wenn sie nicht selbst deswegen so beunruhigt gewesen wäre, hätte Clara fast Mitleid mit Dr. Ley und ihrem Chef gehabt, die beide vollkommen außer sich waren und überdies noch zutiefst peinlich berührt, weil Clara diese unsägliche Panne live miterlebt hatte. Dr. Faller bat sie, doch bitte auf eine Information an die Presse zu verzichten, und Clara, die die Schlagzeile schon vor sich sah – *Ritual-Killer aus Klinik geflohen! Hatte seine Anwältin die Finger im Spiel?* –, versicherte ihm, dass sie nicht das geringste Interesse hatte, mit jemandem von der Presse zu sprechen. Geheim halten würde sich die Sache allerdings nicht lassen. Es war eine Katastrophe, was hier passiert war, und Clara mochte sich Grubers Reaktion darauf gar nicht vorstellen. Als Dr. Faller zurück in sein Büro ging, um den Kommissar zu informieren, verließ Clara hastig die Klinik. Gruber mochte sie jetzt nicht unter die Augen treten.

Sie war übernächtigt und fror. Der Wind, der die letzten Blätter von den Bäumen fegte, war eiskalt. Der ganze Tag war im grauen Dunst verhüllt gewesen, und jetzt hatte sich der Nebel fast bis auf die Straße gesenkt. Die Straßenlaternen drangen kaum durch das diffuse Grau, und die Lichter der Autos schoben lange Lichtkegel durch die feuchte Luft vor sich her.

Clara hatte das Gefühl, dass der Nebel um sie herum ihre eigene Situation widerspiegelte. Sie tastete sich wie blind vorwärts und kam doch keinen Schritt weiter. Hatte sie gestern Nacht noch den Eindruck gehabt, endlich auf etwas Wichtiges gestoßen zu sein, hatte sich mit Solos Verschwinden schon wieder eine Wand vor ihr aufgetan. Sollte sie sich jetzt auf ihr Sofa setzen und warten, bis die Polizei den Jungen fand? Die ganze Geschichte war von vornherein so schwer zu fassen, so vage und merkwürdig gewesen, und jetzt kam es ihr vor, als liefe sie schon die ganze Zeit irgendwelchen Schatten hinterher, die sie nicht greifen, geschweige denn festhalten konnte. Zeichen und Rituale, wirre Aussagen und das unbestimmte Gefühl einer Bedrohung, das über allem lag.

Clara rauchte eine Zigarette, während sie auf die Trambahn wartete, und musste husten. Ihre Bronchien schmerzten. Womöglich kündigte sich zu allem Übel auch noch eine Erkältung an. Nach kurzem Zögern zog sie ihr Handy aus der Tasche, um Mick anzurufen. Sie hatte keine Ahnung, was sie sagen sollte, aber sie wollte seine Stimme hören. Hören, dass er noch da war. Sie vermisste ihn. Mehr, als sie zugeben wollte.

Mick meldete sich nicht. Wahrscheinlich war er im Pub und hörte das Klingeln nicht. Sie schickte ihm eine SMS, kündigte an, am Abend ins Murphy's zu kommen, und schob das Telefon wieder in die Jackentasche. Sie würde mit ihm reden. Offen und mit hochgeklapptem Visier. Ihr Gespräch mit Dr. Faller hatte ihr schmerzhaft bewusst gemacht, dass sie noch immer davonlief, und im Grunde hatte sie keine Ahnung, wovor eigentlich. Es war an der Zeit, endlich einmal stehen zu bleiben.

Als die Trambahn schließlich kam, war Clara so durchgefroren, dass sie ihre Fingerspitzen kaum noch fühlte. Wo Stefan Eibl jetzt wohl sein mochte? Hatte er Freunde, bei denen er unterschlüpfen konnte? Was hatte er jetzt vor? Ungefragt schob sich wieder das Bild jener Nacht vor ihre Augen, als Gruber sie hatte holen lassen, und ihr Magen zog sich angstvoll zusammen Das Blut war ihr am stärksten in Erinnerung geblieben. Überall Blut. Er hatte ihm den Kopf abgeschlagen. Seinem eigenen Bruder. Clara konnte es noch immer nicht begreifen. Und jetzt, während sie durch die zunehmende Dunkelheit fuhr, kam ihr ein neuer, beängstigender Gedanke: Würde er es wieder tun? War er unterwegs, um erneut zu morden?

Elise hatte keine Lust auf den Nebel. Missmutig trabte sie hinter Clara her, die sich zu Fuß auf den Weg zu Mick gemacht hatte. Die Isar floss schwerfällig in der Dunkelheit dahin. Elise schob ihre Schnauze ein paarmal lustlos durch das Kastanienlaub am Boden und schaute Clara vorwurfsvoll an. »Lass uns heimgehen!«, bedeutete der Blick, doch Clara schüttelte den Kopf und schlug den Mantelkragen nach oben: »Sei doch kein solches Weichei.« Sie marschierte ungerührt weiter, überquerte die Reichenbachbrücke und ging in Richtung Sendlinger Tor. Elises Schritt wurde immer langsamer. Sie hielt den Kopf gesenkt und versteckte sich hinter Clara vor dem Wind, der um die Hausecken und in die schmalen Straßen pfiff. Der Platz vor dem alten Stadttor war wie ausgestorben. Niemand mochte sich bei dem ungemütlichen Wetter lange draußen aufhalten. Auch Elise befand, dass sie jetzt wirklich genug frische Luft geschnappt hatten, und steuerte energisch die U-Bahn-Station an. Clara folgte ihr. »Also gut. Dann fahren wir eben noch die zwei Stationen bis zum Murphy's.« Sie ging mit Elise, deren Hinterteil freudig wackelte, die Treppe zur U-Bahn hinunter.

Wie üblich saß eine Gruppe Jugendlicher in der Zwischenetage. Sie tranken Bier und ließen eine Flasche Schnaps herumgehen. Ein großer weizengelber Hund schlief zwischen ihnen auf dem nackten Boden. Clara betrachtete sie flüchtig im Vorbeigehen. Plötzlich fiel ihr Blick auf eines der Mädchen, das eng an den Hund geschmiegt dasaß und einen bedrückten Eindruck machte. Sie hatte pinkfarbene Haare, gepiercte Augenbrauen und trug grüne Springerstiefel. Clara erkannte sie sofort. Es war Luzie, das Mädchen, das sie in der Jugendpension angesprochen hatte. Clara ging auf sie zu. »Hi«, sagte sie, »kennst du mich noch?«

Das Mädchen fuhr herum. »Oh.« Ihr Blick wurde misstrauisch. Doch dann nickte sie langsam. »Sie sind die Anwältin von Solo ...«

»Du hast ja doch einen Hund?«, fragte Clara und deutete auf den struppigen Mischling, der seinen Kopf auf das Knie des Mädchens gebettet hatte.

»Nein. Das ist nicht meiner. Gehört 'ner Freundin.« Luzie legte beschützend eine Hand auf den Kopf des Hundes.

»Der ist hübsch. Wie heißt er denn?«

»Cuchulainn.«

»Cuchulainn?« Clara hob überrascht die Augenbrauen. »Das ist aber ein ungewöhnlicher Name für einen Hund.«

»Find ich auch. Das ist irisch oder so.«

»Ja, das ist gälisch. Cuchulainn war ein berühmter irischer Sagenheld«, sagte Clara und spürte, wie sie aufgeregt wurde. Schon wieder keltische Mythen. Das war doch kein Zufall? Das konnte kein Zufall sein.

»Kann schon sein. Dana war auf so ’nem Keltentrip.«

»Keltentrip?«

»Na, fand eben alles geil, was irgendwie mit Kelten zu tun hatte.«

»Wo ist sie denn jetzt?«

Luzie zögerte. »Haben Sie vielleicht ’ne Kippe für mich?«

Clara gab ihr eine Zigarette und Feuer und zündete sich selbst auch eine an. Sie musterte das Mädchen nachdenklich.

Luzie wirkte unsicher, warf ihren Freunden, die weiter die Schnapsflasche herumgehen ließen, skeptische Blicke zu und zog dann ein paarmal heftig an ihrer Zigarette. »Sie ist weg«, sagte sie plötzlich.

»Wie, weg?«

»Weg halt.«

»Du meinst, sie ist weggezogen? Und hat den Hund hiergelassen?«

»Nein! Das hätte sie nie gemacht. Sie war plötzlich einfach weg.«

Clara schien es, als kämpfe Luzie mit den Tränen. »Du meinst, sie ist einfach verschwunden?«

»Ja.« Das Mädchen sprang auf. »Könnten wir mal ein bisschen spazieren gehen? Ich meine, mit den Hunden?« Sie deutete auf Elise und Cuchulainn, der sich ebenfalls erhoben hatte und treu ergeben zu dem Mädchen aufsah.

»Gerne.« Clara nickte.

»He, Luzie! Wo willst’n hin?«, rief einer aus der Gruppe ihr nach, als sie in Richtung Rolltreppe gingen. Er war mindestens zehn, fünfzehn Jahre älter als das Mädchen, zumindest sah er so aus, und hatte die ungesunde, fahle Haut eines Drogenabhängigen, entzündete Mundwinkel und Augen. Die Kleidung hing an seinem dürren Körper wie an einer Vogelscheuche, und ihm fehlten mehrere Zähne.

»Geht dich einen Scheiß an!«, rief Luzie über die Schulter zurück, ohne sich umzudrehen.

»Willst du dich bei der Tussi ausheulen?« Der Dürre kicherte und äffte sie mit einem übertrieben hohen, hysterischen Ton nach. »Meine beste Freundin haben die Geister geholt …«

»Halt's Maul, Lücke!«, schrie Luzie und drehte sich mit einer aggressiven Geste um.

Clara hielt sie zurück. »Lass ihn.«

»Was hat der Typ denn gemeint?«, fragte Clara, als sie die Sendlinger Straße entlanggingen. »Was meinte er mit Geistern?«

»Lücke? Das ist ein Wichser.« Luzie ging mit hochgezogenen Schultern neben Clara her und vergrub die Hände in ihrer dünnen Sweatshirtjacke. Sie zitterte vor Kälte.

Clara blieb vor einem Coffeeshop stehen. »Sollen wir da reingehen? Ich könnte jetzt was Warmes gebrauchen.«

Das Mädchen zögerte.

»Ich lade dich ein«, sagte Clara.

»Okay.«

Das Café war stylisch eingerichtet, schummrig und fast leer. Entlang der großen Fenster saßen vereinzelt ein paar Gäste an hohen Bartischen, jeder mit einem Laptop und einem Becher Milchkaffee vor sich. Sie saßen allein, den Blick schweigend auf ihre bläulich leuchtenden Bildschirme gerichtet. Aus unsichtbaren Lautsprechern erklang leise Musik, die ebenso durchgestylt war wie die Einrichtung, ansonsten herrschte Stille. Keine Unterhaltung, kein Lachen, überhaupt keine Geräusche. Clara ging mit dem Mädchen in den hinteren Teil des Lokals, wo tiefe Sessel um niedrige Couchtische herumstanden und den Eindruck vermittelten, als befände man sich in der Wartelounge für einen Flug der Enterprise. Clara ließ sich voller Abscheu in einen der olivgrünen Schaumstoffsessel sinken. Doch hier war es immer noch besser als im vorderen Teil des Lokals, wo man nur nebeneinandersitzen und auf die Straße starren konnte.

»Ganz schön spacig hier!«, sagte Luzie gedehnt und ließ sich ebenfalls in einen der Sessel fallen. Mit ihren Springerstiefeln, der schmutzigen Jeans und der billigen Jacke wirkte sie so fehl am Platz, dass es fast schon wieder komisch war.

Clara nickte. »So kann man es auch nennen.« Sie warf einen amüsierten Blick auf die beiden Hunde, die sich einträchtig auf dem Boden niedergelassen hatten und mit ihrer stattlichen Größe den mit Lichtpunkten durchsetzten Durchgang zur Theke versperrten.

»Egal.« Das Mädchen lächelte scheu.

Clara lächelte zurück. »Es ist wenigstens warm hier, und wir bekommen was zu essen und zu trinken.«

Sie bestellten Bagels und Kaffee; Luzie verschlang ihren Bagel mit zwei Bissen, weshalb Clara ihr noch einen bestellte. Nachdenklich betrachtete sie das blasse, reizlose Gesicht des Mädchens. Sie war vielleicht sechzehn. Clara wollte sie fragen, woher sie kam, wo sie schlief, warum sie sich mit solchen kaputten Typen wie diesem Lücke herumtrieb und wann sie das letzte Mal etwas Ordentliches gegessen hatte. Doch sie verkniff sich all diese Fragen. Stattdessen sagte sie: »Du heißt Luzie, nicht wahr? Ich bin Clara.«

»Ich weiß. Ich hab Ihre Visitenkarte aufgehoben.« Luzie biss herzhaft in den zweiten Bagel.

»Warum? Wolltest du mit mir sprechen?«

»Irgendwie schon. Wegen Solo und eben meiner Freundin Dana.«

»Die, die verschwunden ist?«

»Ja. Sie waren ziemlich verliebt.«

»Ach!« Clara hob überrascht die Augenbrauen. »Du kanntest ihn?«

»Alle kennen Solo. Er ist der geilste Sprayer der Stadt.«

»Dann wusstest du also auch, dass der Salamander auf der Fassade der Jugendpension von ihm ist?«

»Klar.«

»Warum hast du das nicht gleich gesagt, als ich danach gefragt habe?«

Luzie schwieg einen Augenblick. Sie schien zu überlegen, wie viel sie Clara anvertrauen konnte. »Ich traue Charlie nicht«, sagte sie schließlich.

»Charlie Rohleder von der Jugendpension? Warum?«, fragte Clara erstaunt. »Er setzt sich doch sehr für euch ein, oder?«

»Das ist nur Show. Er ist ein Arsch.« Luzie trank von ihrem halben Liter Milchkaffee mit Karamellgeschmack. »Er erpresst die Kids, die in der Pension übernachten, informiert die Polizei oder die Eltern, obwohl er verspricht, es nicht zu tun. Es gefällt ihm, seine Macht auszunutzen. Solo hatte auch Zoff mit ihm. Wegen des Salamanders. Deshalb ist er auch weg.«

»Moment!« Clara beugte sich vor. »Du meinst, Charlie Rohleder wusste, dass es Solo war, der dieses Graffiti an die Hausmauer gesprüht hat?«

»Ja, er hat einen Riesenaufstand deswegen gemacht. Solo hat nach dem Streit alles hingeschmissen und gesagt, er könne ihn mal.«

»Manche Leute mögen es eben nicht, wenn man ihnen die Fassade vollschmiert.«

»Aber es war ja gar nicht *seine* Fassade. Das Haus gehört doch der Stadt.«

Clara dachte nach. Ihr kam es nicht so abwegig vor, dass sich der Betreuer darüber aufregte, wenn sein Schützling die Hausfassade mit Graffitis verzierte. Was sie allerdings merkwürdig fand, war, dass Charlie Rohleder es ihr gegenüber nicht erwähnt hatte. »Wann war das denn?«

»Am 8. Oktober.« Die Antwort kam wie aus der Pistole geschossen.

»So genau weißt du das?«, wunderte sich Clara.

»Ja. Weil ...« Luzie verstummte und stippte mit den Fingern Sesamkörner von ihrem leer geputzten Teller. »Wegen Dana.«

»Was ist denn da passiert?«

Luzie hob vorsichtig den Kopf. »Es ist vielleicht total verrückt. Lücke und die anderen lachen mich deswegen auch dauernd aus ...«

»Auf deren Meinung würde ich nicht unbedingt was geben!« Clara zog eine Grimasse.

Luzie sah sie dankbar an. »Ja ... also ... ich bin selber erst so richtig draufgekommen, als Dana verschwunden ist und Solo Streit mit Charlie hatte. Das war an dem 8. Oktober. Da ist mir der Zusammenhang klar geworden.«

»Welcher Zusammenhang?«

Luzie biss sich auf die Lippen. »Vielleicht ist es ja wirklich nur Mist, was ich mir da ausgedacht hab, ich denk mir manchmal so komische Sachen aus ...«

»Erzähl doch einfach!«

»Dana ist in der Nacht vom 7. auf den 8. Oktober verschwunden. Sie hat öfter in der Jugendpension übernachtet, wenn sie nirgendwo anders unterkam, und an dem Abend wollte sie auch hin. Am nächsten Tag war ich dort, um sie zu treffen, wir hatten uns verabredet, aber Charlie meinte, sie wäre in der Nacht gar nicht da gewesen. Doch ich habe

Cuchulainn in der Nähe der Pension gefunden. Er ist dort rumgestreunt. Und am nächsten Tag hat Solo das Bild da hingesprayt.«

»Du meinst, das Bild hat etwas mit Danas Verschwinden zu tun?«

»Ich wusste, dass Sie mir nicht glauben!« Luzie schüttelte den Kopf, und ihre rosa Strähnen fielen ihr ins Gesicht.

Clara beschwichtigte. »Nein. Ich glaube dir. Ich will es nur besser verstehen. Wie kommst du denn darauf, dass das zusammenhängen könnte?«

»Weil mir eingefallen ist, dass Solo auch noch woanders solche Zeichen hinterlassen hat, und auch da sind welche verschwunden.«

»Was soll das heißen: noch welche verschwunden? Was meinst du damit?«

»Na, verschwunden eben.«

»Du meinst, es sind noch andere Menschen verschwunden?«

»Ja. Sag ich doch!«

»Wer denn?«

»Es ist schon länger her, irgendwann im Sommer, da ist Bone verschwunden. Er hieß eigentlich Kevin, war ein Kumpel von Lücke, ziemlich fertig, voll auf Droge. Alle haben gedacht, er hat sich mit einer Überdosis ins Nirwana gekickt. Aber irgendwann hätte man ihn doch finden müssen, oder?«

»Eigentlich schon ...« Clara konnte sich überhaupt nicht vorstellen, wie es möglich war, dass in München Menschen verschwanden, ohne dass es jemandem auffiel.

»Ja, ich hab nicht weiter drüber nachgedacht, ich kannte Bone nicht so gut ... Aber dann war Emil auch plötzlich weg ...« Luzie biss auf einem ihrer Fingernägel herum. Sie waren ehemals schwarz lackiert gewesen, und jetzt blätterte die Farbe ab.

»Wer ist Emil?«

»So 'n Verrückter. Er ist immer mit einem alten, klapprigen Rad rumgefahren mit Weihnachtsbeleuchtung und Plastikblumen und so 'nem Kram und hatte ein Radio vorn auf dem Lenker montiert. Wir kannten ihn vom Park. Er ist irre, aber ganz nett. Hat uns Zigaretten geschenkt und manchmal ein Bier mitgetrunken. Ich glaub, er ist Pole oder so was. Plötzlich war er verschwunden, und sein Rad lag verbeult im Park.«

»Welchen Park meinst du?«

»Den Nussbaumpark hier am Sendlinger Tor.« Luzie deutete hinter sich.

Clara nickte nachdenklich. Sie wusste, von wem Luzie sprach. Der Mann war so etwas wie ein bunter Hund in der Gegend. Voll bepackt mit Plastiktüten schob er immer sein blinkendes Rad vor sich her, brabbelte in einer unverständlichen Sprache und beschimpfte hin und wieder Passanten. Sie versuchte sich vergeblich zu erinnern, wann sie ihn zum letzten Mal gesehen hatte. Es konnten Wochen sein oder aber auch Monate. Menschen wie Emil fielen nicht auf, wenn sie nicht mehr da waren. Eines Tages kamen sie nicht mehr, und man vergaß sie einfach, ohne überhaupt darüber nachzudenken.

»Und dann war da noch Mirko ...« Luzie riss Clara aus ihren Gedanken.

»Noch einer?«

»Ja.« Luzie nickte traurig. »Das war so 'n Kleiner. Der war erst zwölf oder dreizehn. Kam aus Rumänien. Ein Zigeuner.«

»Sinti«, verbesserte Clara automatisch.

»Er hat aber selbst gesagt, er ist Zigeuner. Konnte kaum Deutsch. Der ist von so 'ner Bettlerbande abgehauen, wie sie immer hier in die Fußgängerzone geschickt werden. Die hingen auch manchmal bei uns im Park rum.«

»Vielleicht ist er wieder zu denen zurück? Und schon längst wieder in Rumänien?«, mutmaßte Clara. Es war schon schlimm genug, dass Zwölfjährige zum Betteln abgerichtet wurden, dass sie einfach verschwanden, wollte sie sich nicht vorstellen.

Luzie schüttelte den Kopf. »Sicher nicht. Die haben ihn ja selbst überall gesucht. Als sie abhauen mussten, weil die Polizei sie vertrieben hat, hat uns einer eine Handynummer dagelassen. Dort sollten wir anrufen, wenn er wieder auftaucht.«

Clara schwieg. Das klang alles ungeheuerlich. Sie konnte sich nicht vorstellen, dass so etwas möglich war. Nicht hier. Nicht in München. Menschen verschwanden hier nicht einfach von der Bildfläche. Das war einfach nicht denkbar.

»Und dann war Dana auch weg«, sagte Luzie, und jetzt standen ihr Tränen in den Augen.

»Das muss ja noch nichts heißen …« Clara räusperte sich. »Und wo hat Solo seine Zeichen hinterlassen?«

»Ich kann Ihnen die Stellen zeigen, wenn Sie möchten. Zwei davon sind gleich hier um die Ecke.«

Clara zögerte. Es war zwanzig nach sieben. Sie versuchte noch einmal, Mick auf dem Handy zu erreichen, doch es meldete sich nur die Mailbox.

Luzie war schon aufgestanden und sah sie erwartungsvoll an.

»Dauert es lange?«, fragte Clara.

»Nee, höchstens zehn Minuten.« Der Blick des Mädchens war bittend. Offenbar war es ihr wichtig, jemandem ihre Entdeckung zeigen zu können und endlich ernst genommen zu werden.

»Also gut.« Zehn Minuten hin oder her würden wohl kein Problem sein. Clara ging zur Theke, um zu bezahlen, dann folgte sie mit Elise dem Mädchen und ihrem struppigen Hund nach draußen.

Luzie ging über den Sendlinger-Tor-Platz zu der Grünanlage, die direkt gegenüberlag. Der Park hatte einen üblen Ruf. Er war ein Treffpunkt für Drogensüchtige und Obdachlose, und immer wieder kam es dort zu Schlägereien und auch Schlimmerem. Vor einiger Zeit war im Park eine junge Frau vergewaltigt worden, ohne dass irgendjemand etwas bemerkt haben wollte, und eine Bande Jugendlicher hatte einen älteren Mann ausgeraubt und dabei halb totgeschlagen. Clara war hier schon hunderte Male vorbeigekommen, doch durch den Park war sie noch nie gegangen. Jetzt, im Dunkeln fand sie die Vorstellung nicht besonders verlockend und war froh, Elise bei sich zu haben.

Luzie ging mit Cuchulainn voraus und verschwand zwischen den kahlen Bäumen. Clara folgte ihr. Es war überraschend still, obwohl nur wenige Meter entfernt die Lindwurmstraße und der Altstadtring vorbeiführten. Die Bäume dämpften den Autolärm, und er wurde zu einem gleichmäßigen Rauschen, das zunehmend an Bedeutung verlor, je weiter sie in den Park eindrangen. Clara fühlte sich beklommen. Aus den Augenwinkeln meinte sie, einige dunkle Gestalten zu erkennen, die auf einer Parkbank hockten und sie schweigend beobachteten. Zwischen den Bäumen heraus drangen Geräusche zu ihr, die sie nicht zuordnen konnte, Schritte, leises Murmeln, und von irgendwoher erklang ein heiseres Lachen, das in gequältes Husten überging.

Elises Nackenhaare sträubten sich, und Clara fasste beruhigend nach ihrem Halsband. Luzie war nicht mehr als ein heller Schatten vor ihr. Clara beeilte sich, um sie nicht zu verlieren. Auf einer kleinen Lichtung blieb das Mädchen endlich stehen und deutete auf einen blassgrauen Schemen in der Mitte, der sich hell gegen die dunkle Wand aus Bäumen abhob. Offenbar eine Statue oder ein Denkmal.

»Haben Sie Feuer?«, fragte Luzie.

Clara kramte ihr Feuerzeug aus der Hosentasche und reichte es ihr. Mit der kleinen Flamme vor sich umrundeten sie das Steinpodest und blieben auf der Rückseite des Denkmals stehen. Luzie hatte recht gehabt: Dort wand sich, im flackernden Licht fast lebendig wirkend, ein schwarzer Salamander auf dem sandfarbenen Stein. Er sah genauso aus wie die beiden anderen am Murphy's und an der Jugendpension.

Luzie deutete daneben auf den Boden. »Genau hier lag Emils Rad. Der Vorderreifen war verbogen, und die Klingel war abgerissen.«

»Er wird gestürzt sein«, überlegte Clara. Sie sah sich um. Die Bäume waren nichts als tiefe schwarze Schatten hinter der kleinen Flamme des Feuerzeugs. Zwischen den Ästen konnte man die Lichter in den Fenstern der an den Park angrenzenden Häuser erkennen. Sie schienen so weit weg von diesem Ort wie der Mond.

»Ich denke, jemand hat ihn bis hierher verfolgt.« Luzie hatte ihre Stimme zu einem Flüstern gesenkt. »Er war nicht besonders schnell auf seinem Rad, meistens hat er es nur geschoben ... und dann ist er gestürzt, oder jemand hat ihn vom Rad gerissen ...«

»Und danach hat ihn wirklich niemand mehr gesehen?«, fragte Clara immer noch etwas ungläubig.

»Nein. Ganz sicher nicht.«

»Wart ihr bei der Polizei?«

Ein verächtliches Schnauben antwortete ihr, und Clara kam sich dumm vor. Natürlich war niemand von ihnen bei der Polizei gewesen. »Was ist mit dem Rad passiert?«, fragte sie stattdessen weiter.

»Das war einen Tag später auch weg. Das hat sich sicher irgendjemand unter den Nagel gerissen.«

»Und die zweite Stelle?«, fragte Clara schließlich. »Ist sie weit von hier?«

»Kommen Sie mit.«

Luzie lief schon weiter. Sie verließen den Park am anderen Ende und folgten einer stillen Straße mit Wohnhäusern. Dann bog Luzie rechts in die Schillerstraße ein, die zum Hauptbahnhof führte, blieb jedoch nicht auf der Straße, sondern ging nach wenigen Schritten in eine Hofeinfahrt und führte Clara in ein Gewirr aus dunklen Hinterhöfen. Nach kurzer Zeit hatte Clara die Orientierung verloren. Vor einem schäbigen Haus mit grauer Fassade blieben sie stehen.

»Hier hat Mirko oft geschlafen«, sagte Luzie und deutete auf einen niedrigen, fensterlosen Anbau aus nacktem Beton. Mehrere Mülltonnen standen davor, und als sie darauf zugingen, sprang lautlos eine Katze über die Tonnen auf das Dach.

Elise erzitterte vor Aufregung, und Clara strich ihr beruhigend über den Kopf und öffnete dann vorsichtig die Tür des Anbaus. Muffige Schwärze empfing sie. Sie ging hinein, und Luzie folgte ihr. Mit einem leisen Schnappen ließ sie Claras Feuerzeug aufflammen, das sie immer noch bei sich hatte.

Clara wich zurück: Direkt vor ihr an der Wand prangte der schwarze Salamander. Er war fast doppelt so groß wie das Exemplar im Park, doch er hatte die gleiche Form und dieselben roten Augen. Am Boden darunter lagen ein paar niedergedrückte Kartons, eine karierte Wolldecke und eine leere Schachtel Kekse. Mehrere Kerzenstummel klebten am Boden, und jemand hatte aus dem heruntergetropften Wachs Kügelchen geformt und sie zu kleinen Figuren zusammengefügt, die wie Zinnsoldaten aufgereiht an der Wand standen.

»D… das … ist …« Clara geriet ins Stottern. Es war kein Zufall. Nichts von dem, was sie bisher gesehen hatte, war ein Zufall. Clara spürte, wie eine leichte Übelkeit in ihr hochstieg. Niemand sprühte *zufällig* in einem finsteren Schuppen irgendwo in einem x-beliebigen Hinterhof einen Salamander an die Wand – zufällig den gleichen Salamander wie im Park und an der Jugendpension. Orte, an denen laut Luzie Menschen verschwunden waren.

Clara fiel Lilly Groman ein, wie sie an diesem kalten regnerischen Herbsttag bei ihr in der Kanzlei gestanden hatte. *Menschen verschwinden*, hatte auch sie gesagt. Und sie hatte ergänzt: *Sie werden getötet … auf grausame Weise …*

Clara streckte den Arm aus, um sich am Türrahmen abzustützen, und schloss für einen Moment die Augen. Sie hatte es nicht sehen wollen. Hatte es nicht glauben wollen. Obwohl nicht nur Lilly Groman es gesagt hatte, sondern sogar Solo selbst. Er selbst hatte sie darauf hingewiesen. Claras Mund wurde trocken, als sie wieder an Solo in jener Nacht am Monopteros dachte, an seine starren Augen, das blutverschmierte Gesicht, den Kopf seines Bruders in den Armen. Er war verrückt. Er musste komplett verrückt sein. Warum hatte sie das nicht sehen wollen? Und jetzt war er auf der Flucht, lief irgendwo durch die Stadt …

»Er war so ein Stiller«, sagte Luzie plötzlich.

»Was?« Clara zuckte zusammen. »Wer?«

»Mirko. Er war ein total verschreckter, kleiner Kerl. Hat niemandem vertraut. Blieb immer für sich.«

»Wie alt, schätzt du noch mal, ist er gewesen?«, fragte Clara, und ihr wurde beklommen bewusst, dass sie, genau wie Luzie auch, von dem Jungen in der Vergangenheit gesprochen hatte.

»Zwölf oder dreizehn. Diese Bettelkids sind nie älter, damit man ihnen nichts anhängen kann.«

»Weißt du seinen vollen Namen?«

»Nein, keine Ahnung. Ich weiß nicht einmal, ob er wirklich Mirko hieß.«

Luzie fluchte, als das heiße Feuerzeug ihren Finger verbrannte, und ließ es ausgehen. Zusammen mit den Hunden verließen sie den Schuppen und gingen den verschachtelten Weg zurück. Als sie wieder auf die Straße traten und in der Ferne das vertraute Bahnhofsgebäude und die bunten Lichter der Kaufhäuser und Geschäfte sichtbar wurden, war es Clara so, als sei sie von einem Tauchgang in dunklen Gewässern wieder zurück an die Oberfläche gelangt. Oder durch einen schwarzen Spiegel aus einer verzerrten Nebenwelt in die normale Welt zurückgekehrt.

Clara hatte sich immer eingebildet, nicht oberflächlich zu sein, Bescheid zu wissen über die Schattenseiten des Lebens. Man informierte sich schließlich, engagierte sich bisweilen sogar, spendete und war natürlich betroffen über all das Böse und Schlechte in der Welt. Doch im Grunde hatte man keine Ahnung, wusste nichts davon, dass es mitten in der Stadt, in der man lebte, Schuppen gab, in denen sich Zwölfjährige versteckten, mit nichts als einer alten Wolldecke, einer Schachtel Kekse und ein paar Kerzenstummeln.

Clara steckte sich eine Zigarette in den Mund, und Luzie gab ihr das Feuerzeug zurück. Schweigend rauchte Clara ein paar Züge, bis sie das Gefühl hatte, wieder mit beiden Beinen fest auf der Erde zu stehen.

»Du solltest nicht hier sein«, sagte sie dann, während Luzie ebenfalls eine Zigarette aus der dargebotenen Schachtel fingerte. »Du solltest zu Hause bei deinen Eltern sein, in die Schule gehen, nette Freundinnen und einen Freund haben und nicht mit Junkies in der U-Bahn rumhocken und Schnaps saufen. Du solltest dich nicht in diesem miesen Park rumtreiben, und du solltest, verdammt noch mal, nicht solche Hinterhöfe kennen!« Claras Stimme war laut geworden, und sie hörte selbst das Zittern darin.

Luzie antwortete nicht. Sie zog an ihrer Zigarette, und Clara konnte ihr Profil sehen, das bei genauem Hinschauen noch so schmerzhaft viel Kindliches an sich hatte. »Das passt schon!«, sagte sie schließlich, und es lag so viel krampfhaft bemühte Schnoddrigkeit in dieser absurden Entgegnung, dass Clara versucht war, das Mädchen zu schütteln.

»Verdammte Scheiße! Nichts passt!«, schrie sie Luzie an.

»Jetzt chillen Sie mal wieder!«, sagte Luzie gedehnt. »Alles halb so wild. Ich pack das schon. Wenn es Sie beruhigt: Ich hab ein Zuhause. Es passt bloß gerade nicht so mit meinen Eltern ... Aber irgendwann mach ich die Schule fertig, und dann krieg ich einen tollen Job und werde eine Wohnung haben, mit Balkon und ganz vielen Blumen ...«

Clara konnte nicht fassen, dass das Mädchen versuchte, sie zu trösten. Oder tröstete es nur sich selbst?

»Wo ist das denn, dein Zuhause? Wo sind deine Eltern?«

»Na hier!« Luzie breitete ihre Arme aus und drehte sich um sich selbst wie eine Tänzerin. »Hier in dieser schönen, bunten Stadt!«

»Sie wohnen hier?« Clara starrte sie verdutzt an. »Ich dachte, du bist von zu Hause abgehauen ...«

Luzie lachte bitter. »Brauch ich gar nicht. Die merken eh nicht, ob ich da bin oder nicht. Die sind beschäftigt mit Geldverdienen und Angesagt-Bleiben ...« Zu dem letzten Wort schrieb sie mit einer verächtlichen Geste Gänsefüßchen in die Luft.

Clara schwieg betroffen.

»Sie haben eine Werbeagentur am Viktualienmarkt. Vierter Stock. Gellhorn.«

»Die Agentur kenne ich«, sagte Clara langsam. Gellhorn & Gellhorn waren ziemlich bekannt. Sie hatten in der Vergangenheit einige aufsehenerregende Werbekampagnen für junge, hippe Firmen gestartet und für solche, die zwar weder jung noch hipp waren, aber so rüberkommen wollten, wie beispielsweise eine bekannte Krankenversicherung und eine Münchner Bank.

»Das sind deine Eltern?«

»Hm.«

»Warum kümmern sie sich nicht um dich?«

»Keine Ahnung.« Luzie zuckte vage mit den Schultern. »Ich bin vor einem Jahr von der Schule geflogen, da wollten sie mich in ein Internat stecken. Ich bin ein paarmal abgehauen und hab ein bisschen Scheiße gebaut, und irgendwann haben sie aufgegeben. Ist ihnen wohl zu anstrengend mit mir.« Luzie schnippte die Zigarette auf die Straße. »Is doch cool. Jetzt kann ich tun, was ich will.«

»Und deine Freundin? Dana?«, wollte Clara wissen. »Ist sie auch aus München?«

»Nee. Die kommt aus einem Dorf. Irgend so ein Kaff, im Allgäu. Ich kenne ihren richtigen Namen auch gar nicht.«

»Was glaubst du, ist mit ihnen passiert?«, fragte Clara nach einer Weile, fast gegen ihren Willen. »Mit Dana, Bone, Emil und Mirko?«

Das Mädchen zögerte und schob seine Hände in die Taschen seiner Sweatshirtjacke. »Ich denke, die sind alle tot.«

»Aber dann muss Solo irgendetwas damit zu tun haben.«

»Hm.«

»Zumindest weiß er etwas.« Clara überlegte. »Hast du mit ihm darüber gesprochen?«

Luzie schüttelte den Kopf.

»Warum nicht?«

Sie hob ihre mageren Schultern in einer unsicheren Geste. »Weiß nicht. Solo ist manchmal ein bisschen komisch drauf. Mit dem kann man nicht einfach so reden ...« Sie hob den Kopf und sah Clara direkt an. »Und außerdem, vielleicht war er es ja ...«

Clara seufzte. Ihr Blick fiel auf Cuchulainn, der sich neben Luzie auf das Pflaster gesetzt hatte und zu ihr hochsah.

Luzie streckte eine Hand aus und streichelte den Kopf des Hundes. »Ich muss jetzt gut auf Cuchulainn aufpassen.«

Clara lächelte traurig. »Ja, sieht so aus.« Sie sah auf die Uhr und erschrak. Es war halb neun. »Ich muss gehen. Kann ich dich irgendwo erreichen?«

Luzie schüttelte den Kopf. »Ich hab ja Ihre Karte.«

»Und du rufst auch an, wenn du ein Problem hast?« Clara sah sie eindringlich an.

Luzie grinste schief, doch ihre Augen waren traurig. »Was sollte ich schon für Probleme haben?«

»Du sprichst mit niemandem über diese Sache, versprochen? Und sag mir Bescheid, wenn du Solo irgendwo siehst!«

»Versprochen.« Luzie wurde ernst. »Warum tun Sie das eigentlich?«, fragte sie.

»Was denn?«

»Na, sich so kümmern. Ich meine, Anwälte sitzen doch

sonst eher in ihren feinen Büros rum, blättern in dicken Büchern und verdienen dickes Geld. Haben Sie denn keine Familie, um die Sie sich kümmern können?«

Clara starrte sie an.

Luzie wurde rot. »Entschuldigung«, stammelte sie, »ich wollte nicht unhöflich sein …«

Clara winkte ab und sah erschrocken einem Auto hinterher, das plötzlich mit quietschenden Reifen die schmale Straße entlangjagte, an der sie standen, und dann schlingernd um die Ecke bog. »Ich habe keine Ahnung«, sagte sie langsam. »Vielleicht ist das auch eine Art davonzulaufen …«

»Aber es ist gut«, widersprach Luzie. »Es ist gut, dass sich jemand kümmert.«

Clara nickte abwesend. »Wo ist denn eigentlich Bones Zeichen?«, fragte sie dann.

»Was?«

»Du hast mir die Stellen gezeigt, wo Emil und Mirko verschwunden sind. Danas Stelle kenne ich auch, aber wo ist Bone verschwunden?«

»Ach so. Am Bunker. Habe ich das noch nicht gesagt?«

»Am Bunker? Was ist das denn?« Clara glaubte, den Namen schon gehört zu haben, doch sie konnte sich nicht mehr erinnern, wo.

»Das ist so eine Art Club hinterm Ostbahnhof. Ein Scheißschuppen, da treiben sich üble Typen rum.«

»Noch übler als Lücke und seine Kumpel?«, fragte Clara spöttisch.

Luzie lächelte. »Ach, der ist doch harmlos. Ich meine, so richtig fiese Typen. Nazis und so was, Dark-Metal-Fans, Teufelsanbeter, da gibt's auch immer illegale Konzerte von verbotenen Bands. Bone stand auf die Art Musik: Blut und Tod und irgendwelche Rachegötter …«

»Oh.« Clara hob die Augenbrauen. Jetzt fiel ihr auch wieder ein, wo sie den Namen schon gehört hatte: in dem Polizeibericht aus Solos Vorstrafenakte. Er war dort bei einer Razzia mit Angel Dust erwischt worden.

»Solo war auch öfter dort?«

Luzie nickte. »Mit seinem Bruder. Frank war auch so einer von denen.«

»Was für einer?«, fragte Clara verwirrt darüber, dass plötzlich Frank Eibl ins Spiel kam.

Luzie wedelte vage mit der Hand. »Na, so einer von diesen Typen halt, die auf die Art von Musik stehen. Frank war fast jeden Abend dort. Hat 'ne Menge Leute da gekannt.«

Clara versuchte, die neue Information einzuordnen: Sie passte nicht so ganz in das Bild des ordentlichen, anständigen Bruders. Langsam begann sich dieses Bild zu verschieben. Sie musste an die Nachbarin der Eibls und ihren Kater denken, der angeblich von Frank misshandelt worden war.

»Und du?«

»Ich bin manchmal wegen Dana hingegangen. Die wollte immer wegen Solo hin. Also bin ich eben mit. Aber eigentlich ist das nichts für mich. Ich steh auf andere Sachen.«

»Auf was denn zum Beispiel?«

Luzie wurde rot. »Ach, alles Mögliche«, wehrte sie ab.

»Sag doch!«, drängte Clara lächelnd. »Ich werde sie sowieso nicht kennen.«

»Ich mag gern deutsche Musik. Gute Texte. So wie *Rosenstolz* und *Silbermond* ...«, Luzies Röte vertiefte sich, »... oder *Wir sind Helden* ...«

Clara staunte. »Die kenne ich auch«, sagte sie schließlich. »Finde ich gut.«

»Ja. Richtig geil.« Luzies Gesicht nahm wieder eine normale Farbe an. »Das dürfen Sie aber nicht Lücke erzählen. Der bekommt sonst einen Tobsuchtsanfall.«

Clara lächelte. »Niemals! Versprochen.«

Sie verabschiedeten sich, und Clara sah dem Mädchen nach, wie es in Richtung Innenstadt davonschlurfte, die Schultern hochgezogen und die Hände in den Jackentaschen. Der struppige Hund lief dicht neben ihr.

Hatte sie mit diesem Mädchen mit pinkfarbenen Haaren und durchlöcherten Augenbrauen tatsächlich über den möglichen Tod von vier Menschen geredet und dann, keine fünf Minuten später, über ihren Musikgeschmack? Clara überkam wieder ein Gefühl von Fremdheit und Unwirklichkeit, so als befände sie sich an einem unbekannten Ort, an dem sie noch nie zuvor gewesen war. Sie warf einen Blick auf die Uhr, und das schlechte Gewissen packte sie: neun. Zu spät, um mit Mick noch in Ruhe zu reden: Das Pub würde mittlerweile proppenvoll sein.

ZWANZIG

»Es war etwas Kaputtes an diesen Kindern. Etwas Zerstörtes.«

Zeugenaussage Leichensache Wolfsberg
1. November 1998

Als Clara an der Mailingerstraße aus der U-Bahn stieg und in die Blutenburgstraße einbog, hatte es leicht zu nieseln begonnen, und die Feuchtigkeit legte sich wie ein Schleier auf ihr Haar. Es war kurz vor halb zehn. Nach ein paar Schritten tauchte das Murphy's im diffusen Regendunkel auf der anderen Straßenseite auf, und Clara blieb neben einem der Bäume stehen, die den Gehweg säumten, und sah hinüber. Das herabfallende Laub hatte dicke, nasse Polster um die Stämme herum gebildet. Clara bohrte ihre Zehenspitzen in die feuchten Blätter und biss sich unschlüssig auf die Lippen. Die Scheiben des Pubs waren wie immer beschlagen, man konnte nur Schemen erkennen, und immer wenn jemand die Tür öffnete, drang zusätzlich zu dem Schwall warmer Luft der Lärm heraus wie eine dicke Woge, die sich über die Stufen auf den Bürgersteig ergoss. Lachen, Gespräche, Musik, alles verwoben zu einem Geräuschteppich, den sie mit geschlossenen Augen überall wiedererkannt hätte. Er war wie eine warme Decke, in die man sich einhüllen konnte, wenn einem kalt war, wenn man sich einsam fühlte und wenn man Trost brauchte.

Clara liebte das Gefühl, wenn sie auf den Barhocker kletterte, ihre Hände über das dunkle glänzende Holz des Tresens streichen ließ und sie Mick dabei beobachtete, wie er Bier zapfte, mit den Gästen sprach, nebenbei die Musik auswählte und ihr immer wieder einen kurzen Blick zuwarf. Sie liebte den Platz im Nebenraum, wo das Klavier stand und das alte, durchgesessene Sofa. Es schien unvorstellbar, dass es einmal eine Zeit geben könnte, in der sie das Murphy's betrat und Mick nicht mehr da war.

Claras Hand stützte sich haltsuchend an den Baum. Seine Rinde war hart und kalt. Sie schloss für einen Moment die Augen, wischte sich über das regenfeuchte Gesicht und ging über die Straße.

Solo fuhr sich mit der Hand durch die kurz geschnittenen Haare. Es fühlte sich komisch an. Aber die Dreads waren zu auffällig gewesen. Sicher suchten sie ihn schon überall. Er hatte die Polizeiautos gesehen, die vor der Klinik geparkt hatten. Aber so schnell würden sie ihn nicht finden. Er kannte sich aus in der Stadt, er wusste, wie man sich unsichtbar macht. Er war vorsichtig. Seine Finger tasteten nach den Scheinen in seiner Tasche, achtzig Euro, das war nicht viel, aber für die Fahrt würde es reichen. Er konnte es sich nicht leisten schwarzzufahren. Es wäre zu blöd, wenn sie ihn deswegen erwischten. Der Besuch bei der alten Frau war schon riskant genug gewesen. Und jetzt noch die Klamotten. Aber egal, es hatte geklappt. Er packte das Bündel Kleider, das er aus der Kiste der Sammelstelle des Roten Kreuzes geklaut hatte, und sprang über den Zaun am Güterbahnhof zu seinem Versteck. Dann kletterte er über den rostigen Schrott, den er vor die verbeulte Öffnung des alten Containers getürmt hatte, und schlüpfte hinein.

Es roch faulig. Irgendwo war Regen eingedrungen. Die Spraydosen lagen noch immer unberührt an der Stelle, wo er sie abgelegt hatte. Auch das Handy lag noch auf der schmalen Innenkante oben am Container. Er hatte es dort versteckt, nachdem er in jener Nacht die SMS von Frank bekommen hatte, mit der er ihn gebeten hatte, zum Monopteros zu kommen. Jetzt holte er es herunter und legte es behutsam neben sich. Das Handy war sein wertvollster Besitz. Seine Lebensversicherung, wenn man so wollte.

Er zog sich aus und schlüpfte in die geklauten Kleider: ein weißes Polohemd und ein spießiger brauner Baumwollpullover mit V-Ausschnitt, der nach Mottenkugeln roch. Die Hose passte ihm nicht, war viel zu groß, er musste seine Jeans anbehalten. Aber das war egal. Niemand erkannte einen an einer Jeans wieder. Ein Volltreffer war die Jacke. Eine dunkelgrüne Wachsjacke mit Cordkragen, noch fast perfekt in Schuss, so ein Teil, wie es Studenten oft trugen. Der Reißverschluss war kaputt und eine Tasche halb eingerissen, deshalb hatte man sie wohl weggeworfen. Er hielt seine Nase an den Ärmel: Die Jacke roch nach Pferdestall, wahrscheinlich hatte sie einem der hochnäsigen Typen gehört, die immer durch den Englischen Garten ritten. Auch die Schuhe, die er mitgenommen hatte, passten einigermaßen. Lederschuhe, schon ziemlich ausgelatscht, aber zweckdienlich und ohne Löcher in der Sohle.

Er legte seine eigenen Kleider und seine Turnschuhe sorgfältig auf einen Haufen in die Ecke und untersuchte den Rucksack, den er ebenfalls mitgenommen hatte. Es war ein alter Schulrucksack, er fand einen abgebrochenen Bleistift, einen verrunzelten Apfel und weiße Kopfhörer für einen iPod, allerdings ohne das dazugehörige Gerät. Dennoch war das eine gute Sache zur Tarnung. Er packte sein Handy und die Taschenlampe, die er für seine Sprayerstreifzüge hier deponiert gehabt hatte, in den Rucksack und steckte sich die Kopfhörer in die Ohren. Das lose Ende verstaute er in einer Innentasche seiner neuen Jacke. Dann kroch er aus seinem Versteck und kletterte schnell über den Zaun zurück auf die Straße.

Unter einer Straßenlaterne sah er an sich hinunter. Er sah gut aus. Total verändert. Sogar seine alten Jeans wirkten mit der Jacke darüber fast wie neu, und die Schuhe glänzten sogar noch ein bisschen. Dazu die kurzen Haare und der iPod ... Es waren kaum mehr als vier Stunden vergangen, seit er abgehauen war. Sie würden noch immer nach einem Jungen mit Dreadlocks und Kapuzenshirt suchen und nicht nach einem Studenten oder Gymnasiasten mit ordentlichem Kurzhaarschnitt. Er strich mit den Händen über das nasse Sims eines Fensters, an dem er vorbeiging, und befeuchtete sich die Haare, sodass sie wie gegelt aussahen. Es konnte klappen. Es konnte wirklich klappen. Er machte sich auf den Weg.

Clara hielt sich an dem Whiskyglas fest, das sie noch kaum angerührt hatte. Der herbe, rauchige und gleichzeitig süße Geruch stieg ihr in die Nase, und das heiße Glas wärmte ihre Finger. Mick hatte ihr einen »Hot Whisky« mit viel braunem Zucker gemacht, als sie verfroren und mit feucht gekringelten Haaren zur Tür hereingekommen war, doch er hatte kaum mit ihr gesprochen. Das Pub war wie erwartet brechend voll, und er und Tami, die Bedienung, hatten alle Hände voll zu tun.

Die Orangenscheibe mit den gespickten Nelken bewegte sich sacht in der bernsteinfarbenen Flüssigkeit. Clara nahm einen Schluck, und der starke Alkohol rann ihr heiß und süß die Kehle hinunter. Fast augenblicklich wurde ihr warm. Sie saß mit Elise im etwas ruhigeren Nebenraum und wartete, ohne zu wissen, worauf. Mick würde noch den ganzen Abend beschäftigt sein. Sie konnte ihn sehen, wenn er sich vorbeugte, sie sah seine Hände mit den vielen silbernen Ringen an den langen Fingern, wie sie Geld entgegennahmen oder einem Gast ein Bier reichten. Ob wohl einer dieser Ringe sein Ehering war? Sie hatte nie gefragt, ob dieser Schmuck für ihn eine Bedeutung hatte. Hatte nie nach irgendetwas gefragt, was ihr gefährlich schien. Sie war ein Feigling.

Clara nahm noch einen Schluck. Zwang sich, an etwas anderes zu denken. Ob die Polizei Solo schon gefunden hatte? Er konnte doch nicht weit gekommen sein. Ohne Geld, ohne Papiere, mit der gesamten Münchner Polizei auf den Fersen. Die Zeit verging wie zäher Sirup. Langsam leerte sich das Pub bis auf ein paar Unermüdliche, die am Tresen saßen und Selbstgespräche führten. Die Musik wurde ruhiger, es gab keine irischen Gassenhauer mehr, kein U2 und keine Pogues, stattdessen leisen Barjazz und dann ein Lied, das Clara zusammenzucken ließ. Es war dasselbe Lied, das sie an jenem Abend gesungen hatte, als sie sich gestritten hatten. Eine melancholische Ballade, die von Abschied und einer verlorenen Liebe erzählte.

»... thanks, for the trouble you took from her eyes
I thought it was there for good so I never tried ...«

Jetzt kam Mick zu ihr herüber, und Clara schluckte. Spielte er das Lied absichtlich? Sollte es ihr irgendetwas sagen? Er setzte sich, und Clara wurde flau im Magen. Sein Blick war nicht zu deuten. Sie sah ihn an, musterte sein Gesicht, als sähe sie es zum ersten Mal, registrierte jede Bartstoppel, jede Lachfalte, die geraden Augenbrauen und die kleinen Falten um seinen Mund, der jetzt schmal und angespannt aussah. Ihre Blicke trafen sich, und Clara öffnete den Mund, um etwas zu sagen, doch es kam kein Ton heraus. Sie sah ihn nur an, und ihr Herz tat ihr weh. Sie konnte ihn nicht gehen lassen. Es war unmöglich.

»Ich …«, begann sie und räusperte sich. »Ich …« Tränen stiegen ihr in die Augen.

Mick nickte, und ein kleines trauriges Lächeln erschien auf seinem Gesicht. »Ich dich auch«, sagte er. »Das ist ja das Problem.«

Der letzte Zug ging um zehn. Er hatte Glück und erwischte ihn gerade noch. Eine Stunde Fahrzeit. Und dann … Er lehnte den Kopf in die Ecke und schloss die Augen. Versuchte, so entspannt wie möglich zu wirken. Wenn jemand an seinem Platz vorbeiging, nickte er mit dem Kopf zu einer imaginären Melodie aus seinem nicht vorhandenen Player. Der Kontrolleur kam, sah sich seine Fahrkarte an, wünschte einen schönen Abend und ging wieder. Es gab keine Polizei im Zug. Zumindest keine in Uniform. Am Bahnhof waren einige gewesen, doch niemand hatte ihn beachtet.

Vorsichtshalber fuhr er nicht direkt zu seinem Ziel. Er würde vorher aussteigen und bis morgen früh warten, um dann mit dem Regionalbus weiterzufahren und dabei noch zweimal umsteigen. Er hatte die Verbindungen gecheckt und sich diejenige herausgesucht, die am unwahrscheinlichsten und umständlichsten aussah, um von A nach B zu kommen. Es würde funktionieren. Zwar hatte er sich keine Gedanken darüber gemacht, wie es weitergehen sollte, wenn er an Ort und Stelle aus dem Bus stieg, doch das konnte er auch nicht. Er würde seine Schritte darauf abstellen müssen, ob und woran er sich erinnerte. Dann konnte man weitersehen.

Er sah in die dunkle Nacht hinaus. Es gab keine Lichter, die Ortschaften anzeigten, nur undurchdringliche Schwärze. Die Scheiben waren feucht vom Regen und schmutzig. Sie ließen sich nicht öffnen. Im ganzen Zug nicht. Falls man ihn entdecken sollte, konnte er jedenfalls nicht aus dem Fenster springen. Doch es sah nicht so aus, als würde ihn jemand entdecken. Er war allein im ganzen Wagen. In diese Richtung fuhr offenbar so spät niemand mehr. Das gleichmäßige Rattern war beruhigend. Es fühlte sich gut an, in einem Zug zu fahren. Er hatte geglaubt, tot zu sein, und jetzt war er plötzlich wieder am Leben. Er fühlte sich lebendiger als je zuvor. Er hatte ein Ziel, und er wusste den Weg dorthin. Etwas Besseres gab es nicht im Augenblick.

EINUNDZWANZIG

»Ich habe mich immer unbehaglich gefühlt, wenn ich an dem Haus vorbeiging.«

Zeugenaussage Leichensache Wolfsberg
1. November 1998

Er war weg.

Clara stand fröstelnd im Flughafenterminal und sah zu, wie Micks Flug auf der Anzeigentafel nach oben rutschte und dann irgendwann gelöscht wurde. Es war halb sechs morgens und noch stockdunkel. Sie kaufte sich einen Kaffee in einem Pappbecher und ging zurück zu Micks Defender, den sie vor dem Eingang im Halteverbot geparkt hatte. Das letzte Mal, als sie hier gestanden hatte, hatte sie Mick abgeholt, als er von einem Familienbesuch zurückgekommen war. Seine Schwester hatte im letzten Jahr ein Baby bekommen. Warum war sie damals nur nicht mitgefahren? Warum hatte sie sich immer so gesträubt? Jetzt kam ihr das plötzlich unerträglich albern vor, kindisch. Doch es war zu spät, sich darüber Gedanken zu machen. Sie hatte zu lange gezögert.

Nachdem das Pub geschlossen hatte, war sie mit in Micks Wohnung gegangen. Sein Rucksack und ein Koffer hatten schon gepackt im Flur gestanden. Er hatte sich entschlossen zu fahren, nachdem er an jenem Morgen von ihr weggegangen war. Sie hatte es gewusst, hatte es in seinen Augen gesehen und doch nicht reagiert. In fünf Tagen war Halloween, und danach hatte das Pub drei Wochen geschlossen. Bis dahin würden Tami und ein Freund ihn vertreten. Er hatte also fast vier Wochen Zeit, sich das Restaurant in Newcastle anzusehen, mit dem Besitzer zu sprechen und eine Entscheidung zu treffen. Was danach sein würde, darüber hatte er nichts gesagt, und Clara hatte nicht gefragt. Sie hatte sich seine zögernden Worte schweigend angehört und dabei das Gefühl gehabt zu ertrinken.

Irgendwann hatte Mick zu erzählen begonnen, in dürren, suchenden Worten, war dann unvermittelt ins Englische verfallen, so als gäbe es für diese Geschichte keine deutschen Begriffe oder aber, als hätte er bereits begonnen, sich von hier zu lösen, zurückzukehren. Jedenfalls hatte Clara dies so empfunden, während sie reglos zugehört hatte, wie er von seiner Frau erzählte, ihrer kurzen, schmerzhaften Ehe und der Zeit danach, in der er am liebsten tot gewesen wäre und stattdessen weggegangen war, in der Hoffnung, vergessen zu können. Micks weiches, dialektgefärbtes Englisch hatte fremd in Claras Ohren geklungen, und der Mann, der ihr gegenübergesessen, mit fahrigen Bewegungen geraucht und versucht hatte, den Schmerz in seinen Augen vor ihr zu verbergen, war ihr ebenfalls wie ein Fremder vorgekommen, ein Mensch, den sie bisher überhaupt nicht richtig gekannt hatte. Und das war ihre Schuld: Sie hatte ihn nicht kennen wollen.

Sie hatten bis halb vier in Micks Küche gesessen, und obwohl Mick fast ununterbrochen geredet hatte, hatte er doch nicht mit ihr gesprochen. Er hatte sich Dinge von der Seele geredet, die nicht für ihre Ohren bestimmt waren, die er so lange unter seinem Panzer der Gelassenheit verborgen hatte, dass sie dann wie von selbst aus ihm herausgebrochen waren. Clara waren die Tränen über das Gesicht gelaufen, doch sie hatte es kaum gespürt. Sie hatte ihn trösten wollen, ihm sagen, was für eine Idiotin sie gewesen war, doch sie war stumm geblieben. Mit jedem Satz hatte er sich weiter von ihr entfernt.

Es war zu spät. Sie hatte zu lange gewartet, und jetzt fehlten ihr die Worte. Es war ihr nicht mehr gelungen, ihn zu erreichen.

Clara ließ Elise in den Kofferraum springen und stieg dann ein. Sie fühlte sich wie betäubt. Ihre Augen brannten. Sie rauchte eine Zigarette und versuchte vergeblich, einen klaren Gedanken zu fassen. Dann fuhr sie einfach los, fuhr ziellos über dunkle Landstraßen in den grau dämmernden Morgen. Als sie sich auf Umwegen wieder der Stadt näherte und der Müllberg von Fröttmaning in Sicht kam, fiel ihr ein, dass Angie von RoadKizz ihr erzählt hatte, Solo habe ein Graffiti unter die Autobahnbrücke in Fröttmaning gesprüht. Sie glaubte zu wissen, welche Brücke Angie gemeint hatte: Sie lag praktisch auf dem Weg. Clara trank ihren kalt gewordenen Kaffee aus, verzog dabei angewidert das Gesicht und fuhr Richtung Autobahn. Im Osten färbte sich der Himmel langsam rosa.

Es dauerte eine Weile, bis sie die Straße gefunden hatte, die unter der Autobahn hindurchführte. Sie verlief schnurgerade durch brachliegende Felder und nebelbedeckte Wiesen. In der Ferne konnte man die riesige weiße Fassade der Allianz-Arena erkennen, die wie ein gestrandetes Ufo in der flachen Landschaft lag. Sie parkte den Defender am morastigen Straßenrand und stieg aus. Über ihr donnerte dröhnend der morgendliche Pendlerverkehr über die A9, doch auf der Landstraße war kein einziges Auto zu sehen. Als sie vor dem Graffiti stand, verstand sie, was Angie gemeint hatte, als sie von Solos Talent gesprochen hatte. Das Bild füllte die ganze Innenseite der Betonwand, und es hatte nichts mit den Kritzeleien oder den Schriftzügen gemein, mit denen üblicherweise öffentliche Betonwände verschandelt werden. Das Gesicht einer Frau starrte ihr entgegen, perfekt im Comicstil mit großen, angstvollen Manga-Augen. Jemand hielt ihr den Mund zu, man sah nur eine große Hand, doch auf die Hand war der Mund der Frau gemalt, weit aufgerissen zu einem nicht zu unterdrückenden, surrealen Schrei. Im Hintergrund waren ähnlich schiefe, wacklige Großstadthäuser zu erkennen, wie Clara sie schon an der Wand von RoadKizz gesehen hatte. Diese hier schienen zu glänzen wie bunte, pralle Plastikballons, sie lehnten sich gegeneinander oder beugten sich nach vorn. Doch das Gesicht der Frau dominierte alles.

Clara machte ein paar Schritte auf das Bild zu und sah es sich aus der Nähe an. Die Linien und Farbflächen waren kraftvoll und gewandt, verrieten keine Unsicherheit, kein Zögern. Clara wurde jetzt erst richtig bewusst, wie groß das Bild war. Das Gesicht überragte sie um einen guten halben Meter, und die Augen der Frau waren größer als ihr eigener Kopf. In die schwarzen Pupillen waren Lichtreflexe gemalt wie bei japanischen Mangas, doch sie hatten eine seltsame Form. Clara sah genauer hin: Die Reflexe waren nicht nur Rechtecke, sondern gegenständlich, so als spiegelten sie etwas wider, was die Comicfrau sah. Clara schluckte. Es war das Haus. Das dunkle Haus mit dem spitzen Giebel, das Solo in dem Bild bei RoadKizz an den Rand gesetzt hatte. Sie trat einen Schritt zurück, ließ das Graffiti noch einen Moment als Ganzes auf sich wirken, registrierte die schwarze Signatur »Solo« am rechten unteren Rand und ging dann langsam zurück zum Auto.

Mittlerweile war es hell geworden. Nach den vergangenen

Tagen voller Regen und Nebel war es eine Überraschung, dass der Himmel vollkommen klar war. Clara hob den Blick nach oben und sah einem Flugzeug nach, dessen Tragflächen im Licht blinkten. Dort oben war die Sonne bereits aufgegangen. Es würde ein schöner Tag werden.

Solo erwachte steifgefroren. Der Schlafplatz in dem windschiefen Schuppen unweit des Bahnhofes war nicht gerade komfortabel gewesen und noch dazu schweinekalt. Er spürte seine Finger kaum. Durch das zerbrochene Fenster drang gelbes, staubiges Sonnenlicht. Er kroch aus der Ecke heraus, in die er sich gekauert hatte, und stand mühsam auf. Es war bereits nach acht. Er war erst im Morgengrauen eingeschlafen. Als er gestern gegen halb elf angekommen war, war das Kaff bereits wie ausgestorben gewesen. Er hatte sich in einem Schnellimbiss neben dem Bahnhof drei Burger, eine große Cola und zwei Tüten Pommes gekauft und war dann noch einige Zeit durch die wenigen Straßen gelaufen, die der Ort zu bieten hatte. Den Schuppen hatte er zufällig entdeckt, als er wieder am Bahnhof gelandet war und überlegt hatte, wie zur Hölle er die Nacht verbringen sollte, bis am nächsten Morgen der Bus ging.

Das Dorf lag noch fast vollständig im Nebel. Nur um den Bahnhof herum hatte sich die Sonne bereits freigekämpft, und man konnte ein Stück blauen Himmel sehen. Solo sprang ein paarmal auf und ab und wedelte mit den Armen, um warm zu werden. Dann klopfte er sich sorgfältig den Staub von Hose und Jacke und wusch sich im eiskalten Wasser, das sich in einer Tonne vor der Hütte gesammelt hatte, flüchtig das Gesicht. Von seinem Abendessen gestern waren noch ein Burger und eine halbe Tüte Pommes übrig. Er hatte extra viel gekauft, denn er wollte nicht noch einmal dort hingehen, um am Ende nicht doch noch jemandem aufzufallen. Er aß das zäh gewordene Fleisch in der weichen Semmel und die Pommes kalt und spülte das Essen mit dem Rest Cola hinunter. Es schmeckte nach nichts. Er konnte nur feststellen, dass er etwas gegessen hatte, hätte aber nicht sagen können, was es war. Er hätte genauso gut Sägemehl essen können. Dann machte er sich auf den Weg zu seinem Bus.

Clara fuhr zurück in die Stadt. Der morgendliche Berufsverkehr verstopfte die Ringstraße. Sie achtete nicht darauf, ließ sich vom zähen Stop-and-go mittragen und versuchte, einen klaren Gedanken zu fassen. Doch sie war zu müde. Die schlaflose Nacht begann langsam ihren Tribut zu fordern. Ihre Hände, die das Lenkrad umklammert hielten, zitterten, und ihre Augenlider wurden schwer. Sie rauchte eine Zigarette und im Anschluss eine zweite. Mittlerweile hatte sie die Innenstadt erreicht und bog ab in Richtung Isar. Sie musste schlafen. Wenigstens zwei, drei Stunden.

TEIL ZWEI

Ich sehe den dunklen Jäger.
Er kommt zum Fest der Toten.

Weissagung der Sidhe

ZWEIUNDZWANZIG

Solo war am Ziel. Es hatte nur noch eine knappe Stunde gedauert, sogar mit Umsteigen. Er hatte nicht mehr gewagt hinauszusehen, bis der Bus das Ortsschild passiert hatte. Aus Angst, sich möglicherweise doch nicht zu erinnern. Aus Angst, vollkommen falschzuliegen. Die Angst davor war mittlerweile genauso groß wie die Angst, dass die Erinnerung tatsächlich zurückkam. Was würde mit ihm passieren, wenn die Fahrt umsonst blieb? Wenn die Tür sich nicht öffnete und der Riss sich nicht mehr schloss? Er wusste es nicht. Und das war es, was ihm am meisten Angst machte.

Seine Beine fühlten sich weich an, als er ausstieg. Auch jetzt noch drehte er sich nicht um, sah nur dem Bus hinterher, wie er blinkte, ausscherte und langsam davonfuhr. Außer ihm war niemand ausgestiegen. Er stand vollkommen allein an der Bushaltestelle. Die Sonne schien kalt, und es wehte ein leichter Wind über die Kuppe, auf der sich das Dorf drängte.

Wolfsberg.

Der Name hämmerte in seiner Brust. Er wusste nicht, woher er den Namen kannte. Irgendwann war er da gewesen, genauso wie das Haus, das immer in seinen Träumen erschien und das er immer wieder malte, ohne zu wissen, warum. Und wie das Bild des unbekannten Hauses hatte er auch den Namen festgehalten, ihn sicher verwahrt wie einen Schlüssel, ohne zu wissen, welche Tür er damit öffnen würde.

Wolfsberg. Jetzt war er da. Er hob den Kopf, sah sich vorsichtig um. Sein Herz klopfte ihm im Hals. Zuerst sah er nichts Besonderes. Nichts, was in ihm eine Erinnerung hervorgerufen hätte. Einen Dorfplatz, eine Straße, ein paar Häuser, dahinter Wald. Das Dorf lag etwas erhöht, und es war klein. Viel kleiner, als er gedacht hatte. Es würde schwer sein, sich hier unauffällig zu bewegen.

Er fuhr sich über die Haare und war froh, dass er sich seine auffälligen Dreads abgeschnitten hatte. Was, wenn sie schon da waren? Wenn sie hier auf ihn warteten? Aber niemand hatte den Namen Wolfsberg ihm gegenüber je erwähnt. Nicht die Ärzte und nicht die Polizei. Das hieß doch wohl, dass sie keine Ahnung hatten. Nur die Anwältin, die hatte etwas gewusst. *»Als du klein warst …«*, hatte sie gesagt. Bei diesen Worten hatte sich die Tür geöffnet, und er hatte wieder zu atmen begonnen. Mühsam, aber immerhin. Er war nicht tot. Noch nicht.

Etwas mutiger geworden ging er ein paar Schritte von der Bushaltestelle weg. Jetzt stand er mitten auf dem Dorfplatz. Ein Brunnen war dort, ein großer, plumper Trog aus grauem Stein. Solo beugte sich darüber und trank ein paar Schlucke. Als er den Kopf hob, sah er ein Kreuz. Ein übermannshohes, geschnitztes Kruzifix stand neben dem Brunnen. Es war mit Blumen geschmückt und hatte ein Kupferdach zum Schutz gegen Regen und Schnee. Er zuckte zusammen. Dann entfernte er sich langsam und hatte das Gefühl, die Augen des sterbenden Christus folgten ihm.

Der Laden am anderen Ende des Platzes kam ihm bekannt vor. Es war ein kleiner Lebensmittelladen. Er erinnerte sich vage an das gelbe Schild über dem Fenster und an klebrige Gummibärchen in seiner zusammengepressten Faust. Jemand hatte ihn an der anderen Hand gehalten. Ein Erwachsener. Er sah braune Stiefel vor sich, und dann war es plötzlich wieder da: das Gefühl der Angst, das ihn umgeben hatte wie ein undurchdringliches Gespinst, aus dem er sich nicht hatte befreien können. Es war immer und überall gewesen – auch in dem Laden. Es hatte ihn von anderen Menschen getrennt, von der Frau hinter dem Tresen, die ihn freundlich angesehen hatte, von anderen Kindern – hatte er andere Kinder gekannt? Er wusste es nicht mehr. Die ersten Kinder seines Alters, an die er sich erinnern konnte, waren die im Kindergarten, doch das war schon in Rastlach gewesen. Vorher hatte er nur Frank gekannt.

Solo hörte sein Herz schlagen, als er langsam an dem Laden vorbeiging. An dieses Geräusch erinnerte er sich auch. Es war ein beständiger Begleiter seines Lebens. Das stete Klopfen in seinen Ohren: *Bumm – Bumm – Bumm.* Davon war er in der Nacht aufgewacht, hatte dagelegen und zugehört: *Bumm – Bumm – Bumm.* Wenn er in einem Zimmer am Boden saß, und die Tür ging auf: *Bumm – Bumm – Bumm,* wenn eine Hand nach ihm griff: *Bumm – Bumm – Bumm,* wenn er Stimmen hörte, die von irgendwoher zu ihm drangen: *Bumm – Bumm – Bumm.* Er hatte lange gedacht, es wäre sein spezielles Geräusch, etwas, das zu ihm gehörte wie seine Finger, seine Zehen, seine Haare. Erst viel später, als er wieder einmal deswegen aus dem Schlaf aufgeschreckt war, war ihm klar geworden, dass dieses Geräusch nichts anderes als das Klopfen seines Herzens war und dass es Angst bedeutete. Angst, die er dann irgendwann zu betäuben begann, mit Alkohol, Drogen und Tabletten und mit Schmerzen, die er sich zufügte.

Er ging weiter, das bange Schlagen seines Herzens im Ohr. An der Ecke blieb er stehen. Von der Straße, die vom Dorfplatz wegführte, zweigte eine schmalere Straße ab. Sie führte in den Wald. Solo musste nicht überlegen. Er wusste, dass das die Straße war, die er suchte. Er erkannte sie wieder. Er erinnerte sich an das geduckte Haus an der linken Seite, halb versteckt hinter einem knorrigen Apfelbaum, dahinter der windschiefe Weidezaun aus ungehobelten Brettern. Ein braunes Pferd hatte dort früher gestanden, mit zottigen Beinen und einer dicken schwarzen Mähne. Frank hatte immer Steine nach dem Pferd geworfen, große Brocken Lehm und Kies, die auf den Rücken des Tieres niedergeprasselt waren. Solo hatte es ihm nachgemacht. Wenn das Pferd dann einen Satz gemacht hatte und buckelnd davongesprungen war, hatte er immer lachen müssen. Damals hatte er es lustig gefunden. Jetzt machte es ihn traurig. Jetzt war die Koppel leer und das Gras herbstbraun und niedergedrückt vom Regen.

Er ging weiter. Die Straße stieg jetzt leicht an, und das Klopfen in seinen Ohren wurde stärker. Auf der rechten Seite, kurz bevor die Straße einen Knick machte und zum Feldweg wurde, standen zwei hohe Buchen. Er erkannte sie ebenfalls wieder. Dahinter war das Haus. Er wusste es jetzt, er erinnerte sich: Das Haus aus seinen Träumen war hier. Man konnte es von der Stelle aus, an der er sich befand, noch nicht sehen, aber er wusste plötzlich genau, wo es stand. Er hatte hier gewohnt.

Sein Schritt wurde schwerer und langsamer. Es war, als müsste er gegen ein schweres Gewicht ankämpfen, das ihn am Weitergehen hinderte. Er erkannte den Zaun wieder. Ein Eisenzaun mit kleinen Hütchen an den Spitzen, von denen schwarze Farbe abblätterte. Als kleines Kind war er mit einem Stock an den Stangen entlanggefahren, was ein klapperndes Geräusch verursacht hatte: Rattatata … Rattatata …

Er blieb stehen. Dort stand es, zurückgesetzt und ein wenig abseits in der hellen Morgensonne. Ein schmales Haus mit einem spitzen Giebel. Es sah verwahrlost aus und war offensichtlich unbewohnt. Der ehemals ockerfarbene Putz war stellenweise abgeblättert und in Bodennähe von grünlichem Schimmel bedeckt. Die Farbe der rissigen Fensterrahmen war nicht mehr zu identifizieren. Solo glaubte sich zu erinnern, dass sie weiß gewesen waren. Die unteren Fenster waren zugenagelt, und die Haustüre hing offen und schief in den Angeln. Auch sie hatte man wohl zugenagelt, doch jemand hatte die Bretter wieder herausgerissen. Sie lagen zwischen kniehohen Brennnesseln im Gras, und die rostigen Nägel staken spitz in die Luft.

Ein altes, unbewohntes Haus am Waldrand eines gottverlassenen Kaffs knapp zwei Stunden von München entfernt. Nicht besonders bemerkenswert – doch für Solo war es die Erinnerung an den tiefsten Abgrund der Hölle: Wolfsberg. Er begann zu zittern. Der Name war in seinem Kopf gewesen, in großen schwarzen Buchstaben. Er hatte sie weggeschoben, diese dunklen Buchstaben, die ihn verfolgt hatten in den einsamen Nächten, in denen er nicht wusste, woher die Angst kam, die ihn plötzlich überfiel. Sie hatten sich in sein Fleisch gegraben wie ein Tier mit spitzen Zähnen. Oder wie Stacheldraht.

Er zwang sich weiterzugehen: in die kurze Einfahrt hinein, die früher einmal mit Kies bedeckt gewesen war. Jetzt hatte das Unkraut alles überwuchert. Hier wohnte schon sehr lange niemand mehr. Wahrscheinlich hatte all die Jahre niemand mehr hier gewohnt.

Es fiel ihm wieder ein: Er war damals vier gewesen. Frank hatte im Sommer mit ihm Geburtstag gefeiert. Niemand sonst, nur Frank. Geburtstage durfte man nicht feiern. Sie hatten es trotzdem gemacht, heimlich. Hatten sich im Garten verkrochen, und Frank hatte ihm sogar ein Geschenk gebracht. Was war es gewesen? Er wusste es nicht mehr.

Stattdessen sah er ein blaues, zuckendes Licht, das von der Hauswand zurückgeworfen wurde. Es war eine kalte Nacht, schon spät in jenem Jahr. Ein einsames Licht brannte auf den Stufen des Hauses, ein Kürbislicht: Es war die Nacht vom 31. Oktober: Samhain, das Fest der Geister. Er erinnerte sich an die Scheinwerfer und die aufgeregten Stimmen. Sie hatten die Stille zerrissen, die sich über das Haus gelegt hatte, als die Schreie verstummt waren. Jemand hatte ihn vom Baum heruntergeholt. Das Licht einer Taschenlampe hatte sich in seine Augen gebohrt, und er hatte geschrien. Er konnte den Schrei wieder hören, jetzt, dreizehn Jahre später, einen schrillen, panischen Kinderschrei.

Frank hatte nicht geschrien. Keinen Laut hatte er von ihm gehört, als sie ihn herausbrachten. Seine Augen waren wie das kalte blaue Licht an der Wand. In jener Nacht war Frank zu Eis geworden. Auch später, als Solo sich längst an nichts mehr erinnern konnte, hatte er den Ausdruck in Franks Augen trotzdem wiedererkannt. Ein Teil von ihm hatte immer gewusst, was es mit dieser Eisschicht auf sich hatte, die sich in manchen Momenten über Franks Augen legte. Zuletzt hatte er diese Eisaugen an dem Abend gesehen, als Frank ihn aus der Wohnung geworfen hatte. Ihn, den Verräter. Seine Tat war ihrer beider Todesurteil gewesen. Doch eigentlich war Frank schon viel früher gestorben. Er war in der Nacht gestorben, als die blauen Lichter an der Wand gezuckt und die vom Schock gezeichneten Polizisten ihn herausgebracht hatten.

Solo keuchte. Die Erinnerungen kamen jetzt stoßweise wie das Blut, das herausschoss, wenn man eine Schlagader durchtrennte. Er ging um das Haus herum, doch der Baum war nicht mehr da. Jemand hatte ihn gefällt. Er setzte sich auf den Stumpf, der schwarz vor Feuchtigkeit war und Modergeruch verströmte. Dort war das Kellerfenster, es war ebenfalls vernagelt. Solo wandte schnell den Blick ab. Er versuchte seine Hände ruhig zu halten, doch sie zitterten ebenso unkontrolliert, wie seine Erinnerungen kamen und gingen. Er sah die Kellertür aufgehen, sah einen Mann herauskommen, doch er konnte sein Gesicht nicht erkennen. Solo schloss die Augen, versuchte sich zu konzentrieren, doch das Gesicht blieb unsichtbar.

Zögernd stand er auf und ging auf das Haus zu. Er berührte die Fassade so zaghaft, als fürchte er, sie würde unter seiner Hand explodieren. Nichts geschah. Der Wind wehte ein paar letzte braune Blätter von der fast kahlen Buche herunter, und vom Tal zog Nebel herauf, der die Sonne bald wieder verschlucken würde. Er hörte den heiseren Ruf einer Krähe. Das Schwarz der Türöffnung war undurchdringlich. Solo brauchte seine ganze Kraft, um einen Schritt über die Schwelle zu tun. Im Haus herrschte Totenstille. Es roch harmlos, nach altem Holz und Staub. Solo stand in dem engen Flur und versuchte sich zu erinnern. Wo war er gewesen, bevor er auf den Baum geklettert war? War er hier entlanggelaufen? Er schaltete die Taschenlampe ein, die er mitgebracht hatte, und ging ein paar Schritte weiter. Eine alte Raufasertapete hing in Fetzen von der Wand. Eine Bodendiele knarrte. Rechts führte eine Treppe in den ersten Stock. Dort oben war sein Zimmer gewesen. Solo leuchtete hinauf. Der Lichtstrahl traf staubige Spinnweben.

Etwas regte sich in seinem Geist wie ein kleines Tier, das im Unterholz raschelte, wenn man vorbeilief. Auf halber Höhe gab es einen Absatz, und das hölzerne Geländer machte dort einen Bogen. Solo sah sich selbst als Vierjährigen dort kauern. Er hatte seine Hände durch die engen Sprossen gezwängt, klammerte sich daran fest. Sein Blick war auf etwas gerichtet. Solo drehte sich langsam um, und noch bevor der Lichtstrahl der Taschenlampe seiner Bewegung folgen konnte, wusste er, worauf der angstvolle Blick des kleinen Jungen gerichtet gewesen war: Dort war die Kellertür, er stand direkt davor. Der Strahl der Taschenlampe erzitterte, als er die dunkle, schwere Tür traf. *Bumm – Bumm – Bumm.* Das Geräusch kam zurück, dröhnte in seinen Ohren, steigerte sich ins Unerträgliche.

Solo wich so weit zurück, wie es in dem schmalen Flur möglich war. Das Licht kroch langsam höher; noch bevor seine Augen das Symbol erfassen konnten, das dort mit dicker Farbe aufgemalt war, sah er es in seiner Erinnerung vor sich: Es war der Gehörnte mit gespreizten Beinen und erhobenen Händen, der dunkle Jäger. Sein Kopf mit dem Geweih riesenhaft, die angedeuteten Augen rot. Er fühlte wieder denselben Schrecken wie damals, und er hörte die panischen Schreie, die er damals gehört hatte.

Und dann sah er ihn. Er kam aus der Tür, die Hände bis zu den Ellenbogen rot vom Blut des Tieres, das gerade noch in Todesangst geschrien hatte. Er konnte das Blut riechen. Der Mann hob den Kopf und sah nach oben, wo der kleine Junge hinter dem Treppengeländer kauerte, und Solo konnte sein Gesicht sehen. Er sah es ganz deutlich, sah jede Einzelheit, als könnte er danach greifen. Er erkannte ihn. Und in diesem Moment erinnerte er sich: an alles, an das, was er damals instinktiv gewusst und verdrängt hatte, weil es nicht zu ertragen gewesen wäre. *Es war kein Tier gewesen, das geschrien hatte. Es war kein Tier gewesen …*

Er keuchte vor Entsetzen. Die Taschenlampe fiel zu Boden, und der Lichtkegel erlosch. Solo hastete in Panik auf den Hauseingang zu. Wie von Furien gehetzt sprang er über die Schwelle, lief weiter durch den Garten, hinaus auf die Straße. Fast wäre er in ein Auto gelaufen, das genau in dem Moment dort entlanggefahren kam. Der Fahrer bremste scharf und hupte wütend, doch Solo kümmerte sich nicht darum. Er lief die Straße hinunter, lief und lief, bis ihm seine Lungen zu platzen drohten.

Als er wieder im Bus saß, begann er zu weinen. Rotz lief ihm aus der Nase, und heftige Schluchzer schüttelten seinen Körper. Wieder roch er diesen merkwürdigen, ekelerregenden Geruch aus Angst und Blut, der aus dem Keller nach oben gedrungen war, wieder und wieder sah er das Gesicht. Er hatte es wiedererkannt. Wie konnte es nur sein, dass er sich nicht früher erinnert hatte? Wie war das möglich? Sein Weinen wurde leiser. Ein paarmal erzitterte er noch wie unter einem harten trockenen Krampf, dann war es vorbei. Er wischte sich über die Augen und die Nase und sah aus dem Fenster. Der Wald zog sich in leichten Hügeln schier endlos dahin. Wolfsberg lag hinter ihm, und er wusste jetzt, was vor ihm lag.

DREIUNDZWANZIG

Clara schlief fast sechs Stunden tief und traumlos. Elise weckte sie mit einem energischen Nasenstupser und legte ihre schwere Tatze auf Claras Arm. Clara fuhr hoch und sah sich verwirrt um. Die Nachmittagssonne schien schräg in ihr Schlafzimmer und ließ die feinen Staubpartikel über dem Klavier tanzen. Sie brauchte eine Weile, um sich zurechtzufinden, und als dann die Erinnerung an vergangene Nacht zurückkam, traf es sie erneut wie ein Schlag: Mick war fort. Sie schloss die Augen und versuchte wieder einzuschlafen, doch Elise ließ ein leises, drängendes Winseln hören und scharrte mit den Pfoten. Clara schälte sich langsam aus der Decke. »Schon gut«, murmelte sie. »Bin ja schon da ...«

Die Sonne schien noch immer, als sie mit Elise zur Isar hinunterlief, und fast empfand es Clara wie Spott, dass ausgerechnet heute so ein strahlender Herbsttag war. In wenigen Tagen war der 1. November, Allerheiligen. Einer der Tage, die Clara nicht ausstehen konnte. Totengedenken. Sie fand das Leben schon schwer genug und mochte nicht an solche Dinge erinnert werden. Auch über Mick mochte sie nicht nachdenken. Es tat zu weh.

Stattdessen dachte sie über Luzie Gellhorn und die Dinge nach, die sie ihr gestern erzählt hatte. Konnte es tatsächlich sein, dass vier Menschen verschwunden waren und es niemandem aufgefallen war? Was war mit ihnen geschehen? Widerwillig machte sich Clara auf den Weg zur Kanzlei.

Auf dem Anrufbeantworter in der Kanzlei waren sechs Nachrichten. Clara notierte sie sich und beschloss, dass sie alle nicht so dringend waren, bis auf einen, den letzten: Das Altenheim hatte angerufen: Sie möchte doch bitte so schnell wie möglich zurückrufen. Mit einer bösen Vorahnung wählte Clara die Nummer des Heims. Zu ihrer großen Erleichterung war Lilly Groman wohlauf. Die sonst so forsche Heimleiterin zögerte, als Clara nach dem Grund des Anrufs fragte. Es sei schlecht am Telefon zu erklären, meinte sie. Ob sie wohl vorbeikommen könnte?

Clara warf einen Blick auf die Uhr und erklärte sich einverstanden. Dann nahm sie ihren Mantel, den sie gerade ausgezogen hatte, wieder vom Haken und machte sich mit Elise auf den Weg.

Das Zimmer sah aus wie immer. Trotz der Staubschicht, die auf ihnen lag, leuchteten die Kristallgläser in der Anrichte im herbstlichen Licht und warfen zarte Reflexe an die Wand.

Lilly Groman saß in ihrem Stuhl am Fenster und bedachte die Heimleiterin, die Clara hinaufbegleitet hatte, mit einem finsteren Blick.

»Diese Person belästigt mich schon den ganzen Tag«, schimpfte sie und hieb zur Bekräftigung mit ihrem Gehstock auf den Boden. »Ich weiß gar nicht, was sie von mir will …«

»Sie möchte mit mir reden, Frau Groman«, sagte Clara. »Machen Sie sich keine Sorgen, ich regle das.«

»Mit Ihnen? Warum sagt sie das dann nicht?«

Clara gab Elise einen Wink, und die Dogge setzte sich neben Lilly Groman. »Könnten Sie solange auf meinen Hund aufpassen?«, fragte sie.

»Ach, das Hundchen!« Über das Gesicht der alten Dame

huschte ein Lächeln, und sämtliche Falten und Kerben darin krümmten sich freundlich. »Natürlich!«

Sie klopfte mit der Hand auf ihren mageren Oberschenkel, und Elise, gut erzogen, wie sie war, ließ ihren schweren Kopf darauf nieder.

Lilly Groman strahlte. »So ein braves Hundchen …«

Clara wandte sich der Heimleiterin zu. »Worum geht es denn eigentlich?«, fragte sie leise.

Die grauhaarige Frau ging ein paar Schritte zurück und deutete dann auf den Tisch. »Sehen Sie? Keine einzige Flasche mehr da.«

Claras Blick folgte ihrem ausgestreckten Finger. Tatsächlich war der Tisch, auf dem immer die Piccoloflaschen aufgereiht standen, leer. Doch Clara verstand trotzdem nicht. »Deshalb haben Sie mich rufen lassen? Weil Frau Groman den Sekt ausgetrunken hat?«, fragte sie ungläubig.

»Nein! Natürlich nicht!« Die Heimleiterin schüttelte den Kopf. »Aber deswegen ist Sandy, die Pflegerin, stutzig geworden. Sie haben sie doch das letzte Mal, als Sie hier waren, nach dem Jungen gefragt, der Lilly Groman angeblich immer besuchen kommt …«

Clara nickte. »Ja und? Er war nicht mehr hier in der letzten Zeit, nicht wahr?«

»Das ist es ja gerade! Sandy fiel heute Morgen auf, dass keine Flaschen mehr da waren, obwohl sie sich sicher war, dass gestern Abend, als sie ihren letzten Rundgang gemacht hat, also bevor die Nachtschwester kam, noch mindestens vier Flaschen auf dem Tisch standen.«

»Dann wird Frau Groman vielleicht die vier Flaschen getrunken haben?« Clara schmunzelte.

»Ja, das hat sich Sandy auch gedacht, die alten Leutchen trinken oft mehr, als sie vertragen, da könnte ich Ihnen Geschichten erzählen ...« Die Heimleiterin zog die Luft ein und warf Lilly Groman, die leise mit Elise sprach, einen kurzen Blick zu. »Ja, also ... Sandy hat im Mülleimer nachgesehen, und da lagen die vier Flaschen auch drin ...«

»Ja, und?« Clara verstand immer noch nicht. »Wo ist das Problem?«

Die kleine Frau räusperte sich umständlich. »Sie hat noch etwas anderes gefunden ... Wissen Sie, es ist sonst natürlich nicht unsere Art, den Müll zu durchwühlen! Aber wenn Sandy das mit den Flaschen nicht aufgefallen wäre, dann hätte sie es gar nicht bemerkt, und die Mülltüte wäre einfach zu den anderen geworfen worden ...«

»Was denn um Himmels willen?« Clara wurde langsam, aber sicher ungeduldig.

»Kommen Sie!« Die Heimleiterin führte Clara in das winzige Bad, das von Lilly Gromans Zimmer abging. »Als Sandy mir den Mülleimer zeigte, habe ich erst gar nicht begriffen, aber sie sagte, sie habe gestern Abend einen Aufruf im Radio gehört, und nachdem Sie ja auch schon davon gesprochen hatten ... Ich habe nichts verändert ...« Sie deutete auf den kleinen silbernen Mülleimer, der unschuldig unter dem Waschbecken stand. »Sehen Sie selbst!«

Clara musterte die Frau, die nun zunehmend nervös wirkte, erstaunt. Sie konnte sich keinen Reim auf ihr Gerede machen. Sie kniete nieder und hob den Deckel des Eimers hoch.

Es sah wie ein dickes Wollknäuel aus. Clara musterte es verwirrt, und es dauerte eine Weile, bis sie begriff, dass es Haare waren. Lange, verfilzte Dreadlocks. Abgeschnittene Dreadlocks.

Clara griff nach einer der messingfarbenen Strähnen und

zog sie heraus. Langsam ließ sie sie durch die Finger gleiten. Jetzt konnte sie die Aufregung der Frau verstehen. Der Fahndungsaufruf der Polizei war auch heute schon mehrmals im Radio gelaufen. Sie suchten nach Solo, einem jungen Mann mit Rastalocken. Clara stand auf. »Wir müssen die Polizei anrufen«, sagte sie.

Lilly Groman konnte sich an nichts erinnern. Oder vielleicht wollte sie auch nicht. Sie war störrisch und unwirsch und weigerte sich, mit Kommissar Gruber, den sie für einen »elenden Pfaffen« hielt, auch nur ein Wort zu wechseln. Vollends zur Farce wurde die Befragung, als Lilly Groman Gruber mit erhobenem Stock drohte, die Polizei zu rufen, wenn er nicht sofort »ihr Haus« verlassen würde. Gruber zog es schließlich vor, freiwillig den Rückzug anzutreten.

»Er ist bei ihr untergeschlüpft.« Gruber schüttelte den Kopf. »Ich fasse es nicht. Ein raffiniertes Bürschchen. Ich dachte ja, der tickt nicht richtig. Sieht mir aber nicht mehr danach aus. Immerhin weiß er sich ganz gut zu helfen. Dadurch, dass er sich die Haare abgeschnitten hat, hat er wertvolle Zeit gewonnen. Wir haben natürlich nach einem Jungen mit Rastalocken gesucht ...«

»Ihr konntet ja nicht ahnen, dass er zu Lilly Groman gehen würde«, versuchte Clara ihn zu trösten.

Sie saßen bei Gruber auf dem Revier. Er hatte sie mitgenommen, nachdem sie das Heim unverrichteter Dinge verlassen hatten.

Gruber sah sie müde an. »Ich hätte deine Hinweise ernster nehmen müssen«, sagte er zerknirscht. »Du hast mir von der alten Dame ja erzählt. Ich hielt das für wirres Gerede.«

»Ich bin aber auch nicht darauf gekommen!«, widersprach

Clara und war bei aller Beunruhigung erleichtert, sich mit Gruber wieder normal unterhalten zu können

Der Kommissar starrte zum Fenster hinaus. Die Sonne war gerade untergegangen, und der Himmel war von einem dramatischen Rot erfüllt. »Was hat er vor?«, fragte er schließlich. »Wo will er hin?«

Clara räusperte sich. »Du erinnerst dich doch noch daran, was mir Lilly Groman damals erzählt hat?«

»Von verschwundenen Menschen und Salamandern?«

»Ja. Ich weiß jetzt, was der Salamander bedeutet. Er ist Solos Schutztier, sein Totem ... egal ... und ich habe jemanden kennengelernt, der mir das Gleiche erzählt hat: von Menschen, die verschwunden sind, hier in der Stadt. Und diese Person ist alles andere als dement.«

Gruber drehte sich um. »Was sagst du da?«

»Ich kenne sogar die Namen.« Clara beugte sich vor. »Ich habe mir die Stellen angeschaut, wo man sie zuletzt gesehen hat. Überall dort wurde ein Salamander an die Wand gesprüht.«

Sie begann zu erzählen, was sie von Luzie erfahren hatte, beschrieb die Orte, vor allem den Hinterhof, in dem der Junge übernachtet hatte, und nannte ihm die Namen. »Mehr als diese Namen weiß ich nicht«, schloss sie ihren Bericht und sah zu, wie Gruber sich Notizen machte und etwas in seinen Computer eingab.

Sein Gesicht war verschlossen. »Seit wann weißt du das alles?«, fragte er knapp.

»Seit gestern Abend«, antwortete Clara, und der Gedanke an den gestrigen Abend und die darauffolgende Nacht versetzte ihr einen Stich.

»Und das Mädchen? Wo wohnt sie? Hast du ihren Namen?«

»Sie heißt Luzie … Können wir sie nicht erst einmal da raushalten?«, fragte Clara unbehaglich. »Sie hat mir vertraut, und wenn ich jetzt gleich mit der Polizei auftauche …«

Gruber warf ihr einen scharfen Blick zu. »Wenn das stimmt, was sie sagt, dann könnte sie in Gefahr sein«, sagte er ernst. »Der Junge ist irgendwo da draußen unterwegs, und wenn er wirklich noch vier Menschen …« Er sprach nicht weiter.

»Aber wo sind dann die Leichen?«, fragte Clara. »Es müsste doch Spuren geben. Irgendetwas!«

Gruber nickte langsam, dann stand er auf. »Du zeigst mir jetzt die Stellen. Wir nehmen das Spurensicherungsteam mit, und wenn wir etwas entdecken, dann führst du mich zu dem Mädchen, okay?«

Clara nickte unbehaglich. »Einverstanden.«

Sie fanden Blut. Nicht sehr viel, aber genug, um es mit ihren Spezialgeräten deutlich sichtbar zu machen. Blut im Park und Blut in dem Verschlag im Hinterhof. Während Gruber mit seinem Spurensicherungsteam jeden Stein umdrehte und jeden Staubkrümel untersuchte, wartete Clara und rauchte. Sie ging auf und ab, lehnte sich gegen Grubers alten BMW und setzte sich immer wieder hinein, um sich ein wenig aufzuwärmen. Elise lag auf dem Rücksitz und döste. Clara wollte den Beamten nicht bei ihrer Arbeit zusehen. Es bedrückte sie, und vor allem machte es Luzies Geschichte erschreckend real. Sie wollte aber auch nicht nach Hause. Gruber hatte mehrmals vorgeschlagen, sie heimzubringen, doch sie hatte abgelehnt.

Während die Beamten noch dabei waren, den Hinterhof genauer zu untersuchen, kam Gruber zu Clara zurück. Es würde dauern, alle Spuren zu sichten, doch die Tatsache, dass sie Blut gefunden hatten, reichte aus, um weiter zu ermitteln. »Wo sind die anderen beiden Stellen?«, fragte er.

»Eine war an der Fassade der Jugendpension, wo Solo Sozialstunden hätte ableisten sollen, und dann noch eine irgendwo an einem Club, der ›Bunker‹ heißt ...«

»Am Bunker?« Gruber pfiff durch die Zähne. »Heilige Scheiße!«

»Was ist?«, wollte Clara wissen.

»Der Bunker ist ein Rattenloch, das schon längst hätte ausgeräuchert werden müssen, wenn es nach mir ginge«, gab Gruber düster zurück und stieg ein. »Lass uns hinfahren.«

Gruber und Clara betrachteten die schäbige Halle mitten in einem heruntergekommenen Industriegebiet in der Nähe des Ostbahnhofs zunächst von außen. Die Wände waren übersät mit Schmierereien, darunter mehrere Hakenkreuze, doch sie fanden keinen Salamander. Eine stattliche Anzahl Autos und Motorräder stand vor dem Gebäude, und es drang Musik heraus. Am Eingang stellte sich ihnen ein kahl geschorener Muskelprotz in den Weg und brummte »Geschlossene Veranstaltung«.

Ein einziger stummer Blick von Gruber und sein gezückter Ausweis genügten jedoch, und sie wurden eingelassen. Clara warf einen beunruhigten Blick zurück zu Grubers Auto, wo sie Elise zurückgelassen hatte, und folgte dem Kommissar dann hinein in die Halle, die ihr angesichts des Lärms und der Dampfwolken, die herausdrangen, wie die Pforte zur Hölle erschien.

Laute, harte Musik vom Band schallte ihnen entgegen. Es war fast stockdunkel, dicke Rauchschwaden hingen an der Decke, und einen Augenblick konnte Clara nur Schemen erkennen.

Gruber warf ihr einen aufmunternden Blick zu und sagte etwas, was sie nicht verstand. Dann bahnte er sich einen Weg durch die eng gedrängten Menschenleiber, die um eine leere Bühne herumstanden, und Clara beeilte sich, hinterherzukommen, um ihn nicht aus den Augen zu verlieren. An einer Art improvisierter Bar blieb Gruber stehen. »Toller Schuppen, was?«, schrie er ihr ins Ohr.

Clara gelang es erst jetzt, sich ein wenig umzusehen. Sie befanden sich in einer nahezu unverändert gebliebenen, von Metallstreben und Lüftungsrohren durchzogenen, alten Produktionshalle, die an einem Ende von einer grob gezimmerten Bühne begrenzt wurde. Ein Schlagzeug, mehrere Mikrophone und zwei E-Gitarren standen dort bereit. Dahinter hing ein großes schwarzes Tuch von der Decke, auf dem ein tollwütiger Hund abgebildet war. Darunter stand in gotischen Buchstaben »Odins Hunde« – offenbar die Band, die heute Abend noch spielen würde.

Clara musterte die Gäste, vorwiegend Männer, und runzelte die Stirn. Es war eine seltsame Mischung. Es gab Heavy-Metal-Fans, schnell zu identifizieren an langen Haaren, Jeanswesten, zahlreichen Tätowierungen und schwarzen T-Shirts mit gruseligen Motiven. Dazwischen jedoch gab es auffällig viele Vertreter einer ganz speziellen Zunft, die Clara nicht unbedingt zusammen mit den anderen an einem Ort erwartet hatte: kahl geschorene junge Männer in Bomberjacken und Springerstiefeln und andere, akkurat gescheitelt oder mit Bürstenhaarschnitt in sauber gebügeltem Hemd und Bundfaltenhose. Sie erinnerte sich an Luzies Worte: »Frank war auch so einer von denen«, und sie dachte an das Foto in der Akte, das Frank als einen jungen, sehr akkurat gekleideten Mann mit militärisch kurzen Haaren gezeigt hatte. War Frank vielleicht ein Nazi gewesen?

Gruber war ihren ratlosen Blicken gefolgt und nickte grimmig. »Interessante Verbindung, nicht wahr?«, brüllte er ihr ins Ohr.

Clara bejahte. Neonazis und Metal-Fans, das war in der Tat eine merkwürdige Kombination, und noch interessanter fand sie die Frage, wie Solo in diese Gesellschaft hineinpasste. Clara hätte ihn weder mit der einen Gruppe noch mit der anderen in Verbindung gebracht. Wahrscheinlich war er, wie Luzie angedeutet hatte, nur wegen seines Bruders hierhergekommen.

Gruber reichte ihr eine Bierflasche, die noch verschlossen war. »Sicher ist sicher!«, sagte er in ihr Ohr und öffnete die Flasche gekonnt mit seinem Autoschlüssel.

Clara nahm sie mit gemischten Gefühlen entgegen. Hatte Gruber etwa vor, hier Wurzeln zu schlagen?

»Tarnung«, beantwortete er ihre unausgesprochene Frage und grinste ein wenig. »Wir warten, bis das Konzert losgeht, und dann sehen wir uns genauer um.«

Sie brauchten nicht lange zu warten. Clara hatte kaum einen Schluck des warmen, billigen Biers getrunken, als ein Pfeifkonzert die Band auf die Bühne holte. Muskelbepackte Gestalten mit langen Haaren und ärmellosen Westen, die sie auf ihrem nackten Oberkörper trugen, erschienen im Nebel, der die Bühne jetzt umwaberte, und griffen nach den Instrumenten. Der Sänger trat nach vorn und hob grüßend die blau tätowierten Arme, auf denen kein einziger Flecken freier Haut mehr zu erkennen war. Zahllose geballte Fäuste streckten sich ihm aus dem Dunst entgegen. Er schrie etwas, und das Publikum antwortete mit einem dumpfen, rhythmischen Ruf. Clara lief es kalt den Rücken hinunter. Dann zerriss ein Gitarrenriff die erwartungsvolle Stille, und ein tiefer, dröhnender Bass schloss sich an. Als der Sänger seine

Stimme erhob, zuckte Clara zusammen. Da war keine Melodie, kein Gesang, es war nichts als ein hasserfülltes, irres Kreischen, untermalt von dem magenzerfetzenden Bass und gnadenlos verzerrten E-Gitarren. Sie klammerte sich an ihrem Bier fest und versuchte, sich nicht anmerken zu lassen, wie verstörend sie die Musik fand.

Gruber warf ihr einen kurzen Blick zu und verzog dabei das Gesicht, als habe er Zahnschmerzen.

Das Lied, sofern man es so nennen konnte, ging in einem Inferno aus Blitzen und Gitarrenkreischen zu Ende, und das Publikum grölte vor Begeisterung. Schon begann das nächste Stück. Ein kurzes Aufjaulen der Gitarren, und dann war nur noch die Bassdrum zu hören, dumpf, in rhythmischen Schlägen wie ein riesiges Herz. Die Meute wurde still, fast ehrfürchtig, und als der Sänger mit seiner teuflischen Stimme wieder zu singen anhob, sah Clara mit Entsetzen, dass alle im Saal die rechte Faust erhoben hatten und sie in Richtung Bühne streckten. Sie sangen wie aus einer Kehle mit. Clara konnte nur Brocken des deutsch gesungenen Textes verstehen, der von Rache und Vergeltung handelte, doch das reichte ihr.

Sie stieß Gruber an. »Ich möchte gehen«, sagte sie.

Gruber nickte, doch er ging mit ihr nicht zu dem Eingang, durch den sie hereingekommen waren, sondern dirigierte sie an der Bühne vorbei, wo ein dunkler, schmaler Gang zu den Toiletten führte. Dort befand sich ein Notausgang, nur dürftig mit einem selbst gemalten Pappschild als solcher gekennzeichnet. Gruber vergewisserte sich, dass niemand sie bemerkte, und schob Clara durch die unauffällige Tür hinaus.

Sie gelangten auf die Rückseite der Halle. Müllsäcke stapelten sich dort, durchweichte Pappkartons und alte Fässer, verrostete Metallteile, Altholz und ein Berg Autoreifen. Ein trübes Licht über der Tür warf seinen gelblichen Schein auf den mit Kippen, Papierfetzen, Glasscherben und nicht näher zu definierendem Unrat übersäten Boden. Clara warf einen furchtsamen Blick zur Tür und hoffte, keine dieser widerlichen Gestalten würde herauskommen und wissen wollen, was sie verdammt noch mal hier trieben, doch Gruber nahm sie an der Hand und ging mit ihr langsam und mit prüfendem Blick die Wand entlang.

»Keine Angst«, sagte er, und Clara glaubte, ein Lächeln in seinem Gesicht erkennen zu können. »Wir könnten ein Liebespaar sein, das sich ein ruhiges Eckchen gesucht hat …«

Clara sah sich um. »Wie romantisch. Das glaubt uns doch kein Mensch!«

Gruber deutete stumm auf ein benutztes Kondom, das vor ihnen auf dem Boden lag, und Clara schüttelte sich angewidert.

Sie kamen nicht in Versuchung, ihre Tarnung ausprobieren zu müssen, denn es kam niemand. Die Musik, die zu Claras Erleichterung nur noch gedämpft herausdrang, steigerte sich in ein neues Stakkato, und man konnte dazwischen das Grölen des Publikums heraushören.

Plötzlich blieb Gruber stehen und deutete auf eine Nische in der Wand, wo ein Stromkasten und ein Regenrohr angebracht waren. »Da!«, flüsterte er, und dann sah es Clara auch: Solos Salamander, etwa zwei Handbreit über dem feucht glänzenden Boden. Gruber griff nach seinem Handy, und Clara hörte ihn leise reden, während sie das schwarze Tier mit den roten Augen musterte und sich beklommen fragte, an welche Orte diese Geschichte sie noch führen mochte.

»Was ist das für eine grauenhafte Spelunke?«, wollte Clara wissen, als sie kurze Zeit später mit Gruber im Auto saß.

Die Polizei hatte die Veranstaltung beendet, und die Spurensicherung war dabei, den rückwärtigen Teil der Halle zu untersuchen. Gruber hatte darauf bestanden, sie nach Hause zu bringen, und Clara hatte nichts dagegen einzuwenden gehabt. Es war mittlerweile weit nach Mitternacht.

»Warum verbietet ihr so etwas nicht?«

Gruber zuckte mit den Schultern. »Politik«, sagte er.

»Aber das ist Volksverhetzung! Rassismus der übelsten Sorte! Hast du gehört, was die da gesungen haben?«

Gruber nickte. »Ich weiß. Da sind Leute vom Verfassungsschutz dran. Die beobachten das.«

»Beobachten? Na super!« Clara ließ sich tiefer in den Beifahrersessel sinken. »Ich verstehe nicht, wieso Solo und auch Luzie und ihre verschwundene Freundin hierherkommen. Was haben sie mit solchen Typen zu schaffen?«

»Das ist nicht so einfach«, gab Gruber zurück. »Es sind nicht alles Nazis hier. Wir beobachten diese Strömungen schon eine ganze Weile: Dark-Metal-Fans, Satanisten, Mittelalterfreaks der finsteren Sorte, all diese Typen treffen sich hier seit längerem. Und neuerdings kommen eben auch Neonazis dazu. Vor allem die aus der mythischen Ecke, Germanenfans, Anhänger irgendwelcher Kulte, in denen es um die reine Rasse geht. Die ganze Scheiße an einem Ort.«

»Germanen?«, fragte Clara interessiert nach. »Gibt es auch keltische Kulte in dieser Richtung?«

»Germanen, Kelten, ist doch alles dasselbe. Diese Idioten bedienen sich aus der Geschichte oder dem, was sie dafür halten, und basteln sich ihre eigenen Ideologien.« Gruber machte eine wegwerfende Handbewegung. »Das ist nicht totzukriegen. Irgendwo tauchen solche Ideen immer wieder auf. Deshalb wird der Club auch nicht verboten. So weiß man wenigstens, wo sie sich aufhalten.«

»Tolle Strategie!« Clara sah aus dem Fenster. Die Stadt schlief bereits. »Wusstest du, dass der Mord an Frank Eibl einen keltischen Hintergrund hat?« Sie erzählte ihm von ihren Entdeckungen.

Gruber warf ihr einen ironischen Blick zu. »Auch wenn du uns für beschränkt hältst: Wir haben durchaus einen kultischen Hintergrund vermutet.«

»Aber darauf, dass es eine explizit *keltische* Art ist, Feinde zu töten, sie auszulöschen, seid ihr nicht gekommen«, hakte Clara nach.

»Nicht direkt. Wir haben das nicht so vertieft, denn wir hatten ja …«

»… den Mörder! Ich weiß. Wobei die Betonung auf *hatten* liegt«, stellte Clara gnadenlos fest.

Gruber entfuhr ein Geräusch, das irgendwo zwischen Lachen und Knurren angesiedelt war. »Kannst du nicht ein einziges Mal Ruhe geben?«

»Nein«, sagte Clara. »Nicht, bevor ich es verstehe.« Sie dachte einen Augenblick nach, dann fragte sie: »Was, glaubst du, hat Luzies Geschichte von den verschwundenen Menschen zu bedeuten? Kann es sein, dass sie tatsächlich tot sind? Glaubst du, dass Solo sie getötet hat?«

Gruber antwortete nicht sofort. Erst nach einer Weile sagte er ausweichend: »Ich weiß es nicht. Wir müssen abwarten, was die Spurensicherung sagt.«

»Aber was glaubst du?«, bohrte Clara weiter.

»Also ich denke … ich weiß nicht, wie und warum, aber … es wäre möglich.«

Clara sank noch ein paar Zentimeter tiefer und heftete den Blick auf die Straße. »Das denke ich auch«, sagte sie leise und spürte, wie ihr trotz der warmen Heizung im Auto kalt wurde.

Ein scharfer Ruck riss sie nach vorn in den Sicherheitsgurt. Hinter ihr rumpelte es, als Elise vom Sitz rutschte. Gruber hatte scharf gebremst und war einem Mädchen ausgewichen, das unmittelbar vor ihnen auf die Straße gelaufen war.

»Ist die betrunken oder was?«, rief Gruber wütend, schaltete die Warnblinkanlage ein und fuhr an den Straßenrand.

Clara sah aus dem Seitenfenster. Sie waren bereits in der Nähe ihrer Wohnung, nur eine Straße von der Jugendpension von RoadKizz entfernt. Sie erkannte zuerst den Hund, der hinter dem Mädchen herlief. »Das ist Luzie! Halt an.«

»Wir stehen schon …«, sagte Gruber, doch Clara hörte nicht mehr zu. Sie hatte schon die Tür aufgerissen und war nach draußen gesprungen.

»Luzie! Warte!«

Der Hund knurrte drohend. Mit gefletschten Zähnen und gesträubtem Rückenfell stand er schützend vor dem Mädchen. Luzie war auf Claras Rufen hin zwar stehen geblieben, aber sie drehte sich nicht um. Wie in Stein gemeißelt stand sie mitten auf der Straße. Autos hupten, wichen aus, doch keine Regung von ihr zeigte, ob sie sie überhaupt bemerkte.

»Luzie?« Clara ging vorsichtig einen Schritt weiter, und als der Hund wieder zu knurren begann, herrschte sie ihn an: »Halt endlich die Klappe!«

Das Mädchen begann zu schwanken und taumelte, und Clara gelang es gerade noch, sie aufzufangen.

Gruber kam angelaufen und half Clara, das leichenblasse Mädchen aufzurichten und an den Straßenrand zu führen. Der Hund hatte seine Feindseligkeit aufgegeben und rannte nun aufgeregt zwischen ihnen hin und her.

»Sitz!«, befahl Clara scharf, und zu ihrem Erstaunen gehorchte Cuchulainn sofort. Er ließ sich leise winselnd auf sein Hinterteil nieder und blieb sitzen.

Sie setzten Luzie, die noch immer gefährlich schwankte, in Grubers Auto.

»Was ist mit dir?«, fragte Clara. »Hast du Drogen genommen?«

Das Mädchen öffnete den Mund, doch es kam kein Ton heraus. Ihr Gesicht war starr vor Entsetzen. Langsam schüttelte sie den Kopf und streckte Clara ihre Hände entgegen. Sie waren voller Blut. Clara und Gruber wechselten einen kurzen, erschrockenen Blick.

»Was ist passiert?« Clara packte Luzie kräftig an den Schultern und schüttelte sie. »Rede mit uns!«

»Charlie ...«, flüsterte Luzie.

»Charlie? Du meinst Charlie Rohleder? Was ist mit ihm?«

»Er ... er ...« Luzies Stimme brach, und sie begann hysterisch zu weinen.

VIERUNDZWANZIG

»Tot …«, wisperte Solo. »Tot …« Er konnte seine eigenen Schritte auf dem Asphalt hören. Sie klangen laut, viel zu laut. Er blieb stehen und presste sich mit dem Rücken gegen die kalte Hausmauer. Langsam rutschte er nach unten, bis er seinen Kopf auf die Knie legen konnte. Es wurde dunkel um ihn. Das Licht der Straßenlaterne störte ihn nicht mehr. Er konnte den Stoff seiner Jeans auf seinem Gesicht spüren. Das Mädchen tat ihm leid. Sie war schreiend weggelaufen. Er konnte das verstehen. Doch er hatte ihr den Anblick nicht ersparen können. Wie hätte er ihr helfen können, wenn er sich doch selbst nicht mehr helfen konnte? Wenn alles längst zu spät war? Er schlang die Arme um seine Unterschenkel und wiegte sich sacht hin und her. »Heute back ich, morgen brau ich, übermorgen hol ich der Königin ihr Kind …«, flüsterte er leise und gab sich Mühe, seine Stimme so tröstend wie möglich klingen zu lassen. »Ach, wie gut, dass niemand weiß, dass ich Rumpelstilzchen heiß …«

Er schreckte hoch, als er das Blaulicht sah. Ein grauer BMW kam mit quietschenden Reifen um die Ecke gebogen und bremste scharf vor der Jugendpension. Es war ein Zivilfahrzeug, dem ein Blaulicht aufs Dach aufgesetzt worden war – wie in einem amerikanischen Film. Solo kauerte sich tiefer in den Schatten, um nicht entdeckt zu werden. Er sah zu, wie ein Mann ausstieg, und erkannte ihn wieder, es war der Kriminalkommissar, der mit den dunklen, scharfen Augen. Er war es gewesen, der die Anwältin gerufen hatte, in jener Nacht, als sie ihn oben am Monopteros gefunden hatten. Als …

»Tot …« Solo begann sich wieder zu wiegen und summte, so leise, dass er es nur in seinem Kopf hören konnte: »Heute back ich, morgen brau ich, übermorgen hol ich der Königin ihr Kind …«

Jetzt stieg noch jemand aus. Es war die Anwältin. Solo wurde ganz steif vor Schreck. Sie sollte das nicht sehen müssen. Doch sie folgte dem Kommissar in das Haus. Er schloss die Augen, stellte sich vor, wie sie die Treppe in die Cafeteria hinunterging, dorthin, wo Licht brannte. Wie ihre Hände sich am Geländer festklammerten, wie sie vom Blut verschmiert würden, das auf dem Geländer klebte, wie sie stehen bleiben würde, erstarrt vor Schreck. Und dann, dann würde sie den Mund öffnen und – er zuckte zusammen, als ein lauter Entsetzensschrei zu ihm herüberdrang, und stand auf. Langsam schob er sich im Schutz der schattigen Hauseingänge davon. In der Ferne konnte man Sirenen heulen hören. Sie kamen rasch näher. Solo bog in eine Seitenstraße ein, sprang über eine Absperrung und verschwand in der Dunkelheit.

Gruber sagte ihr, sie habe einen Schock gehabt. Doch Clara konnte sich an nichts erinnern. Nicht daran, dass sie geschrien hatte, nicht daran, dass sie zusammengebrochen war, dort auf der Treppe, nicht daran, dass Gruber sie hinausgebracht hatte, fluchend, wie er ihr später beschrieb, weil sie nicht auf ihn gehört hatte und im Auto geblieben war. Sie konnte sich vage daran erinnern, dass ein Krankenwagen gekommen war und Sanitäter sich um das Mädchen gekümmert hatten, um Luzie. Oder hatten sie sich um sie gekümmert? Hatte ihr jemand Tee gegeben? Sie wusste nichts mehr, alles verschwamm ineinander und gerann zu dem einen einzigen, grausigen Bild, das sich in ihre Netzhaut eingebrannt hatte, als sie unten am Treppenabsatz auf die Stange gestarrt hatte, auf der ein blutiger Kopf mit glasigen Augen aufgespießt worden war: Charlie Rohleders Kopf.

»... und schrecklich kommt er daher, er trägt die Köpfe seiner Feinde auf Lanzen gespießt ...«

Der Satz zog an ihrem Geist vorbei, und sie wunderte sich flüchtig darüber. Was war das? Wo hatte sie das gelesen? Sie wickelte sich fester in die Decke, die der Sanitäter – oder war es Gruber gewesen? – um ihre Schultern gelegt hatte, und versuchte, das Zittern zu unterdrücken, das ihren ganzen Körper erfasst hatte. Ihre Zähne schlugen so hart aufeinander, dass sie kaum ein Wort herausbrachte. Doch Clara wollte auch gar nicht reden. Sie schloss die Augen, und ihr Geist driftete ab. Die Stimmen um sie herum wurden leiser, sie begann zu schweben, ihre Füße berührten den Boden nicht mehr, und dann endlich wurde ihr warm, und das Zittern hörte auf.

Das Licht drang weich und fedrig in ihre Augen, von ihren Wimpern hundertfach zerteilt. Clara blinzelte und versuchte, sich zu orientieren. Sie lag in ihrem Bett, und späte Sonnenstrahlen drangen durch die Lamellen der Jalousien herein. Mit einem Ruck setzte sie sich auf. Ihr Kopf fühlte sich seltsam an, wie in dichte weiße Watte gehüllt. Das Zimmer schwankte ein wenig, als sie aufstand, und ihre Beine fühlten sich so schwach an, als wären sie außerstande, sie zu tragen. Vorsichtig ging sie ein paar Schritte. Was war passiert? In ihrem Kopf begann sich alles zu drehen. Die Gedanken flogen herum wie kleine Vögel, sie glaubte, ihr hektisches Flügelschlagen spüren zu können. Aus der Küche drangen Geräusche. Sie erinnerte sich, dass es diese Geräusche gewesen waren, die sie geweckt hatten: das Klappern von Geschirr, leise Radiomusik. Sie blieb stehen, den Kopf an die Wand gelehnt, und spürte, wie ihr Herz schneller zu klopfen begann. War Mick zurück? Er war doch erst gestern abgereist. Es war doch gestern gewesen?

Vorsichtig, sich mit beiden Händen an der Wand abstützend, ging sie in den Flur. Der Geruch nach Kaffee drang ihr in die Nase. Sie trat an die offene Tür. Es war nicht Mick, der dort in ihrer Küche herumhantierte, es war Walter Gruber. Er hob den Kopf, und seine dunklen Augen trafen die ihren. Sie zuckte zurück, als habe ein elektrischer Schlag sie getroffen. Bei seinem Anblick fiel ihr alles wieder ein. Jedes Detail, buchstäblich alles auf einmal. Sie stöhnte auf und klammerte sich am Türrahmen fest.

Gruber kam und stützte sie. »Guten Morgen«, sagte er leise und half ihr, sich zu setzen. »Frühstück?«

»Wie spät ist es?«

»Vier Uhr nachmittags. Du hast zwölf Stunden geschlafen.« Er stellte einen Teller mit gebuttertem Toast vor sie hin und schenkte Kaffee in den Becher. Dann setzte er sich ebenfalls. Clara sah ihn an. Tiefe Furchen durchzogen sein blasses Gesicht. Schwarze, dichte Bartstoppeln bedeckten seine Wangen und ließen ihn noch finsterer aussehen als sonst.

»Warst du die ganze Zeit hier?«, fragte Clara ungläubig. Sie griff nach der Tasse, doch ihre Hände zitterten so, dass sie Angst hatte, die Hälfte zu verschütten, und sie ließ die Hand sinken.

Gruber schüttelte den Kopf. »Ich habe dich nach Hause gebracht, und als du eingeschlafen warst, bin ich wieder zurück zum Tatort. Später hab ich noch mal nach dir gesehen und bin mit Elise vor die Tür, und vor circa einer halben Stunde bin ich wiedergekommen.« Er deutete auf Claras Haustürschlüssel, der auf dem Tisch lag. »Ich habe ihn mir ausgeliehen.«

Clara warf einen Blick auf Elise, die neben Grubers Beinen ausgestreckt lag und schlief. Sie machte einen zufriedenen, satten Eindruck. Clara war gerührt.

»Das … das …«, begann sie und wischte sich mit einer fahrigen Handbewegung über die Augen. »Hast du gar nicht geschlafen?«

Gruber schüttelte stumm den Kopf. »Ich habe Mick nicht erreicht«, sagte er dann. »Ich habe im Pub angerufen und bei ihm zu Hause, aber er war nicht da.«

Clara griff mit beiden Händen nach der Kaffeetasse und trank einen kräftigen Schluck. »Er ist weg«, sagte sie und wandte den Blick ab.

»Wie, weg?«

»In England.«

»Aber er kommt doch wieder, oder?«

»Ich glaube nicht …«

Gruber schwieg einen Augenblick und wechselte dann das Thema. »Die Sanitäter haben dir ein Beruhigungsmittel gegeben. Deshalb hast du so lange geschlafen. Du hattest einen schweren Schock.«

Clara biss sich auf die Lippen. Sie wollte nicht daran denken, was gestern passiert war. Merkwürdigerweise waren es nicht nur die Bilder von letzter Nacht, die ihr so grausam deutlich vor Augen standen, sondern auch die von dem toten Frank Eibl. Sie waren zurückgekommen und vermischten sich wie in einem Film mit Überblendungen mit den Bildern des toten Charlie Bohleder.

»… und schrecklich kommt er daher, er trägt die Köpfe seiner

Feinde auf Lanzen gespießt …«, murmelte sie, und ein Schauder schüttelte erneut ihren Körper. »Ich habe es gelesen«, sagte sie tonlos. »Vorher.«

»Clara …«, begann Gruber vorsichtig, doch Clara unterbrach ihn hastig: »Habt ihr Solo gefunden?«

Gruber schüttelte den Kopf. »Nein. Er ist wie vom Erdboden verschluckt.«

»Ist es sicher, dass er es war?«

Gruber sah sie an: »Es ist die gleiche Vorgehensweise wie bei seinem Bruder, ein Stich in den Rücken, der abgetrennte Kopf, außerdem haben wir seine Fingerabdrücke am Tatort gefunden … Was denkst du?«

Clara nickte zögernd. »Aber warum hat er ihn getötet?«

»Wir wissen es nicht. Das Mädchen hat auch nichts gesehen. Er war schon tot, als sie kam.«

»Was hat sie so spät dort gesucht?«

»Sie sagt, ihre Eltern hätten sie nicht hineingelassen. Sie hatte sich verspätet, und sie haben sie mit dem Hund einfach vor der Tür sitzen lassen.«

Clara griff nach der Schachtel Zigaretten. »Und? Stimmt das?«

Gruber bejahte. »Der Vater hat es mir bestätigt. Er wollte *ein Exempel statuieren*, so hat er sich ausgedrückt. Das ist so einer, der auf jugendlich und locker macht und dabei superspießig ist. Ein totales Arschloch. Und die Mutter wiegt ungefähr 40 kg, nichts als braun gebrutzelte Haut und Knochen und dabei so arrogant, dass dir das Würgen kommt. Die glauben, sie wären die Beckhams.«

»Seit wann kennst du dich im Jetset aus?« Clara lächelte. Genauso hatte sie sich Gellhorn & Gellhorn nach Luzies knapper Beschreibung vorgestellt.

»Gar nicht!« Gruber schnaubte. »Aber die beiden werden

noch Probleme bekommen, darauf kannst du wetten. Das Mädchen ist fünfzehn!«

Er musterte Clara scharf. »Du solltest jetzt nicht rauchen. Iss lieber etwas.«

Clara betrachtete unschlüssig das Brot auf ihrem Teller. »Später vielleicht«, sagte sie, doch beim Gedanken an Essen drehte sich ihr der Magen um.

»Was ist mit den anderen Jugendlichen in der Pension? Die müssen doch etwas mitgekriegt haben, oder?«

»Nein, die Pension war leer, die Jugendlichen sind mit einem anderen Betreuer bei einem Ausflug mit Übernachtung. Nur Charlie Rohleder war da – und der Mörder ...«

Gruber sah auf die Uhr und stand auf. »Ich muss wieder los. Wenn es dir nicht gut geht, ruf mich an!«

Clara begleitete ihn auf wackligen Beinen zur Tür. »Ich bin bald wieder okay«, sagte sie leichthin.

Gruber musterte sie zweifelnd. »Du solltest vielleicht zum Arzt gehen«, meinte er.

Clara zuckte mit den Schultern. »Mal sehen«, antwortete sie vage.

»Ja, dann ...« Gruber hob etwas hilflos die Arme. »Ich halte dich auf dem Laufenden.«

Clara nickte und umarmte Gruber spontan. »Danke«, flüsterte sie und hielt sich einen Augenblick an ihm fest.

Er erwiderte ihre Umarmung, sie spürte die Wärme seines Körpers durch den dünnen Stoff des T-Shirts, das sie trug, und unvermittelt kamen ihr die Tränen. Abrupt ließ sie die Arme sinken. »Ich ... ich ... gehe besser noch mal ins Bett«, schniefte sie und flüchtete in ihr Schlafzimmer, ohne ihn noch einmal anzusehen. Sie hörte, wie Gruber leise die Tür ins Schloss zog, dann war Stille. Clara kroch zurück in ihr Bett und starrte mit brennenden Augen an die Decke.

Er hatte sich verkrochen. Tief in den Eingeweiden der Stadt. Dort würden sie ihn nicht finden. Die anderen hatten sie auch nicht gefunden: die Toten. Sie verwesten dort unten im Dunklen. Er blieb vor der fest verschlossenen Öffnung im Fußboden stehen und horchte hinunter. Tote machten keine Geräusche, sie waren still. Verfielen, verfaulten lautlos. Dabei hätten sie so viel zu sagen gehabt. Aber sie wurden nicht einmal gesucht. Ihn dagegen suchten sie. Mit Sirenen und Blaulicht. Zuckendem Licht, das in alle Winkel drang.

Er trat versuchsweise mit einem Fuß auf die zusätzlich mit Plastikfolie abgedeckten Bretter, die festgefügt auf der Öffnung lagen, kein Licht hinunterließen und keinen Geruch herauf, und zog den Fuß dann schnell wieder zurück. Die flackernde Flamme seines Feuerzeugs glitt an den feuchten Betonwänden entlang, blieb einen Augenblick an der Sprossenwand hängen, die nach oben führte, und wanderte weiter. Nichts erinnerte mehr daran, was hier geschehen war. Der Käfig war weg, lag unten bei den stummen Toten. Solo entdeckte ein paar winzige Spuren an der Wand, dort, wo er gestanden hatte. Kratzspuren von Fingernägeln, dunkle Flecken von getrocknetem Blut. Er ging weiter an der Wand entlang, sorgsam bedacht, das Loch im Boden so weit wie möglich zu umgehen, um die Totengeister nicht zu wecken.

An der hinteren Ecke bückte er sich. Dort war eine kleine Öffnung im Beton. Er ließ das Feuerzeug ausgehen und kroch hinein. Hier brauchte er kein Licht mehr, hier kannte er sich aus. Es war ein enger Schacht, der sich nach etwa einem Meter zu einer kleinen Nische verbreiterte. Von dort führte ein weiterer Schacht nach oben in den Betriebsraum darüber. Vielleicht war die Nische für elektrische Anlagen gedacht gewesen, Solo wusste es nicht. Es war ihm auch egal.

Für ihn bedeutete sie Schutz und Stille. Er hatte den Schacht mit der Nische entdeckt, als er ihnen mit dem geklauten Motorrad gefolgt war. Vom Bunker, wo sie Bone geholt hatten, bis hierher. Von da an hatte er gewusst, wo er sie suchen musste: unter der Erde, in den schwarzen, verlassenen Gängen, die sich zu Grabkammern ausbreiteten und nirgendwohin führten. Wo niemand die Schreie hörte und niemand nach ihnen suchte.

Er lehnte sich gegen die Wand und streckte die Beine aus, so gut er konnte. Die Dunkelheit war vollkommen. Sie beschützte ihn wie ein Freund. Außer dem beständigen Dröhnen, das von draußen kam und hier unten kaum noch wahrnehmbar war, war nichts zu hören, nur ein leises Tropfen dann und wann, wenn etwas Kondenswasser seinen Weg hier herunter fand. Solo atmete auf. Er konnte ausruhen. Für eine kurze Weile wenigstens. Ohne das Feuerzeug wieder anzuzünden, holte er die Packung Diazepam aus seiner Jackentasche. Er hatte noch vier Stück, die musste er sich gut einteilen. Danach würde es höllisch werden. Vorsichtig drückte er eine Tablette in seine hohle Hand und schluckte sie trocken hinunter. Ein paar Stunden Frieden. Er ließ seine Arme sinken und wartete. Es dauerte in letzter Zeit immer länger, bis sie zu wirken begannen, und die Wirkung war jedes Mal schwächer. Das nächste Mal würde er vielleicht doch zwei Stück auf einmal nehmen müssen. Als die Wolken in seinen Kopf zogen und die Augenlider schwer wurden, verspürte er ein unverhofftes Glücksgefühl. Dieses Mal würde es Gnade geben. Er hatte seit seiner Rückkehr aus Wolfsberg gestern Nachmittag nichts mehr gegessen, sein Magen war leer, und der Wirkstoff konnte ohne Umwege in sein Hirn schießen. Die Wolken wurden dichter, umfingen seinen Körper, und er ließ sich zur Seite fallen, bettete seinen Kopf auf den nackten

Betonboden, als läge dort ein weiches Kissen, und dann flog er fort. Fort aus der Dunkelheit.

Als Clara erneut erwachte, war es bereits dunkel. Der Radiowecker auf dem Nachttisch zeigte halb sieben. Schwerfällig kroch sie aus dem Bett und ging in den Flur. Elise saß vor der Tür und winselte leise. Clara kniete sich neben sie und schlang ihre Arme um den Körper der Dogge. »Gleich«, flüsterte sie in ihr Schlappohr. »Gleich gehen wir …« Sie hatte Schwierigkeiten, wieder aufzustehen. Ihr Körper fühlte sich noch immer fremd an, schwerfällig, und alles schien verlangsamt, vor allem das Denken. Auf dem Tisch in der Küche neben dem Hausschlüssel lag eine Packung Beruhigungstabletten. Gruber hatte sie ihr dagelassen. Clara nahm sie und warf sie in den Müll. Dieses Gefühl der Lähmung konnte sie nicht ertragen. Dann lieber ohne Schutz sein vor den Gedanken und Bildern, die kommen würden. Sie lauerten bereits im Hintergrund. Clara konnte sie erahnen wie flüchtige Bewegungen, die man aus den Augenwinkeln wahrnimmt.

Sie kochte sich Kaffee und aß ein paar Bissen von den kalten Toastscheiben, die noch immer auf dem Teller lagen. Dann zog sie sich an und ging mit der bereits nervös umherlaufenden Elise hinunter zur Isar. Die Luft war feucht vom Nebel, der sich wieder über die Stadt gesenkt hatte. Clara atmete tief ein, während sie mit Elise zwischen den Bäumen entlangging, und der Nebel in ihrem Kopf begann sich langsam zu lichten. Die Kälte, die vom Fluss heraufzog, drang ihr bis in die Knochen, doch sie war willkommen, ließ sie spüren, dass sie am Leben war.

Nach einer halben Stunde kehrte sie um und ging zurück in ihre Wohnung. Unruhig wanderte sie zwischen den Zimmern umher und versuchte, die Bilder in Schach zu halten, die sie bedrängten. Schließlich setzte sie sich an ihr Klavier und begann zu spielen. Ihre Finger waren wie eingerostet, und sie hatte Mühe, sich zu konzentrieren, doch nach und nach ging es besser, und ihr fielen Bruchstücke einiger Lieder wieder ein, die sie früher auswendig gekannt hatte. Die Töne erfüllten den Raum und drängten die Bilder von Blut und Tod hinaus.

Doch als sie nach einiger Zeit zu spielen aufhörte, müde und wütend, weil ihre Hände ihr nicht so gehorchten, wie sie sollten, kamen die Bilder zurück. Und sie blieben. Sie blieben in ihrem Kopf, und sie konnte nichts dagegen tun. Mit einem lauten Knall ließ sie die Abdeckung auf die Tasten zurückfallen und nahm ihre ruhelose Wanderung wieder auf: durch den gelb gestrichenen Flur, in dem chronische Unordnung herrschte, vorbei an Seans ehemaligem Kinderzimmer mit den leeren Regalen und den Staubmäusen unter dem Bett, vorbei an der kleinen schmalen Küche, die sie immer am liebsten gemocht hatte. Nichts gab ihr an diesem Abend Geborgenheit. Sie fühlte sich fremd und verloren. Clara ging ins Wohnzimmer, legte eine uralte Platte von den Doors auf und rauchte eine Zigarette am offenen Fenster. Jim Morrison sang ihr aus der Seele:

»Riders on the storm, into this house we're born, into this world we're thrown, like a dog without a bone, an actor out on loan, riders on the storm …«

Und als ob er ihre Gedanken erraten hätte, sang er weiter:

»There's a killer on the road … killer on the road …«

Sie hatte sich getäuscht, als sie geglaubt hatte, die entsetzliche Szene am Monopteros weggesteckt zu haben. Sie hatte sich in ihren Beruf geflüchtet, hatte die Strafverteidigerin vorgeschoben. Doch jetzt kam alles zurück: der Schock über den Anblick des Jungen, der dort am Boden gekauert hatte, mit dem Kopf seines Bruders in den Armen. Jetzt kam es wieder und immer wieder, dieses Bild quälte sie fast mehr als alles andere. Warum? Clara zündete sich eine zweite Zigarette an und spürte, wie sie beim ersten tiefen Zug ein leichter Schwindel überkam. Charlie Rohleder drängte sich in ihre Gedanken, dessen selbstgerechte, arrogante Art sie so auf die Palme gebracht hatte. Dabei fiel ihr Luzies abwertendes Urteil über ihn wieder ein: »Er tut nur so, als ob er helfen will. Er ist ein Arsch.« Trotzdem war das Mädchen gestern Nacht in die Jugendpension gegangen. Wahrscheinlich hatte sie Angst gehabt. Angst davor zu verschwinden wie ihre Freundin Dana, die niemand suchte.

Clara wurde übel. Sie sah wieder Solo vor sich, wie er sich hin und her wiegte, den abgeschlagenen Kopf in seinen Armen wie eine Puppe, ein Baby, das er in den Schlaf wiegte ... Sie zuckte zusammen. Das war es. Daran war etwas falsch. Dieses Bild passte nicht. Sie runzelte die Stirn, bekam den Gedanken nicht zu fassen. Ihr überreiztes, benebeltes Gehirn hatte sich noch nicht wieder vollkommen erholt. »Verdammt!« Sie warf die halb aufgerauchte Zigarette nach unten auf die Straße und schloss das Fenster. Ihr Blick fiel auf das Sofa, auf dem Elise es sich bequem gemacht hatte. Darunter lugte die Ecke eines Schuhkartons hervor. Clara zog ihn heraus und wog ihn unschlüssig in den Händen. Ihr früheres Leben. Der Karton war schwer und der Deckel verbogen und staubig. Sie sollte ihn wegwerfen – mitsamt dem Inhalt.

Das Klingeln an der Tür erschreckte sie so, dass sie den Karton fallen ließ. Der Deckel sprang auf, und die Fotos ergossen sich über den Boden. Fluchend versetzte sie dem Pappkarton einen Tritt und ging zur Tür. Sie wagte nicht, sie zu öffnen, sondern spähte zuerst durch den Spion. Draußen stand Walter Gruber.

Er zwinkerte nervös, als er bemerkte, dass sie ihn durch den Spion beobachtete, und hob eine Hand zum Gruß. »Ich bin's nur«, sagte er.

Erleichtert ließ sie ihn herein. Er hatte Pizza mitgebracht und eine dicke grüne Akte.

»Ich dachte mir, du könntest was zu essen gebrauchen.«

Sie setzten sich wieder in die Küche. Clara knabberte an einer Pizzaecke herum und musterte Gruber. Er sah schlecht aus, noch schlechter als am Nachmittag. Sein Hemd war zerknittert, es hatte einen Kaffeefleck vorn auf der Brust, und sein dunkler Stoppelbart war noch dichter geworden.

»Hast du seit gestern überhaupt nicht geschlafen?«, fragte Clara besorgt.

Gruber schüttelte den Kopf. »Bei uns ist die Hölle los.« Er sah Clara aus rot geränderten Augen an. »Diese Geschichte wird mich den Kopf kosten«, prophezeite er düster.

Beide schwiegen erschrocken, als ihnen klar wurde, wie unpassend der Vergleich angesichts der Situation war. Dann hob Gruber in einer resignierten Geste die Arme und machte sich mit trotziger Verbissenheit über die Pizza her.

»Gegessen hast du wohl auch noch nichts«, vermutete Clara und biss ein kleines Stück von ihrer eigenen Pizza ab.

»Du doch auch nicht.«

»Warum bist du nicht nach Hause gefahren? Eine heiße Dusche und eine Mütze Schlaf täten dir sicher gut.«

Gruber antwortete nicht sofort. Er hatte die halbe Pizza schon gegessen, während Clara noch an ihrer ersten Ecke herumnagte. »Erstens wollte ich schauen, wie es dir geht«, sagte er kauend, »und zweitens wollte ich nicht allein sein.«

»Dein Sohn? Ist er nicht zu Hause?«, fragte Clara vorsichtig. Grubers Sohn Armin war nach dem Tod seiner Mutter zurück nach München gekommen, hatte sein Studium geschmissen und eine Schreinerlehre begonnen, was sein Vater kommentarlos hinnahm, aber trotzdem mit einem gewissen Argwohn betrachtete.

»Er ist übers Wochenende in Amsterdam«, sagte Gruber. »Mit seinen Berufsschulfreunden. Wahrscheinlich kiffen sie sich die Birne weg.« Er lächelte ein wenig. »Das war zumindest früher der Grund, warum man nach Amsterdam fuhr.«

Clara erwiderte sein Lächeln. Trotz seiner bärbeißigen Kommentare war Gruber überglücklich, dass sein Sohn wieder bei ihm wohnte, das wusste sie.

Gruber trank einen Schluck von dem Wein, den Clara für ihn geöffnet hatte, und fuhr fort: »Außerdem gibt es Neuigkeiten.«

Clara richtete sich auf. »Habt ihr Solo gefunden?«

Er schüttelte den Kopf. »Lass mich erst zu Ende essen«, bat er und schob sich ein weiteres Stück Pizza in den Mund.

»Es geht um die verschwundenen Personen«, sagte Gruber endlich, nachdem er seine Pizza und drei Viertel von Claras Pizza vertilgt hatte. Sie waren inzwischen ins Wohnzimmer gewechselt. Clara hatte Gruber das Sofa überlassen und saß auf einem Kissen am Boden. Die Fotos aus der Schachtel hatte sie achtlos beiseitegeschoben.

»Habt ihr sie gefunden?« Clara wurde auf einen Schlag hellwach. »Rede schon!«

Gruber zögerte. »Nur, wenn du mir versprichst, nicht sofort loszulaufen ...«

»... um was zu tun, Himmelherrgott noch mal?«

»Keine Ahnung. Du bist ein wenig ... unberechenbar. Tust ja eher selten, was man dir sagt ...« Gruber grinste.

Clara antwortete nicht. Sie war so froh, dass er gekommen war, dass sie ihn am liebsten ein zweites Mal umarmt hätte.

»Ich laufe nicht weg, und ich rege mich nicht auf.« Sie hob ihre rechte Hand. »Ich schwöre.«

»Gut.« Gruber beugte sich vor. »Ich glaube, ich habe Dana gefunden.«

Clara öffnete den Mund, um etwas zu sagen, doch Gruber hob abwehrend die Hand. »Ich habe von einem Kollegen noch einmal alle relevanten Daten der letzten Monate überprüfen lassen. Es gibt keine ungeklärten Todesfälle, die auf die Personen passen, die Luzie dir beschrieben hat. Allerdings hat er von einer Sozialstelle, die sich um Obdachlose kümmert, erfahren, dass ein gewisser Emil Zajac offenbar seit einiger Zeit nicht mehr aufgetaucht ist. Er ist Pole, zweiundfünfzig Jahre alt und ziemlich verrückt. Er fährt mit einem als Christbaum getunten Fahrrad durch die Gegend ...«

»Ja! Das muss er sein!«, rief Clara aufgeregt. »Dann hat Luzie also die Wahrheit gesagt?«

»Sieht so aus ... Weiter gibt es eine Vermisstenanzeige aus Köln, die schon über vier Jahre alt ist: Kevin Fedisch, damals fünfzehn Jahre alt, wurde als vermisst gemeldet. Er stammt aus desolaten Verhältnissen, Vater unbekannt, die Mutter schwerst drogenabhängig, war selbst erst sechzehn, als sie schwanger wurde. Mittlerweile ist sie in der Psychiatrie. Der Junge ist überwiegend in Heimen aufgewachsen. Vor vier Jahren ist er aus einem Heim bei Köln abgehauen und wurde seitdem nicht mehr gesehen. Sein Spitzname war Bone, weil er so dünn und klein war.«

»Dann müsste er jetzt neunzehn sein. So wie Luzie vermutet hat!«

Gruber nickte. »Über einen rumänischen Jungen haben wir leider gar nichts gefunden.«

»Aber über das Mädchen, über Dana!« Clara beugte sich vor. »Was ist mit ihr?«

Gruber zögerte. »Ich bin mir nicht ganz sicher, aber es gibt eine Verletzte im Klinikum Großhadern, auf die die Beschreibung passen könnte ... ein etwa siebzehnjähriges Mädchen ...«

»Was fehlt ihr?«

Gruber sah sie scharf an. »Du hast es mir versprochen! Keine Alleingänge!«

Clara nickte ungeduldig. »Ja doch!«

Der Kommissar schlug seine Notizen auf: »In der Nacht von Dienstag auf Mittwoch letzte Woche gab es einen Autounfall am Mittleren Ring an der Baustellenumleitung am Luise-Kiesselbach-Platz. Etwa gegen drei Uhr morgens. Ein Mädchen ist direkt in ein Auto gelaufen und dabei lebensgefährlich verletzt worden. Sie lag bis vor wenigen Tagen im künstlichen Koma und kann noch immer kaum sprechen. Sie heißt wohl Dana oder so ähnlich, zumindest meinen die Ärzte, das verstanden zu haben. Ihre Identität konnte aber noch nicht geklärt werden. Niemand scheint sie zu vermissen.«

Gruber warf Clara, die reglos dasaß, einen vorsichtigen Blick zu und sprach weiter. »Das Mädchen hatte schlimme Verletzungen, die nicht von dem Unfall herrühren, Schnitte, Blutergüsse ... und sie wurde vergewaltigt.«

Clara wurde blass und wandte den Blick ab.

Gruber sprach weiter. »Außerdem fand man merkwürdige Spuren auf ihrem Rücken und ihren Knien. Rasterförmige Hautabschürfungen.«

»Was heißt das?«, fragte Clara leise.

»Die ermittelnden Kollegen vermuten, dass sie gefangen gehalten wurde ...« Jetzt sah Gruber Clara direkt an. »In einem Käfig.«

»In einem …« Clara konnte nicht weitersprechen. Sie fingerte eine Zigarette aus der Schachtel und zündete sie hastig an. »Wie kam sie auf den Mittleren Ring?« Sie hörte, wie ihre Stimme zitterte.

»Wir wissen es nicht. Vermutlich ist sie aus einem Auto gesprungen. Dafür spricht auch die Tatsache, dass niemand außer dem beteiligten Autofahrer das Mädchen gesehen hat. ›Sie war plötzlich da‹, hat der Fahrer gesagt, ›wie ein Geist.‹«

»Wie ein Geist …« Clara starrte sekundenlang ins Leere. »Solo hat kein Auto. Er hat noch nicht mal den Führerschein.«

Gruber hob müde die Schultern. »Wir haben noch keine Ahnung, wer oder was dahintersteckt. Es gibt keine verwertbaren DNA-Spuren. Und das Mädchen ist wie gesagt noch nicht vernehmungsfähig.«

Er nahm die Weinflasche und goss sich den letzten Rest in sein Glas. Er hatte die Flasche nahezu allein ausgetrunken. Clara beobachtete ihn, während er trank und dann ins Nichts schaute. Er sah völlig fertig aus.

»Aber es bedeutet doch, dass Luzie recht hat und dass auch die anderen drei, Bone, Emil und der rumänische Junge, nicht nur zufällig abgetaucht sind …«

»… sondern irgendwo gefangen gehalten, gequält und vielleicht getötet wurden.« Gruber stockte kurz. »Es wäre zumindest möglich«, sagte er vorsichtig.

»Es lag etwas im Dunkeln«, sagte Clara langsam. »Ich hatte die ganze Zeit das unbestimmte Gefühl, dass hinter dem Mord an Frank Eibl etwas anderes steckt.«

Sie öffnete das Fenster. Kalte Nachtluft drang herein. »Der Unfall passierte letzte Woche in der Nacht vom Dienstag auf Mittwoch, sagst du?«

Gruber nickte.

Clara überlegte. »Das war in der Nacht vor dem Mord an Frank Eibl.«

Gruber nickte erneut und gähnte.

Clara sah in die Dunkelheit hinaus. »Es hängt alles zusammen. Doch wie? Wo war das Mädchen? Wo sind die drei anderen? Sind sie tot? Warum findet man sie nicht? Und warum die Zeichen? Warum die Salamander?«

Gruber hob die Schultern. »Vielleicht ist der Junge wirklich einfach nur durchgeknallt?«

»Du glaubst, dass hinter allem Solo steckt?« Clara sah ihn ungläubig an. »Das ist nicht dein Ernst! Er ist siebzehn!«

»Ja, und?« Gruber verzog das Gesicht zu einem bitteren Lächeln. »Das ist kein Argument.«

»Aber wenn ein Auto im Spiel war ...«, wandte Clara ein. »Dann kann er es doch nicht gewesen sein ...«

»Er wäre nicht der erste Siebzehnjährige, der Auto fährt ...«, wandte Gruber ein und gähnte noch einmal. »Aber wir wissen noch zu wenig. Genau genommen wissen wir ja noch nicht einmal, ob zwischen den beiden Morden und diesem Mädchen im Krankenhaus überhaupt ein Zusammenhang besteht. Wir vermuten es nur.«

Clara schnaubte verächtlich. »Solo kannte Dana. Sie waren vielleicht sogar zusammen. Vor ein paar Wochen verschwindet sie, und dann taucht sie wieder auf, einen Tag bevor Frank Eibl getötet wird. Da soll kein Zusammenhang bestehen?«

»Ich sagte ja nur, dass wir noch zu wenig wissen«, lenkte Gruber ein. »Und bitte, Clara, halte dich aus den Ermittlungen raus. Ich erzähle dir sonst kein Wort mehr.«

Clara gab keine Antwort. Sie starrte gedankenverloren vor sich hin.

Gruber gähnte wieder. »Was sind das eigentlich für Fotos auf dem Boden?«, fragte er und griff sich einen kleinen Stapel.

»Ach ...« Clara fröstelte ein wenig und schloss das Fenster. »Die sind von früher ...«

Gruber blätterte die Fotos durch. »Wo ist das überall?«

»Italien, Spanien, Marokko ... und vor allem Irland«, sagte Clara und setzte sich neben Gruber auf das Sofa.

Er verharrte bei dem Foto von Clara in Irland, das sie sich kürzlich ebenfalls angesehen hatte.

»Warst du lange dort?«

»Sechs Jahre.« Clara nahm ihm das Foto weg. »Ich war dort verheiratet. Das habe ich doch sicher schon mal erzählt.«

»Dass du verheiratet warst, ja, aber nicht, dass du in Irland gelebt hast.«

»Ist ja auch egal. Ist lange her.« Clara betrachtete ihr jüngeres, ahnungsloses Ich, das ihr so sorglos von dem Foto entgegenlachte, und riss das Bild langsam in der Mitte durch. »Das bin ich schon lange nicht mehr.« Sie ließ die beiden Hälften auf den Boden fallen und wunderte sich darüber, warum dieser Satz sie so traurig machte.

Gruber hob die beiden Fototeile auf und fügte sie wieder zusammen. »Er ist ein Trottel, wenn er dich gehen lässt«, sagte er plötzlich.

»Wie?« Clara fuhr herum. »Was hast du gesagt?«

»Dein Engländer. Er ist ein Trottel.«

»Er heißt Mick ...«, verbesserte Clara automatisch, dann unterbrach sie sich. »Wie kommst du denn jetzt darauf?«

»Weil er abgehauen ist. Hast du doch selbst gesagt.«

»Ja ... aber es ist nicht so, dass er ... eigentlich bin ich es, die ...« Clara schüttelte den Kopf. »Ach, Scheiße!«

Gruber betrachtete eine Weile das Foto. Der Riss ging

mitten durch Claras Gesicht. Er strich mit den Fingern sacht darüber.

»Du hast Angst«, stellte er plötzlich fest. »Weil du nicht mehr die von früher bist.« Er tippte auf das Foto. »Aber das heißt nicht, dass du nicht immer noch über deinen Schatten springen kannst. Und du solltest es tun. Auch wenn du mir das Herz damit brichst.«

Clara zwinkerte und sah ihn verwirrt an. »Was? Was hast du gesagt?«

Gruber gab ihr das Bild zurück und stand leicht schwankend auf. »Ich muss echt ins Bett«, sagte er und rieb sich mit beiden Händen über das Gesicht. »Ich kann schon nicht mehr geradeaus schauen.«

Clara zog ihn zurück auf das Sofa und stand auf. »Ich rufe dir ein Taxi.«

»Gute Idee!« Gruber ließ sich zurückfallen und schloss die Augen.

Als Clara mit dem Telefon zurückkam, war er bereits eingeschlafen. Sie zog ihm die Schuhe aus, legte seine Beine auf das Sofa und breitete eine Wolldecke über ihn. Nachdenklich schaute sie auf den schlafenden Kommissar und wunderte sich darüber, wie seltsam das Leben doch manchmal war. War es möglich, dass Gruber sich in sie verliebt hatte? Sein ruppiges Verhalten vor ein paar Tagen fiel ihr wieder ein. War er etwa auf Mick eifersüchtig gewesen?

Im Schlaf war sein zerfurchtes Gesicht glatter, er sah nicht mehr so erschöpft und angespannt aus. Seine Bartstoppeln lagen wie ein dunkler Schatten auf seinen Wangen, und sein dichtes, von wenigen grauen Strähnen durchzogenes Haar hing ihm in die Stirn.

In einer plötzlichen Anwandlung von Zärtlichkeit strich sie es ihm aus dem Gesicht, und ohne die Augen zu öffnen, griff Gruber nach ihrer Hand und hielt sie fest. Clara regte sich nicht, verharrte neben dem Sofa kniend, und ihr Herz pochte heftig. Dann zog Gruber sie zu sich, und Clara kroch zu ihm unter die Decke. Sie legte ihren Kopf auf Grubers Brust und lauschte seinem Atem, bis ihr eigenes nervöses Herz langsam ruhiger wurde und beide einschliefen.

FÜNFUNDZWANZIG

Das Klinikum Großhadern ragte wie ein Ufo aus dem Morgennebel. Gruber bog in den weitläufigen Besucherparkplatz ein, der an diesem frühen Montagmorgen noch fast leer war. Als sie ausstiegen, zog sich Clara ihre Mütze in die Stirn und vergrub ihre Hände tief in den Manteltaschen. Dieses graue Monster von einem Krankenhaus flößte ihr regelrecht Angst ein. Gruber ging stumm und in sich gekehrt neben ihr her, als sie auf das riesige Gebäude zusteuerten.

Er hatte über den Abend bei Clara kein Wort verloren. Irgendwann gegen fünf Uhr am Samstagmorgen war er aufgestanden und nach Hause gefahren. Clara hatte danach nicht mehr einschlafen können und war mit Elise in der frühmorgendlichen Dunkelheit durch die stille Stadt bis zum Großmarkt gegangen, um dort zu frühstücken. Das restliche Wochenende hatte sie überwiegend in ihrer Kanzlei verbracht. Sie hatte endlich die verhasste Buchhaltung erledigt, Liegengebliebenes aufgearbeitet und sogar den Keller entrümpelt, sodass sich neben der Tür mehr zu entsorgende Akten stapelten, als sie aktuell zu bearbeiten hatte. So hatte sie mehr recht als schlecht das ganze lange, leere Wochenende hinter sich gebracht, ohne viel nachdenken zu müssen.

An diesem Morgen hatte Gruber bereits um halb acht bei ihr angerufen und sie gefragt, ob sie mit in die Klinik kommen und das Mädchen sehen wollte.

Claras Herz zog sich vor Mitleid zusammen, und trotzdem konnte sie den Blick nicht von der schmalen Gestalt abwenden, die, umgeben von Schläuchen und piepsenden Maschinen, von Kopf bis Fuß bandagiert im Bett lag. Das Mädchen hatte die Augen geschlossen und regte sich nicht. Von ihrem Gesicht war nur ein kleiner Ausschnitt zu sehen, bläulich schimmernde Lider mit hellen Augenbrauen und kindliche Wangenknochen, übersät mit winzigen Abschürfungen und Schnitten, die offenbar von Glassplittern herrührten.

Gruber berührte Clara leicht am Arm und bedeutete ihr, mit ihm nach draußen zu gehen, wo der behandelnde Arzt auf sie wartete.

»Es ist ein Wunder, dass sie überlebt hat«, sagte der Arzt, nachdem er sie begrüßt hatte. »Mit diesen schweren, multiplen Verletzungen und vor allem, nachdem ihr körperlicher Zustand schon vor dem Unfall alles andere als gut war.«

»Was heißt das konkret?«, fragte Gruber nach.

»Nun, sie war vor allem stark unterkühlt und unterernährt.«

»Wir vermuten, sie ist einige Zeit gefangen gehalten worden«, sagte Gruber. »Ungefähr zehn Tage.«

Der Arzt nickte. »Das ist sicher eine Erklärung. Aber das ist es nicht allein. Die Unterernährung war nicht nur kurzfristig, sondern sie muss sich wohl über einen längeren Zeitraum nur sehr mangelhaft und einseitig ernährt haben. Ich vermute, sie hat einige Zeit auf der Straße gelebt oder in sehr schlechten sozialen Verhältnissen. Außerdem gibt es Anzeichen von Drogenkonsum und deutlichem Alkoholmissbrauch. Und dann hatte sie diese schlimmen Verletzungen. Sie hat viel Blut verloren und muss ungeheure Schmerzen gehabt haben. Es ist erstaunlich, wie sie sich überhaupt noch auf den Beinen halten konnte.«

»Sie war in Panik«, sagte Clara langsam. »Sie ist geflohen, hat nichts gefühlt, nichts gehört, nichts gesehen.«

Gruber und der Arzt sahen sie einen Moment schweigend an, dann bestätigte der Arzt ihre Darstellung: »Ja, so war es wohl.«

»Und die Vergewaltigung?«, fragte Gruber schließlich. »Gibt es hierzu irgendwelche Erkenntnisse?«

Der Arzt schüttelte den Kopf. »Nein. Keine DNA-Spuren, wenn Sie das meinen. Aber das habe ich schon Ihren Kollegen gesagt.« Er zögerte ein wenig, dann fuhr er fort. »Sie wurde öfter als einmal und auf sehr brutale Art und Weise missbraucht. Sie hat innere Verletzungen, die möglicherweise von irgendeinem scharfen ... Gegenstand herrühren. Vielleicht ein Messer oder eine Glasflasche mit abgeschlagenem Hals ...«

Clara entfuhr ein entsetztes Keuchen, und sie wandte sich ab, als beide Männer sie betreten ansahen. Gruber machte eine beruhigende Geste, doch er war selbst blass, und seine Augen waren zornig und schmal.

»Haben Sie ein Bild von ihr?«, fragte Clara schließlich.

Der Arzt zog ein Foto aus der Tasche seines Kittels und reichte es Clara. »Ich weiß nicht, ob es Ihnen weiterhilft«, fügte er einschränkend hinzu, und Clara nickte verstehend, als sie einen Blick darauf warf. Das Foto zeigte das Mädchen offenbar unmittelbar nach dem Unfall. Man konnte das Gesicht vor lauter Blut kaum erkennen. Immerhin sah man lange hellrote Haare.

»Und ihre Kleidung?«, wollte Clara wissen. »Gibt es da irgendwelche Hinweise auf ihre Identität?«

»Nichts.« Jetzt war es Gruber, der antwortete. »Sie hatte nur ein T-Shirt an. Ansonsten war sie nackt. Keine Schuhe, kein Schmuck, nichts.«

»Das Einzige, was wir haben, ist ihre Antwort auf unsere Frage nach ihrem Namen«, sagte der Arzt. »Als wir sie danach gefragt haben, hat sie so etwas wie Dani oder Dana gesagt. Aber sie ist sehr schwer zu verstehen …« Er hob hilflos die Schultern.

Während Gruber und der Arzt noch sprachen, ging Clara zurück in das Krankenzimmer und setzte sich zu dem Mädchen ans Bett. Sie nahm eine der schlaff auf dem Laken liegenden Hände und hielt sie fest. Die Finger waren kühl und die Fingernägel bis zum Fleisch abgebrochen. Clara streichelte die blasse Hand, sorgfältig bemüht, die Kanüle, die am Handrücken eingeführt war, nicht zu berühren. Ein leichtes Zucken verriet ihr, dass das Mädchen aufgewacht war.

»Hallo, Dana«, sagte Clara leise. Das Mädchen regte sich nicht. Nur ihre Augenlider flatterten. »Ich komme von Luzie. Ich soll dir sagen, Cuchulainn geht es gut.« Clara spürte einen kaum wahrnehmbaren Druck der Finger, dann erschlaffte die Hand erneut, und das Flattern der Augenlider hörte auf. Das Mädchen war wieder eingeschlafen.

»Sie ist es ganz sicher. Das ist Dana, Luzies Freundin!« Clara ging mit Gruber zurück zum Auto.

»Was macht dich so sicher?«, wollte Gruber wissen.

»Sie hat reagiert, als ich ihr von ihrem Hund erzählt habe. Du erinnerst dich? Cuchulainn. Luzie passt auf ihn auf. Es war kaum merklich, aber sie hat reagiert.«

Sie waren am Auto angelangt und stiegen ein. Gruber trommelte nachdenklich auf das Lenkrad. »Wenn sie wieder ansprechbar ist, wird sie uns sagen können, wer sie ist.«

»Luzie meinte, sie stammt aus dem Allgäu. Aus einem kleinen Dorf. Mehr wusste sie nicht. Aber vielleicht hilft dir das, die Eltern zu finden.«

»Warum ist sie nicht als vermisst gemeldet?«, fragte Gruber.

Clara hob die Schultern. »Keine Ahnung.«

Gruber fuhr los.

Der Morgennebel hatte sich verzogen, und die Sonne strahlte vom herbstlich blauen Bilderbuchhimmel, doch Clara hatte kein Auge dafür. Sie versuchte, ihre Gedanken zu ordnen. Im Verlauf des letzten halben Jahres waren mindestens vier Menschen in der Stadt verschwunden: ein drogensüchtiger junger Mann, ein rumänisches Bettelkind, ein harmloser Verrückter, ein junges Mädchen. Das Mädchen war geflohen, und die grausamen Misshandlungen, denen sie offensichtlich ausgesetzt worden war, ließen nichts Gutes für die übrigen drei Opfer vermuten. Wie passte diese Geschichte zu den Morden an Frank Eibl und Charlie Rohleder? Diese Taten waren so auffällig und theatralisch inszeniert worden. Von den verschwundenen Menschen hingegen fehlte jede Spur. Wenn es einen Zusammenhang gab, warum blieben die einen verborgen, während Frank Eibl und Charlie Rohleder geradezu zur Schau gestellt worden waren?

»Hat man eine Waffe gefunden?«, fragte Clara plötzlich.

»Wo?«

»Bei Charlie Rohleder. Hat man auch so ein Schwert gefunden wie bei Frank Eibl?«

»Nein. Aber es muss wieder ein Schwert oder etwas Vergleichbares gewesen sein, sagt die Rechtsmedizin. Allerdings mit einer weniger auffälligen Klinge und um einiges kleiner als das Fantasyschwert, mit dem Frank getötet wurde. Aufgespießt wurde der Kopf übrigens auf einen langen, zugespitzten Ast, den der Täter offenbar mitgebracht hat.«

Gruber schüttelte den Kopf. »Da geht jemand mit einem Schwert durch die Stadt und köpft Leute. Das muss man sich mal vorstellen. Eines ist allerdings interessant: Charlie Rohleder scheint seinerseits ebenfalls ein Waffenliebhaber gewesen zu sein. Auch so einer von der exotischen Sorte. Wir haben mehrere auf mittelalterlich getrimmte Schwerter bei ihm in der Wohnung gefunden. Er wohnte in einem Einzimmerapartment im Dachgeschoss der Jugendpension. Dort hängen die Schwerter mit gekreuzten Klingen an der Wand wie in einer Ritterhalle. Sogar eine Nachbildung des sagenhaften Excalibur war dabei.«

Gruber verzog das Gesicht. »Ein Spinner. Allerdings scheint keine der Waffen zu fehlen, und es gibt auch keine Blutspuren darauf. Sie waren offenbar nur Dekoration.«

Clara richtete sich auf. »Charlie Rohleder war ein Waffennarr? Er war doch so ein Gutmensch. Zumindest hat er so getan.«

Gruber schüttelte den Kopf. »Er scheint überhaupt nicht das gewesen zu sein, wonach es aussah«, sagte er langsam.

»Was heißt das?«, hakte Clara sofort nach.

»Ich weiß es noch nicht. Es ist nur ein Gefühl, aber irgendetwas ist faul bei ihm …«

»Wie kommst du darauf?« Clara ließ nicht locker. »Habt ihr etwas gefunden?«

»Es ist eher das, was wir nicht gefunden haben. Es gibt nichts über seine Vergangenheit, nichts über sein Privatleben außerhalb der Jugendpension, nichts über den Menschen Karl Rohleder. Keine Fotos, keine Erinnerungsstücke, die ganze Wohnung ist blitzsauber und unpersönlich wie ein Hotelzimmer. Mit Ausnahme der Waffen an den Wänden, einem Schreibtisch, einem Kleiderschrank und einem Bett ist die Wohnung praktisch leer. Hingen statt der Waffen Kruzifixe an den Wänden, würde ich sagen, es sieht aus wie in einer Mönchszelle.«

»Eine Mönchszelle …« Clara runzelte die Stirn. »Vielleicht war er ja so ein asketischer Typ?«

»Ich tippe eher darauf, dass er etwas zu verbergen hatte. Ich weiß nur noch nicht, was.«

»Was wisst ihr denn?«

»Charlie Rohleder war dreiundfünfzig Jahre alt, unverheiratet, keine Kinder. Er ist hier in Giesing aufgewachsen und zur Schule gegangen. Sein Vater, er hieß ebenfalls Karl Rohleder, war Münchner und hat bei der Stadt gearbeitet. Seine Mutter, eine gewisse Sandrine Pierret, stammte ursprünglich aus Frankreich. Sie sind beide seit vielen Jahren tot. Als sich seine Eltern scheiden ließen, war er dreizehn. Er ist mit seiner Mutter nach Genf gezogen. Sie hatte dort Verwandtschaft. Ab dieser Zeit wissen wir nichts mehr von ihm. Doch vor ein paar Jahren ist er wieder in München aufgetaucht, er war einige Zeit arbeitslos, hat ehrenamtlich bei RoadKizz mitgearbeitet und dann schließlich die Leitung der Jugendpension übernommen.«

»Hatte er denn die Qualifikation für diese Arbeit?«

»Er hat in Frankreich in einem Heim für Jugendliche gearbeitet. Zumindest sagt das seine Personalakte.«

»Aber du hast deine Zweifel?«

Gruber zuckte mit den Schultern. »Keine Ahnung. Ich habe ein merkwürdiges Gefühl bei ihm, das ist alles.«

»Hatte ich auch«, sagte Clara plötzlich, »als ich mit ihm gesprochen habe. Er war mir unsympathisch. Wirkte so aufgesetzt betroffen und gleichzeitig aggressiv.«

»Er war auch nicht besonders beliebt bei den Jugendlichen«, sagte Gruber. »Zumindest haben wir das gehört.«

Clara nickte. »Luzie traut ihm auch nicht. Und Solo hatte sogar einen Streit mit ihm.«

»Was?« Gruber fuhr herum. »Was sagst du?«

»Ich … Habe ich das nicht schon gesagt?« Clara zwinkerte verwirrt. »Als ich dir von meinem Gespräch mit Luzie erzählt habe, da …«

»Nein!«, schnitt Gruber ihr ungeduldig das Wort ab. »Kein Wort hast du davon gesagt.«

»Tut mir leid. Solo und Charlie Rohleder haben sich offenbar wegen des Salamanders gestritten, den Solo an die Hausmauer gesprüht hat.«

»Wann war das?«

»Am 8. Oktober, sagt Luzie. An dem Tag, nachdem Dana verschwunden ist. Solo hat daraufhin seine Sozialstunden bei Charlie Rohleder geschmissen, die ihm das Jugendgericht zur Auflage gemacht hat.«

Der Kommissar sah sie vorwurfsvoll an: »Das hättest du mir sagen müssen!«

»Ich hab's vergessen, tut mir leid. Woran denkst du?«, fragte Clara unbehaglich.

Gruber schwieg einen Augenblick, dann sagte er langsam: »Könnte es nicht sein, dass Charlie Rohleder etwas herausgefunden und Solo zur Rede gestellt hat? Vielleicht hat er Solo dabei beobachtet, wie er Dana entführt hat?«

»Und Solo hat sich an Charlie gerächt?« Clara starrte ihn an. Darauf war sie bisher noch nicht gekommen. »Aber warum hat er ihn dann erst jetzt ermordet?«, wandte sie ein. »Das ist doch schon vor drei Wochen gewesen. Und was ist mit Frank? Weshalb hat er ihn getötet?«

»Womöglich hat Charlie Rohleder mit Frank über seinen Verdacht gesprochen. Frank Eibl fühlte sich verantwortlich für Solo, er hat sich sehr um ihn gekümmert. Wenn Charlie mit ihm gesprochen hat, dann hat Frank Solo danach mit Sicherheit zur Rechenschaft gezogen …«

Clara sank ein wenig tiefer in ihren Sessel. »Charlie hat

tatsächlich mit Frank gesprochen«, sagte sie kleinlaut. »Er hat es mir sogar gesagt. Obwohl er von seinem Streit mit Solo nichts erwähnt hat.«

Gruber sah sie an. »Wann hat er mit Frank gesprochen?«

»Ich weiß nicht. Irgendwann nach dem Streit vermutlich.«

»Vielleicht an dem Tag, an dem Dana fliehen konnte?«

Clara überlegte. »Das war der 16. Oktober. Ja, das könnte sein: Charlie hat eine Woche abgewartet und dann mit Solos Bruder gesprochen.«

»Der daraufhin Solo zur Rede gestellt und Dana befreit hat«, spann Gruber den Faden weiter, »und Solo hat Frank deswegen umgebracht. Nach einem keltischen Racheritual. Und weil er danach festgenommen wurde, konnte er sich nicht sofort an Charlie rächen, doch als er abhauen konnte, ist er sofort zu ihm gegangen und hat auch ihn getötet.«

Clara fröstelte. Das war logisch. Beängstigend logisch.

Sie hatten jetzt die Straße erreicht, in der Clara wohnte. Gruber fuhr auf den Bürgersteig und schaltete den Motor aus. »Wir müssen diesen Jungen finden«, sagte er. »Ich verstehe gar nicht, wo er sich verkrochen haben könnte ...« Er hob die Hand in einer hilflosen Geste und ließ sie dann sinken. »Es ist wie verhext ... als ob wir einem Phantom hinterherliefen!«

SECHSUNDZWANZIG

Und doch passte etwas nicht zusammen. Irgendetwas hakte, und sie verstand nicht, was es war. Die Logik, die ihr bei Grubers Gedankengang noch so einleuchtend erschienen war, zerfaserte zusehends, je länger sie darüber nachdachte, doch Clara bekam den Grund dafür nicht zu fassen. Was störte sie? Wo lag der Grund für diesen unbestimmten Zweifel?

Es war halb zwei Uhr nachmittags, und Clara hatte ihre Kanzlei für eine späte Mittagspause geschlossen. Anstatt zu Rita ins Café zu gehen, war sie mit Elise in den Maximiliananlagen unterwegs. In der Ferne leuchtete der Friedensengel zwischen den kahlen Bäumen hervor. Trotz der strahlenden Oktobersonne war es kühl und windig, und man konnte den nahen Winter bereits erahnen. Elise trabte entspannt neben ihr her, ihre zuckende Nase hierhin und dorthin gestreckt, und unternahm immer wieder kurze Abstecher abseits der Wege, um die eine oder andere Amsel aufzuscheuchen. Elise liebte Amseln. Clara hatte manchmal den Verdacht, dass sie sich am liebsten mit den schwarzen Vögeln angefreundet hätte. Doch zu Elises grenzenloser Enttäuschung flogen sie jedes Mal empört davon, wenn sie in ihrer Begeisterung auf sie zugesprungen kam.

Warum machte sie der Gedanke, dass sie womöglich Solos Motiv für die Morde an seinem Bruder und Charlie Rohleder gefunden hatten, so nervös? Es sollte sie doch zufriedenstellen. Immerhin war sie es gewesen, die immer hartnäckig nach dem Warum gefragt hatte. Jetzt hatten sie eine Antwort, eine logische Erklärung, die sich nicht schwammig und undeutlich auf eine Drogenpsychose bezog. Clara war sich darüber im Klaren, dass das die Beurteilung des ganzen Falles entscheidend änderte: Aus einer Tötung im Drogenrausch waren zwei vorsätzlich begangene Morde geworden. Und womöglich noch einiges mehr: Vergewaltigung, Freiheitsberaubung ... und wahrscheinlich sogar noch drei weitere Morde. Doch bereits als sie Charlie Rohleder gefunden hatten, ja eigentlich schon vorher war ihr klar gewesen, dass sie es mit einem monströsen Fall zu tun hatten, dessen Hintergründe trotz allem noch weitgehend im Dunkeln lagen. Clara fröstelte. Das war es, was sie unruhig machte: Es gab noch immer keine Erklärung.

Sie beschleunigte ihren Schritt. Vielleicht half es ihrem Verstand auf die Sprünge, wenn sie sich den Ort noch einmal ansah, an dem das Grauen begonnen hatte.

Es war schlimmer, als sie befürchtet hatte. Bereits der Anblick des Monopteros aus der Ferne ließ sie innerlich erstarren. Im Bruchteil einer Sekunde kamen die Bilder zurück: die dunkle Wiese, der hell erleuchtete Tempel auf dem Hügel, die schlanken Säulen, die sich gegen den Nachthimmel abhoben wie eine Kulisse, sie selbst neben dem schweigsamen Polizeibeamten, noch vollkommen ahnungslos ...

Clara brach der Schweiß aus. Sie wischte sich über die Augen, atmete tief durch und ging weiter. Als sie die Anhöhe erreicht hatte, zitterte sie vor Angst. Trotzdem zwang sie sich hinaufzugehen. Es ist nichts mehr da, flüsterte sie sich zu. Alles ist nur in deiner Erinnerung ... in deinem Kopf ...

Als sie die untersten Stufen erreicht hatten, blieb Elise plötzlich stehen und weigerte sich, auch nur einen Schritt weiterzugehen. Clara griff nach ihrem Halsband, doch die Dogge stemmte leise winselnd ihre Beine in den Boden und senkte den Kopf wie ein ungehorsamer Esel. Clara wusste nicht, ob sie wütend werden oder sich an ihrem Hund ein Beispiel nehmen sollte. Hilflos ließ sie die Hand sinken und wandte den Blick hinauf in das offene Rund des kleinen Tempels. Was spürte Elise? Gab es so etwas wie negative Schwingungen, die von einem Ort ausstrahlten, an dem etwas Schreckliches passiert war? Gab es dort oben etwas, was vom Hass und der Todesangst jener Nacht zurückgeblieben war? Oder aber war es einfach nur ihre eigene Furcht, die der Hund spürte? Clara befahl der Dogge, auf sie zu warten, und Elise setzte sich folgsam. Als Clara allein nach oben stieg, begann Elise jedoch erneut zu winseln, und mit jedem Schritt wuchs in Clara die drängende Ahnung, dass es auch für sie klüger wäre umzukehren.

Als sie die letzte der wenigen Stufen erklommen hatte, klopfte ihr Herz vor Aufregung so stark, als wäre sie kilometerweit gelaufen. Sie stützte sich mit einer zittrigen Handbewegung an eine der Säulen und versuchte, wieder zu Atem zu kommen. Der kalte Herbstwind, der ungehindert durch den offenen Raum pfiff, wehte ihr die Haare ins Gesicht. Sie strich sie sich hinter die Ohren und hob langsam den Kopf.

Es war totenstill. Der Raum hielt den Atem an, so als hätte er auf sie gewartet. Sie sah wieder das Blut, wie es sich in Rinnsalen über den Boden verbreitete, scharlachrot und glänzend im Licht der Scheinwerfer. Jetzt war der Boden gesäubert. Ein paar dunkle Schatten und Verfärbungen waren noch zu erkennen, doch man konnte unmöglich sagen, ob sie von dem Mord stammten oder vorher schon da gewesen waren. Dennoch konnte Clara das Blut jener Nacht noch sehen und sogar riechen, sie hatte den süßlichen, ekelerregenden

Geruch wieder in der Nase, sah den verstümmelten Körper vor sich liegen und den Jungen daneben, über sich den roten Salamander an der Säule.

Claras Blick wanderte nach oben, und beim Anblick der Säule zuckte sie verstört zurück. Das Blut rauschte in ihren Ohren, und sie spürte jeden Schlag ihres Herzens schmerzhaft in ihrer Brust. Dennoch konnte sie den Blick nicht abwenden: Der Salamander war zurückgekehrt. Nicht mehr in Blut gemalt, sondern mit tiefschwarzer Farbe auf die Säule gesprayt. Nur seine Augen glühten rot. Er war noch einmal da gewesen: Solo hatte sein Zeichen erneuert.

Panisch fuhr Clara herum, als erwartete sie, dass der Junge sich noch immer hier versteckt hielt. Doch nichts regte sich. Sie war vollkommen allein. Sie atmete ein paarmal tief ein und beruhigte sich etwas. Was hatte das zu bedeuten? Was war so wichtig an dem Zeichen, dass Solo dafür das große Risiko eingegangen war, hier gefasst zu werden? Sie fuhr mit den Fingern vorsichtig die Linien des aufgesprühten Salamanders nach, als könne sie auf diese Weise ergründen, was es damit auf sich hatte. Ein gewundenes schwarzes Tier mit langem Schwanz, gespreizten Zehen und roten Augen. Solos Schutztier, wie sie glaubte, herausgefunden zu haben. Todbegleiter hatte er sich genannt. Sie sah wieder sein blutverschmiertes Gesicht vor sich und seine kauernde Gestalt, wie er dort im Schneidersitz am Boden gesessen hatte, den Kopf seines Bruders im Arm.

Die Erkenntnis traf sie wie ein Blitz und ließ sie zusammenzucken: Er hatte den Kopf in den Armen gehalten, hatte ihn gewiegt wie ein Kind. Clara wurde leicht übel bei dem Gedanken daran, und sie presste die Lippen zusammen, um die plötzliche Übelkeit zurückzudrängen. Es war ein so abartiges und zugleich anrührendes Bild gewesen, dass sie sich wunderte, warum sie nicht gleich begriffen hatte, was es bedeutete.

»*... und schrecklich kommt er daher, er trägt die Köpfe seiner Feinde auf Lanzen gespießt ...*«, murmelte sie, und ihr Herz begann wieder schneller zu schlagen. Ihr war, als hätte sich die Atmosphäre des Raumes gewandelt, die abwartende, tödliche Stille, die sie umgeben hatte, war zerrissen, und alles um sie herum schien vor Aufregung zu vibrieren wie sie selbst.

Sie warf noch einen letzten Blick auf den Salamander und ging dann schnell hinunter zu Elise, die bei ihrem Anblick aufgeregt zu bellen begann.

»Es kann nicht stimmen!« Clara schrie fast ins Telefon und zwang sich dann zur Ruhe, während sie resigniert Grubers Erwiderung lauschte. Es war klar gewesen, dass er ihr nicht glauben würde. Nicht glauben konnte. Was hatte sie schon anzubieten außer einem Gefühl und einem neuen Graffiti? Dabei war er voller Verständnis. Er bat sie, einfach abzuwarten, bis sie den Jungen gefunden hatten. Dann könnten sie über alles noch einmal reden. Es klang vernünftig. Vernünftig und ruhig und damit das genaue Gegenteil von Clara selbst. Als ihr Tränen hilfloser Wut in die Augen stiegen, begriff sie, dass es Zeit war nachzugeben. Ansonsten würde sie losheulen und hysterisch werden. Sie gab ihm recht, stimmte zu, dass es am besten wäre, erst einmal abzuwarten, und legte dann mit einem hohlen Gefühl im Bauch auf.

Clara ging an ihren Schreibtisch und schaltete den Computer ein. Ihr fehlte jemand zum Reden, jemand, dem sie ihre Gedanken mitteilen konnte, der ihr zuhörte, ohne sofort zu bewerten. Mick fehlte ihr. Der Schmerz darüber drängte plötzlich mit Macht an die Oberfläche und drohte alles andere zu überschwemmen. Er hatte sich noch kein einziges Mal gemeldet, seit sie ihn am Donnerstagmorgen zum Flughafen gebracht hatte.

Sie versuchte, ihre Gedanken an Mick aus ihrem Geist zu verbannen und stattdessen noch einmal zusammenzufassen, was ihr heute Nachmittag so schlagartig klar geworden war: Wenn man davon ausging, dass die Tötungen einem keltischen Ritual folgten, und das war offensichtlich, dann war ebenso offensichtlich, dass der Mörder, der sein Opfer gerade geköpft und damit in seiner Vorstellung verhindert hatte, dass es nach dem Tod weiterlebte, niemals, niemals den Kopf des Opfers in den Armen halten würde wie eine Mutter ihr Kind. Und niemals würde der Mörder diesem Opfer sein Schutztier an die Seite stellen, um ihn in die Anderswelt zu geleiten, denn dieser Weg sollte ihm durch die Tat ja für immer versperrt werden. Also stimmte entweder ihre Theorie mit dem keltischen Ritual nicht, oder aber Solo war es nicht gewesen.

An diesem Punkt hatte Gruber sich geweigert, noch ein Wort darüber zu verlieren. Clara konnte ihn verstehen. Dieser Gedanke warf seine gesamten bisherigen Ermittlungen über den Haufen und bedeutete, dass der Mörder womöglich jemand ganz anders war, jemand, an den bisher noch niemand gedacht hatte.

Sie gab den Satz ein, der ihr, seit sie den toten Charlie Rohleder entdeckt hatte, nicht mehr aus dem Sinn gegangen war: *»… und schrecklich kommt er daher, er trägt die Köpfe seiner Feinde auf Lanzen gespießt«,* und gelangte zu einem Text auf einer Seite irischer Sagen und Mythen, auf der sie bei ihrer letzten Recherche schon gewesen war. Dieses Mal sah sie ihn sich genauer an: Er handelte von Cuchulainn, dem berühmten irischen Helden und Kämpfer des sagenhaften

Königs Conchobar von Ulster, der der Legende nach ganz allein die Krieger von Connacht aufgehalten hatte. Seinen Namen, der »Hund des Chulainn« bedeutete, erhielt er, nachdem er als Kind den überaus gefährlichen und riesigen Hund des Schmieds Chulainn getötet und sich verpflichtet hatte, an Stelle dieses Hundes fortan selbst den Schmied und sein Anwesen zu beschützen.

Clara fand die Stelle, aus der der Satz stammte: Cuchulainn war nach einem siegreichen Kampf in einen Blutrausch verfallen und kam in mörderischer Raserei mit den Köpfen seiner Feinde auf Stangen gespießt zum Schloss seines Königs Conchobar zurück, wo er nur mit Mühe gebändigt werden konnte.

»Blutrausch …« Das Wort verursachte ihr tiefstes Unbehagen. Die Bilder drängten sich in ihren Kopf zurück, das Blut am Boden des Monopteros, an den Säulen, auf den Stufen der Jugendpension, auf dem Geländer, an Luzies Händen und an ihren eigenen … Gab es so etwas wie Blutrausch, wie mörderische Raserei, die alle Grenzen von Moral und Mitgefühl hinwegfegte? Clara wusste, dass diese Frage rein rhetorischer Natur war. Natürlich gab es so etwas. Im Krieg, in seelischen Ausnahmesituationen. Menschen waren zu jeder Zeit zu allem Denkbaren fähig gewesen. Und oft genug bedurfte es erschreckend wenig dazu, sie jede Hemmung vergessen zu lassen.

Nach einer Weile fruchtlosen Grübelns über die destruktive Natur der Menschen stand sie auf und ging in die kleine Kanzleiküche, um sich etwas zu essen zu holen. Es war sinnlos, sie kam nicht weiter. Je länger sie nachdachte, desto verworrener schien ihr das Ganze zu sein. Und dennoch passte alles zu gut zusammen, um als reiner Zufall abgetan zu werden. Mit einem Teller voller Butterbrote und einem Becher

Tee ging Clara zurück an den Schreibtisch. Kauend surfte sie durch zahllose Seiten, die nichts Neues brachten, und kehrte schließlich zurück zu dem Mythos des Cuchulainn. Nach einer Weile begannen Claras Augen zu schmerzen, und sie schaltete den Computer aus. War sie auf dem Holzweg? Sah sie Verbindungen und Hinweise, wo gar keine waren? Sie stand auf und ging in der leeren Kanzlei umher. Man musste die Sache logischer angehen: Wenn Solo es nicht gewesen war, wer dann? Sie seufzte. Gruber hatte recht. Es war abwegig zu denken, ein unbekannter Dritter könne der Mörder sein. Solo hatte nie geleugnet, seinen Bruder getötet zu haben. Im Gegenteil, er hatte es auf indirekte Art und Weise mehrmals zugegeben. Zumindest konnte man es so interpretieren. Er war geflohen. Wie kam sie darauf, plötzlich anzunehmen, er sei es nicht gewesen? Es gab keinen Hinweis dafür außer der nicht sehr beweiskräftigen Tatsache, dass er den Kopf seines Bruders in den Armen gehalten und einen Salamander an die Säule gemalt hatte.

»Verdammt!« Clara schloss die Augen. Es war lächerlich. Sie war lächerlich. Sie täte besser daran, sich darauf zu konzentrieren, die Verteidigung des Jungen vorzubereiten – für den Fall, dass sie ihn fanden. Sie sah auf die Uhr. Es war kurz nach fünf. Sie musste etwas tun, was sie schon längst hätte tun sollen, und sollte sich nicht länger mit sinnlosen Grübeleien aufhalten.

SIEBENUNDZWANZIG

»Das sagt ihr uns *jetzt*?« Grubers Gesicht wurde weiß vor Zorn, und der Mann, der ihm gegenübersaß, wich unwillkürlich zurück. Doch er hatte sich schnell wieder im Griff und hob in einer betont nachlässigen Geste die Hände. »Vor dem Tod Karl Rohleders bestand dazu kein Anlass …«

»KEIN ANLASS?« Gruber beugte sich über den Tisch und musterte den kleinen Mann im Anzug fassungslos. »Der Junge hat seinem Bruder den Kopf abgeschlagen! Das nennen Sie *keinen Anlass*?«

»Beruhigen Sie sich doch!« Der Mann rutschte unbehaglich auf seinem Stuhl hin und her. »Ich hatte Anweisungen …«

»Ich scheiße auf Ihre Anweisungen! Wie kann eure gottverdammte Behörde es wagen, mit ihrer Geheimniskrämerei unsere Ermittlungen zu behindern?« Gruber schnaubte und lockerte mit einer aggressiven Geste seinen Hemdkragen.

Der Mann blinzelte und griff sich unwillkürlich an seinen eigenen Krawattenknoten, als fürchte er, Gruber könnte handgreiflich werden.

Doch Gruber lehnte sich wieder zurück und schloss für einen kurzen Moment die Augen, als müsse er an sich halten, um nicht auf seinen Besucher loszugehen. »Euer ganzer elender Haufen kann sich auf etwas gefasst machen!«, sagte er schließlich tonlos. »Ich werde euch den Arsch aufreißen!«

Der Mann lächelte dünn. »Das wird Ihnen schwerfallen.

Wir haben stets innerhalb unserer rechtsstaatlichen Befugnisse gehandelt.«

Gruber verzog verächtlich den Mund. »Wir wissen ja beide, was das bei euch bedeutet, nicht wahr?«

»Was wollen Sie damit sagen?«, fuhr der Mann auf.

Gruber lächelte bitter. »*Euer* Rechtsstaat hat mit *meinem* Rechtsstaat so viel zu tun wie Nordkorea mit der Demokratie.«

Der Mann kniff die Lippen zusammen. »Das ist ungeheuerlich, was Sie da sagen!«, zischte er. »Ich kann Ihre Erregung ja in einem gewissen Maße verstehen, Sie stehen unter Aufklärungsdruck, aber jetzt gehen Sie zu weit!«

»Ach ja?« Gruber hob das Kinn. »Sie halten es also für rechtsstaatlich, wenn der Verfassungsschutz der Ermittlungsbehörde in einem Mordfall entscheidende Hinweise vorenthält und es möglicherweise deswegen zu einem neuen Mord kommt?«

»Ich sagte doch schon, wir hatten unsere Gründe. Doch als uns aufgrund der Fingerabdrücke die wahre Identität Karl Rohleders bekannt wurde, haben wir uns ja sofort bei Ihnen gemeldet und Ihnen alle Informationen zukommen lassen.«

»Und Sie glauben nicht, dass diese Informationen für uns schon vorher hätten nützlich sein können?« Er hieb mit der Faust auf die dünne Akte, die ihm der Mann gebracht und geheimnistuerisch als »Dossier« bezeichnet hatte.

»Ich denke ...«

Gruber wartete die Antwort nicht ab, sondern fuhr fort und hatte dabei sichtlich Mühe, seine Stimme unter Kontrolle zu halten. »Ich kann Ihnen genau sagen, was der eigentliche Grund Ihrer noblen *Zurückhaltung* war: Sie haben die Sache damals vermasselt. Sie haben einen Ihrer eigenen Leute in den Tod geschickt und eiskalt dabei zugesehen, wie zwei unschuldige Kinder kaputtgehen. Und das Ergebnis haben wir jetzt vor uns liegen.«

Der Mann verzog das Gesicht zu einer verkniffenen Grimasse. »Wir haben uns zu jeder Zeit absolut korrekt und im Rahmen unserer rechtsstaatlichen Befugnisse ...«

Gruber winkte ab. »Das sagten Sie schon. Hauen Sie ab, bevor ich mich vergesse!«

Der Mann erhob sich. »Hören Sie«, versuchte er es plötzlich in einem anderen Tonfall. »Sie und ich, wir wollen doch beide das Gleiche. Wir sind die Guten, wir sitzen im selben Boot.«

Gruber stand bereits an der Tür und deutete auf den Flur hinaus.

»Lieber ersaufe ich, als mit Ihnen und Ihresgleichen im selben Boot zu sitzen!«

Der Mann schluckte. Er verließ hastig und grußlos Grubers Büro, und der Kommissar warf die Tür hinter ihm so heftig zu, dass die Urkunde, die er zu seinem zwanzigjährigen Dienstjubiläum bekommen hatte, von der Wand fiel und der Rahmen klirrend zerbrach.

Es war bereits fast dunkel, als Clara in Rastlach ankam. Während der Fahrt mit Micks Defender hatte sich zäher Nebel über das brache Land gesenkt und den trostlosen Eindruck der flachen, nur durch gelegentliche Bau- und Supermärkte durchbrochenen Eintönigkeit noch verstärkt. Ehemals ein rein ländliches Gebiet, war diese Gegend zu einem vergessenen Niemandsland zwischen der Stadt und dem reichen Speckgürtel geworden, der sich im Süden an die Ausläufer der Stadt anschmiegte wie eine Zecke an seinen Wirt. Clara stellte das Auto am Ortsrand ab und ging zu Fuß in den alten Dorfkern, wo die wenigen übrig gebliebenen Bauernhöfe dem langsamen Verfall entgegendämmerten. Während sie mit Elise die stille, dunkle Straße entlangging, dachte sie darüber nach, wie sie das erste Mal hierhergekommen war. Am Montag vor einer Woche war das gewesen. Sieben Tage, die ihr vorkamen wie eine Ewigkeit. Solo war geflohen, ein zweiter Mord war geschehen, Mick war gegangen …

Glücklicherweise war es Gruber gelungen, die Geschichte mit der verletzten Dana von den Medien fernzuhalten. Clara hatte jede Zeitung gelesen, die ihr in die Finger gekommen war, und der Unfall und das misshandelte Mädchen waren nirgends erwähnt worden. Dafür waren alle Blätter voll mit dem Mord an Karl Rohleder und der Fahndung nach Solo. Die Zeitungen übertrafen sich gegenseitig mit Mutmaßungen und Spekulationen über Solos Vergangenheit und hatten dabei ganz offensichtlich nicht die geringste Ahnung, wovon sie sprachen. Solos Eltern oder Stiefeltern, oder was auch immer sie waren, hatten nach ihrer ersten Aussage gegenüber der Zeitung allem Anschein nach mit niemandem mehr gesprochen. Sicher waren sie massiv von den Medien belagert worden und wurden es womöglich noch immer.

In einem solch spektakulären Fall stürzte sich normalerweise die ganze Presse wie eine Schar Hyänen auf das Umfeld des mutmaßlichen Täters, noch dazu, wenn dieser so rätselhaft war wie der siebzehnjährige Solo. Umso mehr hatte Clara erstaunt, dass weder die Eltern noch irgendein Nachbar noch nicht einmal die alte Frau Faltermeier, die ihr gegenüber so redefreudig gewesen war, sich dazu öffentlich geäußert hatte. Die Presse hatte offenbar nichts anderes, um ihre Berichte über den Mord zu füllen, als die dürren Fakten, die sie von der Polizei bekommen hatte und die sie deshalb so eifrig mit eigenen Vermutungen ausschmückte. Es würde daher nicht einfach werden, die Eibls dazu zu bringen, mit ihr zu sprechen, zumal sie schon unmissverständlich zu verstehen gegeben hatten, was sie von der Verteidigerin ihres Sohnes hielten. Trotzdem musste sie es versuchen.

Sie bog in die alte Dorfstraße ein. Frau Faltermeiers Hof lag im Dunklen, nirgends brannte Licht. Im Haus der Familie Eibl dagegen schimmerte es gedämpft durch die zugezogenen Vorhänge. Der Mercedes, der das letzte Mal vor der Tür gestanden hatte, parkte jetzt im Hof neben dem Haus. Laub und kleine Äste hatten sich auf seinem Dach und der Heckklappe gesammelt. Offenbar war seit einiger Zeit niemand mehr damit gefahren. Auf der gegenüberliegenden Straßenseite stand ein dunkler Wagen mit zwei Männern darin. Sie gaben sich keine Mühe zu verbergen, dass sie das Haus beobachteten. Clara warf ihnen im Vorbeigehen einen skeptischen Blick zu. Waren das Grubers Leute oder Journalisten?

Als Clara klingelte, stieg einer der Männer aus und kam auf sie zu. »Wer sind Sie?«, fragte er.

»Wer will das wissen?«, schnappte Clara gereizt.

»Die Polizei«, gab der Mann kühl zurück und zeigte ihr kurz seinen Ausweis.

Clara hielt ihm ihrerseits ihren Rechtsanwaltsausweis unter die Nase. »Ich bin die Verteidigerin von Stefan Eibl.«

»Wissen Sie etwas vom Verbleib Ihres Mandanten?«, fragte der Mann und studierte Claras Ausweis so genau, als hoffte er, darin eine versteckte Botschaft zu entdecken.

»Nein!«

»Was ist dann der Zweck Ihres Besuchs?«

Clara schnaubte. »Das geht Sie nichts an. Wenn Sie mir nicht glauben, sprechen Sie mit Ihrem Chef, er kennt mich.«

»Ach, tatsächlich?« Der Mann hob eine Augenbraue.

»Ja, tatsächlich! Hauptkommissar Walter Gruber. Er ist doch der Ermittlungsleiter in diesem Mordfall.«

»Wir sind nicht der Mordkommission unterstellt, Frau Niklas.« Der Mann gab ihr lässig ihren Ausweis zurück.

»Was sind Sie dann?«, fauchte Clara wütend. »Könnte ich vielleicht noch einmal Ihren Ausweis sehen?«

Noch bevor der Mann antworten konnte, öffnete sich die Tür einen Spalt. Herr Eibl schob seinen hageren Kopf heraus. »Ja?«

»Guten Abend ...«, begann Clara schnell, wurde jedoch von dem Mann aus dem Auto unterbrochen.

»Kennen Sie diese Frau? Ist das die Anwältin Ihres Sohnes?«

Zu Claras grenzenloser Erleichterung bejahte Johann Eibl, wenngleich wenig begeistert. »Ja. Schon ...«

Der Mann machte einen Schritt zurück und nickte Clara knapp zu. »Gut, dann will ich Sie nicht weiter aufhalten.«

»Herzlichen Dank!« Clara schenkte ihm ein giftiges Lächeln und schob sich schnell zusammen mit Elise zu Johann Eibl in den Flur, noch bevor dieser es sich anders überlegen konnte.

»Sind das Kriminalbeamte?«, fragte Clara Herrn Eibl, als er die Tür geschlossen hatte.

»Ja, glaub schon«, meinte Johann Eibl unsicher. »Irgend so eine besondere Abteilung.«

»Ich dachte schon, die würden mich verhaften!« Clara lächelte, doch Johann Eibl erwiderte ihr Lächeln nicht.

»Die kümmern sich um die Presse, weil, damit uns niemand belästigt, und außerdem passen sie auf uns und die Kinder auf.« Er starrte hinunter auf seine Füße, die in abgewetzten Filzpantoffeln steckten. »Wegen dem Stefan. Weil ja keiner weiß, wo er sich versteckt.«

»Haben Sie Angst vor ihm? Glauben Sie, er tut Ihnen etwas an?«

Der Mann antwortete nicht. Vom anderen Ende des Flurs hörte man leises Babyweinen und Geschirrklappern.

»Sollen wir nicht vielleicht reingehen?« Clara deutete unbestimmt auf eine der Türen. »Ich möchte nur kurz mit Ihnen und Ihrer Frau sprechen, keine Angst, es dauert nicht lange.«

Mit einer merkwürdigen Ergebenheit nickte Johann Eibl, dann drehte er sich um und schlurfte den Flur entlang in Richtung Küche, wo Clara auch bei ihrem letzten Besuch gewesen war.

Sie folgte ihm und linste dabei durch eine der offen stehenden Türen. Eine riesige orangefarbene Kunstledercouch stand dort quer im Raum, mit Wolldecken und Zeitungen übersät, davor ein niedriger Couchtisch aus Glas, auf dem mehrere leere Flaschen Bier standen. Ein Junge und ein Mädchen von etwa acht, neun Jahren lümmelten auf dem Sofa und bewarfen sich mit Chips. Die Rückwand des Raumes nahm fast vollständig ein riesiger Flachbildfernseher ein, in dem gerade eine Kindersendung lief. Der kleine Junge, den Clara das letzte Mal schon gesehen hatte, saß auf dem Boden direkt davor und verfolgte die bunten Bilder mit offenem Mund.

In der Küche war es warm, und es roch nach Fisch und schmutzigen Babywindeln. Hermine Eibl verteilte gerade eine Ladung Fischstäbchen und Pommes frites auf drei Teller und ging dann damit hinaus, offenbar zu den Kindern ins Wohnzimmer. Sie würdigte Clara kaum eines Blickes. Das Baby saß auf einem Kinderstuhl am Küchentisch. In der Hand hielt es einen Plastiklöffel, den es vergeblich versuchte, in den Mund zu stecken. Als Elise näher kam und es freundlich beschnupperte, fing es erschrocken an zu weinen. Clara befahl Elise, Platz zu machen, und wandte sich an Johann Eibl, der sich eine Flasche Bier aus dem Kühlschrank geholt hatte und jetzt neben dem Baby saß. »Es tut mir leid. Elise tut niemandem etwas.«

Der Mann beachtete das weinende Kind gar nicht, sondern deutete auf den Stuhl gegenüber. »Jetzt setzen Sie sich halt hin.«

Clara setzte sich. Das Weinen des Babys wurde leiser, immer wieder unterbrochen von tiefen Schluchzern.

Johann Eibl trank einen Schluck aus der Flasche und betrachtete einen Punkt an der Wand irgendwo hinter Clara. »Freilich haben wir Angst, dass er uns was tut«, sagte er unvermittelt und nahm damit Claras Frage von vorhin wieder auf, so als habe sie sie ihm gerade erst gestellt. »Der ist ja zu allem fähig, scheint's, oder?« Er trank noch einen Schluck. »Mögen 'S auch ein Bier?«, fragte er dann unsicher.

Clara schüttelte den Kopf. »Danke. Haben Sie denn eine Ahnung, wo Stefan sein könnte? Hat er Freunde, bei denen er sich verstecken kann?«

»Davon weiß ich nix. Gar nix.«

Jetzt kam Frau Eibl zurück und ergänzte mit einem aggressiven Unterton in der Stimme: »Ich habe Ihnen doch schon beim letzten Mal gesagt, dass wir nicht wissen, wo und mit wem er sich rumtreibt.«

»Warum haben Sie eigentlich keine eigenen Kinder?«, fragte Clara harmlos. »Sie scheinen Kinder doch sehr gern zu haben?«

»Das geht Sie einen Scheißdreck an!«, knurrte der Mann und erntete dafür einen zornigen Blick seiner Frau.

»Du Depp!«, sagte Hermine Eibl.

»Die wissen doch eh alles!«, verteidigte sich der Mann,

und seine linke Hand, die die Bierflasche hielt, begann zu zittern. »Is doch egal, was ich sag. Lange halt ich das sowieso nicht mehr aus.«

»Können wir nicht einfach miteinander reden?«, fragte Clara ruhig. »Ich möchte Ihnen doch nichts Böses. Im Gegenteil. Und die Sache ist schlimm genug für Sie beide.«

Die beiden sahen sich an. »Sie hat recht«, sagte der Mann. »Wir sind denen zu nix verpflichtet. Die haben uns doch nur ausgenutzt. Unsere Gutmütigkeit.«

Die Frau nickte langsam. »Ja. Andere Leute hätten sich nie zu so was bereit erklärt. Nur weil ich so ein großes Herz für die armen Würmer hab ...« Sie warf dem Baby einen kurzen Blick zu, dann zog sie sich einen Stuhl an den Tisch und setzte sich ächzend. Das Baby hatte aufgehört zu weinen und pickte stattdessen mit einem kleinen, dicken Finger Krümel vom Tisch und steckte sie sich in den Mund.

»Erzähl's ihr«, forderte die Frau ihren Mann auf und verschränkte die feisten Arme vor ihrer ausladenden Brust. »Dann sind wir's endlich los.«

ACHTUNDZWANZIG

Walter Gruber klappte den Ordner zu, den der Mann vom Verfassungsschutz ihm so großzügig überlassen hatte, und schüttelte den Kopf. »Sie hat recht gehabt«, murmelte er ungläubig. »Die ganze Zeit hat diese Frau recht gehabt!«

Es war still in seinem Büro, die meisten der Kollegen waren bereits nach Hause gegangen. Sie konnten nichts tun, die Fahndung nach Stefan Eibl lief, doch bisher war sie ergebnislos geblieben. Walter Gruber wollte nicht nach Hause gehen. Diese unerwarteten Informationen von diesen unfähigen, geheimniskrämerischen Vollidioten hatten ihn in höchste Alarmbereitschaft versetzt, auch wenn sie an der aktuellen Sachlage nichts änderten. Sie mussten den Jungen finden. So schnell wie möglich.

Er stand auf und begann unruhig in seinem Zimmer umherzugehen. Clara war nicht zu erreichen. Er hatte es schon ein paarmal bei ihr zu Hause, in der Kanzlei und auf dem Handy versucht. Zu gerne hätte er die neue Entwicklung mit ihr besprochen, zu gerne hätte er ihre Reaktion erlebt, wenn er ihr sagte, dass sie mit ihrer Vermutung recht gehabt hatte. Er musste Abbitte leisten. Sie war hochemotional und schoss in ihrer Begeisterung oder auch in ihrer Wut oft über das Ziel hinaus, aber sie hatte einen messerscharfen Verstand und eine fast unheimliche Intuition. Und sie konnte mit Leuten umgehen, konnte sie zum Reden bringen – besser, als er es konnte.

Seine Gedanken begannen abzuschweifen. Er dachte an den Abend bei ihr, als er auf dem Sofa eingeschlafen war, und ihm wurde heiß vor Verlegenheit. Was hatte er alles gesagt? Er war so müde und auch ein wenig betrunken gewesen und hatte sich nicht mehr ganz im Griff gehabt. Sie hatte kein Wort darüber verloren. Konnte reden wie ein Wasserfall, doch über die wirklich wichtigen Dinge sprach sie nicht. Und doch, sie war zu ihm auf das Sofa gekommen, hatte an seiner Seite geschlafen. Das hätte sie wohl nicht getan, wenn es ihr unangenehm gewesen wäre? Und überhaupt, was war zwischen ihr und diesem Engländer vorgefallen? Warum hatte er sich einfach so aus dem Staub gemacht, dieser nichtsnutzige, windige Jungspund …

Gruber biss sich auf die Lippen und wandte sich ans Fenster. Er verlor seine Objektivität, das war nicht gut. Dieser Fall bedeutete einen Wendepunkt in seiner Karriere, das spürte er mit jeder Minute, die er damit zu tun hatte. Er würde ihm das Genick brechen und seinen Posten kosten, wenn es ihm nicht gelingen würde, ihn anständig zu lösen. Dabei konnte er emotionale Verwicklungen nicht gebrauchen. Er konnte sie überhaupt nicht gebrauchen. Nicht in seiner Arbeit und nicht in seinem Leben.

Die Fensterscheibe beschlug von seinem Atem, und für einen Moment verblassten die Lichter der Stadt dahinter. Er konnte es sich nicht leisten, Schwäche zu zeigen. Seine Arbeit war alles, was er hatte. Wenn er sie verlor, blieb ihm nichts mehr. Er korrigierte sich sofort und voller Scham. Natürlich hatte er noch etwas: Er hatte seinen Sohn. Doch Armin führte ein eigenes Leben, er sollte sich nicht für seinen verbitterten Vater verantwortlich fühlen, wenn dieser irgendwann zu Hause saß und nicht mehr wusste, wie er den Tag beginnen sollte.

Walter Gruber war zweiundfünfzig. Noch war er einige Jahre vom Rentenalter entfernt, doch seit dem Tod seiner Frau im letzten Jahr, als er selbst unter Verdacht gestanden hatte, befand er sich unter Beobachtung. Er spürte es, auch wenn niemand etwas Derartiges verlauten ließ. Es war ihre gottverdammte scheinheilige Art, mit ihren eigenen Schuldgefühlen umzugehen, weil sie ihn damals hatten fallen lassen. Sie ließen ihn glauben, er sei überfordert, psychisch überlastet. Mit kleinen Gesten, beiläufigen Fragen nach seinem Befinden, geheucheltem Interesse, leisem Spott ... Und dann so ein Fall. Ein Fall, der jeden überfordern würde.

Er warf einen Blick auf das Telefon. Sollte er es noch einmal bei Clara versuchen? Er entschied sich dagegen. Langsam schaltete er die Schreibtischlampe aus und fuhr den Computer herunter. Zeit, nach Hause zu gehen.

»Wir haben ja nix gewusst am Anfang. Da stand das Jugendamt vor der Tür und hat gemeint, ob wir bereit wären, zwei Kinder aufzunehmen, es handle sich um einen Notfall«, begann Johann Eibl zögernd und fuhr sich mit der Zunge über die Lippen. »Meine Frau hat sich immer schon um die Kinder anderer Leute gekümmert, weil wir selber keine gekriegt haben. Sie hat ein großes Herz. Und dann, ein paar Tage später, kamen die von der Polizei und haben die beiden gebracht.«

»Von der Polizei?«, fragte Clara nach. »Wieso denn von der Polizei?«

»Das war'n so Besondere, so wie die da draußen.« Herr Eibl deutete mit dem Finger Richtung Haustür.

»Ich glaub, die sind was Geheimes«, ergänzte seine Frau.

Clara runzelte die Stirn. Das klang alles ziemlich rätselhaft. »Und die haben Ihnen die Kinder einfach so gebracht?«

»Ja. Und wir haben was unterschrieben … dass wir die Sache nicht an die große Glocke hängen.«

»Eine Verschwiegenheitserklärung?«

»Ja, genau.«

»Haben Sie denn Geld dafür bekommen? Ich meine, mehr Geld als sonst bei Ihren Pflegekindern?«

Der Blick des Mannes huschte ratsuchend zu seiner Frau, sie schienen sich wortlos auszutauschen, dann nickte die Frau unmerklich, und Johann Eibl wandte sich wieder Clara zu. »Die haben uns monatlich einen guten Batzen dazubezahlt. Richtig gutes Geld war das. Für jeden der beiden Buben. Ich kann ja nicht arbeiten mit meinem kaputten Kreuz, und die Kinder aufzuziehen, das kostet ein Vermögen, kann ich Ihnen sagen.« Er lächelte um Zustimmung bittend und zeigte dabei seine Zahnlücke.

Clara stimmte ihm zu, obwohl es ihr schwerfiel: »Wem sagen Sie das! Die fressen einem die Haare vom Kopf!«

»Ja, genau!« Frau Eibl nickte heftig, und ihre dumpfen Augen wurden etwas lebhafter. »Was die alles brauchen. Da haben die vom Amt doch keine Ahnung davon. Die meinen, mit den paar Euro im Monat ist es getan. Aber das reicht ja hinten und vorn nicht.«

»Wo kamen die Kinder denn her?«, versuchte Clara den Redeschwall der Frau wieder in die richtige Bahn zu lenken.

»Das haben wir nicht gewusst, zuerst. Niemand hat uns das gesagt. Die vom Amt haben gemeint, sie hätten was Schlimmes durchgemacht und bräuchten einfühlsame und erfahrene Leute, die sich gut um sie kümmern.«

»Und deshalb sind sie auf Sie gekommen?«, fragte Clara und konnte eine gewisse Schärfe in ihrer Stimme nicht vermeiden.

Johann Eibl, völlig unempfänglich für Ironie, bejahte:

»Genau. So was kann ja nicht jeder. Und die beiden waren total gestört. Vor allem der Kleine, der Stefan. Wir haben gemeint, der wär schwachsinnig oder so. Konnte nicht mal seine Schuhe binden, dabei war er ja schon vier.«

»Und reden konnte er auch nicht richtig«, ergänzte seine Frau. »Dafür hat er immer Wutanfälle bekommen, richtig zum Fürchten. Der Ältere, der Frank, war besser zu haben, der war ganz still und brav. Hat sich auch immer sehr um seinen kleinen Bruder gekümmert.«

»Aber in der Nacht hat er geschrien.«

»Ja. Stimmt. Jede Nacht. Wie am Spieß. Da hat nix geholfen, der ließ sich nicht beruhigen. Wir haben ihm dann zusammen mit seinem Bruder das Zimmer ganz oben unterm Dach gegeben, da hat man es nicht mehr so gehört.«

»Wie?« Clara starrte die Frau an.

»Das war nicht auszuhalten!«, verteidigte Johann Eibl seine Frau. »Der Frank hat jede Nacht die anderen Kinder aufgeweckt mit dem Gebrüll.«

»Haben die Kinder denn psychologische Betreuung erhalten?«

»Wie meinen Sie das?« Johann Eibl blinzelte unsicher.

»Ich meine, waren Sie oder Ihre Frau mit ihnen bei einem Arzt oder einem Therapeuten wegen der Albträume?«

»Wir? Nein. Die waren ja nicht krank.«

»Und das Jugendamt?«

»Wie immer. Sind ab und zu vorbeigekommen. War alles paletti. Tipptopp in Ordnung.«

»Und wie haben Sie dann doch noch erfahren, woher die Kinder kommen?«

Die Eheleute Eibl glotzten sie an.

»Sie sagten doch, zuerst wussten Sie nicht, woher sie stammen, aber dann …«, half Clara ihnen auf die Sprünge.

»Ach so, ja …« Das hagere Gesicht des Mannes veränderte sich. Er wirkte plötzlich betroffen, und seine unterwürfige, um Beifall heischende Art fiel von ihm ab. »Das war furchtbar«, sagte er und zwinkerte. »Wir haben's richtig mit der Angst zu tun bekommen.«

»Warum?«

»Wir haben ja schon vorher immer versucht rauszufinden, woher die beiden kamen, doch da war nix zu machen. Keine Idee, nix. Und dann, als sie schon ein paar Monate da waren, da stand so ein Artikel in der Zeitung, ›Ungelöste Kriminalfälle‹ oder so was, und da war ein Foto von einem Haus, und als der Stefan das Haus gesehen hat, hat er zu schreien angefangen.«

»Er hat nicht so gebrüllt wie der Frank in der Nacht, sondern ganz hoch und schrill, richtig gruselig«, ergänzte Hermine Eibl. »Und da haben wir's dann gewusst. Der Fall stand ja damals in allen Zeitungen, aber das war schon eine Weile her, drum sind wir nicht gleich draufgekommen. Schätze, die hatten sie erst noch irgendwo in Behandlung, in einer Klinik oder so, bevor sie zu uns kamen.«

»Was für ein Fall war das denn?«, fragte Clara.

»Na, die Wolfsberg-Morde. Ganz grauenhaft! Erinnern Sie sich nicht daran?« Als Clara langsam den Kopf schüttelte, warf Frau Eibl ihrem Mann einen kurzen Blick zu. »Zeig ihr den Artikel.«

Johann Eibl stand auf und ging an einen der Küchenschränke. Er zog eine Schublade heraus, die vor Papieren und allerlei Krimskrams überquoll, und begann darin zu kramen. Dann kam er mit einer Klarsichtfolie zurück, in der sich ein Zeitungsausschnitt befand. Clara warf einen Blick darauf und nickte unwillkürlich, als sie das Foto sah: ein schlichtes Haus mit einem hohen, spitzen Giebel und einem etwas zu lang geratenen, gemauerten Schornstein. Dahinter erstreckte sich das dunkle Band eines dichten Nadelwaldes. Auch wenn es nicht ganz so unheimlich aussah wie auf den Graffitis, hatte sie es sofort wiedererkannt: Es war Solos Haus, sein persönlicher Albtraum.

Sie begann zu lesen:

UNGELÖSTE KRIMINALFÄLLE IN BAYERN
Teil 1: Das Grauen von Wolfsberg
Eine Reportage von Urs Reinhard

(ur) Seit der Nacht vom 1. November 1998 ist das kleine beschauliche Dorf Wolfsberg am Rande des Bayerischen Waldes nicht mehr das, was es einmal war. »Die Geschichte steckt uns allen noch tief in den Knochen. Das werden wir nie vergessen können!«, beschreibt Anna Schäfer, die Inhaberin des kleinen Tante-Emma-Ladens am Dorfplatz, den Schock, der die Bewohner Wolfsbergs noch immer gefangen hält.

Fast ein Jahr ist es nun her, dass die Polizei aus dem nahen Passau im Keller eines Hauses in Wolfsberg eine grausige Entdeckung machte. Ein Nachbar hatte sie alarmiert, weil aus dem Haus »unmenschliche Schreie« ertönten. Was die Beamten dann dort vorfanden, ließ selbst hartgesottene Ermittler wie Hauptkommissar Quirin Hartmannsberger vor Entsetzen stumm werden: »So etwas habe ich noch nie gesehen.«

Im Keller des Hauses lagen zwei grausam zugerichtete Leichen. Sie waren offenbar gefoltert und dann bei lebendigem Leib ausgeweidet worden. Bei den Toten handelte es sich um ein junges Paar, das seit etwa zwei Jahren mit den beiden kleinen Söhnen (vier und elf) der Frau in dem Haus gewohnt hatte.

Das Haus am Waldrand (siehe Foto) und seine Bewohner hatten bereits seit einiger Zeit das Misstrauen der dörflichen Bevölkerung erregt, weil sich dort offensichtlich seltsame Dinge abspielten.

»In der Nacht sind Autos gekommen. Es haben oft mehrere Leute dort oben gewohnt. Immer waren die Fens-

terläden zu. Man hat nie gesehen, was die da getrieben haben. Aber es war nichts Rechtes. Nein, ganz sicher nicht.« So lautete eine der vielen Zeugenaussagen, die die Polizei gesammelt hat, um zu rekonstruieren, was zu jener grausigen Tat am 1. November geführt hat.
Doch die Nachforschungen blieben weitgehend erfolglos. Zwar wurde vermutet, dass es sich bei dem Ehepaar und seinen Besuchern um eine Sekte gehandelt haben könnte, die das Haus als Versammlungspunkt nutzte und dort allerlei heidnischen Hokuspokus trieb. Doch Hinweise, die auf eine drohende Gewalttat hätten schließen lassen, gab es wohl nicht. Die Opfer, Vera K. und Arno S., seien strafrechtlich noch nicht in Erscheinung getreten, hieß es von Seiten der Polizei. Über eine gewaltbereite Gruppierung sei nichts bekannt. Seltsam dürr blieben die Fakten, die nach diesem grausigen Doppelmord an die Öffentlichkeit drangen, und gerade diese Verschlossenheit der ermittelnden Beamten führten zu immer abenteuerlicheren Spekulationen.
Diese ändern jedoch nichts an der Tatsache, dass der oder die Täter bis heute nicht gefasst sind. Unsere Nachfrage bei der leitenden Staatsanwältin am Landgericht Passau wurde mit dem knappen Hinweis beantwortet, dass zu »laufenden Ermittlungen der Presse keine Auskunft gegeben werden« könne.
Am Ende stellt sich noch die Frage, was mit den Kindern des getöteten Paares geschehen ist. Sie waren während der Tat im Haus, angeblich sei einer der beiden Jungen unmittelbar neben den beiden Leichen aufgefunden worden. Haben sie die Täter gesehen? Waren sie gar dabei, als man ihre Mutter und den Stiefvater grausam ermordete? Fragen, die bisher ebenso wenig beantwortet wurden wie die Frage, wo sich die Kinder heute aufhalten und ob es ihnen gelingen wird, jemals mit dem Erlebten fertigzuwerden.

Lesen Sie nächste Woche in unserer Reihe UNGELÖSTE KRIMINALFÄLLE IN BAYERN Teil 2: Der Hexenmord vom Schliersee.

Clara legte den Artikel mit zittrigen Händen auf den Tisch. Ihre Fingerspitzen waren eiskalt, und sie fröstelte trotz der Wärme im Raum. Sie räusperte sich. »Das ist entsetzlich«, sagte sie leise.

Johann Eibls Hände umklammerten die Bierflasche, und er nickte. »Wir waren ganz fertig. Wir wussten, das kann nicht gutgeh'n. Von Anfang an hatten wir das Gefühl. Ich hab's in meinen Knochen gespürt. Das ist nichts Rechtes mit den beiden Buben. Und meiner Hermine ist es auch so gegangen, gell?«

In Hermine Eibls feistem, reglosem Gesicht zeigte sich eine minimale Bewegung: Sie bewegte ihren Kiefer hin und her, als kaute sie auf etwas herum. »Da war was kaputt in denen. In beiden. Das konnte man nicht mehr reparieren.« Zu Claras Überraschung stiegen ihr Tränen in die Augen. Sie wischte sie mit dem Handrücken weg. »Da hat was gefehlt. Innen drin. Es war einfach nicht mehr da.« Erneut füllten sich ihre Augen mit Tränen, die ihr über die geröteten Wangen liefen und irgendwo zwischen den dicken Halsfalten verschwanden.

»Wir konnten ja mit niemandem drüber reden«, sagte Herr Eibl zu Clara. Er wirkte fast gelöst, jetzt nachdem sie Bescheid wusste. »Wir haben's ja unterschrieben. Und das Geld hab'n wir auch gebraucht.«

In Clara stieg heiße Wut auf. Wie konnte eine Behörde zwei derart traumatisierte Kinder diesem Ehepaar überlassen?

»Wir haben dann einfach nicht mehr drüber nachgedacht«, sagte Hermine Eibl. »Die Albträume von Frank haben irgendwann von allein aufgehört, und von da an hat eigentlich alles gepasst. Er war gut in der Schule, hat seine Lehre gemacht. Nur der Kleine war immer schwierig. Und jetzt sieht man, was aus ihm geworden ist.«

Clara nickte müde. Sie wusste nicht, was sie darauf sagen sollte. »Haben Sie die Geburtsurkunden der Jungen?«, fragte sie nach einer Weile.

Hermine Eibl schüttelte den Kopf. »Wir haben nur ein Schreiben vom Jugendamt. So ein Formular, was wir immer kriegen, wenn wir Pflegekinder aufnehmen.« Sie warf ihrem Mann wieder einen Blick zu, und Johann Eibl stand gehorsam auf und wühlte erneut in der Schublade, in der sich offenbar das »Büro« der Familie Eibl befand. Er reichte Clara eine dünne, mit Kaffeeflecken und Abdrücken von Kinderfingern übersäte Mappe, in der die Korrespondenz mit dem Jugendamt verwahrt war. Er stellte sich neben Clara, beugte sich leicht über sie und blätterte mit seinen knochigen Fingern in der Mappe herum und deutete dann auf ein vergilbtes Blatt aus dem Jahr 1999. »Da, das is es.«

Zwei Namen: Stefan und Frank, zwei Geburtsdaten, als Adresse war ein Kinderheim in München angegeben. Kein Nachname.

Clara gab ihm die Mappe zurück. »Danke.« Sie stand auf.

Frau Eibl hatte das Baby aus dem Kinderstuhl genommen und hielt es im Arm. Es hatte wieder zu greinen angefangen und rieb sich mit seinen kleinen Fäusten die Augen. »Die Kleine muss ins Bett«, sagte Hermine Eibl.

»Danke, dass Sie mir das alles erzählt haben.«

Die dicke Frau nickte knapp.

»Irgendwann musste es ja mal sein.«

Sie verließ den Raum, und Clara hörte, wie sie mit schweren Schritten die Treppe im Flur hinaufstieg. Johann Eibl begleitete sie und Elise zur Tür. »Was werden Sie jetzt machen?«, fragte er Clara.

»Was meinen Sie?«

»Ich mein, werden Sie mit denen reden? Mit dem Jugendamt und so. Weil wir alles verraten haben?«

Clara begriff plötzlich. »Sie bekommen das Geld für die Jungen noch immer?«, fragte sie.

»Es hat sich niemand bei uns gemeldet«, sagte der Mann, und seine Augen huschten furchtsam zu der geschlossenen Tür. »Bis auf die da draußen. Aber die stehen ja nur da und passen auf.«

»Aber Frank war längst erwachsen, und Solo … ich meine Stefan, wohnt auch schon lange nicht mehr bei Ihnen!«

Der Mann hob die mageren Schultern. »Ich weiß auch nicht … Ist doch nicht unsre Schuld, wenn die sich nicht kümmern, oder?«

Clara gab keine Antwort. Sie reichte dem Mann die Hand. »Auf Wiedersehen«, sagte sie.

»Und Sie sagen nix?« Johann Eibls Linke, die schon auf der Klinke lag, zitterte wieder.

»Ihr Pflegesohn ist tot, Herr Eibl! Er wurde ermordet von seinem eigenen Bruder. Da wird es sich wohl nicht vermeiden lassen, dass die Geschichte irgendwann ans Licht kommt.«

Johann Eibl senkte den Kopf. »Es ist ja nur wegen meinem Rücken. Und die Hermine hat Diabetes …«

»Ich werde nicht gleich zum Jugendamt laufen und die Sache an die große Glocke hängen, wenn Sie das beruhigt«, sagte Clara kühl. »Aber mehr kann ich Ihnen nicht versprechen.«

Johann Eibl machte eine fahrige Bewegung. »Dass uns so was passieren muss«, grummelte er, »ausgerechnet uns. Wo wir doch sowieso nur Pech im Leben haben …«

Clara holte tief Luft, als sie endlich auf der Straße stand. Noch eine Sekunde länger im Flur mit Johann Eibl, und sie hätte zu schreien angefangen.

Es war unheimlich still. Der Nebel hatte sich mittlerweile bis auf den Boden gesenkt, und die wenigen, weit auseinanderliegenden Häuser der Straße wirkten noch weiter voneinander entfernt. Sogar das Auto der Beamten war nur noch schemenhaft zu erkennen. Clara warf einen kurzen Blick hinüber, doch niemand stieg aus. Langsam ging sie die Straße entlang. Ihre Schritte wurden vom Nebel ebenso verschluckt wie das Licht der Straßenlaternen. Elise schmiegte sich trostsuchend an ihren Oberschenkel und schnaufte unglücklich. Claras Hand suchte ihren warmen Nacken und blieb dort liegen. Sie brauchte selbst Trost, und das lag nicht an dem feuchtkalten Herbstwetter.

Ein dunkler Schatten vor ihnen zeigte an, dass sie den Hof von Frau Faltermeier erreicht hatten. Grau und abweisend stand das gedrungene Gebäude an der Straße, die Fenster nicht mehr als schwarze Höhlen im diffusen Licht. Plötzlich beunruhigt blieb Clara stehen. Wo konnte die alte Frau sein? War ihr etwas passiert? Sie ging auf das Haus zu, versuchte sich zu erinnern, wo die Küche lag, in der sie mit ihr gesessen hatte. Das Fenster war zum Hof hinausgegangen. Vorsichtig ging sie weiter in die Richtung, in der sie das Fenster vermutete. In dem von drei Seiten umschlossenen Geviert abseits der Straßenlaternen war es stockfinster. Sie tappte in eine stinkende Pfütze, die sich vor dem Misthaufen gebildet hatte, und fluchte leise. Dann entdeckte sie ein schwaches Licht, das von der Straße aus nicht zu erkennen gewesen war. Es warf einen matten, kaum wahrnehmbaren Schein auf den unebenen, mit gesprungenen Betonplatten gepflasterten Hof. Clara ging leise darauf zu und spähte seitlich durch das Fenster. Frau Faltermeier saß am Tisch. Sie trug ihr geblümtes Nachthemd und eine Strickjacke darüber. Vor ihr brannte eine Kerze. Reglos saß sie dort, beide Hände im Schoß, und starrte auf das flackernde Licht. Neben ihr hatte sich der einohrige Kater zusammengerollt und schlief. Sie tat nichts, saß nur da und schaute. Allein in dem großen, leeren Haus, das langsam um sie herum verfiel. Clara wandte sich ab. Der Anblick war ihr plötzlich unerträglich. Hastig ging sie zurück auf die Straße und begutachtete seufzend ihre Stiefel, die voll stinkender brauner Jauche waren.

Zurück in der Stadt streunte Clara ruhelos durch die Straßen und landete schließlich in einem irischen Pub in Schwabing, das dem Murphy's äußerlich erschreckend ähnlich, jedoch um diese Zeit noch kaum besucht war. Lediglich ein paar Männer saßen stumm an der Bar und schauten sich ein Fußballspiel an. Clara setzte sich an einen Tisch, der sich möglichst weit weg von der Bar befand, bestellte einen doppelten Whisky und verbot sich, darüber nachzudenken, warum sie in einer Stadt, in der an jeder Ecke eine Kneipe, eine Bar oder ein Wirtshaus zu finden war, ausgerechnet wieder in einem Pub landete. Es war ja auch egal. Clara kippte den Whisky in zwei Schlucken hinunter, und dabei kamen ihr die Tränen. Sie bestellte noch ein Glas und versuchte mit einer wütenden Bewegung ihre feuchten Haare zu glätten. Sie waren vom Nebel kraus geworden, und Clara konnte fühlen, wie sie in allen Himmelsrichtungen vom Kopf abstanden. *»Frizzy pixie«*, hatte Mick sie in solchen Momenten lächelnd genannt, was so viel wie zerzauster Kobold bedeutete.

Clara schniefte. Zerrupftes Huhn traf es wohl besser. Sie spürte, wie der starke Alkohol langsam zu wirken begann, und nahm einen weiteren Schluck. Was tat sie eigentlich hier? Und warum lief sie in der Gegend herum und befragte Leute wie die Eibls? Um schreckliche Dinge zu erfahren, die sie doch nicht ändern konnte.

Sie trank ihr Glas aus und bestellte sich noch ein drittes. Erst als der Tisch vor ihren Augen zu schwanken begann, stand sie langsam auf und verließ das trübsinnige Lokal. In Zukunft würde sie Pubs meiden, das schwor sie sich.

NEUNUNDZWANZIG

»Du hast es die ganze Zeit gewusst!«

»Nein, Clara, ich ...«

»Und über mich hast du dich lustig gemacht, als ich dir erzählt habe, dass Frank und Solo nicht die leiblichen Kinder der Eibls sind!«

»Ja ... das tut mir leid, aber ich ...«

»Was hast du dir dabei gedacht?« Clara zitterte vor Wut. »Warum hast du mich überhaupt mit einbezogen, wenn du mir das Wesentliche vorenthältst?«

»Himmelherrgott! Lässt du mich jetzt auch mal was sagen?« Gruber hieb mit der Faust auf den Tisch, sodass der Kaffee in den darauf stehenden Bechern überschwappte. »Sakrament! So eine Sauerei.« Gruber holte ein Papierhandtuch und trocknete damit seinen Schreibtisch.

»Fluchen macht dich auch nicht glaubwürdiger«, schnappte Clara giftig und erntete dafür einen abgrundtiefen Blick.

»Wenn du einen Augenblick mal die Luft anhalten würdest, könnten wir vernünftig miteinander reden«, knurrte er.

Clara lehnte sich in ihrem Stuhl zurück und machte eine spöttische Handbewegung. »Bitte!«, sagte sie sarkastisch. »Ich höre.«

Es war ihr erst in der Nacht klar geworden, dass Gruber von der Geschichte mit den Pflegekindern gewusst haben musste und es ihr nicht gesagt hatte. Die Polizei hatte die

Kinder damals zu den Eibls gebracht. Darüber musste es einen Vermerk in den Akten geben. Nach der schlaflosen Nacht war sie daher am nächsten Morgen schnurstracks zu Gruber ins Präsidium gekommen, um ihn zur Rede zu stellen.

Gruber seufzte und griff nach seiner nur noch halb vollen Kaffeetasse. »Auch wenn du das vermutlich nicht glauben kannst: Ich hatte bis gestern keine Ahnung.«

»Das ist doch nicht möglich! Die Eibls haben gesagt, die Polizei hätte …«

»Das war nicht die Polizei. Das waren Leute vom Verfassungsschutz.«

Clara riss die Augen auf. »Vom Verfassungsschutz? Was hat der damit zu tun?«

Gruber seufzte erneut. »Eines der Opfer damals in Wolfsberg war deren V-Mann.«

»Wie?« Clara runzelte die Stirn. »Ich verstehe nur Bahnhof.«

Gruber lächelte freudlos. »Da geht's dir nicht besser als mir gestern. Stand doch tatsächlich so ein Idiot hier in der Tür und erzählte mir diese Geschichte. Jetzt! Nachdem wir zwei Tote haben!«

»Ich verstehe immer noch nicht …«, sagte Clara.

»Erinnerst du dich, dass ich gestern Vormittag sagte, mir käme dieser Charlie Rohleder merkwürdig vor? Dass ich glaube, er hat etwas zu verbergen?«

Clara nickte. »Ja, natürlich. Du meintest, es sei komisch, dass es nichts Privates in seiner Wohnung gibt. Nur diese Waffen.«

»Genau. Ich hatte recht. Dieser Rohleder war ein Wolf im Schafspelz. Und wie es aussieht, viel mehr als das. Eher ein Werwolf.« Der Kommissar nahm die dünne Mappe von seinem Schreibtisch und reichte sie Clara. »Da, lies. Das ist alles, was mir die feinen Herren vom Verfassungsschutz dazu schriftlich gegeben haben.«

Clara schlug die Mappe auf. Es befanden sich nur drei Blätter darin. Auf der ersten Seite standen einige Namen, die Clara unbekannt waren, und mehrere unverständliche Kürzel aus Zahlen und Buchstaben.

»Seite 2«, sagte Gruber bitter.

Clara blätterte um.

Vorläufiger Bericht Überwachung Zielperson JEAN 1984–1996

– zusammengefasster Auszug zur Kenntnis Herrn KHK Walter Gruber –

Zielperson JEAN wurde im Gebiet der Bundesrepublik Deutschland erstmals auffällig in München 1984 im Zusammenhang mit mehreren Brandanschlägen mit rechtsradikalem Hintergrund. Seine Zugehörigkeit zum sogenannten »Rechten Block Deutsches Vaterland«, kurz RBDV, einer militanten und äußerst gewaltbereiten Gruppierung mit rechtsradikalem Hintergrund, gilt als gesichert. Er übernahm dort vor allem organisatorische Aufgaben, insbesondere im Rahmen der Mitgliederwerbung und -rekrutierung. Vor allem bei Letzterem war er aufgrund seines charismatischen Auftretens und seines rhetorischen und manipulativen Geschickes äußerst erfolgreich, was ihm intern den Decknamen »Fänger« einbrachte. Nach einer Verhaftung und Verurteilung zu einer Haftstrafe auf Bewährung wegen Volksverhetzung und Körperverletzung sagte JEAN sich offiziell vom RBDV los. Weitere Straftaten aus dieser Zeit wurden nicht aktenkundig. Auch gab es danach keine politischen Aktivitäten mehr.

JEAN war ab 1983 einige Semester immatrikulierter Student für Politik und Geschichte an der LMU München und Mitbegründer des Heidnischen Studenten-

bunds Deutschland, eines Vereins von Studenten, der einige Jahre später wegen volksverhetzender und rassistischer Aktivitäten verboten wurde, sowie Mitglied der sogenannten Althistorischen Bruderschaft Deutschland (ABD). Diese Vereinigung propagiert ein als verfassungsrechtlich bedenklich einzustufendes geschichtliches Weltbild der Dominanz der »alteuropäischen, heidnischen Rasse« und versucht, mit Hilfe angeblich wissenschaftlicher Methoden zu beweisen, dass diese »Rasse« vor allem durch den Einfluss der christlichen Religion verwässert und schließlich nahezu ausgelöscht wurde, nun allerdings im Hinblick auf die kommende Jahrtausendwende im Wiederentstehen begriffen ist.
Seit etwa 1994 sind wieder verstärkt Aktivitäten der Zielperson zu bemerken. Er hat einen Verein gegründet, der deutliche Strukturen einer Sekte trägt und den Namen NALEA e. V., »Verein für naturnahes Leben«, trägt. Es ist nicht auszuschließen, dass dort unter dem Deckmantel einer esoterisch-okkulten Gemeinschaft verfassungsfeindliche Aktivitäten stattfinden. Überwachung des Vereins wird daher empfohlen.

Vermerk 11. Dez. 1996: VM erfolgreich.

Weiterer Bericht folgt in Akte 3719-657/MK/12-96

Nachdem sie die eineinhalb Seiten gelesen hatte, gab Clara Gruber die Mappe zurück. »Tut mir leid, aber ich verstehe immer noch kein Wort«, sagte sie.

»*Zielperson JEAN*, das ist ein Mann namens Jean Rohler. Er hat die doppelte Staatsbürgerschaft, französisch und deutsch, und wurde 1963 als Karl Rohleder hier in München geboren. Als sich seine Eltern scheiden ließen, ist er mit seiner Mutter in die Schweiz gezogen. Als er volljährig war, hat er seinen Namen geändert und sich Jean Rohler genannt …«

»Charlie Rohleder ist dieser … dieser Typ?«, fragte Clara ungläubig nach und deutete auf die Akte.

»Ja«, gab Gruber knapp zurück. »Er ist mit etwa zwanzig wieder nach München gekommen und hat hier studiert. Allerdings als Jean Rohler.«

»Und dann? Was hat er mit dieser Geschichte in Wolfsberg zu tun?«, hakte Clara nach und spürte, wie ihr allein bei dem Namen Wolfsberg wieder kalt vor Entsetzen wurde.

»Er ist der mutmaßliche Mörder der beiden Opfer von Wolfsberg. Dieser Verein, NALEA, den er gegründet hat, war eine Art rassistisch-heidnische Sekte. Er und seine Anhänger waren besessen von dem Gedanken, dass es in Nordeuropa eine alte, ursprüngliche Rasse gab, die erst durch die römischen Eroberer und dann durch das Christentum verdrängt und nach und nach ausgerottet wurde. Getarnt als esoterisch angehauchte Aussteiger haben er und seine Anhänger offenbar beschlossen, diese ›Rasse‹ wieder zum Leben zu erwecken. Was weiß ich, wie sie sich das vorgestellt haben.«

Gruber schüttelte den Kopf. »Man glaubt ja nicht, was sich die Menschen so alles einbilden können, wenn nur jemand da ist, der es ihnen überzeugend genug weismacht. Jedenfalls zog das Ganze Kreise, und der Verfassungsschutz wurde auf sie aufmerksam, zumal Jean Rohler ja schon vorher als Rechtsextremist in Erscheinung getreten war. Deshalb haben sie die Gruppe überwacht.«

Clara, die mit offenem Mund gelauscht hatte, griff nach der Mappe und schlug sie auf. »Aber hier stehen keine Ergebnisse. Wie ist das Ganze ausgegangen? Was bedeutet *VM erfolgreich*?«

Gruber lächelte mit schmalen Lippen. »Alles Weitere hat mir unser Freund nur mündlich zugetragen. *VM erfolgreich* heißt, dass es ihnen gelungen war, einen V-Mann aus der Gruppe zu rekrutieren: Arno Siebert. Er hatte ein Verhältnis mit Vera Kristensen, die zum engeren Zirkel gehörte und in dem Haus wohnte, das der Treffpunkt der Gruppe war …«

»… das Haus in Wolfsberg«, sagte Clara leise und dachte an die abgekürzten Namen, die sie bei den Eibls in dem alten Zeitungsbericht gelesen hatte: Arno S. und Vera K.

»Ja, genau. Es gehört der ›Althistorischen Bruderschaft Deutschland‹, mit der auch Jean Rohler noch aus Studienzeiten verbandelt war, ein reaktionärer Haufen von Geschichtsverdrehern und Okkultismusanhängern, die wirre, angeblich wissenschaftlich fundierte Theorien zu Herrenrassen etc. absondern. Jean Rohler hatte es von der Gesellschaft für einen lächerlichen Betrag gemietet und dort, abseits der großen Stadt, seine Zentrale eingerichtet. Arno Siebert erstattete regelmäßig Bericht, und was er erzählte, war offenbar ziemlich alarmierend. Es gab viel Gewalt innerhalb der Gruppe, obskure Reinigungs- und Erziehungsmaßnahmen, Rituale, öffentliche Bestrafungen und so weiter. Trotzdem haben die Leute vom Verfassungsschutz nicht eingegriffen. Sie waren sich angeblich nicht sicher, ob Arno Siebert möglicherweise falsch spielte und ihnen nur einen Haufen Mist erzählte. Er drückte sich wohl auch immer nur sehr vage aus. Zumindest behaupten sie das jetzt. Als dann irgendwann im September 1998 der Kontakt zu ihm abgebrochen ist, haben sie nichts unternommen.«

»Sie haben nicht nachgeprüft, ob die Angaben stimmen?«, fragte Clara ungläubig nach. »Da waren immerhin Kinder dabei.«

Gruber nickte müde. »Angeblich gab es nicht genügend Beweise, um gegen die Gruppe vorzugehen.«

Clara schnaubte. »Bis etwas passiert ist.«

»Ja. Bis etwas passiert ist.« Gruber stand auf. »Vermutlich ist Jean Rohler hinter die Spitzeltätigkeit von Arno Siebert gekommen. Vielleicht wusste auch Vera Kristensen Bescheid. Möglicherweise wollten die beiden sogar aussteigen. Das konnte Jean Rohler nicht akzeptieren, deshalb hat er sie beide umgebracht. Danach ist er von der Bildfläche verschwunden. Vor einiger Zeit dann ist er unter seinem alten Namen Karl Rohleder wieder in München aufgetaucht, und niemand hat ihn mit Jean Rohler in Verbindung gebracht. Die perfekte Tarnung: Jean Rohler, diese damals von Karl Rohleder erschaffene Figur, hatte aufgehört zu existieren – bis er getötet wurde. Ich habe seine Fingerabdrücke überprüfen lassen, da wurden die Zusammenhänge klar.«

»Und deswegen hat sich jetzt der Verfassungsschutz bei dir gemeldet? Ansonsten hätten sie euch über Solos und Franks Herkunft im Unklaren gelassen?« Clara schüttelte den Kopf. »Das ist unfassbar.«

Gruber nickte. »Ja.« Er griff nach seinem Mantel, warf einen prüfenden Blick auf den windigen, trüben Herbsttag vor dem Fenster und nahm auch noch den Schal vom Haken. »Willst du mir immer noch den Schädel einschlagen oder lieber mitkommen?«, fragte er.

»Ich wollte dir nie ... Wohin denn?« Clara war ebenfalls aufgestanden.

»Nach Passau zu einem Termin mit dem Kollegen, der damals in der Wolfsberg-Sache ermittelt hat. Quirin Hartmannsberger. Ein niederbayerisches Urgestein, wie man so sagt. Er hat zwar heute frei, nimmt sich aber Zeit für uns.«

»Äh. Passau? Ich sollte eigentlich in die Kanzlei ...« Clara zögerte, aber im Grunde nur formhalber und um ihr schlechtes Gewissen zu beruhigen. Sie war mehr als neugierig, den damaligen Ermittler zu treffen.

»Ich kann mich doch nicht auf die paar Brocken verlassen, die mir die Verfassungsschutzfuzzis hingeworfen haben.« Gruber machte eine verächtliche Geste in Richtung der Mappe auf dem Schreibtisch. »Komm! Wir sind am Nachmittag wieder zurück.«

»Was ist das eigentlich für eine Geschichte mit deinem Engländer?«, wollte Gruber unvermittelt wissen, während sie auf der Autobahn in Richtung Passau fuhren.

Clara sah zum Fenster hinaus und gab keine Antwort.

»Hat er dich jetzt sitzen gelassen oder nicht?«

»Hat er nicht.«

»Was dann?«

»Er wollte ... ich ... konnte nicht ... Ich hab's halt irgendwie vermasselt.« Sie wandte den Blick wieder hinaus auf die eintönig flache Landschaft.

»Hm. Ich vermute mal, du hast ihn am ausgestreckten Arm verhungern lassen.«

»Was? Nein! Wie kommst du darauf?« Clara warf ihm einen empörten Blick zu.

Gruber lächelte leicht. »Würde zu dir passen. Immer voll Power und auf hundertachtzig, aber wenn es um dich selbst geht, dann hast du Angst vor deinem eigenen Schatten.«

Clara öffnete den Mund für eine heftige Entgegnung, doch dann nickte sie plötzlich. »Kann sein. Vielleicht hast du recht.«

»Und jetzt verkriechst du dich in deinem Selbstmitleid?«

»Das ist nicht so einfach.« Clara zögerte. »Er hat mich gefragt, ob ich mit ihm nach England gehen würde ... Er möchte dort vielleicht ein Restaurant übernehmen.«

»Und du hast Nein gesagt?«

»Ich habe gar nichts gesagt.«

»Na super! Ganz toll! Genau so stellt man sich das vor, wenn man eine Frau fragt, ob sie mit einem den Rest des Lebens verbringen will!«, spöttelte Gruber.

»Er hat nicht … er wollte nicht …«, versuchte Clara sich zu verteidigen.

»Ach, wollte er nicht? Was denn sonst? Wollte er dich als Köchin anstellen? Kann ich mir beim besten Willen nicht vorstellen!«

»Du bist so ein Idiot!«, fauchte Clara. »Außerdem hat er einen Namen! Er heißt Mick. M-i-c-k. Kannst du dir das nicht merken, oder willst du nicht?«

»Ist es denn jetzt überhaupt noch notwendig, sich das zu merken?«

Clara verschlug es für einen Moment die Sprache vor Wut, dann schnappte sie: »Ja. Stell dir vor, das ist es. Er wird wiederkommen. Wir werden das auf die Reihe kriegen! Darauf kannst du wetten!«

»Lieber nicht. Das wäre eine Wette, die ich nicht so gerne gewinnen würde.«

Clara schloss für einen Moment die Augen und atmete tief durch. »Darf man in deinem Auto rauchen?«, fragte sie nach einer Weile.

»Nein.«

»Ausnahmsweise?«

»Nein.«

»Ach, rutsch mir doch den Buckel runter.« Sie verschränkte die Arme vor der Brust und drehte sich in Richtung Fenster. Den Rest der Fahrt verbrachten sie schweigend.

Quirin Hartmannsberger wohnte einige Kilometer außerhalb von Passau inmitten sanft geschwungener Hügel, die bereits Ausläufer des Bayerischen Waldes waren. Nach einigem Suchen und einer herzhaften Verwünschung seines Navigationsgerätes bog Gruber in einen holprigen Feldweg ein, der an einer Weide vorbeiführte, auf der reglos eine Herde zotteliger schottischer Hochlandrinder stand. Der Weg endete an einem einsamen Holzhaus. Ein riesiger Grill stand auf einer provisorisch zusammengezimmerten Veranda, und die von Hufen zertrampelte Wiese vor dem Haus war übersät mit landwirtschaftlichem Gerät, leeren Fässern und gestapelten Holzplanken. In der Mitte des Chaos stach ein Fahnenmast aus roh behauenem Holz heraus, an dessen Spitze das rote Ahornblatt der kanadischen Nationalflagge stolz im herbstlichen Wind wehte. Als Clara und Gruber ausstiegen, lugte die scheckige Nase eines Pferdes um die Ecke des Holzhauses. Es kam ein paar Schritte hervor, dicht gefolgt von einem struppigen schwarzen Pony, das nicht viel größer als Elise war. Als Elise irritiert zu bellen begann, quiekte das Pony auf, schlug mit den Hufen aus und galoppierte davon. Das scheckige Pferd schüttelte seine lange Mähne und sah dem Pony mit jener nonchalanten Gelassenheit nach, die auch Elise an den Tag legte, wenn sie sich mit einem nervösen Zwergdackel konfrontiert sah.

Clara umrundete vorsichtig die tiefen Pfützen und Matschlöcher, die sich wie ein Hindernisparcours zwischen dem Auto und der Eingangstür erstreckten. »Bist du sicher, dass wir hier richtig sind? Ich habe da so meine Zweifel?«

»Hm …« Gruber sah sich um. Über der schweren hölzernen Eingangstür hing ein Geweih, das offenbar von einem Elch stammte, und die Tür selbst war mit indianischen Schnitzereien verziert. Über dem Klingelknopf hing ein Blechschild mit einem Wolfskopf und darunter einem goldenen Wappen mit roter Krone und dem Schriftzug: *Royal Canadian Mounted Police*. Darunter stand schlicht *Hartmannsberger.*

Gruber lächelte und drückte auf den Klingelknopf. »Offensichtlich schon.«

Quirin Hartmannsberger, breitschultrig und kräftig, mit einem ansehnlichen Bauch, öffnete ihnen – wie kaum anders erwartet – im karierten Holzfällerhemd. Er drückte Clara und Gruber kurz die Hand und knuddelte dann Elise so ausgiebig, dass sie vor Wonne zu sabbern begann. Hartmannsbergers Haus hatte auch von innen eine starke Ähnlichkeit mit einer Blockhütte in der kanadischen Wildnis: Die Wände des großen Raumes, in den er sie führte, waren vollständig aus Holzbohlen gezimmert. Felle und bunte Webteppiche lagen auf dem Boden, und vor einem offenen Kamin dösten zwei große Hunde undefinierbarer Rasse. Es roch nach Pferden, Hunden, Holzrauch und Kaffee, und Clara, die die ganze Fahrt über angespannt gewesen war, begann sich augenblicklich wohlzufühlen. Hartmannsberger bat sie, auf einer Eckbank Platz zu nehmen, goss ihnen Kaffee aus einer riesigen, rot geblümten Emailkanne ein und zündete sich eine Zigarette an. »Stört's euch, wenn ich rauche?«, fragte er, sofort zum Du übergehend.

»Aber nein!«, gab Clara zurück, bevor Gruber einen Mucks machen konnte, und strahlte Quirin Hartmannsberger an.

Der verstand sie augenblicklich und bot ihr ebenfalls eine Zigarette an. Als er ihr Feuer gab, bemerkte Clara, dass ihm zwei Finger der rechten Hand fehlten.

»Ihr wolltet etwas zu dem Wolfsberg-Fall wissen«, kam Hartmannsberger schließlich zum Grund ihres Besuches, nachdem sie sich eine Weile über das Haus (selbst gebaut), die beiden Pferde (eine reinrassige Appaloosa-Stute und ein Vielfraß auf vier Beinen), seine Liebe zu Kanada (schon zwölfmal dort gewesen) und Hunde (tolle Dogge) ausgetauscht hatten.

Gruber nickte. »Du warst der leitende Kommissar, nicht wahr?«

»Ja. Das war das Schlimmste, was ich je erlebt habe.« Hartmannsberger drehte seine Zigarette zwischen den verbliebenen drei Fingern. »Und noch dazu wurde der Mörder nie gefasst.«

»Er ist tot«, gab Gruber zurück und begann, ihm in groben Zügen von seinen Ermittlungen zu erzähler, von Stefan Eibl und dem Mord an seinem Bruder Frank und wie sie von dem getöteten Charlie Rohleder auf Jean Rohler gekommen waren.

Hartmannsberger pfiff leise durch die Zähne. »Tut gut zu wissen, dass es den erwischt hat.« Dann verdüsterte sich sein Gesicht. »Und ihr meint, es war einer der Jungen von damals, der ihn ermordet hat?«

»Sieht so aus.«

»Wundern würd's mich nicht. Kann mir nicht vorstellen, wie aus den beiden was Normales hätte werden können.«

»Wie war das denn, als ihr die Toten gefunden habt?«, fragte Clara.

Hartmannsberger sah sie abwesend an, er hatte blaue Augen. »Furchtbar war das«, sagte er leise und trank seinen Kaffee aus. »Ich zeig euch das Haus.«

»Jetzt?«, fragte Gruber erstaunt.

»Ist nicht weit von hier. Ich habe heute Morgen, nachdem du angerufen hast, einen Kollegen gebeten raufzufahren. Sie haben was gefunden: eine Taschenlampe mit Fingerabdrücken drauf. Scheint so, als ob vor kurzem einer da oben gewesen ist.«

»Solo«, vermutete Clara. »Er war es. Ganz sicher. Nachdem er aus der Klinik abgehauen ist. Er wollte dorthin, weil …« Sie wurde blass und verstummte.

»Wie kommst du denn darauf?«, fragte Gruber überrascht.

»Ich habe ihn darauf gebracht. Ich wollte wissen, ob er sich an seine Kindheit erinnern kann. Meine Frage hat etwas in ihm in Bewegung gebracht. Der Arzt hat mir das bestätigt. Vielleicht hat er deswegen ... Charlie Rohleder umgebracht?«

Es war nicht mehr als fünfzehn Minuten Fahrt. Wolfsberg lag auf einer Hügelkuppe, ringsum eingebettet in unendliche Kilometer dunklen Nadelwalds. Gruber und Clara folgten dem Pick-up von Quirin Hartmannsberger eine düstere Straße entlang, die sich in endlosen Windungen und Kehren durch den Wald nach oben schlängelte und dann plötzlich ins Freie führte und den Blick auf eine überwältigende Aussicht freigab. Sie fuhren durch das kleine Dorf, vorbei an einem steinernen Brunnen mit einem großen Kruzifix und einem Tante-Emma-Laden und bogen in eine Straße ein, die erneut sanft anstieg und vom Dorf hinaus wieder in den Wald führte. Hartmannsberger parkte ganz am Ende am Rand einer brachliegenden Wiese, die unmittelbar an den Wald grenzte, und sie gingen zusammen ein paar Meter zurück. Dann standen sie vor dem Haus, das Clara schon von Solos Zeichnungen und aus dem Zeitungsartikel kannte. Es war verlassen und offenbar seit vielen Jahren nicht mehr bewohnt und sah genauso aus, wie Clara es sich vorgestellt hatte.

»Wir wurden in der Nacht gerufen. Es war ungefähr halb drei, als wir hier oben ankamen«, begann Hartmannsberger zu erzählen. »Im Haus regte sich nichts. Die Tür war nur angelehnt, und wir sind rein, zu dritt, aber es war niemand da. Alle Räume waren leer.« Hartmannsberger ging mit Gruber auf das Haus zu, und Clara folgte ihnen beklommen. Sie traten durch die kaputte Tür. Der Passauer Kommissar schaltete eine starke Stabtaschenlampe an, die er mitgebracht hatte, und leuchtete in die kahlen Ecken. »Wir sind erst in die Küche, haben uns im Erdgeschoss umgesehen und dann oben. Da sind mehrere Zimmer, offenbar waren das die Schlafzimmer.« Er deutete mit der Lampe zum Treppenhaus. »Aber die Zimmer waren bis auf Matratzen und ein paar wenige Kleidungsstücke leer. Es gab kaum persönliche Gegenstände, keine Spielsachen für die Kinder, keine Bücher, eigentlich gar nichts. Die Wände waren alle schwarz gestrichen, es sah aus wie in einer Gruft.« Er drehte sich zu Gruber und Clara um. »Und nirgends ein Geräusch. Dabei hatte der Nachbar Schreie gehört. Wir haben alles durchsucht, und dann sind wir in den Keller gegangen.« Hartmannsbergers Augen verdüsterten sich. »Da. Das ist die Tür.« Er schwenkte die Lampe, und Clara sah eine Tür, die sie vorher nicht bemerkt hatte, weil sie passgenau in die Wand eingelassen war. Ein merkwürdiges Zeichen befand sich darauf. Eine Figur mit gespreizten Beinen und gebogenen Hörnern.

»Was bedeutet das?«, fragte Clara und bemerkte, dass sie flüsterte. »Ist das der Teufel?«

»Das ist eine Gottheit, die sie angebetet haben. Die Kinder haben ihn den ›dunklen Jäger‹ genannt.«

Clara starrte ihn an. »Der dunkle Jäger?«, wiederholte sie, und ihre Stimme krächzte vor Erregung. Lilly Groman hatte vom dunklen Jäger gesprochen: *Der dunkle Jäger kehrt zurück* … Gruber warf ihr einen fragenden Blick zu, doch sie winkte stumm ab. Die Dinge fügten sich. Ein Puzzleteil passte plötzlich in das andere. Aber sie war sich nicht sicher, ob sie das Ergebnis sehen wollte.

Hartmannsberger öffnete die Tür und leuchtete hinunter. »Man hat es sofort gerochen. Das Blut, die Gedärme, diesen furchtbaren Geruch, den man nicht mehr aus der Nase bekommt.«

Unwillkürlich zog Clara die Luft ein, doch sie roch nur Staub. Den Staub vieler Jahre. Hartmannsberger begann die schmale Steintreppe nach unten zu gehen, und Gruber folgte ihm. Nach zwei Schritten blieb er stehen und sah zu Clara hoch. »Du musst da nicht mitgehen«, meinte er.

Clara schluckte. »Doch. Ich komme mit«, sagte sie fest. »Da ist ja nichts mehr ...«

Die Luft war abgestanden, und es roch nach Moder. Obwohl es eigentlich nicht sein konnte, meinte Clara dennoch, mit jedem Schritt, den sie tiefer stiegen, wieder den süßlichen Blutgeruch in der Nase zu haben, wie in jener Nacht am Monopteros.

Sie gelangten in einen geräumigen Kellerraum mit einem Tonnengewölbe. Der Boden bestand aus festgetretener Erde. Es war kühl und stockdunkel. An den Wänden, an denen Hartmannsberger nun das Licht seiner Lampe entlanggleiten ließ, konnte man dunkle Schemen erkennen. »Hier waren Zeichnungen an den Wänden, Figuren wie oben an der Tür und merkwürdig verzerrte Frauengesichter und Tiere. Auch waren Ketten in die Wände eingelassen, und es gab einen Käfig.« Er hob seine kräftigen Arme weit auseinander. »Ungefähr so breit und knapp einen Meter hoch.«

»Ein Käfig ...« Claras Blick flog zu Gruber, der unmerklich nickte. Er dachte das Gleiche wie sie: Dana war auch in einem Käfig gefangen gehalten worden.

»Wir haben menschliche Hautspuren daran gefunden, Kot und Urin ...« Hartmannsberger zuckte mit seinen mächtigen Schultern und sprach nicht weiter.

Clara wandte sich ab und hielt sich die Hände vor den Mund. Sie hatte plötzlich Schwierigkeiten zu atmen und spürte, wie ihr der Schweiß ausbrach. Eine Panikattacke kündigte sich an.

Doch dann legte sich Grubers Arm um ihre Schultern, er zog sie fest an sich und flüsterte in ihr Ohr: »Einatmen. Ausatmen. Ganz ruhig. Immer weiter …«

Clara gehorchte. Sie schloss die Augen und konzentrierte sich auf ihre Atmung. Nach einer Weile verebbte die Panik wie eine Flutwelle, die sich langsam zurückzog, und Clara warf Gruber einen dankbaren Blick zu.

Hartmannsberger sah sie prüfend an, und als sie ihm mit einem unsicheren Lächeln zunickte, leuchtete er weiter in den Raum hinein. »Da drüben haben wir die Leichen gefunden. Beide nebeneinander. Sie wurden geköpft und ausgeweidet wie Tiere. Daneben saß der Junge.«

»Er hat … hat zugesehen?«, fragte Clara entsetzt.

»Vermutlich. Er war nicht ansprechbar. Vollkommen apathisch, wie erstarrt.«

Hartmannsberger stockte kurz. Es war ihm anzumerken, dass ihn die Erinnerung an die Geschichte noch immer aufwühlte. »Für mich war der Anblick des Jungen das Schlimmste von allem. Er war wie tot, obwohl er noch gelebt hat. Seine Augen …« Er verstummte und fuhr sich mit seiner verstümmelten Hand über das Gesicht. »Wir wollten ihn hochheben, doch das ließ er nicht zu. Schließlich ist er von selbst aufgestanden und mit uns hinaufgegangen. Er bewegte sich wie ein Roboter, mechanisch.«

»Aber warum hat der Mörder ihn nicht auch getötet?«, fragte Gruber erstaunt.

»Wir wissen es nicht. Er hat kein Wort gesagt. Die beiden Jungen kamen in eine Klinik. Wir haben danach noch ein paarmal versucht, mit ihnen zu sprechen, aber da kam nicht viel dabei raus. Sie waren ja vollkommen verstört und mit diesen Geschichten von dunklen Jägern und Geistern und was weiß ich vollgestopft bis oben hin. Es war im Grunde auch nicht entscheidend, da nur Jean Rohler als Mörder in Frage kam. Wir hatten seine Fingerabdrücke auf der Tatwaffe und überall im Raum und auch Blutspuren von ihm. Außerdem gab es eine Art Bekennerschreiben, einen Zettel, der neben den Leichen lag. Darauf stand: *Den Verrätern gebührt nichts als der Tod*. Auch darauf waren seine Fingerabdrücke, und es war auch Jean Rohlers Schrift. Es gab keinen vernünftigen Zweifel daran, dass er der Täter war. Deshalb haben wir die Kinder in Ruhe gelassen.«

»Was war denn die Tatwaffe?«, fragte Clara.

»Ein mittelalterliches Schwert. Verdammt schwer und höllisch scharf. Es lag neben den Leichen. Ich habe ein Foto davon in der Akte.« Hartmannsberger sah die beiden an. »Ich glaube, wir gehen wieder rauf, oder?«

Clara nickte.

Aufatmend gingen sie zurück ins Freie. Hartmannsberger ging zu seinem Pick-up und ließ die Hunde herausspringen, und Clara holte Elise ebenfalls aus dem Auto. Gemeinsam tobten die Tiere über die Wiese.

Als Clara sich eine Zigarette anzündete, bemerkte sie, dass sie zitterte. »Wie kann man zulassen, dass ein Kind so etwas sieht?«, sagte sie leise, mehr zu sich selbst gewandt als zu den beiden Männern.

»Es ist nur eine Vermutung von mir, aber ich denke, es war Absicht«, sagte Hartmannsberger langsam.

»Was?« Clara sah ihn verständnislos an. »Was war Absicht?«

»Dass der Junge dabei war. Jean Rohler wollte ihn dabeihaben. Er hat es ihm absichtlich gezeigt. Es war eine Botschaft. Der Junge sollte etwas lernen.«

Clara öffnete den Mund, doch es kam kein Ton heraus.

»Lernen? Ein Vierjähriger, der zusehen muss, wie seine Eltern abgeschlachtet werden?«, rief Gruber, und an seinem Ton hörte Clara, wie verstört er war.

»Ein Vierjähriger?«, fragte Hartmannsberger erstaunt. »Aber nein! Das war doch der große Junge, der dabei war. Er war zehn oder elf.«

»Frank? Frank war dabei? Nicht Stefan?«

»Ja. Der Kleinere hat davon wahrscheinlich nicht direkt etwas mitbekommen. Wir haben keine Spuren von ihm im Keller gefunden. Offenbar war er nie dort unten. Er saß auf einem Baum neben dem Haus. Als wir mit seinem Bruder rauskamen, hat er geschrien wie am Spieß, deshalb haben wir ihn überhaupt entdeckt. Wir mussten ihn runterpflücken wie ein Äffchen.«

Hartmannsberger pfiff nach den Hunden, die sofort gehorchten. »Wisst ihr, warum ich glaube, dass der große Junge, Frank, wie ihr ihn nennt, dort absichtlich zusehen musste? Er hat ja kaum gesprochen, aber einen Satz hat er immer wieder gesagt, immer und immer wieder, so als ob Rohler es ihm eingebläut hätte. Und das war der Satz, der auf dem Zettel stand, den wir gefunden haben …«

»… den Verrätern gebührt nichts als der Tod«, wiederholte Clara, dann stutzte sie. »Warum sagst du, ›Frank, wie ihr ihn nennt‹?«, wollte sie wissen. »Hieß er denn nicht so?«

»Wir wissen nicht, wie er hieß«, sagte Hartmannsberger.

»Wie? Wie ist das möglich?«, fragte Gruber ungläubig.

»Sie hatten keinen Namen. Zumindest keinen, den sie uns genannt haben. Der Ältere war in der Schule als Fynn Kristensen angemeldet, doch er reagierte überhaupt nicht darauf, und wir fanden auch keine Unterlagen dazu. Der Kleine antwortete auf die Frage, wie er heiße, immer nur *Bruder*.

Seinen Bruder nannte er genauso. Er konnte ohnehin noch kaum sprechen.«

Clara schüttelte den Kopf. »Das kann doch nicht sein. Man muss doch bei der Geburt einen Namen angeben ...«

»Wir haben keine Geburtsurkunde, wir wissen nicht, woher die Kinder stammen.«

»Aber die Mutter ...«

»Vera Kristensen war nicht die leibliche Mutter. Sie hat in ihrem Leben noch nie ein Kind geboren.«

Clara starrte ihn an. »Wo kommen die Kinder dann her?«, fragte sie leise.

»Wir wissen es nicht. Unsere Nachforschungen sind alle vergeblich geblieben. Vielleicht wurden sie als Babys entführt, oder es waren die Kinder anderer Sektenmitglieder. Sekten legen meist sehr viel Wert darauf, Kinder ohne Bezug zu ihren leiblichen Eltern aufwachsen zu lassen. So sind sie formbarer.«

Clara schlang die Arme um ihren Oberkörper. Sie wollte weg von hier. Sofort.

Hartmannsberger musterte sie mitfühlend. »Sollen wir wieder fahren? Oder wollt ihr noch ein paar Meter spazieren gehen? Ich wollte euch noch etwas zeigen.«

Er schüttelte den Kopf, als er Claras alarmiertem Blick begegnete. »Nichts Schlimmes«, sagte er lächelnd.

Sie willigten ein und folgten Hartmannsberger in den Wald. Die Hunde liefen übermütig voraus, bissen sich gegenseitig spielerisch in den Hals und bellten. Hartmannsberger führte sie querfeldein durchs Unterholz. Elise war begeistert. Sie rannte vor Aufregung kreuz und quer und sprang wie ein überdimensionierter Hase den beiden anderen Hunden nach. Die Luft war frisch und klar, und es roch nach feuchtem Moos und nach Pilzen.

Claras nervöser Herzschlag beruhigte sich mit jedem Schritt, mit dem sie sich von dem Haus entfernten, und sie sog die würzige Luft so tief in ihre Lungen ein, wie sie nur konnte.

Doch dann blieb Hartmannsberger plötzlich stehen und deutete auf einen großen düster wirkenden Stein, der vor ihnen auf einer kleinen Lichtung stand. »Ich weiß nicht, ob es Zufall ist oder ob diese Leute den Ort hier deswegen ausgesucht haben, aber hier oben gibt es auch eine Sage vom dunklen Jäger. Den Stein hier nennt man Jägerstein. Sagt euch die *wilde Fahrt* oder die *wilde Jagd* etwas?«

Sowohl Clara als auch Gruber schüttelten den Kopf.

»Stadtmenschen.« Hartmannsberger lächelte nachsichtig. »Das sind heidnische Überbleibsel aus keltischer Zeit, die sich hier erhalten haben: Die wilde Fahrt sind unheimliche Geister, die in den Raunächten zwischen Weihnachten und Dreikönig ihr Unwesen treiben. Man darf in diesen Nächten keine Wäsche im Freien aufhängen, damit sie nicht von der wilden Fahrt geraubt wird, denn das würde den sicheren Tod des Besitzers des Kleidungsstücks bedeuten. Hier oben sagt man auch, der Gebieter der wilden Fahrt ist der Hirschgott oder der dunkle Jäger. Er kann einem in Gestalt eines Hirsches oder eines Gehörnten erscheinen. Als die christliche Religion die alten Religionen immer mehr verdrängt hat, hat er sich angeblich hier in diesem Stein verborgen. Doch jedes Jahr um Allerheiligen herum, was ja im Grunde nichts anderes als ein altes keltisches Fest ist, das christianisiert wurde, ruft er die Seinen zu sich, bis zu dem Tag, an dem die Macht des Christentums gebrochen wird und er zusammen mit seiner Gefährtin wieder über die Welt der Menschen herrscht.«

»Aha.« Gruber verzog das Gesicht. »Interessante Geschichten habt's ihr hier in eurem Wald.«

Hartmannsberger nickte. »Man sagt auch, man soll dem Stein nicht zu nahe kommen, vor allem nicht jetzt so kurz vor Allerheiligen, wenn der dunkle Jäger erwacht, denn er kann dir bis ins Herz sehen ...«

»Das wär nicht so schlimm«, sagte Gruber leichthin und machte einen Schritt auf den Stein zu.

»... und wenn du nicht aufpasst, verbrennt er es dir zu schwarzer Kohle.«

Gruber trat vorsichtshalber wieder einen Schritt zurück.

Hartmannsberger lachte. »Es sei denn, du hast einen Salamander dabei, der dich gegen das Feuer des dunklen Jägers schützt ...«

Clara entfuhr ein merkwürdiger Laut, und beide Männer wandten sich ihr überrascht zu. Sie schwankte und wäre umgefallen, wenn Gruber sie nicht blitzschnell aufgefangen hätte.

»Ich ... ich ...«, stammelte sie.

Gruber half ihr, sich zu setzen.

Zitternd lehnte sie sich an einen Baumstamm. »Ich ...«, begann sie erneut, »ich ...«

»Ja, ganz ruhig, Clara ...«, flüsterte Gruber behutsam. »Ist mir auch aufgefallen: der Salamander. Deshalb benutzt der Junge wahrscheinlich dieses Symbol.«

»Ja. Nein! Ich meine ... ich ...« Clara keuchte vor Entsetzen. »Ich habe es geträumt!« Ihr Zittern wurde heftiger. »In meinem Traum ist Solos Herz verbrannt ... genau wie in dieser Sage ...« Sie spürte, wie das Blut aus ihrem Gesicht wich, und ihr wurde schwarz vor Augen.

DREISSIG

»Es geht mir gut!« Mühsam stand Clara auf und schüttelte Grubers Arm ab.

Beide Männer sahen sie besorgt an.

»Wirklich! Alles in Ordnung. Ich bin nur erschrocken.« Clara drehte sich zu dem Stein um, der mächtig und moosbewachsen zwischen den Bäumen stand. »Ich muss etwas essen«, stellte sie dann fest.

»Tja, dann sollten wir gehen«, schlug Hartmannsberger vor. »Mit leerem Bauch kann es einem bei solchen Geschichten schon mal den Boden unter den Füßen wegziehen.« Er deutete mit einer weitausholenden Handbewegung zum Jägerstein und dann in die Richtung, in der sich das verlassene Haus befand.

»Ja, allerdings«, sagte Clara dankbar.

Sie gingen zurück zu den Autos, ließen die Hunde hineinspringen und stiegen ein. Hartmannsberger schlug vor, in einem Gasthaus in der Nähe seiner Ranch zu Mittag zu essen. Während Gruber anfuhr, hielt Clara den Blick gesenkt, um nicht noch einmal das Haus sehen zu müssen. Erst als sie das Dorf verlassen hatten, hob sie den Kopf.

»Es war der leere Magen«, sagte sie dann leise. »Kreislaufprobleme.«

»Ja, sicher.« Gruber schwieg lange, dann sagte er zögernd: »Aber sag, hast du wirklich von dieser Geschichte geträumt?«

»Ja. In der Nacht vor dem ersten Mord. Ich habe dir doch davon erzählt, als du mich zu Franks Leiche geholt hast. Solo hatte schwarze Finger, und ich bin so erschrocken ...«

»Ja, du hast etwas angedeutet, aber ich dachte, du wärst einfach durcheinander.«

»War ich ja auch.«

Sie schwiegen eine Weile, dann sagte Gruber: »Ich glaube ja nicht an so etwas, aber komisch ist es schon.«

»Ja. Es macht mir Angst«, gab Clara zu und spürte, wie ihr erneut ein Schauer über den Rücken glitt.

»Hast du ... ähm ... so etwas öfter?« Gruber sah sie vorsichtig von der Seite an.

»Nein!« Clara rieb sich unbehaglich die Oberarme. »Das war nur ein dummer Zufall. Oder?« Sie sah ihn bang an. »Was meinst du?«

»Bestimmt. Solche Dinge gibt es. Man meint, es hat etwas zu bedeuten, doch dabei ist es nur Zufall.«

Gruber klang überzeugend, und Clara entspannte sich ein wenig. Sie wandte den Kopf zum Fenster und sah zu, wie die Bäume vorüberglitten.

Nach einer Weile bog Hartmannsberger, der vor ihnen fuhr, in eine Einfahrt ein und hielt vor einem kleinen, gemütlich wirkenden Gasthaus.

Er war dort offenbar bestens bekannt und wurde herzlich begrüßt. Alle drei bestellten Schweinebraten mit Kartoffeln und Krautsalat, und Clara, deren Magen mittlerweile unüberhörbar knurrte, wunderte sich, wie eng der Schrecken über die grausamen Taten und die Freude über so vermeintlich banale Dinge wie ein deftiges Mittagessen beieinanderlagen. War es der Schock, der sie so hungrig hatte werden lassen, oder einfach nur die Sehnsucht nach Normalität? Clara verputzte ihre Portion in Windeseile, und langsam ließ das Zittern nach, und ihr Verstand schaltete sich wieder ein.

»Hat man denn in den ganzen Jahren nie eine Spur von oder einen Hinweis auf Jean Rohler gefunden?«, fragte sie Hartmannsberger, während die Bedienung ihnen den Nachtisch brachte: dick mit Puderzucker überstäubtes, lauwarmes Schmalzgebackenes mit Zwetschgenkompott.

»Nein. Ich denke, er hatte das genau geplant und sich in der gleichen Nacht noch ins Ausland abgesetzt. Die tschechische Grenze ist hier um die Ecke. Und irgendwann ist er wohl nach Frankreich. Hatte ja zwei Pässe. Und seine Anhänger waren in alle Winde verstreut. Wir konnten keinem irgendetwas nachweisen. Von den wenigsten wussten wir überhaupt die Namen.«

»Die Morde waren ein Racheakt«, rekapitulierte Clara. »Weil er dahintergekommen ist, dass Arno Siebert ihn bespitzelt hat.«

Hartmannsberger nickte. »Ein Racheritual. Die Morde sind in der Nacht vom 31. Oktober zum 1. November begangen worden. Es war eine genau geplante, grausame Zeremonie.« Er zerteilte nachdenklich seine Nachspeise mit der Gabel und meinte dann mit vollem Mund: »Aber ich glaube, es war noch mehr als das.«

»In welcher Hinsicht mehr?«, wollte Gruber wissen.

»Jean Rohler war ein Sadist und völlig frei von moralischen Bedenken. Ein Psychopath, wenn man so will. Ihm ging es nicht um Glauben und Überzeugung und bestimmte Weltbilder. Die rechte Orientierung in seinen frühen Jahren und diese neuen heidnischen Ideen der Wiedererweckung einer alten Rasse hatten für ihn einzig und allein den Zweck, seine sadistischen Neigungen zu befriedigen. Diese dubiosen Gruppierungen, dieser Sumpf, in dem er sich bewegte, gaben ihm die Möglichkeit, Menschen zu beherrschen, sie zu quälen und zu erniedrigen, einfach nur, weil er es konnte. Ich denke, im Grunde war er nur eines: Er war besessen von der Macht über andere, das war sein Lebenselixier. Er brauchte dieses Machtgefühl, es war seine Sicherheit, sein Selbstverständnis. Wenn nun jemand daherkam und diesen Machtanspruch in Frage stellte oder er das auch nur so interpretierte, dann brachte das seine ganze Existenz ins Wanken. Derjenige wurde zum Verräter, er beging Verrat an ihm persönlich. Und Verrätern gebührt nichts als der Tod.«

Clara und Gruber sahen Hartmannsberger angesichts dieser langen Rede verblüfft an.

»Alle Achtung«, sagte Gruber anerkennend. »Du hast dich ja ganz schön in den Typen hineingefressen.«

Hartmannsberger lächelte verlegen. »Wahrscheinlich war ich auch ein bisschen von ihm besessen ...«

Gruber nickte. »Das kann einen schon wahnsinnig machen, wenn man den Täter kennt und ihn nicht zu fassen kriegt.«

»Und so ein gefährlicher Irrer kommt dann in der Jugendarbeit unter, und niemand merkt etwas!«, meinte Clara erbost. »Das ist doch kaum zu glauben!«

Die beiden Männer schwiegen. Dazu gab es nichts zu sagen.

Nach einer Weile wandte sich Clara an Gruber: »Wie geht es jetzt weiter? Was machst du mit diesen Informationen?«

Gruber zuckte mit den Achseln. »Erst müssen wird den Jungen finden. Dann sehen wir weiter.«

»Glaubst du, Solo hat Charlie Rohleder umgebracht, weil er sich an ihn erinnert hat?«

»Möglich ... andererseits war er erst vier.« Gruber wiegte zweifelnd den Kopf.

»Und was ist mit seinem Bruder? Weshalb hat er ihn getötet?«

Gruber fuhr sich mit beiden Händen über das Gesicht. »Ich weiß es nicht. Und solange wir den Jungen nicht haben, können wir nur spekulieren.«

Während sie bezahlten, blätterte Hartmannsberger in seiner alten Akte herum, die er ins Lokal mitgenommen hatte. »Wenn ich euch noch irgendwie helfen kann ...«, begann er, stockte kurz bei den Fotos, verstummte und blätterte dann weiter. »Ah ja ...«, murmelte er plötzlich. »Daran hatte ich schon gar nicht mehr gedacht. Das war auch seltsam. Konnten wir nie klären.«

»Was?«, wollte Gruber wissen.

»Die Obduktion hatte festgestellt, dass beide Leichen einen ungewöhnlichen Stoff im Blut hatten ...« Er feuchtete seine Finger mit der Zunge an und blätterte um. »Da: Scopolamin. Das ist ...«

»Ich weiß, was das ist!«, sagte Gruber erregt und beugte sich vor. »Ein Alkaloid. Das hat man im Blut gefunden?«

Hartmannsberger nickte und reichte Gruber die Akte. »Du kennst das? Die von der Rechtsmedizin konnten sich damals keinen rechten Reim darauf machen ...«

»Das ... das ist ...« Gruber schüttelte den Kopf. Dann klappte er die Akte zu und rieb sich mit Daumen und Zeigefinger die Nasenwurzel. »Verdammt ...«, murmelte er.

»Könnte mich mal jemand aufklären?«, bat Clara ratlos. »Worum geht es?«

Gruber wandte sich ihr zu. »Entschuldige. Du hast doch meinen Bericht über den Mord an Frank Eibl gelesen?«

»Ja, aber ...«

»Dort ist davon die Rede, dass man bei dem Toten ein pflanzliches Rauschmittel gefunden hat. Eigentlich ein Gift, um genau zu sein, aber in geringerer Dosis wird es manchmal auch als Rauschmittel verwendet.«

Clara dachte nach. »Ja, ich erinnere mich. Das war irgend so etwas Merkwürdiges …«

»Schwarzes Bilsenkraut.«

Clara runzelte die Stirn. »Hatte ich vorher noch nie gehört.«

»Ich kannte es auch nicht, aber ich habe mich schlaugemacht: Das ist ein Nachtschattengewächs, und es ist ziemlich giftig. Man kann es als Teeaufguss trinken, rauchen oder als Salbe auf die Haut auftragen. Es enthält ein Alkaloid, eben dieses Scopolamin, und es ruft Halluzinationen hervor, die nicht mehr von der Wirklichkeit unterschieden werden können. Man glaubt, seltsame Wesen zu sehen, Geister oder Dämonen, und kann das Gefühl haben zu fliegen. Angeblich wurde von Hexen im Mittelalter aus dem Schwarzen Bilsenkraut eine sogenannte Flugsalbe hergestellt. Deshalb nennt man es auch Hexenkraut.«

Clara starrte Gruber mit offenem Mund an. »Und das hatte Frank vor seinem Tod eingenommen? Warum?«

»Ich vermutete bisher, dass Solo es ihm irgendwie vor seinem Tod verabreicht hat. Als so eine Art rituelle Gabe, was weiß ich. Allerdings haben wir keinerlei Hinweise darauf gefunden, wie er es gemacht haben könnte. Er hatte nichts bei sich, keine Flasche oder sonst irgendetwas Geeignetes.«

»Hatte Charlie Rohleder, also Jean Rohler, diesen Stoff auch im Blut?«, fragte Clara irritiert.

»Das wissen wir noch nicht. Das toxikologische Gutachten war heute Morgen noch nicht fertig.« Gruber zögerte und sah auf die Uhr. »Ich könnte mal im Präsidium anrufen.«

»Ruf an!«, forderte Clara ihn auf.

Während Gruber hinausging, um zu telefonieren, wandte

sich Clara an Hartmannsberger. »Hat man etwas von dieser Pflanze im Haus oder im Garten gefunden?«

Hartmannsberger schüttelte den Kopf. »Ich glaube nicht, dass danach gesucht wurde«, gestand er.

In dem Moment kam Gruber schon zurück und nickte grimmig. »Ja. Er hatte das Zeug auch im Blut. Die gleiche Konzentration wie bei Frank Eibl.« Er zog sich die Akte von Hartmannsberger noch einmal heran und studierte den toxikologischen Bericht. »Genau wie bei den beiden Opfern von damals.«

Clara sah von Hartmannsberger zu Gruber. »Ist euch klar, was das bedeutet?«

»Was meinst du?«, fragte Gruber.

»Solo kann es nicht gewesen sein!« Claras Stimme bebte. »Versteht ihr nicht? Er war damals erst vier, sein Bruder elf. Beide konnten von der Verwendung dieses Krauts nichts wissen. Zumindest nicht die Details, die man braucht, um das Ganze jetzt nachzumachen! Wenn die Einnahme dieses Giftes wirklich im Zusammenhang mit den Morden steht, dann kann er es nicht gewesen sein!«

Clara spürte, wie ihre Wangen zu glühen begannen. Sie wartete nicht auf eine Reaktion der beiden Männer, sondern gab sich selbst die Antwort: »Und natürlich steht sie damit in Zusammenhang! Vier Tote! Viermal dieser ungewöhnliche Stoff, immer kurz vor dem Tod eingenommen! Das kann einfach kein Zufall sein!«

»Ein bisschen viel Zufall«, stimmte Hartmannsberger ihr zu.

Sie sahen sich an.

Gruber brachte auf den Punkt, was alle dachten: »Aber wenn Solo es nicht war und Jean Rohler und Frank Eibl tot sind, dann muss es noch jemanden geben ...«

Die Dunkelheit machte ihm immer weniger zu schaffen. Er gewöhnte sich daran, so wie er sich an die Kälte gewöhnt hatte, an den Geruch nach feuchtem Beton und das ferne, stete Dröhnen des Verkehrs. Sein Feuerzeug war längst leer, doch das kümmerte ihn nicht. Er konnte sich inzwischen im Dunkeln bewegen wie eine Katze. Nach oben ging er nur im Schutz der Nacht, schlich sich in den Hinterhof eines nahen Supermarktes, wo er sich aus den großen Müllcontainern etwas zu essen und zu trinken besorgte. Was dort alles weggeworfen wurde, damit konnte er sich monatelang ernähren. Jedoch hatte er keine Tabletten mehr. Das hatte ihm anfangs Angst gemacht. Die letzte hatte er in vier Teile zerbrochen und auf Raten geschluckt. Die Wirkung war daher kaum zu spüren gewesen. Panik war in ihm hochgekrochen, Panik vor dem Moment, an dem der Schmerz und die Angst wiederkommen würden und er ihnen nichts mehr entgegenzusetzen hatte. Der Moment war gekommen, und er war wieder gegangen. Dazwischen fehlten ihm ein paar Stunden oder Tage, wer konnte das sagen, hier unten in der ewigen Dunkelheit.

Irgendwann war er zu sich gekommen, mit tauben Armen und Beinen und dröhnenden Kopfschmerzen. Er war liegen geblieben, auf die Seite gedreht in dem schmalen Schacht, der sein Zuhause, sein Schutz und seine Zuflucht geworden war. Alles war überdeutlich in sein Bewusstsein getreten. Das stete Tropfen des Wassers hatte schmerzhaft in seinen Ohren geklirrt, und er hatte die winzigen Käfer gehört, wie sie auf dem staubigen Boden herumkrabbelten, hatte ihre Beine kratzen gehört, das Aneinanderschaben ihrer winzigen Panzerplatten, es hatte seinen Ohren wehgetan wie Kreide, die über eine Tafel quietscht. Er war zu schwach gewesen, um sich etwas zu essen zu holen, also war er einfach liegen geblieben, zitternd, mit einer halb leeren Wasserflasche, aus der er schluckweise trank, und hatte auf den Tod gewartet – der nicht gekommen war. Stattdessen war es irgendwann vorbei gewesen.

Jetzt fühlte er sich besser, hatte sogar Hunger. Mit unsicheren Schritten kroch er aus seinem Versteck, wagte sich im Schutz der Nacht an die Oberfläche und holte sich vier Joghurt, einen Orangensaft, Rosinenbrötchen, Scheibenkäse und eine Packung Fleischsalat mit Mayonnaise aus dem Container. Als er wieder unten saß und abwechselnd den Fleischsalat aß und von dem Saft trank, fühlte er sich fast glücklich. Es war ein so ungewöhnliches, ihm so unbekanntes Gefühl, dass ihm Tränen in die Augen stiegen. Er konnte überleben – ohne Tabletten. Er konnte hier unten bleiben. Wenigstens vorerst.

Die Arbeiten hier unten würden nicht so schnell weitergehen. Er hatte davon gelesen, vor Monaten in den Zeitungen. Der Fund des Kessels hatte die Grabungen hier zum Erliegen gebracht. Man stritt darum, wie es weitergehen sollte. Es ging um ein paar Millionen, hatte er gelesen. Zahlen in der Größenordnung bedeuteten ihm nichts. Es war ihm egal. Sollten sie doch streiten, ihm konnte es nur recht sein. Er dachte eine Weile darüber nach, was passieren würde, wenn sie irgendwann im nächsten Frühjahr weitergraben und die Toten finden würden ... Sie würden wohl nicht mehr zu erkennen sein. Wer weiß, vielleicht würden sie sie auch gar nicht finden. Nie.

Er musste an Dana denken, wie sie durch die Luft geflogen war, als das Auto sie erfasst hatte. Leicht, so leicht hatte sie ausgesehen. Wie ein Vogel. Und um sie herum hatten die Scherben der zersplitterten Scheibe geglitzert wie tausend Sterne. Auch wenn sie ebenfalls tot war, war er froh, dass sie nicht dort unten lag bei den anderen, die vergessen waren. Der Krankenwagen war gekommen, doch von seinem Versteck aus hatte er die Gesichter der Sanitäter sehen können, sie hatten sich Blicke zugeworfen und den Kopf geschüttelt, waren ohne Hoffnung gewesen. Er hatte es gesehen und gespürt. Vollkommen reglos war sie zwischen der Leitplanke und dem Auto gelegen. Kaputt, zerbrochen. Und dann waren sie mit ihr weggefahren. Mit Blaulicht. Jemand würde sie begraben haben. Vielleicht könnte er ihr Grab finden, irgendwann, wenn alles vorbei war.

Er stellte sich vor, wie das sein würde: der Tag, an dem alles vorbei war. Was würde er tun? Vielleicht mit der alten Frau Groman Kuchen essen gehen. Käsesahne, Apfelkuchen, Buttercremetorte, Erdbeerkuchen, Himbeersahne, Schokotorte ... und ein Bild würde er malen. Hier, an eine dieser kahlen Wände, er würde Scheinwerfer holen und alles hell erleuchten, und dann würde er ein schönes Bild an die Wand sprayen, von einem Vogel, der durch die Luft fliegt inmitten tausend glitzernder Sterne ...

Solche Sachen hatte er noch nie gedacht, fiel ihm plötzlich ein. *Was wäre wenn* hatte es in seinem Kopf noch nie gegeben. Es war zu viel Dunkles darin gewesen, zu viel Vergangenes. Kein Platz für Zukunft, für Alternativen. Er hatte nie irgendwelche Entscheidungen getroffen, immer nur versucht, den Schmerzen auszuweichen. Frank hatte sich um alles andere gekümmert. Er hatte die Kontrolle gehabt, jederzeit. Wann hatte sich das geändert?

Seine Hand tastete an die Brusttasche seiner Jacke, dieser Angeberjacke aus der Rot-Kreuz-Kiste, die ihn so viel besser vor der Feuchtigkeit schützte als seine alte Sweatjacke und die ihm mittlerweile zur zweiten Haut geworden war. Das Handy war noch da. Mit diesem Handy hatte es angefangen. Mit der ersten eigenen Entscheidung seines Lebens: dem Verrat an seinem Bruder.

»Den Verrätern gebührt nichts als der Tod«, flüsterte er in die Stille hinein und spürte, dass dieser Satz keine Macht mehr über ihn hatte. Frank war nicht mehr da, seine Sätze galten nicht mehr. Er musste eigene Entscheidungen treffen, hatte selbst die Kontrolle über sein Leben. Er wartete auf die Angst, die nun kommen würde, angesichts dieser ungeheuerlichen Gedanken. Doch sie kam nicht. Es blieb still. Um ihn herum und in ihm.

EINUNDDREISSIG

Clara fand in dieser Nacht keinen Schlaf. Die Bilder des Tages bedrängten sie unaufhörlich, es war wie ein Videoclip, der in einer Endlosschleife in ihrem Kopf ablief: das Haus, die Treppe in den Keller, die suchende Taschenlampe von Quirin Hartmannsberger, Grubers sorgenvolle Blicke, der Stein im Wald, Bäume, jemand redete im Hintergrund, redete auf sie ein, es roch nach Moos und nassen Hunden ... Irgendwann gab sie auf und kletterte seufzend aus dem Bett. Elise, die sich wieder einmal zu ihr ins Bett geschlichen hatte, schnarchte laut und rührte sich nicht. Das erklärte zumindest den Geruch nach Hund, der sich in ihre wirren Gedankengänge geschlichen hatte.

Sie tappte barfuß in die Küche, schenkte sich ein Glas Wasser ein und ging damit ins Wohnzimmer. Wenn es ihr nicht gelang, etwas Ordnung in ihre Gedanken zu bringen, konnte sie den Schlaf vergessen. Draußen schlug die nahe Kirchturmuhr dreimal. Sie musste es doch schaffen, die Fakten in eine logische Reihenfolge zu bringen: Wenn Solo nicht der Mörder war, wer war es dann? Konnte es überhaupt einen Dritten in dieser Geschichte geben? Warum hatten sie keinerlei Hinweise auf ihn, warum hatte Solo nie gesagt, dass er es nicht getan hatte? Sie hatte das Gefühl, dass die Lösung vor ihr lag, sie sie aber nicht sehen konnte.

Nachdenklich starrte sie die leere Wand an, bis ihre Augen zu brennen begannen, dann stand sie kurzentschlossen auf und holte aus dem Zimmer ihres Sohnes ein altes zusammengerolltes Poster und Reißnägel. Sie pinnte das Poster mit der weißen Rückseite nach vorn an die Wand und begann alle Informationen aufzuschreiben, die ihr einfielen. »VERRÄTERN GEBÜHRT NICHTS ALS DER TOD«, schrieb sie mit einem roten Filzstift ganz nach oben. Darunter die Fragen: War Frank Eibl ein Verräter? War Charlie Rohleder bzw. Jean Rohler ein Verräter? Was haben sie verraten? WEN haben sie verraten? WAS weiß Solo darüber? Clara zündete sich eine Zigarette an und zeichnete in die Mitte der Seite einen Salamander. Darüber schrieb sie SCHUTZ! Dann nickte sie zufrieden. Der Widerspruch, der ihr schon länger zu schaffen gemacht hatte, löste sich auf: Wenn Solo nicht der Täter war, sondern seinen Bruder tot aufgefunden hatte, erklärten sich das Bild an der Wand und die Tatsache, dass er den Kopf in den Händen gehalten hatte: Er war es nicht gewesen, der Frank auslöschen wollte. Sie malte einen Pfeil und schrieb Jean Rohler darunter. Hier war bezeichnenderweise kein Salamander an die Wand gesprayt worden.

Ihr kam ein Gedanke: Konnte es sein, dass Jean Rohler aus irgendeinem Grund Frank Eibl getötet und Solo seinen Bruder gerächt hatte? Aber auf die gleiche Weise? Clara überlegte und schrieb dann das Wort BILSENKRAUT neben Jean Rohlers Namen und malte Fragezeichen dazu. Es passte nicht. Solo hätte ihm davon nichts gegeben. Sie schüttelte den Kopf. Ihr Gefühl sagte ihr, dass Jean Rohler und Frank Eibl vom selben Täter getötet worden waren. Und dieser Täter war nicht Solo.

Dann schrieb sie das Wort TÄTER auf und unterstrich es mehrmals. Darunter kritzelte sie in verschiedenen Farben alles, was ihr an Hinweisen und Ideen dazu einfiel: Sekte, Neonazis, Kelten, Germanen, Rache, Ritual, Erziehung, Schutztiere, dunkler Jäger, gehörnter Gott, Frauengesichter, Käfig, Kopfkult …

Ihr Blick fiel auf das Wort Käfig. Man hatte im Keller in Wolfsberg einen Käfig gefunden. Käfig bedeutete Gefangenschaft. Dana war auch gefangen gehalten worden. Clara umkringelte das Wort mit grüner Farbe und malte einen Pfeil in eine Ecke. Darunter schrieb sie DANA. Hatte womöglich Jean Rohler Dana gefangen und eingesperrt? Dann käme als Mordmotiv wiederum Rache in Frage. Aber damit war man wieder bei Solo. Man landete immer bei Solo: Er wusste von den verschwundenen Menschen, er hatte die Salamander an die Wände gesprüht, er nannte sich den Todbegleiter. Und so, wie es aussah, war er nach wie vor der Einzige, der ein Motiv hatte.

Clara seufzte. Es brachte nichts. Sie kam der Lösung nicht näher. Wahrscheinlich hatte diese Geschichte mit dem Bilsenkraut sie einfach nur in die Irre geführt, und Solo war doch der Täter. Wusste der Himmel, was dieses dumme Kraut für eine Rolle spielte. Sie rieb sich die Schläfen und gähnte. Wenn die Polizei ihn nur finden würde. Dann könnten sie vielleicht ein paar Antworten bekommen.

Müde und unruhig zugleich löschte sie das Licht und ging zurück in ihr Schlafzimmer. Elise schnarchte noch immer. Clara kroch unter die Bettdecke und schob ihre eiskalten Zehen unter den warmen Bauch der Dogge, was Elises Schnarchen für einen kurzen Moment ins Stocken geraten ließ. Mit dem Arm um den großen Kopf ihres Hundes gelegt schlief Clara endlich ein.

Trotz der unruhigen Nacht war Clara am nächsten Morgen früh auf den Beinen. Um halb acht war sie bereits in der Kanzlei. Sie bemühte sich, auf andere Gedanken zu kommen, legte für ein paar Stunden eine gewisse Hyperaktivität an den Tag. Dazwischen versuchte sie vergeblich, Walter Gruber zu erreichen, und skypte mit ihrem Sohn Sean, der, wie immer fröhlich, aber wortkarg, spärliche, aus Muttersicht ganz und gar ungenügende Auskünfte über sein derzeitiges Leben erteilte.

Gegen zwei Uhr beschloss sie, eine Pause einzulegen, und ging mit Elise hinüber zu Rita, um einen Happen zu essen. Gerade als sie sich an einen Tisch am Fenster gesetzt hatte, klingelte ihr Handy. Es war Marcel Ringgenberg. Er habe die Absicht, sie zu einer Cocktailparty einzuladen, sagte er in seiner etwas umständlichen, schleppenden Schweizer Sprechweise.

»Eine Cocktailparty?« Clara musste lächeln. Sie konnte sich nicht erinnern, wann sie zum letzten Mal auf einer *Cocktailparty* gewesen war.

»Ja, nun, das Institut hatte diese Idee ...«, begann Ringgenberg, und es klang ein wenig verzweifelt. »Heute ist doch ... ähm ... Halloween, und sie geben die Party für mich, mein Forschungsauftrag neigt sich dem Ende zu, und da ist so etwas wohl üblich.« Ringgenberg räusperte sich etwas verlegen und fuhr dann fort: »Ich würde mich wirklich sehr freuen, wenn Sie mich begleiteten.«

»Tja, dann ... dann brauche ich wohl ein Cocktailkleid?«, meinte Clara, noch immer lächelnd.

»Äh ... ja ... es gibt da schon so eine Art Dresscode, aber bitte, tun Sie sich keinen Zwang an. Ich gehe genauso gerne mit Ihnen aus, wenn Sie in einem Kartoffelsack kommen!«

Clara lachte laut auf. »Das ist sehr charmant, aber es wird nicht nötig sein.«

»Dann kommen Sie mit?« Ringgenberg klang erleichtert.

»Ja.«

»Wunderbar! Ich hole Sie ab!«

Sie verabredeten sich für acht Uhr, und Clara legte amüsiert auf. Eine Cocktailparty – das klang irgendwie altmodisch, glamourös, ein bisschen wie in einem alten amerikanischen Film, und es passte zu Marcel Ringgenberg. Wahrscheinlich würde es Frozen Margaritas geben, Gin Fizz und Martinis … Clara verzog ein wenig das Gesicht. Vielleicht gab es ja auch Bier oder zumindest den einen oder anderen Whisky Sour.

Zurück in der Kanzlei dachte sie einen Augenblick über Ringgenberg nach. Sein Forschungsauftrag sei zu Ende, hatte er gesagt. Sie wusste nicht einmal genau, womit er sich beschäftigt hatte. »Alte Scherben«, hatte er zu ihr gesagt. Es schien ihr in der Tat verwunderlich, dass Menschen ihr Leben damit zubringen konnten, nach Keramikscherben zu suchen und ihre Herkunft zu erforschen. Was trieb jemanden wie Ringgenberg an? Was faszinierte ihn so an einer Vergangenheit, die so weit zurücklag und daher ohnehin nie wirklich rekonstruiert werden konnte, wie viele Bruchstücke man auch finden mochte?

Ihr fiel der alte Professor wieder ein, der sich mit Ringgenberg an jenem Abend im Rathaus gestritten hatte. Professor Hagenfeld. Er war ihr sehr verbohrt und selbstgerecht vorgekommen. Und das hatte Ringgenberg ihr bei ihrem Abendessen im *La Grenouille Rouge* auch bestätigt. Manche Menschen verloren sich in ihren Theorien. Versteiften sich darauf, um jeden Preis recht zu haben, und setzten ihre Überzeugung an oberste Stelle. So entstanden Ideologien.

Clara stutzte und sprang, von einer plötzlichen Erregung erfasst, von ihrem Stuhl auf. Aufgeregt begann sie, hin und her zu gehen.

Ideologien, Rassenwahn, Menschenopfer ... Darüber hatte sie mit Ringgenberg an jenem Abend gesprochen. Sie versuchte, sich an die Details dieses Gespräches zu erinnern. Er hatte Hagenfeld einen unverbesserlichen Fanatiker genannt, der mit seinen Ansichten der »Blutfraktion«, so hatte er es genannt, in die Hände spiele. Sie dachte an ihr gestriges Gespräch mit Hartmannsberger über die psychopathische Persönlichkeit von Jean Rohler und fröstelte plötzlich.

War es möglich ... konnte es sein, dass es hier eine Verbindung zu ihrem Fall gab? Jean Rohler war ein Nazi gewesen und hatte einer Vereinigung angehört, die an die Wiederauferstehung einer alten »heidnischen Menschenrasse« glaubte. Ein Waffennarr, der antike Schwerter bei sich hortete. Er hatte in München studiert, damals war Hagenfeld sicher noch als Dozent aktiv gewesen. Konnte es sein, dass es eine Verbindung zwischen Professor Hagenfeld und Jean Rohler gab? Dass Ringgenberg Leute wie Jean Rohler und seine Gesinnungsgenossen mit »Blutfraktion« gemeint hatte? Eine hartnäckige kleine Stimme in ihrem Kopf flüsterte ihr zu, dass sie auf etwas Entscheidendes gestoßen war, was sie bisher nicht genügend beachtet hatten: Natürlich musste es noch andere geben, die so dachten wie Jean Rohler. Er war nie allein gewesen, er hatte immer wieder Anhänger um sich geschart.

Sie ging zurück zu ihrem Schreibtisch und blätterte in den Notizen, die sie sich von dem Fall gemacht hatte. Wie hatte diese Studentenvereinigung noch einmal geheißen? Doch sie fand nicht, was sie suchte. Zu dem Auszug des Verfassungsschutzberichtes hatte sie sich keine Aufzeichnungen gemacht. Clara fluchte leise und sah auf die Uhr. Es war kurz vor fünf. Wenn sie sich heute noch in Schale werfen wollte, musste sie sich langsam auf den Weg nach Hause machen.

Hoffentlich war Gruber noch im Büro. Sie griff nach dem Telefon und tippte seine Nummer ein.

Er meldete sich nach dem ersten Klingeln.

Clara hielt sich nicht mit langen Vorreden auf, sondern schilderte Gruber ihren Gedankengang.

»Ein Professor?«, fragte der Kommissar gedehnt. »Hier von der Uni?«

»Könnte doch sein!« Clara fischte sich eine Zigarette aus der Schachtel auf ihrem Schreibtisch und zündete sie an. »Nicht er allein, aber eine Gruppe, radikale Gesinnungsgenossen. Bei solchen Taten gibt es doch oft einen intellektuellen Überbau, Theorien, mit denen die Täter sich rechtfertigen …«

»Aber selten einen wirklich wissenschaftlichen, meist ist das doch irgendein selbst zusammengeschusterter, pseudowissenschaftlicher Blödsinn«, wandte Gruber ein, an seiner bedächtigen Stimme konnte man jedoch erkennen, dass Clara ihn zum Nachdenken gebracht hatte.

»Du hast mir selbst erzählt, dass Jean Rohler Mitglied in einem heidnischen Studentenbund war, der später verboten wurde, und dass das Haus in Wolfsberg einer dubiosen Gesellschaft gehört, die irgendwelche abstrusen pseudogeschichtlichen Theorien verbreitet.«

Clara hörte, wie Gruber in seiner Akte herumblätterte. Nervös fügte sie hinzu: »Ich habe diesen Hagenfeld erlebt. Er ist merkwürdig: rechthaberisch und verbohrt. Hat sich einfach eingemischt, obwohl er mich gar nicht kannte. Und Marcel Ringgenberg hat auch gesagt, dass er …«

»Wer ist Marcel Ringgenberg?«, unterbrach Gruber verwirrt.

»Das ist ein Bekannter von Willi. Ich war mit ihm essen an dem Abend, als der Mord an Frank passiert ist. Und ich gehe heute mit ihm auf eine Cocktailparty der Universität.«

»Aha.« Gruber schaffte es, die drei Buchstaben so mit Missbilligung aufzuladen, dass Clara sich gezwungen fühlte, etwas zu ihrer Verteidigung zu sagen.

»Das ist nicht, was du denkst! Er ist so eine Art zerstreuter Professor mit wirrem Haar und Nickelbrille – wie gesagt ein Bekannter von Willi.«

»Ist er jung?«

»Oh, nein! Ganz alt und grau!« Clara kicherte. »Allerdings nicht ganz so alt wie du!«

»Danke.«

Clara wurde wieder ernst. »Kannst du nicht mal nachschauen, ob dieser Professor Hagenfeld mit einer der Organisationen etwas zu schaffen hat, in der Jean Rohler aktiv war? Da müsste es doch Mitgliederverzeichnisse geben, vielleicht findest du auch etwas Verräterisches über ihn in deinem Polizeicomputer?«

Gruber seufzte. »Ich wollte heute eigentlich früher nach Hause gehen.«

»Bitte! Das ist doch eine Spur, oder nicht?« Clara drückte ihre Zigarette aus und sah wieder auf die Uhr. Sie musste sich beeilen.

»Ich schaue mal, was ich finde. Aber mach dir keine großen Hoffnungen!«

»Du bist ein Schatz!« Clara drückte einen Kuss auf ihr Telefon.

»Jaja. Und du vergnügst dich auf Cocktailpartys«, knurrte Gruber.

»Ich werde den Abend nutzen und Ringgenberg ein bisschen ausquetschen«, sagte Clara. »Und vielleicht ist Hagenfeld ja auch da!«

»Sei bloß vorsichtig!«, warnte Gruber. »Wenn an deiner Theorie wirklich etwas dran ist, solltest du diesem Herrn nicht zu nahe treten.«

»Ich werde mich hüten!«, versprach Clara. »Ich unterhalte mich ohnehin nicht so gerne mit verbohrten Fanatikern.«

»Das beruhigt mich jetzt aber ungemein!«

»Das ist eine Party der Universität! Ein Haufen kluger Leute werden herumstehen, kluge Dinge sagen und grässliche Cocktails mit Kirschen trinken ...«

»Jaja, ist schon gut. Amüsier dich nur!«

»Ich melde mich morgen früh«, versprach Clara, »dann kannst du mir erzählen, was du rausgefunden hast, und ich verrate dir, ob ich mich amüsiert habe.«

»Morgen ist Feiertag ...«, begann Gruber, doch Clara hatte bereits aufgelegt. Der Kommissar legte den Hörer zurück und seufzte.

Mit kritisch gerunzelter Stirn stand Clara vor dem Spiegel. Sie hatte offensichtlich abgenommen. An den Stellen, an denen das Kleid früher immer ziemlich knapp gesessen hatte, schlug es jetzt unschöne Falten. Sie drehte sich zur Seite, zupfte den Stoff zurecht und seufzte. Es half nichts. Sie besaß keine besonders große Auswahl an Kleidern und schon gar nicht an solchen, die für eine Cocktailparty geeignet waren. Dieses hier war ihr Lieblingskleid unter der kargen Auswahl, es war moosgrün und passte gut zu ihrem roten Haar und den grünen Augen.

Eigentlich waren ein paar Pfund weniger beileibe kein Grund zum Jammern, doch da Clara wusste, worauf diese plötzliche Gewichtsabnahme zurückzuführen war, machte sie es kein bisschen froh. Clara war keine Frustesserin. Im Gegenteil: Sie nahm zu, wenn es ihr gut ging, und ab, wenn sie Kummer hatte. Und ihr momentaner Kummer mit Mick hatte sich ganz offensichtlich auf ihren Körper ausgewirkt. Sie schob ihren Busen mit den Händen ein paar Zentimeter nach oben, um ihr Dekolleté etwas aufzupeppen. Zu blass war sie ebenfalls, kein bisschen Farbe im Gesicht. Mit einem Blick auf Elise, die entspannt auf dem Bettvorleger lag und Clara bei der Anprobe zusah, ließ sie ihre Hände sinken, und ihr Busen verschwand wieder im Ausschnitt.

»Dir könnte ein bisschen Abnehmen nicht schaden!«, sagte sie zu ihrem Hund. »Dein Bauch ist erheblich dicker, als es für eine Dogge schicklich ist.«

Elise grunzte beleidigt und senkte ihren Kopf auf ihre Vorderpfoten.

Clara ging lächelnd in die Knie und streichelte sie. »Du hast ja recht. In unserem Alter gibt es nur noch zwei Alternativen: Kuh oder Ziege. Dann doch lieber eine runde, glückliche Kuh als eine dürre, dekolletélose Ziege.«

Sie schlüpfte in ihre schwarzen Pumps, die zwar höllisch ungemütlich waren, aber dafür todschick. Clara hatte eine Schwäche für ausgefallene, extravagante Schuhe. Sie besaß Cowboystiefel aus Schlangenlederimitat, die über eine Spitze verfügten, mit der man töten konnte, brombeerfarbene Samtschuhe mit geschwungenem Absatz und gehämmerten Silberschnallen, die aussahen, als stammten sie aus der italienischen Renaissance, kniehohe Feuerwehrstiefel mit Eisenkappe, Stiefeletten aus zweifarbigem Kalbsleder, das so weich war, dass man es kaum spürte. Und diese Pumps mit glänzendem Absatz und knallroter Sohle.

Sie stellte sich vor den Spiegel, rückte erneut ihren Ausschnitt zurecht und betrachtete sich ein letztes Mal kritisch. Wenn man von den Haaren absah, die sich wie immer gegen alle Glättungsversuche gesträubt hatten, war das Erscheinungsbild relativ zufriedenstellend. Sie griff nach ein paar Haarnadeln und Klammern. Vielleicht aufstecken? Ja, das war besser. Zumindest ein bisschen. Sie hatte die Haare ihres Vaters geerbt, eines rothaarigen, reizbaren Menschen, der ebenso störrisch und widerspenstig war wie seine krausen Locken über der hohen Stirn. Mittlerweile waren sie ihm fast vollständig ausgegangen, was man von Claras Haaren zum Glück nicht sagen konnte. Sie steckte noch ein paar Strähnen fest und zupfte sich ein graues Haar aus. Dann legte sie die tropfenförmigen Ohrringe an, die ihr Mick geschenkt hatte. Sie waren aus schwerem, altem Silber und bildeten ein verschlungenes, keltisches Knotenmuster. Als sie sich mit den Ohrringen erneut im Spiegel betrachtete und sah, wie schön sie waren, dachte sie mit plötzlicher Wehmut daran, wie selten sie sie bisher getragen hatte. Und damit überfiel sie der Gedanke an Mick wie ein unerwarteter Räuber.

Heute war Halloween. Laura und Dave feierten ihre Housewarming-Party in Newcastle. Mick und sie hatten nach jenem denkwürdigen Abend im Murphy's sogar noch eine schriftliche Einladung bekommen: eine Postkarte in Form eines pink glitzernden, grinsenden Kürbisses. Sicher würde Mick hingehen. Sicher würde ihn Laura fragen, wo Clara sei, wenn sie nicht längst schon wusste, dass ... dass ...

Was würde er sagen?

Claras Herz begann heftiger zu klopfen.

Was würde er sagen?

Clara spürte, wie ihre Knie weich wurden. Sie starrte ihr Spiegelbild an und begriff plötzlich, dass sie nicht länger zögern durfte. Keine Sekunde. Sie musste ihn anrufen, sie musste mit ihm reden. Jetzt sofort, bevor er auf diese Party ging.

Walter Gruber starrte mit zusammengekniffenen Augen auf den Computerbildschirm und pfiff leise durch die Zähne. »Dieses verdammte Weib hat schon wieder recht gehabt«, murmelte er, und seine grimmige Stimme war voller Hochachtung. Er überflog den Artikel, den er im Archiv einer Zeitung gefunden hatte: *»Die Althistorische Bruderschaft Deutschland ehrte ihren langjährigen Vorsitzenden Prof. Dr. Friedrich Hagenfeld …«*

Während der Drucker die Seite ausspuckte, suchte Gruber systematisch weiter. Nach einer Weile stutzte er plötzlich. »Das …«, begann er und unterbrach sich sofort. Nach einem Blick auf seine Notizen, die er sich während Claras Telefonanruf gemacht hatte, fluchte er laut und griff nach dem Hörer.

Auf Micks Handy meldete sich nur die Mailbox. Clara biss sich auf die Lippen, als sie seine vertraute Stimme hörte, die knapp und nüchtern auf Englisch darum bat, eine Nachricht zu hinterlassen. Sie begann zu stottern, als der Piepton ertönte, und legte schnell auf. Dann schalt sie sich eine Idiotin und wählte erneut. »Mick, ich bin's«, begann sie mit belegter Stimme und suchte nach Worten. »Ich wollte dir sagen … ich muss dir sagen … dass ich …« Sie stockte, schluckte schwer und versuchte es erneut, und dann plötzlich gab es kein Halten mehr: Claras sorgsam aufgebaute Selbstkontrolle brach in sich zusammen wie ein Kartenhaus. Sie redete, wie sie es noch nie zuvor mit Mick getan hatte. Sie sprach von ihrer Angst, verlassen zu werden, von ihrem Gefühl, zu alt für ihn zu sein und sich lächerlich zu machen. Sie erzählte von ihrer schmerzhaften Sehnsucht nach ihm und der Furcht davor, von ihren eigenen Gefühlen überwältigt zu werden. Sie erzählte von ihrem Sohn und ihrer längst zurückliegenden

Ehe, dem Bedürfnis nach Sicherheit und diesem neuen, immer heftiger werdenden Wunsch, der damit in Widerstreit lag und der ihr am allermeisten Angst machte: dem Wunsch, noch einmal etwas Neues zu wagen, noch einmal aufzubrechen, bevor es zu spät war.

Merkwürdigerweise empfand sie dabei die Tatsache, dass sie einem Apparat ihr Herz ausschüttete, als Erleichterung. Jedes Mal wenn sich das Ende der Speicherzeit ankündigte, legte Clara auf und rief erneut an, redete ohne Punkt und Komma weiter, schluchzte und heulte und ratterte all die Dinge herunter, die ihr plötzlich so lebenswichtig erschienen, dass sie unbedingt jetzt, in diesem Moment, gesagt werden mussten. Sechsmal rief sie Micks Nummer an, bis sie endlich erschöpft das Telefon sinken ließ und sich über das tränennasse Gesicht wischte.

Ein Blick in den Spiegel sagte ihr, dass sie sowohl ihr Make-up als auch ihre Frisur gründlich ruiniert hatte. Doch sie fand nicht mehr die Zeit, ihre Haare noch einmal aufzustecken. Gerade als sie die Tränenspuren aus ihrem Gesicht entfernt und neue Wimperntusche aufgetragen hatte, klingelte es an der Tür. Sie sah auf die Uhr: Es war Punkt acht.

Ringgenberg erwartete sie im Mantel, dunklen Anzug und Weste. Seine grau melierten Haare standen ihm wie üblich zu Berge, und die eher derben Schuhe passten nicht wirklich zur restlichen Kleidung. Er zwinkerte erfreut, als Clara heraustrat. »Sie sehen ganz bezaubernd aus, meine Liebe«, rief er und musterte sie mit unverhohlener Bewunderung. »Ganz fantastisch!«

Clara lächelte angestrengt. Sie fühlte sich alles andere als fantastisch und wünschte, sie hätte sich nicht auf diese Einladung eingelassen. Nach ihrem einseitigen Gespräch mit Micks Mailbox stand ihr nicht der Sinn nach Smalltalk. Sie hatte viel zu lange mit diesem Anruf gewartet, und jetzt hatte sie das beunruhigende Gefühl, dass ihr keine Zeit mehr blieb, die Dinge mit Mick zu klären. Eine merkwürdige Unruhe hatte sie erfasst, und es fiel ihr schwer, sich auf Marcel Ringgenberg zu konzentrieren, der sie jetzt galant zum Auto geleitete und irgendetwas von der Party erzählte. Sie hörte nur mit halbem Ohr zu und nickte abwesend. Er startete den Wagen. Während sie über die Brücke fuhren, tastete Clara in ihrer Tasche nach ihrem Handy und musste verärgert feststellen, dass sie es in der Eile zu Hause hatte liegen lassen. Wenn Mick sie also zurückrufen wollte, war sie nicht einmal zu erreichen. Wütend auf sich selbst sah sie nach draußen. Warum nur hatte sie diese Einladung angenommen?

»Wie bitte?« Clara schreckte auf. Ringgenberg hatte sie offenbar etwas gefragt, doch sie hatte überhaupt nicht zugehört.

»Ich sagte, ich hoffe, dass Sie sich nicht an der ungewöhnlichen Location stören.« Ringgenberg sah sie aufmerksam an. »Sie wirken ein wenig abwesend. Bedrückt Sie etwas?«

»Äh. Nein, nein.« Clara schüttelte den Kopf. »Nur Stress in der Arbeit. Ich … habe etwas Kopfschmerzen …«

»Oh. Das tut mir leid!« Ringgenberg sah sie bestürzt an.

Clara hatte plötzlich Mitleid mit ihm. Er konnte schließlich nichts dafür, dass sie so eine Idiotin gewesen war. Sie riss sich zusammen. »So schlimm ist es nicht. Ein bisschen Ablenkung wird mir guttun.« Das zumindest war nicht gelogen. Sie sah wieder nach draußen. Ringgenberg war nicht auf dem Weg zur Universität. »Wo fahren wir denn hin?«, wollte sie wissen. »Was ist das für eine Location, von der Sie sprachen?«

Ringgenberg lächelte. »Sie werden es gleich sehen«, sagte er geheimnisvoll. »Es ist nicht mehr weit.«

Sie fuhren am Harras vorbei, und Clara hatte keine Vorstellung davon, wo sich in dieser Gegend eine »Location« für eine Universitätsparty verbergen könnte. Ringgenberg fuhr weiter in Richtung Partnachplatz und näherte sich der Baustelle am Luise-Kiesselbach-Platz. Dort schlängelte er sich durch die zahlreichen Fahrbahnumleitungen, bog dann in die Baustelleneinfahrt ein und parkte neben den orangefarbenen Containern der Bauarbeiter.

»Hier?« Clara sah verwirrt nach draußen.

Ringgenberg war schon ausgestiegen und öffnete die Beifahrertür. »Ich sagte doch, wir Altertumsforscher sind ein komischer Haufen«, meinte er und reichte ihr charmant seine Hand. »Meine Kollegen haben sich gedacht, es wäre eine gute Idee, meinen Abschied dort zu feiern, wo alles begann. Wo der aufregendste Fund der vergangenen Jahrzehnte gemacht wurde.« Er deutete auf die gigantische Tunnelbaustelle, die sich vor ihnen auftat wie ein gähnendes Loch.

Clara begriff langsam. »Im Tunnel?«, fragte sie ungläubig. »Sie feiern im Tunnel? Dort, wo der keltische Kessel gefunden wurde?«

Ringgenberg nickte und deutete auf einen kleinen Betonbau. »Dort ist der Eingang. Sehen Sie?«

Clara ging vorsichtig neben Ringgenberg her. Tatsächlich gab es dort eine Öffnung. Eine tragbare Baustellenlampe beleuchtete eine Treppe, die nach unten führte. Sie blieb unsicher davor stehen. »Ich weiß nicht«, sagte sie zögernd. »Ich bin nicht gerade ein Freund von dunklen Tunneln …«

»Aber sehen Sie, es ist doch gar nicht dunkel! Außerdem kenne ich mich aus. Ich habe Stunden um Stunden dort zugebracht!« Ringgenberg hob die Lampe hoch und nahm sie am Arm. »Gestatten Sie, dass ich Sie führe?«

Widerstrebend folgte Clara ihm ein paar Schritte. Jetzt

wurde ihr auch klar, warum Ringgenberg die unpassenden Schuhe zum Anzug trug. »Sie hätten mich vorwarnen können«, beschwerte sie sich. »Dann hätte ich meine Feuerwehrstiefel statt dieser Pumps angezogen.«

Ringgenberg lachte laut auf. »O Gott, nein! Es ist perfekt so. Wir machen ja keine Höhlenexpedition. Es wird sogar getanzt werden. Hören Sie nicht die Musik?«

Clara lauschte. Doch außer dem steten Dröhnen des vorbeirauschenden Verkehrs hörte sie nichts. »Nein«, sagte sie trocken. »Keinen Ton.«

Ringgenberg ging ein paar Schritte voraus. »Doch, doch, man kann es schon hören!«

Clara folgte ihm misstrauisch die Treppe hinunter. »Wenn ich gewusst hätte, dass das so ein Abenteuer wird, wäre ich nicht mitgegangen«, murrte sie.

»Mögen Sie keine Abenteuer?«, fragte Ringgenberg.

»Nein. Ich habe es gerne vorhersehbar.«

»Aber das ist doch ein großer Spaß! Ein Fest im Bauch der Stadt!«

Clara musterte ihn kritisch. »Für Archäologen vielleicht. Ich kann mir etwas Lustigeres vorstellen.«

In dem Moment hörte sie die Musik. Sie klang verweht irgendwo aus der Tiefe des Treppenschachtes zu ihnen herauf. Eine Harfe und eine Flöte spielten eine fröhliche und zugleich melancholische Melodie, die Clara bekannt vorkam. »Das kenne ich«, sagte sie langsam. »Das ist ...«

»Turlough O'Carolan. Einer der bedeutendsten Komponisten Irlands. Er hat auf ganz unnachahmliche Weise irische Folklore und die Barockmusik seiner Zeit miteinander verbunden. Sie kennen ihn?«

»Ja. Ich mag ihn sehr gerne. Er war blind, nicht wahr?«

Ringgenberg nickte. »Zu der damaligen Zeit wurden viele

Blinde zu Harfenspielern ausgebildet. Merkwürdig, nicht? Man möchte meinen, man bräuchte seine Augen, um so ein Instrument zu beherrschen. Doch O'Carolan spielte blind. Man sagt übrigens auch, dass er ein rechter Weiberheld war und gerne einen über den Durst trank.«

Clara lächelte. »Ich weiß. *Planxty*.«

»Das Wort kennen Sie auch?«

»Wenn man O'Carolan kennt, kennt man auch dieses Wort.«

Ringgenberg sah sie lange an. »Ich wusste es. In Ihnen steckt viel mehr, als man ahnt.«

»Weil ich O'Carolans skurrile Wortschöpfung kenne? Das ist doch nichts anderes als eine Verballhornung von Sláinte, oder? Es bedeutet Prost!«

Ringgenberg nickte. »Ja. Das vermutet man jedenfalls. Aber sagen Sie mir, wer hier in München, der zufällig dieses Lied hört, würde das wissen?«

Clara überlegte. »Ein Musiker vielleicht?« Ringgenberg hatte recht. Es war schon ein ungewöhnlicher Zufall.

Er trat einen Schritt auf Clara zu und nahm ihre Hand. »Ich würde vorschlagen, wir trinken dort unten jetzt ein Glas Wein oder was immer Sie wollen, und wenn Sie gehen möchten, dann bringe ich Sie sofort nach Hause. Versprochen.«

Clara zögerte.

Die Musik wechselte, und ein anderes, schnelles irisches Lied erklang. Man hörte das rhythmische Schlagen einer Bodhrán. Was ist schon dabei?, schimpfte sie sich. Sei nicht immer so ängstlich und verkrampft. Die Leute haben ihren Spaß, und du könntest auch ein bisschen Spaß vertragen.

»Und es ist sicher nicht weit?«, fragte sie.

»Sie hören es doch.«

Es war tatsächlich nicht sehr weit, allerdings ziemlich verwirrend. Clara hatte Zweifel, ob sie den Rückweg ohne Ringgenberg überhaupt wiederfinden würde. Doch der Wissenschaftler führte sie umsichtig durch mehrere Gänge und diverse Treppen hinunter, während die Musik langsam lauter wurde. Schließlich standen sie vor einem üppig drapierten weinroten Samtvorhang.

»Wir sind da!« Ringgenberg deutete auf die Tür, die hinter dem Vorhang zu sehen war. »War doch gar nicht so schlimm, oder?«

Clara zuckte mit den Schultern. »Wie man's nimmt. Ich komme mir vor wie in Draculas Gruft. Sind Sie sicher, dass es eine Cocktailparty und kein Kostümball ist?«

»Todsicher.«

Ringgenberg schwang den Vorhang beiseite und öffnete die Tür.

Clara trat einen Schritt in den Raum und erstarrte. Keine Partygäste begrüßten sie mit Hallo, niemand tanzte, keine Häppchen, keine Cocktails standen bereit. Die Musik drang laut und dröhnend vom Band und hallte von den kahlen Betonwänden wider:

Der Raum war leer.

ZWEIUNDDREISSIG

Es dauerte viel zu lange, bis Clara reagierte. Ihr Blick wanderte die kahlen, fleckigen Wände entlang, die sich in der Dunkelheit verloren, und blieb dann an zwei Stühlen und einem Tisch in der Mitte des Raumes hängen. Ein silberner Leuchter stand darauf, und die halb heruntergebrannten Kerzen warfen unruhige Schatten an die Decke. Auf dem Tisch befanden sich eine Karaffe Wein und zwei bauchige Rotweingläser. Sie funkelten im Kerzenlicht. Clara hatte das Gefühl, jemand presse ihren Brustkorb zusammen und hindere sie am Atmen. Sie trat einen Schritt zurück.

»Hoppla!« Ringgenbergs Hand griff nach ihrem Ellenbogen. »Nicht fallen, meine Liebe.«

»Ich ... möchte gehen. Sofort!« Claras Stimme zitterte. O'Carolans Musik dröhnte in einer Endlosschleife in ihren Ohren.

»Aber Sie haben doch versprochen, ein Glas Rotwein mit mir zu trinken, erinnern Sie sich?«, widersprach Ringgenberg, und sein singender Akzent klang plötzlich fremd und unwirklich in Claras Ohren.

»Sie haben mich angelogen! Es gibt keine Party!«

»Wir sind die Party, Clara, Sie und ich.«

»Das können Sie vergessen. Ich gehe jetzt.« Sie versuchte, Ringgenbergs Arm abzuschütteln, doch sein Griff war unerwartet fest.

»Lassen Sie mich los!«

»Bitte!«, sagte er. »Nur ein Glas. Ich muss mit Ihnen reden.«

»Reden? Hier? Sind Sie übergeschnappt?« Clara lachte auf, doch es klang angstvoll und brüchig.

»Bitte!«

»Lassen Sie mich los. Auf der Stelle.«

Clara riss sich los und stürzte zurück auf den Gang. Schwärze empfing sie wie eine Wand, und sie stockte. Sie wollte loslaufen, doch ihre Beine gehorchten ihr nicht. Wie festgewachsen stand sie da und versuchte krampfhaft, das Dunkel zu durchdringen. Von wo waren sie gekommen? Wann waren sie abgebogen? Hatte es mehrere Abzweigungen gegeben? Sie dachte an die riesige Baustelle, an die unzähligen Tonnen Erde über ihr, und ihr brach der Schweiß aus.

Ringgenbergs Hände auf ihren Schultern ließen sie zusammenzucken. Sein Griff war sanft, doch sie spürte, dass er sofort fester werden würde, wenn sie einen Versuch machen sollte loszulaufen.

»Ohne Licht finden Sie nicht hinaus«, sagte er leise. »Hier gibt es einige Gänge, die ins Nichts führen, Schächte, die nicht abgedeckt sind, und halb fertige Räume ohne Treppen. Sie würden sich den Hals brechen.«

»Was wollen Sie von mir?«, fragte Clara, und ihre Stimme hallte als Echo aus dem Dunkel zurück. Ihr Herz schlug, als wollte es zerspringen.

»Reden. Schenken Sie mir doch eine Stunde Ihrer Zeit.«

Er schob sie zurück in den leeren Raum. Hinter ihr fiel die schwere Tür mit einem dumpfen Ton ins Schloss.

Ringgenberg brachte sie an den Tisch, sie setzten sich. Wie betäubt sah sie zu, wie er ihnen Rotwein einschenkte. Turlough O'Carolan spielte noch immer. Ringgenberg nahm eine Fernbedienung aus seiner Sakkotasche und drückte einen Knopf. Die Musik verstummte. Clara konnte die Anlage im Dunkeln nicht ausmachen.

»Das Klima hier unten ist hervorragend für Rotwein.« Ringgenberg hob das Glas. »Sláinte!«

Clara blieb stumm. Ihr Brustkorb hob und senkte sich wie nach einem Marathonlauf. Doch als er sie auffordernd ansah, hob auch sie mechanisch ihr Glas und trank einen Schluck. Der Wein war stark und hatte einen etwas eigentümlichen, jedoch nicht unangenehmen Geschmack.

»*Chateau Clos de Jacobins, Grand Cru*«, sagte Ringgenberg. »Jahrgang 1961. Der Wein ist genauso alt wie ich. Ein Jahrhundertjahrgang für Bordeaux.«

»So einen Wein sollten Sie nicht an eine Banausin wie mich verschwenden.« Clara stellte das Glas zurück. Ihre Hand zitterte.

»Trinken Sie!«

»Ich ...«

»Trinken Sie!«

Clara nahm noch einen Schluck. Langsam beruhigte sich ihr Herzschlag ein wenig. Zumindest hatte sie nicht mehr das Gefühl, jeden Moment umzukippen.

»Warum haben Sie mich hierhergelockt?«

»Sie wissen es doch längst.«

Clara schüttelte den Kopf. »Ich habe keine Ahnung. Ich möchte nach Hause.«

»Aber ich bitte dich, Clara«, wechselte Ringgenberg unvermittelt zum Du. »Du weißt doch, was heute für ein Tag ist?«

»Der 31. Oktober? Allerheiligen? Halloween?«

Ringgenberg lachte verächtlich. »All diese neuen Namen für ein altes Fest. Heute Nacht wird das keltische Samhain gefeiert. Das Fest der Toten. Und gleichzeitig ein Neubeginn.«

Clara öffnete den Mund, um etwas zu erwidern, doch ihr fiel nichts ein. Samhain, das Fest des dunklen Jägers. Davon hatte Hartmannsberger gestern auch gesprochen. Ihr wurde kalt.

»Wovon zum Teufel sprechen Sie?«

Ringgenberg trank von seinem Wein und schwieg.

Clara starrte ihn an, betrachtete seine unordentlichen, leicht gelockten Haare, die ihm immer wieder in die Stirn fielen, die zwinkernden Augen hinter der Brille und versuchte, das Bild, das sie von dem Mann hatte, mit seinen Worten in Verbindung zu bringen. Es gelang ihr nicht. Es konnte doch nicht möglich sein, dass der harmlose, freundliche, zerstreute Marcel Ringgenberg hinter den Morden steckte? Ihr Mund wurde unangenehm trocken, und sie nahm noch einen Schluck von dem Wein. Doch der Alkohol schien ihren Durst nur noch zu verstärken. Sie trank noch einen Schluck.

»Haben ... haben Sie Frank getötet?« Claras Stimme war kaum mehr als ein Hauch. Sie spürte, wie ein plötzlicher Schwindel sie erfasste.

»Aber nein!« Ringgenberg lächelte nachsichtig. »Du scheinst viel weniger zu wissen, als ich dachte, Clara.«

»Ich weiß überhaupt nichts!« Clara schienen die Worte plötzlich mühsamer von den Lippen zu gehen. War der Wein so stark, dass er schon ihre Zunge lähmte? Sie stellte das Glas auf den Tisch zurück.

»Es enttäuscht mich, dass du so vollkommen ahnungslos bist.« Ringgenberg beugte sich ein wenig vor und musterte Clara mit seinen kleinen, unsteten Augen. Sie waren grau. Grau wie Flusskiesel. »Ich hatte mehr von dir erwartet.«

»Ich ... weiß nur ...«, stotterte Clara nervös, »... ich dachte, Solo hätte seinen Bruder getötet, doch dann wurde mir klar, dass er es nicht gewesen sein kann, weil ...«

»Solo? Dieser Schwachkopf! Warum musste er ausgerechnet Salamander an die Wände sprühen? Das hat Jean sehr nervös gemacht.«

»Jean Rohler? Er wurde wegen der Salamander nervös?«

»Ja. Und wegen deiner Schnüffelei natürlich. Man möchte denken, ein Krieger wie er hätte so etwas besser im Griff.« Ringgenberg schnalzte missbilligend mit der Zunge.

»Ein Krieger?« Clara blinzelte verwirrt. Es fiel ihr zunehmend schwer, Ringgenberg zu folgen. Hatte er tatsächlich Krieger gesagt? Ihre Zunge klebte wie ausgetrocknet am Gaumen. Sie hatte Durst, doch sie wagte nicht mehr, von dem Wein zu trinken. Er war zu stark. Sie musste einen klaren Kopf behalten. »Haben Sie etwas Wasser?«, fragte sie und hörte, wie heiser ihre Stimme klang.

»Nein. Es wäre doch eine Schande, diesen guten Tropfen mit Wasser zu verdünnen.«

»Warum nennen Sie Jean Rohler einen Krieger?«

»Ich werde am Anfang beginnen«, sagte Ringgenberg, ohne auf Claras Frage einzugehen.

»Mit den Morden in Wolfsberg?« Claras Kopf begann zu schmerzen.

»Ja, Wolfsberg. Diese Morde waren notwendig. Die beiden jämmerlichen Kreaturen waren Verräter der schlimmsten Sorte. Sie haben Jean an die Polizei verraten. Wollten aus der Gruppe aussteigen. Das konnte er natürlich nicht zulassen.«

»Diese Morde waren bestialisch. Und es war unfassbar grausam, ein Kind dabei zusehen zu lassen.«

»Womit wir wieder bei deinen dummen Moralvorstellungen wären. Bestialisch, grausam. Das sind doch nur Begriffe. Man hat sie euch eingeimpft.«

»So etwas muss mir niemand einimpfen! Jedes fühlende

Wesen sieht das so. Was ist das für ein Blödsinn, den Sie da erzählen? Sie sind doch Wissenschaftler!«

»Daher weiß ich, wie relativ all diese Begriffe und Vorstellungen sind. Sie galten in den alten Zeiten nicht. Es galten andere Werte. Ich habe es dir doch bereits zu erklären versucht.«

»Ja! Gnadenlosigkeit! Ich erinnere mich. Aber ich dachte, das wäre ein Scherz.«

Ringgenberg sah sie an. »Ich scherze nicht.«

»Sie meinen das tatsächlich ernst?«

»Stell dir einmal vor, du würdest nicht von Geburt an geformt und erzogen, so wie deine Eltern, die Gesellschaft und die Kirche es vorsehen. Du bliebest roh und unbeeinflusst von einengenden Wertvorstellungen darüber, was gut und was böse ist. Dann wärst du frei. Frei von allen Beschränkungen.«

»Ich wäre nicht viel mehr als ein Tier. Unfähig, mich zurechtzufinden.«

»Aber läge das an dir oder an der Gesellschaft? Was wäre, wenn alle so frei wären wie du?«

»Ohne Regeln gäbe es kein Zusammenleben. Es gäbe nur das Recht des Stärkeren. Und die Freiheit gälte auch nur für sie.«

»Ja, und? Wo ist das Problem?«

Clara zögerte. »Was macht Sie so sicher, dass Sie zu den Starken gehören würden?«, fragte sie.

»Wir alle sind so gedacht. Frei und stark. Es liegt an uns, das zu werden, wofür wir bestimmt sind.«

»Das ist absurd!« Clara schüttelte den Kopf. »Sie sind also doch mit diesem Professor Hagenfeld einer Meinung und haben mir nur etwas vorgemacht? Sie gehören selbst zu der ›Blutfraktion‹?«

»Blödsinn! Germanenstämme, alte und neue Nazis und deren dümmliche Rassentheorien interessieren mich nicht!«

»Aber worum geht es dann?«

»Trink!«

»Ich möchte nicht mehr ...«

»TRINK!«

Clara nahm noch einen Schluck. Befeuchtete ihre trockenen Schleimhäute und versuchte, den stärker werdenden Schwindel zu ignorieren. »Es geht Ihnen um die Kelten«, sagte sie schließlich.

»Natürlich. Nur und einzig darum. Wir haben doch schon darüber gesprochen.« Er sah sie fast bittend an. »Ich habe dir doch erklärt, wie absolut einzigartig dieses Volk war ...«

»Aber das ist lange vorbei ...«

»O nein! Ihre Art zu denken und zu leben, ihr Glauben, ihre Götter sind niemals wirklich untergegangen. Sie kommen zurück. Überall erwacht das Interesse an dem alten Weg wieder, es gibt neue Druiden, Schamanen, Frauen, die sich Hexen nennen. Sie spüren es alle.«

»Was? Was spüren sie?«, fragte Clara verwirrt.

»Die Zeit des Christentums neigt sich dem Ende zu. Bald wird es vorbei sein. Die Nebel werden durchlässiger, man kann es fühlen, sehen, überall. Die Zeichen sind da, und sie werden von immer mehr Menschen wahrgenommen.«

Ringgenberg beugte sich vor und nahm Claras Hand, die reglos auf dem Tisch lag. »Du musst das doch gespürt haben! Vor allem du!«

Clara zog ihre Hand schnell weg. »Nichts habe ich gespürt!«

Ringgenberg lachte. »Oh, doch. Du willst es nur nicht wahrhaben. In dir schlummert eine Menge alter Kraft. Aber du hast Angst davor. Du fürchtest dich vor deinen Gefühlen.«

Er warf ihr einen spöttischen Blick zu. »Ich kann es in deinen Augen sehen. Du weißt genau, wovon ich spreche, nicht wahr? Kannst du sie überhaupt noch unterdrücken? Diese Sehnsucht nach etwas Neuem? Nach etwas vollkommen anderem?«

Clara starrte ihn an. Dann sagte sie langsam und entschieden: »Das ist Quatsch.«

»Hast du noch nie etwas geträumt, was später wahr wurde? Noch nie etwas gefühlt, was sich als richtig herausstellte, obwohl alle Fakten dagegen sprachen? Hattest du noch nie das Gefühl, hellsichtiger als andere zu sein?« Ringgenberg nickte zufrieden, als er Claras erschrockene Miene sah. »Siehst du. Das alles sind Zeichen auf das Kommende. Du gehörst dazu.«

»Nein ...« Clara zwinkerte.

Mit Ringgenbergs Gesicht stimmte etwas nicht. Es veränderte sich. Seine Augen verschwanden in seinem Schädel und ließen dunkle Löcher zurück. Sie wandte hastig den Blick ab. Ihr Herz begann wieder heftiger zu klopfen, und ihr Atem ging schneller. Sie hatte Durst, brennenden Durst. Hastig griff sie nach dem Glas und nahm einen weiteren Schluck.

»Ich habe es dir von Anfang an angesehen!«, sagte Ringgenberg jetzt voller Eifer. »Ich hätte die Prophezeiung gar nicht gebraucht, um es zu wissen.«

»Was zu wissen? Was für eine Prophezeiung?« Clara zuckte zurück, als sich die Wand links von ihr plötzlich zu bewegen begann. Sie schwankte bedrohlich auf sie zu, ganz so, als ob sie lebendig wäre. Die Fugen und Flecken auf dem Beton fügten sich zu krummen Gestalten und hässlichen Fratzen, die ihr höhnend Grimassen schnitten. Sie schloss schaudernd die Augen.

Ringgenberg redete unbeirrt weiter. »Du erinnerst dich

doch sicher an das Relief an der Wand in meiner Wohnung? Du hattest mich danach gefragt ...«

Hinter Claras Lidern flimmerte es in scharfen Zickzackformen, und Übelkeit überkam sie. Sie öffnete die Augen wieder und versuchte, sich an Ringgenbergs Stimme festzuhalten. Sie sah aus den Augenwinkeln, wie die Wand weiter schwankte und die Decke über ihr leicht zu wabern begann.

»Ich sagte dir, dass dies Morrígan ist, die große keltische Totengöttin. Ich habe versucht, es dir zu erklären. Sie hat viele Namen: *Babd*, die Schlachtenkrähe, *Nemain*, die Panik, oder aber *Macha*, die Göttin der Kopfjäger. Ihr zu Ehren werden die Köpfe der gefallenen Feinde auf Stangen gespießt.«

»Köpfe auf Stangen gespießt«, wiederholte Clara langsam. Sie hatte keinen Argwohn geschöpft. Nicht bei ihm ...

Es fiel ihr schwer, vernünftig zu denken, denn auch der Tisch begann sich jetzt zu bewegen, rückte von ihr ab, als wollte er davonlaufen. Sie krallte sich mit den Fingern daran fest und sah nach unten. Der Boden wogte hin und her, und als sie genauer hinsah, bemerkte sie, dass es nicht der Boden war, der sich bewegte, sondern zahllose schwarze Käfer, die dort krabbelten. Sie schrie entsetzt auf. Es ist nicht wirklich, versuchte sie sich einzureden. Es ist nur Einbildung, Licht und Schatten. Doch es war wirklich. Sie schloss die Augen, öffnete sie erneut, und die Käfer waren immer noch da.

»Hörst du mir nicht zu?«, herrschte Ringgenberg sie unvermittelt an, ohne ihrem angstvollen Schrei Beachtung zu schenken.

Clara hob den Kopf. Sie zitterte jetzt am ganzen Körper. Ringgenbergs Augen waren noch immer nicht an ihrem Platz. Sie starrte in die beiden tiefschwarzen Löcher.

»Ich ... kann nicht ...«, begann sie mühsam, doch Ringgenberg machte eine ungeduldige Geste.

»Sei nicht so verdammt verweichlicht! Hör mir zu!«

Clara wandte den Blick von seinem Gesicht ab, damit sie die schrecklichen Löcher nicht mehr sah. Sie senkte den Kopf und betrachtete ihre Hände. Ihre Finger umklammerten noch immer die Tischkante. Als sie einen Arm hob, blieben die Finger zurück. Wie etwas Fremdes lagen sie dort, säuberlich nebeneinander aufgereiht. Es ist nicht real, sagte sie sich, es ist nicht real …

»… also wir waren bei dem Relief stehen geblieben«, fuhr Ringgenberg dozierend fort, als befände er sich in einem Hörsaal. »Das Original befindet sich in Irland im Museum. Es wurde vor einiger Zeit in einem Hünengrab gefunden. Ich war bei der Ausgrabung dabei. Außer diesem Relief haben wir aber auch noch etwas anderes gefunden: einen Ogham-Stein. Weißt du, was das ist?«

Clara konnte nur stumm den Kopf schütteln. Sie hatte Angst, sich zu bewegen, Angst, irgendwohin zu schauen, und sie hatte Angst, dass die Käfer ihre Beine hinaufkrabbelten.

»Ein Ogham-Stein ist ein Stein, der mit einer alten Schrift versehen ist, die aus eingekerbten Strichen besteht und die für besondere kultische Zwecke verwendet wurde. In diesem Fall war es eine Prophezeiung. Die Prophezeiung einer Sidhe, die im Wortlaut der Prophezeiung ähnelt, die man in dem Epos um Cuchulainn findet. Du kennst doch wohl *The Tain*, den Mythos um Cuchulainn?«

»Cuchulainn, der Hund des Chulainn«, flüsterte Clara gehorsam, *»und er kam schrecklich daher, die Köpfe seiner Feinde auf Stangen gespießt …«* Ihre Stimme war leise, kaum zu hören, doch sie schmerzte in ihren Ohren wie zerstoßenes Glas.

»Genau. Und mir ist es gelungen, diese Prophezeiung zu entschlüsseln.« Er begann zu rezitieren:

Ich sehe Rot. Scharlachrot.
Ich sehe eine Zeit, in der Morrígans Kessel sich mit dem Blut der Feinde füllt.
Ich sehe den Tod des Verräters am ersten Tag.
Ich sehe den Tod des Kriegers am siebten Tag.
Ich sehe den Tod der Königin am Tag des schwarzen Mondes.
Ich sehe den dunklen Jäger. Er kommt zum Fest der Toten.

Der dunkle Jäger. Clara dachte an Lilly Gromans angstvolle Worte und Hartmannsbergers Sagengeschichte über den Stein im Wald und begriff. Endlich begriff sie alles, und sie wunderte sich, warum sie nicht früher darauf gekommen war.

»Es ist der Kessel.« Sie wagte einen Blick zu Ringgenberg, versuchte, seine fehlenden Augen zu ignorieren.

»Natürlich. Was sonst?«

»Damit fing alles an. Der Kessel wurde hier unten gefunden. Und Sie glauben jetzt, das bedeutet, dass die Zeit gekommen ist. Der dunkle Jäger kehrt zurück.«

»Ja, ja! Morrígans Kessel! Du siehst es auch, nicht wahr? Als ich diese Inschrift zum ersten Mal las, spürte ich bereits, dass sie bedeutend war. Und damit meine ich, bedeutend für uns! Für die Gegenwart! Doch ich konnte den Sinn damals noch nicht erkennen. Aber als dann hier in München dieser Fund gemacht wurde …«

Ringgenbergs Augen kehrten plötzlich in sein Gesicht zurück. Sie schimmerten feucht vor Ergriffenheit. Die Käfer verschwanden, und Clara konnte wieder einigermaßen klar sehen.

»Ich habe mich sofort für eine Projektstelle beworben. Ich musste dabei sein! Außerdem wusste ich, dass Jean wieder hier war. Wir kannten uns bereits aus Jugendzeiten in Genf, und ich bin damals mit ihm zusammen zum Studium nach München gekommen. Nach seiner Flucht aus Wolfsberg kam er wieder zu mir, bevor er weiter nach Frankreich ging.«

Im selbstgerechten Tonfall fuhr Ringgenberg fort: »Von dem Moment, als hier der Kessel gefunden wurde, war mir klar, dass sich die Prophezeiung darauf bezieht. Es konnte gar nicht anders sein. Und ich, der sie entschlüsselt hatte, war berufen, sie zu erfüllen: zunächst der Kessel voll Blut, sprich das Opfer für Morrígan. Oder besser gesagt drei Opfer für die drei Bilder der Göttin: *Macha*, *Babd* und *Nemain*. Das Blut der Feinde, verstehst du?«

Clara nickte zögernd. »Bone, Emil und Mirko. Haben Sie sie entführt und getötet?«

»Das waren Frank und Jean.«

»Frank?« Clara riss die Augen auf. »Jean und Frank haben zusammen ... aber ... Jean hat doch Franks Eltern getötet ...«

»Das waren nicht seine Eltern.«

»Aber ...«

»Jean hatte nach seiner Rückkehr Frank hier in München wiedergetroffen. Das war nicht schwer. Er hatte seinen verlorenen Sohn nie ganz aus den Augen verloren. Es war ihm bereits wenige Monate nach seiner Flucht gelungen herauszufinden, wo die Behörden die beiden untergebracht hatten. Und Frank hat ihn natürlich wiedererkannt.«

»Frank war Jean Rohlers Sohn?«, fragte Clara ungläubig.

»Natürlich nicht genetisch. Wir haben uns von solchen Vorstellungen gelöst. Er war sein Sohn, weil Jean ihn geformt hat.«

»So viel zum Thema Freiheit des Einzelnen in Ihrer beschissenen Theorie!«, sagte Clara bitter. »Wo ist denn die Freiheit eines Kindes, wenn es derart seelisch misshandelt wird?«

»Aber verstehst du denn nicht? Es ist eine Formung *zur Freiheit hin*! Man muss die Begrenzungen erst auflösen, um frei werden zu können.«

»Das ist Schwachsinn«, sagte Clara böse. »Menschen, die man bricht, werden nie frei sein. Und jemandem, der so etwas tut, geht es nicht um Freiheit, sondern nur um Macht über andere.«

»Ich dachte eigentlich, dein Geist wäre größer«, sagte Ringgenberg traurig. »Ich dachte, du wärst mutiger, freier.«

Clara ging nicht darauf ein. »Ihr habt also drei unschuldige Menschen wegen einer alten Prophezeiung auf irgendeinem irischen Stein getötet?«

Ringgenberg hob das Kinn und sah Clara lange an. Dann sagte er langsam: »Dir mangelt es an Respekt für die heiligsten Dinge. Wenn du schon nicht verstehst, solltest du etwas demütiger sein.« Seine Stimme hatte sich verändert. Von seinem weichen schweizerischen Akzent war kaum mehr etwas zu hören, und in den vormals freundlich zwinkernden Augen loderte jetzt unverhohlen der Wahnsinn auf.

Clara schluckte. »Entschuldigung«, sagte sie leise.

Ringgenberg nickte bedächtig, und das Flackern in seinen Augen trat zurück, verschwand jedoch nicht ganz. »Frank hat die drei ausgesucht und getötet. Jean hat ihm geholfen, sie in seine Gewalt zu bringen, doch es war Frank, der sie getötet hat. Er war ein sehr gelehriger Sohn.«

Clara nickte verstört. »Frank hat Jeans Taten kopiert. Er musste wiederholen, was er als Kind erlebt hatte ...«

»Papperlapapp!« Ringgenberg winkte ab. »Dummes Psychologengeschwätz! Es war seine Pflicht, es zu tun. Jean hatte ihn zum Krieger gemacht. Und außerdem: Diese Menschen waren nicht nützlich. Ein drogensüchtiger Schmarotzer, ein Schwachsinniger und ein Dieb. Warum tust du so betroffen? Diese Kreaturen waren absolut wertlos. Niemand vermisst sie. Du auch nicht! Sie werden bis heute von keinem einzigen Menschen wirklich vermisst.«

»Und Dana? Was war mit dem Mädchen? Ihr hattet doch schon drei Opfer.«

Ringgenberg schwieg einen Augenblick. »Das war ein Fehler«, sagte er schließlich.

»Ein Fehler? Das Mädchen wurde auf widerwärtige Weise misshandelt und vergewaltigt. Sie ist fast gestorben. Das war also ein Fehler.«

»Es war Jeans Idee. Ich war dagegen. Er wollte seinen Einfluss auf Frank auf die Spitze treiben. Wollte sehen, wie weit er gehen konnte.«

»Dana war Solos Freundin.«

»Genau. Das war der Grund, weshalb Jean wollte, dass Frank sie sich schnappt. Franks einzige Fessel war sein Bruder, für ihn tat er alles. Das konnte Jean nicht dulden. Franks Loyalität durfte nur ihm gelten, verstehst du? Nur ihm, seinem Schöpfer, dem, der ihm zur Freiheit verholfen hat.«

Clara biss sich auf die Lippen. Es fiel ihr schwer, Ringgenberg weiter zuzuhören. Doch sie hatte keine Wahl.

Ringgenberg schenkte ihnen nach und hob sein Glas. Sie tat es ihm widerwillig nach und trank einen Schluck.

»Aber das Mädchen, Dana, konnte fliehen. Jemand hat ihr dabei geholfen, nicht wahr?«

Ringgenberg nickte. »Frank hat gegenüber Jean behauptet, er habe sie wegen Solo befreit. Doch das stimmte nicht, und wir wussten, dass das nicht stimmte. Es war natürlich Solo selbst, der sie befreit hat. Er hatte offenbar herausgefunden, was Frank tat. Vielleicht ist er ihm gefolgt. Frank hat also Jean angelogen, um seinen Bruder zu schützen. Damit hat er seine Loyalitäten verschoben.«

»Und deshalb musste er sterben? Weil er seinen Bruder schützte?«

»Ja. Selbstverständlich. Verrat kann niemals toleriert werden. Niemals! Den Verrätern ...«

»... gebührt nichts als der Tod«, vervollständigte Clara.

»So ist es.« Ringgenberg nickte anerkennend wie ein Lehrer angesichts einer klugen Antwort seiner Schülerin und fuhr dann mit seiner Schilderung fort: »Am Abend nach Danas Flucht hat Jean Frank zu sich bestellt. Sie haben sich am Monopteros getroffen. Dort hat er ihn getötet. Dann hat er Solo von Franks Handy aus eine SMS geschrieben, um ihn ebenfalls dorthin zu locken. Damit fiel der Verdacht natürlich sofort auf Solo, der auch noch alles anfassen und diesen Salamander an die Säule schmieren musste.«

Clara begriff: »Solo konnte der Polizei nicht die Wahrheit sagen, denn er hätte sonst verraten müssen, was sein Bruder getan hat und dass er davon gewusst hatte.«

»Ja. Er durfte kein Verräter sein.« Ringgenberg nickte wieder lobend. »Auch wenn Solo leider aufgrund der Umstände zu früh Jeans Einfluss entzogen worden war, um ihn wie Frank zu formen, galt dieses Gesetz natürlich auch für ihn. Dafür hat wohl auch Frank gesorgt. Und Solo konnte es nicht durchbrechen, zumal er ja darüber hinaus auch noch die Schuld an Franks Tod trug. Immerhin hatte Frank den Verrat an Jean nur wegen Solo begangen.«

»Doch Solo hat trotzdem versucht, etwas zu sagen.«

»Ja, leider. Er war bei dieser alten Frau, und sie ist zu dir gegangen. Doch ihr habt es natürlich nicht verstanden.«

Clara starrte ihn an. »Sie wussten davon?«

»Selbstverständlich. Deshalb habe ich dir ja auch die Einladung geschickt. Ich musste mit dir Kontakt aufnehmen, um zu sehen, wie viel du weißt.«

»Die Einladung zu dem Empfang der Stadt?« Clara hatte Schwierigkeiten, all diese Informationen auf einmal zu verarbeiten. Das Entsetzen schien ihren Verstand zu lähmen. »Das war von Anfang an geplant? Sie kennen Willi gar nicht?«

»Aber nein! Habe mich nur ein bisschen umgehört.« Ringgenberg lachte amüsiert. »Willst du mich nicht endlich duzen, wenn wir uns hier schon das Herz ausschütten?«

»Nein.«

»Ich bin mit dir an dem Abend essen gegangen, an dem Frank getötet wurde, erinnerst du dich? Selbst wenn also der völlig unwahrscheinliche Fall eingetreten wäre, dass irgendwie mein Name ins Spiel gebracht worden wäre, konnte ich es nicht gewesen sein.« Ringgenberg lehnte sich zurück und wirkte sehr zufrieden.

»Sie haben sich fein im Hintergrund gehalten mit Ihren Ideologien und Prophezeiungen und andere die Drecksarbeit machen lassen?«

»Jeder tut das, wofür er geschaffen ist. Mir geht es nicht vordergründig darum, Menschen zu quälen oder sie zu töten, obwohl ich einsehe, dass es manchmal notwendig ist. Mir geht es um die Wahrheit.«

»Die Wahrheit?« Clara verzog verächtlich den Mund. »Was für ein großes Wort!«

»Du willst es einfach nicht verstehen, oder? Es geht um mehr als um den Tod dieser armseligen Gestalten! Um viel mehr! Und mit Franks Verrat wurde mir das Ausmaß dessen, was da gerade passierte, zum ersten Mal wirklich bewusst: Die Prophezeiung war dabei, sich zu erfüllen!«

»Ich sehe den Tod des Verräters am ersten Tag …«, sagte Clara langsam. »Damit war also Frank gemeint?«

»Genau! Siehst du jetzt den höheren Sinn, der dahinter verborgen liegt? Kannst du die Schönheit erkennen? Es ist nicht unser Handeln, sondern das Handeln des Schicksals!«

Clara antwortete nicht. Sie wurde erneut von einer heftigen Schwindelattacke erfasst und hielt sich die Hände an die Schläfen. Sie stöhnte leise. Hoffentlich kamen die Halluzinationen nicht zurück.

Ringgenberg sprach unbeeindruckt weiter. »Als du begonnen hast nachzubohren, wurde Jean nervös. Du bist ihm zu nahe gekommen.«

»Aber ich war doch nur ein einziges Mal bei ihm«, wandte Clara mühsam ein. Sie hatte das Gefühl, durch ein dickes Glas zu sprechen. »Ich hatte doch überhaupt keine Ahnung!«

»Du hast ihn nach dem Salamander gefragt. Und du hast ihn wütend gemacht, sehr wütend. Jean hasste es, wütend zu werden. Er hat sich dann nicht mehr unter Kontrolle und macht unüberlegte Dinge.«

Clara sah jetzt wieder nur noch verschwommen. Alles um sie herum drehte sich. »Dann ... war ... er es ... der mir ... den Stein ins Fenster geworfen hat ...«

»Ja. Wie gesagt, er mochte es nicht, wenn ihn jemand wütend machte. Und dann hat er dich auch noch mit Luzie Gellhorn gesehen, wie sie dir die Stellen gezeigt hat, an denen die Opfer gefangen wurden. Das war zwar reiner Zufall, aber da hat er die Nerven verloren.«

»Das Auto«, sagte Clara. »Als wir aus dem Hinterhof gekommen sind, ist ein Auto mit Vollgas an uns vorbeigefahren.«

Ringgenberg nickte betrübt. »Er hat euch an diesem Abend zufällig zusammen am Sendlinger Tor gesehen und ist euch nachgefahren. Ihr seid zum Nussbaumpark gegangen und dann weiter in diesen Hinterhof. Da hat er begriffen, was Luzie dir gezeigt hat, und ist durchgedreht. Er war bei mir in der Wohnung, ist unvorsichtig geworden. Es fehlte nicht viel, und er hätte dich getötet, doch das konnte ich natürlich nicht zulassen. Du wirst noch gebraucht.« Er zuckte mit den Schultern: »Am Ende hatte er nicht die nötige innere Stärke. War eben nur ein Krieger.«

»Der Tod des Kriegers am siebten Tag«, sagte Clara leise. »Jean Rohler wurde eine Woche nach Frank Eibl getötet.«

»Ja. Ich sehe, du hast es verstanden.«

»Waren Sie das? Haben Sie Ihren langjährigen Freund umgebracht?«

»Das war notwendig. Jean Rohler war eine Gefahr geworden, und außerdem musste sich ja die Prophezeiung erfüllen.«

»Ich dachte, Prophezeiungen erfüllen sich von allein?«

»Auch eine Prophezeiung benötigt ausführende Hände«, gab Ringgenberg unerschütterlich zurück. »Man kann sich seiner Bestimmung nicht verweigern.«

Clara stemmte sich erbittert gegen den Nebel in ihrem Kopf. Ihr Mund war vollkommen ausgedörrt, sie hatte das Gefühl, verdursten zu müssen. Doch sie durfte nichts mehr trinken. Es war der Wein, etwas war in dem Wein. Sie versuchte, den Gedanken weiterzuverfolgen, doch er entglitt ihr. Alles entglitt ihr. Sie konnte sich nicht mehr auf dem Stuhl halten, es gab keinen Widerstand, und unter ihr warteten wieder die Käfer. Sie schwankte, und der ganze Raum schwankte mit ihr. Die Decke bewegte sich auf und ab wie ein großes, dunkles Bettlaken. Clara musste sich zusammenreißen, sie durfte nicht umfallen, musste am Leben bleiben, sie erwartete schließlich einen Anruf. Micks Anruf. Er würde sie zurückrufen, jetzt, nachdem alles gesagt war. Sie durfte jetzt nicht aufgeben.

Einatmen. Ausatmen.

Grubers Stimme flüsterte in ihrem Ohr.

Einatmen. Ausatmen.

Gruber war da. In ihrem Ohr.

Einatmen. Ausatmen.

Sie gehorchte, und der Nebel lichtete sich etwas. »Wo?«, fragte sie unvermittelt. »Wo hat Frank sie getötet? Wo sind die Leichen?«

Ringgenberg lächelte und breitete die Arme aus. »Na hier! In den Eingeweiden der Stadt. Kannst du dir eine bessere Opferstelle vorstellen als den Ort, wo man den Kessel gefunden hat?«

»Aber wenn die Arbeiten weitergehen, wird man sie finden.«

»So wie es aussieht, werden die Arbeiten hier nicht weitergehen. Nicht in diesem Abschnitt. Die Behörden streiten sich wegen der Ausgrabungen. Der Bau ist eingestellt worden. Und weil es zu teuer ist, den Ausgang dieser Auseinandersetzung abzuwarten, gibt es längst Pläne, die Betriebsstation und den Verbindungstunnel, die hier gebaut werden sollten, weiter nach Süden zu verlegen. Wir befinden uns im Niemandsland, Clara. Möglicherweise wird man irgendwann an der Stelle weitere Grabungen machen, wo der Kessel gefunden wurde, doch diese Schächte und Tunnel hier, die bleiben unberührt, unbenutzt. Vielleicht schüttet man sie irgendwann zu.« Ringgenbergs Lächeln wurde breiter und breiter, und sein Gesicht verzog sich zu einer grausigen Fratze.

Clara schloss die Augen.

Einatmen. Ausatmen.

»Diese Räume hier sind ein riesiges, stilles Grab.«

Einatmen. Ausatmen.

»Und wie geht es weiter?«, brachte sie mühsam heraus.

»Sag du es mir.«

Sie wusste es. Sie hatte es von dem Moment an gewusst, als Ringgenberg die Prophezeiung zitiert hatte.

»Ich sehe den Tod der Königin am Tag des schwarzen Mondes«, sagte Clara leise und blickte auf. Ringgenbergs Gesicht war noch immer verzerrt, es sah aus, als ob es sich verflüssigen wollte, doch sie konnte immerhin erkennen, dass er nickte.

»Der Tag des schwarzen Mondes ist heute. Der Neumond zu Samhain. *Hunter's Moon*. Und die Königin …«

»… soll ich sein …«

»So ist es.« Ringgenberg beugte sich vor und sah sie eindringlich an.

Clara wich zurück.

»Als wir uns zum ersten Mal trafen, sah ich es. Du hast etwas Königliches an dir, etwas Stolzes. So fügt sich die Prophezeiung zu einem Ganzen: Es war vorherbestimmt, dass Solo und diese alte Frau ausgerechnet zu dir kommen würden, um um Hilfe zu bitten.«

»Ich bin Anwältin, deshalb ist sie zu mir gekommen! Solo hat die alte Dame nur zufällig kennengelernt, als er im Altersheim gearbeitet hat.«

»Das war kein Zufall. Es war Schicksal.«

»Nein. Nein …«

»HÖR MICH AN!« Er schrie ihr ins Gesicht, und sie zuckte zusammen.

»Heute wird es zu Ende gebracht! Etwas Großes wird heute Nacht geschehen.«

»Nein …«

»Hast du es immer noch nicht verstanden? Du bist auserwählt für diese Aufgabe. Sieh dich an, was du trägst, die Ohrringe sind keltische Knoten, die Triskele, das Zeichen der göttlichen Drei.«

Clara schüttelte kraftlos den Kopf. »Hören Sie auf.«

Doch Ringgenberg sprach erregt weiter. »Du bist es! Du bist die Gefährtin des dunklen Jägers. Die Königin wird geopfert, um an seiner Seite zu herrschen. Damit er zurückkommen kann, heute Nacht, am Fest der Toten.«

»Hören Sie auf!!« Clara hielt sich die Ohren zu. »Hören Sie endlich mit diesem kranken Mist auf!«

Sie sprang mit letzter Kraft auf und wollte zur Tür laufen, doch Ringgenberg war schneller. Er packte sie am Arm und hielt sie fest.

»Wehr dich nicht. Du kannst dem Schicksal nicht entrinnen.«

Doch Clara wehrte sich. Sie wusste nicht, woher sie plötzlich die Kraft nahm, doch sie trat nach ihm und fuhr ihm mit der freien Hand ins Gesicht. Ihre Finger gruben sich in das weiche Fleisch seiner Wangen und verkrallten sich darin, bis er aufschrie und sie losließ. Blut lief ihm über die Wange und färbte den Kragen seines weißen Hemdes rot. Er keuchte und tastete mit den Fingern nach der Wunde.

»Du kannst nicht fort«, sagte er.

Clara hörte nicht auf ihn. Sie war nur noch einen Schritt von der Tür weg. Einen Schritt. Sie hechtete auf die Tür zu, griff nach der Klinke, doch sie öffnete sich nicht. Die Tür war abgesperrt. Geschlagen senkte Clara den Kopf.

Ringgenberg zeigte ihr lächelnd den Schlüssel und schob ihn dann wieder zurück in seine Hosentasche. »Ich würde sagen, wir setzen uns wieder.« Er ging zurück zum Tisch und goss erneut Wein in Claras Glas.

Clara blieb an der Tür stehen. Ihr Herz klopfte zum Zerspringen, und sie spürte, wie der Boden unter ihr schwankte. Ihre Beine begannen zu zittern. »Was ist in dem Wein?«, fragte sie.

»Etwas, was die Dinge hinter den Dingen sichtbar macht.«

Clara musste nicht mehr weiterfragen. »Bilsenkraut«, sagte sie. »Schwarzes Bilsenkraut.«

»Es erleichtert den Übergang. Die Kelten nannten es deshalb auch die Todesgabe. Wenn man es nicht gewöhnt ist, kann es allerdings ein wenig erschreckend sein. Die Bilder kommen schubweise. Du darfst dich nicht aufregen, das verstärkt die Wirkung nur.«

»Mich nicht aufregen!« Clara lachte hysterisch auf. »Ich darf mich nicht aufregen.« Das Lachen ging in Schluchzen über. Sie ging in die Knie. Das Zittern in den Beinen verstärkte sich. Sie hatte ein Loch in ihren Seidenstrümpfen, aus dem sich eine Laufmasche gebildet hatte. Die Laufmasche bewegte sich, als ob sie lebendig wäre. Wie eine Schlange wand sie sich um ihr Knie und kringelte sich das Schienbein hinunter. Clara schlug unwillkürlich darauf ein und brach dann erneut in Tränen aus.

Dann war Ringgenberg bei ihr. Er kniete vor ihr und hielt ihr das Glas an die Lippen. »Trink, meine Liebe! Es wird leichter dadurch. Du wirst Dinge sehen, die du nicht für möglich gehalten hast.«

Clara versuchte, das Glas wegzuschlagen, doch ihre Hände waren kraftlos. Ringgenberg packte sie und hielt sie von hinten fest umschlungen. Sie strampelte und wand sich wie ein ungehorsames Kind – vergeblich. Um sie begann sich alles zu drehen, und sie hatte das Gefühl, als verlöre sie den Kontakt zum Boden. Sie schwebte.

Erneut hielt Ringgenberg ihr das Glas hin, während er sie mit dem anderen Arm fest umklammert hielt. »Trink!«, wiederholte er. Er presste ihr das Glas an die Lippen.

Plötzlich gehorchten ihre Lippen ihrem Willen nicht mehr.

Sie öffnete den Mund und schluckte. Der Wein rann warm und weich ihre Kehle hinunter und brachte Bilder mit sich: Bilder des dunklen Kellers in Wolfsberg und eines blutverschmierten Jungen, der neben der Leiche seines Bruders saß und dessen Herz zu einem schwarzen Klumpen verbrannte … Ein Schrei ließ sie zusammenzucken.

Sie öffnete die Augen und sah, wie sich Ringgenberg den Hals hielt. Zwischen seinen Fingern tropfte Blut hervor. Eine Menge Blut. Clara sah an sich hinunter. Sie hielt den abgebrochenen Stiel des Weinglases in den Händen. Auf ihrem Kleid glitzerten Scherben, und ein nasser dunkler Fleck breitete sich aus. Den spitzen Stiel des Glases vor sich erhoben rappelte Clara sich auf und wich Schritt für Schritt von Ringgenberg zurück.

Er war ebenfalls aufgestanden, und in seinen Augen glomm der Irrsinn. »Wie kannst du es wagen, dich zu widersetzen?«, flüsterte er, und seine Stimme jagte Clara einen Schauer über den Rücken. Sie klang wie ein Messer.

Clara trat einen weiteren Schritt zurück und stand jetzt mit dem Rücken zur Wand.

Ringgenberg blieb ebenfalls stehen. »Ich dachte, du wärst bereit«, sagte er. Er griff in die Innentasche seines Jacketts und zog etwas heraus.

Clara blinzelte. Sie hatte noch immer Schwierigkeiten, klar zu sehen. Das Ding in seiner Hand glänzte matt. Sie versuchte, sich zu konzentrieren. Es war ein Dolch. Ein gefährlich aussehender, spitzer Dolch. Sie öffnete den Mund, um zu schreien, doch es kam kein Ton heraus. Ihre Finger klammerten sich um den abgebrochenen Stiel des Weinglases, der glatt und rutschig in ihrer Hand lag. Es konnte nicht vorbei sein. Nicht hier unten, nicht so. Sie weigerte sich zu glauben, was der Verstand ihr zu sagen versuchte, während sie auf die

Waffe in Ringgenbergs Hand starrte. Der Raum um sie herum veränderte sich, er wurde enger, verengte sich zu einer Höhle. Wurzeln drangen aus der Decke, es roch nach Moder und feuchter Erde, und wieder glaubte sie, am Boden Käfer zu entdecken. Es gab einen Grund, warum sie diese Dinge sah: Es war ein Grab, ihr Grab. Sie rieb sich die Augen mit der freien Hand und spürte, dass ihr Gesicht nass war. Sie durfte nicht sterben. Sie musste noch mit Mick reden. Sie konnte nicht sterben, ohne vorher mit ihm gesprochen zu haben.

Ringgenberg war näher gekommen. Oder war er immer so nah bei ihr gewesen? Sie konnte sich nicht an eine Bewegung von ihm erinnern. Er stand ihr gegenüber und lächelte kalt. Die Augen hinter den Brillengläsern waren nicht zu sehen. Sie waren wieder dunkle Löcher geworden. Dunkle Löcher hinter Glas. Sie machte einen Schritt nach vorn und stach zu. Einmal. Und noch einmal. Doch sie traf ins Leere. Dort war nichts. Kein Widerstand. Nichts. Sie schloss die Augen und spürte, wie ihr die Tränen über das Gesicht liefen.

Als sie die Schreie hörte, dachte sie, es sei eine weitere Halluzination. Der ganze Raum war plötzlich erfüllt von einem grässlichen Schreien. Sie öffnete die Augen.

Ringgenberg stand vor ihr und starrte sie entgeistert an.

In dem Moment begriff sie, dass er es auch hörte und die Schreie nicht nur in ihrer Einbildung existierten. Doch woher kamen sie? War es womöglich sie selbst, die so schrie? Sie hob die Hände zur Abwehr, doch Ringgenberg wich zurück. Sein Blick flog irr durch den Raum.

»Das sind die Dämonen!«, schrie er. »Du! Du hast sie geweckt!«

Clara, die selbst starr vor Angst war, witterte instinktiv eine Chance. »Nein. Ihr wart das«, flüsterte sie.

»Das ist nicht wahr!« Ringgenbergs Stimme steigerte sich

zu einem Kreischen. »Es musste geschehen! Es war vorherbestimmt!«

»Ihr habt euch getäuscht. Manche Dinge muss man ruhen lassen.«

»NEIN!« Ringgenberg begann hin und her zu laufen wie ein Tier im Käfig. Er war vollkommen außer sich. Das grausige Schreien steigerte sich noch einmal, hallte in unerträglicher Klarheit von den Wänden und endete dann in einem kaum hörbaren Wimmern.

Clara hatte keine Ahnung, was es zu bedeuten hatte, doch trotz aller Wahrnehmungsstörungen war ihr klar, dass diese Laute nicht von Dämonen kamen: Sie stammten unüberhörbar von einem Menschen. Einem Menschen im Todeskampf. Dann plötzlich war es vorbei, und die Stille war fast ebenso laut wie die Schreie zuvor.

Sie sah ihn erst, als es zu spät war, um zu reagieren, und das war ihr Glück. Hätte sie sich ihm zugewandt oder wäre sie zusammengezuckt, wäre Ringgenberg gewarnt gewesen. So aber traf es ihn völlig unvorbereitet. Die Gestalt, die wie ein Schatten aus dem Dunkel des Raumes gesprungen kam, riss ihn nach unten. Sie rollten ineinander verkeilt über den Boden und warfen dabei den Tisch um. Glas klirrte, und die Kerzen verloschen mit einem Zischen. Clara, die wie erstarrt dastand, schrie auf, als es schlagartig dunkel wurde. Sie hörte ein Keuchen und einen hässlichen Schlag, dann war Stille.

DREIUNDDREISSIG

»Clara?«

Clara wagte nicht, sich zu bewegen. Sie stand mit dem Rücken zur Wand, die Handflächen an den kalten Beton gepresst, und fürchtete umzufallen, wenn sie losließ.

»Clara? Wo sind Sie?«

Es war nicht Ringgenberg, der nach ihr rief. Sie kannte die Stimme, wusste aber nicht, woher.

»Ich bin's. Solo.«

Clara entfuhr ein Schluchzen. »Solo? Wie …?«

»Schsch. Wir müssen uns beeilen, bevor er wieder aufwacht. Ich weiß nicht, wie gut ich ihn getroffen habe.«

Die Stimme war näher gekommen, und Clara streckte ihre Hand aus, ertastete den kühlen Stoff einer Jacke und hielt sich daran fest. »Wir können nicht hinaus. Er hat den Schlüssel.«

»Es gibt noch einen anderen Ausgang. Kommen Sie mit, schnell!«

Ein Stöhnen aus der Richtung, in der Ringgenberg lag, ließ Clara zusammenzucken: »Wir haben kein Licht, ich weiß nicht, wo die Lampe ist«, flüsterte sie.

»Kommen Sie! Ich kenne mich aus.« Clara spürte Solos Hand auf ihrer rechten Hand, die sich noch immer um den Stiel des Glases krampfte.

»Was haben Sie da?«, fragte Solo leise. »Lassen Sie los.«

»Nein. Ich … ich …«, Clara schluckte und verkrampfte ihre Finger so sehr, dass sie schmerzten.

»Sie können sich sonst nicht richtig an mir festhalten«, sagte er und öffnete langsam ihre Hand.

Sie spürte seine Finger tastend auf ihrer Handinnenfläche. Sie war leer. Nichts lag darin. Clara schluchzte auf. Wann hatte sie den Stiel verloren? Hatte sie ihn fallen lassen? Oder hatte sie sich das Ganze nur eingebildet? Hatte sie sich nur gewünscht, eine Waffe zu haben? Sie wusste es nicht.

Solo nahm ihre Hände und legte sie auf seinen Arm. »Halten Sie sich ganz fest«, sagte er.

Sie krallte sich an seine Jacke und folgte ihm. Es war ein merkwürdiges Gefühl, vollkommen blind zu sein. Ihre Hände zitterten, während sie vorsichtig ein paar Schritte machte und dann mit einer heftigen Bewegung ihre nutzlosen Pumps von den Füßen schleuderte. Sie hatte die Orientierung verloren, glaubte aber zumindest zu erkennen, dass Solo mit ihr von der Tür wegging. Nach endlosen, quälend langsamen Schritten durch die Finsternis blieb er stehen.

»Wir müssen durch den Luftschacht«, sagte er leise und führte ihre Hand an die Wand.

Claras Finger ertasteten eine Öffnung etwa in der Höhe ihres Kopfes. »Oh nein!« Sie begann stärker zu zittern. »Das schaffe ich nicht.«

»Doch. Das schaffen Sie. Gehen Sie voraus. Ich helfe Ihnen.«

Clara versuchte, ihre Atmung unter Kontrolle zu bekommen, und tastete die Öffnung ab. Sie war beängstigend klein.

»Es sind nur ein paar Meter, dann wird es breiter«, flüsterte Solo in ihr Ohr. »Schnell.«

Ein trotz der Entfernung noch gut zu hörendes gurgelndes Stöhnen von Ringgenberg ließ Clara alle Bedenken vergessen. Mit Solos Hilfe zwängte sie sich in die Öffnung. Der Schacht war so eng, dass sie mit ihren Schultern an die Seitenwände stieß. Solo kam hinterher. Sie versuchte zu kriechen, doch das Kleid behinderte sie. Sie riss es mit einer Hand auseinander. Dennoch kam sie nicht weiter. Ihre Schultern steckten fest, und sie spürte, wie sich langsam die unzähligen Tonnen Erde über ihnen auf ihren Rücken legten und ihre Lungenflügel zusammenpressten. Sie begann hektisch nach Luft zu schnappen. Die undurchdringliche Schwärze vor ihren Augen wurde plötzlich farbig, Lichtblitze zuckten in den Augenwinkeln, und merkwürdige rote und grüne Formen waberten vor ihr.

»Zentimeter für Zentimeter«, sagte Solo hinter ihr.

»Einatmen, Ausatmen.« Clara machte eine winzige Bewegung nach vorn. Dann noch eine, und endlich gelang es ihr zu kriechen. Immer wieder blieb sie mit den Schultern an Unebenheiten hängen, sie schürfte sich die Knie auf und glaubte, ihr Herz würde platzen. Doch sie konzentrierte sich auf ihren Atem und kroch weiter, Zentimeter für Zentimeter, quälend langsam, bis ihre Hände ins Leere griffen und sich der Schacht nach links und rechts verbreiterte. »Wir sind da«, wisperte sie nach hinten.

»Setzen Sie sich hin und lassen Sie die Füße baumeln«, befahl Solo.

Clara gehorchte mühsam.

»Sie müssen runterspringen«, flüsterte Solo.

»Nein! Das kann ich nicht«, wimmerte Clara entsetzt und klammerte sich mit den Händen an der Kante fest. »Ich kann nicht ins Leere springen.«

Solo war jetzt ganz dicht hinter ihr. Clara spürte seine Hand an ihrer Schulter. »Es ist nicht tief«, sprach Solo beruhigend. »Sie müssen mir vertrauen.«

Clara schob sich ein paar Millimeter nach vorn und sprang.

Es war tatsächlich nicht tief, doch sie landete schwerfällig auf den Knien und schrie vor Schmerz auf.

»Alles in Ordnung?«, kam die Stimme von oben.

Clara bejahte und kroch auf die Seite.

Solo landete schmal und leichtfüßig neben ihr. »Kommen Sie. Weiter.« Er nahm Claras Arm und ging vorsichtig weiter. Clara konnte hören, wie er sich mit der anderen Hand an der Wand entlangtastete, und stolperte hinterher. Außer ihren eigenen Schritten und dem gedämpften, aber steten Dröhnen des Verkehrs über ihnen war nichts zu hören. »Gehen Sie nicht weg von der Wand«, sagte Solo leise. »Wir dürfen die Geister der Toten nicht wecken.«

»Die Geister der Toten?« Claras Stimme zitterte.

»Sie sind dort unten. Unter diesem Raum.«

Clara drängte sich enger an die Wand und klammerte sich an Solo. Sie gingen langsam weiter, bis Solo plötzlich stehen blieb.

»Hier hinauf.« Er nahm ihre Hand und legte sie auf etwas. Clara fühlte kaltes Metall. Die Eisensprosse einer Leiter. Ungeschickt begann sie, nach oben zu klettern. Oben angekommen nahm Solo sie wieder bei der Hand. Er ging jetzt schneller und sicherer. Offenbar waren sie dem Reich der Toten entronnen.

Noch bevor sie registrierte, dass der Verkehrslärm lauter wurde, und noch bevor sie das kaum wahrnehmbare Licht sah, das von der Oberfläche herunterdrang, spürte sie den Lufthauch. Sie gelangten an die Treppe, auf der Marcel Ringgenberg Clara hinuntergeführt hatte. Clara ließ Solo los und lief nach oben. Ihre Strümpfe waren zerrissen, und die spitzen Steine der Baustelle drangen in ihre Fußsohlen, doch sie spürte es nicht. Sie sah nach oben. Im graugrünen Nachthimmel der Stadt war ein einzelner Stern zu sehen.

VIERUNDDREISSIG

»Du kannst dich wirklich nicht erinnern?«

Clara schüttelte den Kopf. »Nicht richtig. Ich habe ihn am Hals getroffen, doch danach hatte ich den Stiel des Glases noch in der Hand. Dann habe ich noch einmal zugestochen, aber nicht getroffen, glaube ich … Doch später hatte ich den Stiel nicht mehr. Ich muss ihn fallen gelassen haben … oder ist er stecken geblieben?« Clara hob hilflos die Schultern. »Ich habe Käfer gesehen, weißt du … und aus meiner Laufmasche im Strumpf ist eine Schlange geworden.« Sie versuchte ein Lächeln, das ziemlich zittrig ausfiel.

Walter Gruber legte seine Hand auf ihren Arm und schwieg einen Augenblick, dann tippte er etwas und meinte dann: »Ich habe geschrieben, dass es ein Unfall war. Wahrscheinlich ist er unglücklich gefallen.«

Clara sah ihn an. »Aber du sagtest, als man ihn gefunden hat, steckte der Stiel in seinem Hals. Er ist daran verblutet …«

»Ja. Aber die einzigen Fingerabdrücke auf dem Glas, die wir identifizieren konnten, waren von Ringgenberg selbst. Er hat wohl versucht, ihn rauszuziehen. Und egal, was genau passiert ist, es wäre ohnehin Notwehr gewesen.«

Clara schluckte. Sie dachte an das gurgelnde Röcheln, das sie gehört hatte, als sie mit Solo in den Schacht gestiegen war, und stellte sich Marcel Ringgenberg vor, der dort unten in dieser Gruft verblutet war, im Glauben, Dämonen würden ihn verfolgen. Sie versuchte, Mitleid zu empfinden. Doch es gelang ihr nicht. Sie fühlte nichts. Sie verspürte nicht die geringste Regung beim Gedanken an Marcel Ringgenberg.

»Im Grunde haben ihn wohl tatsächlich seine Dämonen getötet«, sagte sie leise und sah auf ihre linke Hand, die mit einem weißen Verband umwickelt war. Sie hatte sich, ohne es zu bemerken, an den Glasscherben mehrere tiefe Schnitte zugezogen, die genäht worden waren. »Habt ihr den Dolch gefunden?«, fragte sie schließlich.

»Ja.« Gruber griff in die Schublade seines Schreibtisches und legte eine Plastiktüte vor Clara auf den Tisch. »Dieses teuflische Ding hat eine dreizehn Zentimeter lange Klinge, beidseitig geschliffen. Es ist außerdem echt antik. Aus dem sechzehnten Jahrhundert.«

Clara starrte auf den Dolch, der einen schön verzierten Griff hatte, und dachte an den Augenblick, in dem Ringgenberg ihn aus seiner Jacke gezogen hatte. »Ich glaubte wirklich, ich müsse sterben«, sagte sie leise. »Ich hatte keine Hoffnung mehr.«

»Es war auch verdammt knapp.«

Ihre Blicke trafen sich, und Clara sah, dass Grubers Augen gerötet waren. Er wirkte erschöpft.

»Du hattest unglaubliches Glück«, sagte er heiser. »Die Konzentration des Bilsenkrauts im Wein war sehr hoch. Um ein Vielfaches höher als die Menge, die wir bei Frank Eibl und Jean Rohler gefunden haben. Ein Wunder, dass du dich überhaupt noch auf den Beinen halten konntest. Das Gift allein hätte dich umbringen können, wenn du nur ein bisschen mehr davon getrunken hättest.« Er stockte einen Moment und rieb sich über das Gesicht. »Vielleicht ahnte Ringgenberg in einem letzten, normal funktionierenden Winkel seines Gehirns, dass das mit der Wiederkehr des dunklen Jägers womöglich doch nicht klappen könnte, und er hätte sich am Ende selbst damit vergiftet.«

Durch die Plastiktüte berührte Clara den Dolch zaghaft mit der Hand. »Wurde damit auch Jean Rohler getötet?«

»Nein. Da hat er ein Schwert benutzt. Wir haben es in seiner Wohnung gefunden.«

»Und warum sollte es bei mir ein Dolch sein?«, fragte Clara, ohne den Blick von der Waffe zu wenden.

»Du warst nicht seine Feindin«, meinte Gruber. »Du solltest nicht für alle Zeiten ausgelöscht werden. Du warst etwas Besonderes.«

»Die Gefährtin des dunklen Jägers.« Clara presste die Lippen aufeinander. »Was für ein Irrer.« Tränen rannen ihr über das Gesicht. »Und ich war so dumm und habe nichts gemerkt!« Sie hieb mit der gesunden Hand auf den Tisch. Schwere Schluchzer schüttelten ihren Körper, und sie spürte, wie Gruber neben sie trat, einen Arm um ihre Schultern legte und sie festhielt.

»Wie auch?«, sagte er leise. »Du konntest es nicht merken. Er war zu gut. Sehr klug auf seine Weise und ausgezeichnet getarnt.«

Sie ließ den Kopf an seine Brust sinken und schloss die Augen. Nach einer Weile sagte sie, ohne den Kopf zu heben: »Habt ihr die Toten gefunden?«

»Ja.«

Sie spürte, wie Gruber sich versteifte, öffnete die Augen und sah ihn an. »War es schlimm?«

Gruber ließ sie los und wandte sich ab. Zum Fenster gewandt sagte er: »Das willst du nicht wissen.«

»Waren sie dort unten?«

»Ja. Alle drei. In einem Regenauffangbecken direkt unter dem Raum, durch den du mit Solo geflüchtet bist. Dort wurden sie zuerst gefangen gehalten ... bevor man sie entsorgt hat. Wir haben auch den Käfig gefunden. Er lag unten bei den Toten.« Gruber drehte sich zu Clara um. Sein Gesicht war grau. »Solo hat uns hingeführt. Er hat alles gewusst. Er wusste, was sein Bruder dort treibt.« Er sah Clara traurig an. »Er hat es aufgenommen, mit seinem Handy. Das waren die Schreie, die du gehört hast und die Ringgenberg so aus der Fassung gebracht haben. Er hat sich dort unten im Schacht verborgen und alles aufgenommen.«

»O Gott!« Clara sah ihn entsetzt an. »Warum hat er das gemacht?«

Gruber überlegte. »Ich habe lange mit Hartmannsberger darüber gesprochen«, sagte er dann bedächtig. »Wir glauben, es war seine Art, etwas dagegen zu unternehmen. Er konnte nicht eingreifen, und er konnte seinen Bruder nicht verraten. Dazu hatte er nicht die Kraft. Immerhin war Frank sein Beschützer, er war wie ein Teil von ihm. Ohne ihn hätte er diese Kindheit in Wolfsberg vielleicht gar nicht überstanden. Es war ihm unmöglich, ihn zu verraten. Aber er konnte Zeuge sein. Beweise sammeln, um sie – vielleicht – irgendwann jemandem zu geben. Er konnte sicherstellen, dass die Sache nicht vergessen wird, dass irgendwann alles ans Licht kommt.« Gruber zögerte und sagte dann: »Ich denke, er hatte das Gefühl, den Opfern auf diese Weise irgendwie beizustehen.«

»Der Todbegleiter«, sagte Clara. »Das hat er damit gemeint. Wir haben es vollkommen falsch verstanden.«

Gruber nickte. »Doch als sie Dana geholt haben, konnte er nicht mehr zusehen. Mit diesem Schritt war die Grenze überschritten.«

Clara schüttelte den Kopf. »Wie konnte er das alles nur aushalten?«

»Er war die ganze Zeit vollgepumpt mit Beruhigungsmitteln.«

»Aber trotzdem hat er am Ende die Kraft aufgebracht, dem Mädchen zu helfen?«

Gruber nickte. »Und das hat seinem Bruder das Leben gekostet.«

»Habt ihr ihm gesagt, dass sie überlebt hat?«

Gruber nickte. »Ja. Ich war sogar mit ihm im Krankenhaus. Wir haben übrigens auch Danas Eltern aufgetrieben.«

»Ach?«

»Sie leben im Allgäu, wo die Welt angeblich noch in Ordnung ist, und haben noch drei Kinder. Dana ist die Zweitälteste, ihre ältere Schwester ist schon aus dem Haus. Der Vater ist Alkoholiker und gewalttätig. Mehrfach vorbestraft.«

Clara schwieg. Schließlich sagte sie: »Was wird jetzt mit Solo passieren? Kommt er ins Gefängnis?«

Gruber zuckte mit den Schultern. »Wir werden sehen. Jetzt erhält er erst einmal die psychologische Betreuung, die er schon vor Jahren hätte bekommen sollen.«

»Ist er in einer Klinik?«

»Er ist in einer betreuten Wohngruppe. Ein Betreuer wohnt dort mit drei Jugendlichen. Es gibt feste Regeln, eine Therapie, vielleicht die Möglichkeit einer Ausbildung.«

»Er ist nicht eingesperrt?«

Gruber schüttelte den Kopf.

Clara lächelte erleichtert. »Er wird es schaffen.«

»Ich glaube auch.«

Clara stand auf und stellte sich neben Gruber ans Fenster. Unter ihnen brodelte die Stadt geschäftig im spätherbstlichen Sonnenlicht.

»Es gibt noch etwas, was wir falsch verstanden haben«, sagte Gruber plötzlich. »Zumindest teilweise.«

»Was?«

»An dem Abend nach deinem Anruf habe ich im Internet recherchiert. Du hattest recht: Professor Hagenfeld ist tatsächlich bis vor einigen Jahren Präsident der *Althistorischen Bruderschaft Deutschland* gewesen. Dann hat er sich zurückgezogen, und rate mal, wer den Vorsitz übernommen hat?«

»Marcel Ringgenberg?«

»Genau!« Gruber ging zu seinem Schreibtisch. »Weißt du, was diese Gesellschaft für ein Wappen hat?« Er hielt ihr einen Computerausdruck hin.

Clara warf einen Blick darauf: Es war ein schwarzer Salamander auf rotem Grund.

»Es war nicht Solos Zeichen, es ist ihr Zeichen! Das Zeichen der Mörder! Sie benutzen dieses Zeichen für die Gesellschaft in Anlehnung an das Wappen eines französischen Königs, der folgenden Wahlspruch hatte ...«

»Nutrisco et extinguo«, sagte Clara leise.

»Du kennst es?«

Clara nickte stumm.

Gruber seufzte: »Solo war längst nicht so durchgeknallt, wie wir geglaubt haben. Mag sein, dass der Salamander für ihn noch eine andere Bedeutung hatte, aber er hat ihn vor allem als Hinweis an die Wände gesprüht, als Hinweis auf die Täter. Ich hätte viel früher darauf kommen müssen! Dann wärst du nie mit diesem Verrückten mitgegangen.«

Er unterbrach sich und sah sie gequält an. »Ich habe dich überall gesucht.«

»Wann?«

»An dem Abend, als du mit Ringgenberg verabredet warst. Als ich die Verbindung entdeckt hatte, habe ich versucht, dich zu warnen, aber dein Telefon war dauernd besetzt und dein Handy ausgeschaltet. Da bin ich losgefahren ... Du warst nicht mehr zu Hause, und die Uni wusste natürlich nichts von einer Cocktailparty. Ich bin wie ein Wahnsinniger durch die Stadt gefahren, bin sogar bei diesem Ringgenberg in die Wohnung eingebrochen, und um ein Haar wäre ich nach Wolfsberg gefahren …«

»Du kannst nichts dafür«, sagte Clara leise. »Niemand wäre auf den Tunnel gekommen. Es war einfach zu geschickt eingefädelt.«

»Aber …«

»Nein. Kein Aber. Es ist vorbei.« Clara nahm Grubers Hand und drückte sie. »Danke.«

Gruber schwieg.

Als der tiefe Glockenklang der Frauenkirche zu ihnen herüberdrang, sah Clara auf die Uhr. »Ich muss los«, sagte sie.

Gruber sah sie besorgt an: »Und du bist sicher, dass du das machen willst?«

»Ja.«

»Wäre es nicht klüger, wenigstens noch ein bisschen zu warten?«

»Ja. Aber ich kann nicht warten.«

Trotz des dringenden Rats von Gruber und des Arztes in der Klinik, der ihre Hand genäht hatte, hatte Clara das Krankenhaus nach einem Tag wieder verlassen. Sie war zu ihren Eltern nach Starnberg gefahren und hatte lange mit ihrer Mutter gesprochen. Und noch während sie in ihrem Elternhaus langsam begann, sich von dem Grauen zu lösen, das sie erlebt hatte, war ihr klar geworden, was sie zu tun hatte. Zu ihrer Überraschung hatte ihre Mutter nicht einmal ansatzweise versucht, es ihr auszureden. Daher würde es auch Walter Gruber nicht gelingen.

Stur wie er war, versuchte er es trotzdem. »Das war ein wirklich schlimmes Erlebnis. Man kann so etwas nicht in ein paar Tagen verarbeiten. Weder körperlich noch seelisch …«, warnte er. »Nimm wenigstens das Flugzeug.«

»Und lass Elise hier?« Clara sah ihn ungläubig an. »Niemals!«

»Es wäre doch nur kurzfristig … ich würde … ich könnte solange auf sie aufpassen …«

»Du?« Clara war gerührt. »Das ist wirklich nett, aber es geht nicht.«

»Warum nicht? Ich nehm sie mit hierher. Sie wird von allen Kollegen verwöhnt werden und darf so viel Gassi gehen, wie sie mag.« Er lächelte unsicher und fügte dann leise hinzu: »Und ich wüsste wenigstens, dass du wiederkommst.«

Claras Augen füllten sich mit Tränen, und sie umarmte Gruber schnell, um sie vor ihm zu verbergen. »Ich komme wieder! Ich weiß nur noch nicht genau, wann und für wie lange.« Sie vergrub ihr Gesicht in seinen Pullover. »Ich möchte *unterwegs* sein, nicht von A nach B fliegen«, murmelte sie in die raue Wolle. »Allein sein, nachdenken, schauen … und langsam ankommen. Ich weiß nicht, wie das alles weitergeht, aber ich muss es versuchen. Verstehst du das?«

Gruber seufzte. »Bleibt mir ja wohl nichts anderes übrig …«

Als sie eine Stunde später ihre Wohnungstür abschloss und den Schlüssel in den Briefschlitz des Hausmeisters warf, strahlte die Sonne vom kühlen weißblauen Novemberhimmel, als wollte sie ihr den Abschied besonders schwer machen. Doch Mick hatte ihr am Morgen ein Foto von sich auf ihr Handy geschickt. Im Hintergrund sah man eine einsame Küste. Schroffe Felsen und ein tiefblaues, endloses Meer, auf dem sich ruppige weiße Wellen im schrägen Sonnenlicht kräuselten. Damit konnte nicht einmal das Münchner Paradewetter konkurrieren. Sie ging mit Elise ein letztes Mal zur Isar hinunter und ließ den Blick über den Fluss schweifen, während die Dogge ihre übliche Erkundungstour unternahm. Es würde einen anderen Fluss geben. Einen anderen Blick. Und andere, neue Gerüche für Elise. Clara wandte sich um und ging zum Auto. Sie hatte ihre Wohnung für vorläufig ein Semester an zwei Austauschstudenten aus Korea untervermietet und ihre aktuellen Akten einem alten Kollegen, Arno Pöttinger, übergeben, der sie für sie weiterführen würde. Die einzige überlebende Pflanze des Büros, den stoischen Kaktus, hatte sie der tränenüberströmten Rita überreicht, die sie bei ihrem letzten Mittagessen abwechselnd geküsst und beschimpft hatte.

Eine Aufgabe jedoch blieb noch. Ohne sie erledigt zu haben, konnte sie nicht fahren.

Sie ließ Elise nach hinten in die gemütlich gepolsterte Transportbox springen und stieg dann selbst in Micks Defender. Außer dieser riesigen, vergitterten Box, die Clara für Elise angeschafft hatte, damit sie auf ihrer weiten Reise nicht zu Schaden kam, war der Laderaum des großen Autos leer. Clara hatte nur ein einziges Gepäckstück dabei, und das lag auf dem Rücksitz: ihr uralter Rucksack, mit dem sie vor über zwanzig Jahren schon einmal für unbestimmte Zeit losgezogen war. Wie sie ihn dort liegen sah, altmodisch, ramponiert und ausgeblichen, fand sie, dass es höchste Zeit war, wieder aufzubrechen.

Vor dem St. Anna-Stift fuhr sie auf den Gehsteig und parkte dort. Zusammen mit Elise ging sie nach oben zu Lilly Groman. Doch deren Zimmer war leer. Clara blieb an der Tür stehen und schaute verwirrt in den vertrauten Raum, der ohne die alte Frau seltsam verlassen wirkte. Seit sie sich um Lilly

Groman kümmerte, hatte sie sie immer in ihrem Zimmer angetroffen. Eine Schwester, die gerade den Flur entlangkam, sprach sie an. »Sie möchten zu Frau Groman?«

Clara nickte, und eine plötzliche Unruhe überkam sie. »Ist etwas mit ihr?«, fragte sie beklommen.

Doch die Schwester lächelte. »Nein, nein, alles in Ordnung. Frau Groman ist unten in der Cafeteria. Sie hat Besuch.«

»Besuch?« Clara wunderte sich. »Frau Groman bekommt doch nie Besuch.«

»Heute schon.«

Es war Sonntagnachmittag, und die kleine Cafeteria des Heims war gut besucht. Fast an jedem Tisch saßen alte Menschen mit ihren Angehörigen, manche in Rollstühlen, manche hockten zusammengesunken auf den zweckmäßigen, abwaschbaren Plastikstühlen und hielten noch im Sitzen ihre Gehwägelchen umklammert. Sie rührten in ihrem Kaffee, mahlten mit ihren Gebissen und nickten mehr oder weniger aufmerksam, während die Töchter und Söhne erzählten, Blumen in Vasen steckten, die Enkel anhielten, ihre Zeichnungen zu zeigen, Kuchen in mundgerechte Stückchen schnitten, Milchkännchen holten oder verlegen an den Alten herumzupften.

Lilly Groman saß am Fenster. Clara blieb einen Augenblick stehen, als sie sah, wer Lilly Gromans Besuch war.

Es war Solo. Er saß Frau Groman gegenüber und redete, allerdings bei weitem unbefangener, als die übrigen Besucher es taten. Er beschrieb irgendetwas mit den Händen, und Lilly Groman hörte ihm lächelnd zu. Zwischen ihnen stand ein enormes Kuchenpaket, aus dem sich Solo, während er unablässig weiterredete, bediente. Er ließ ein großes Stück Sahnetorte auf seinen Teller fallen, auf dem noch der Rest eines anderen Kuchens lag, und schnitt dann für Lilly Groman, die lachend abwehrte, ein Teil davon ab. Seine kurz geschnittenen Haare standen in alle Himmelsrichtungen ab. Er entdeckte Clara und winkte ihr schüchtern zu. Sie kam an den Tisch und begrüßte die beiden.

»Oh. Meine Anwältin«, sagte Lilly Groman überraschenderweise sofort und kicherte wie ein junges Mädchen. »Habe ich etwas verbrochen?«

Clara schüttelte den Kopf. »Ich wollte mich nur verabschieden.«

»Verabschieden? Wo gehen Sie denn hin?«

»Nach England.«

»Nach England? Ich war auch schon einmal in England. In Brighton. Sehr schön, aber nicht billig. Das war 1952. Fahren Sie auch nach Brighton?«

»Nein. In den Norden. Nahe der schottischen Grenze.«

»Ach, du meine Güte! Dort ist es sicher sehr kalt. Kann man denn da überhaupt Urlaub machen?«

»Ich mache keinen Urlaub. Ich fahre zu meinem Freund. Er stammt von dort.« Clara spürte, wie ihr Herz bei diesen Worten aufgeregt zu klopfen begann.

Lilly Groman sah sie überrascht an. »Ein Abenteuer also? Sie lassen sich auf ein Abenteuer ein?«

Clara schluckte. »Ja. Kann man so sagen.«

»Na, dann viel Glück!« Lilly Groman reichte ihr ihre zerbrechliche Vogelhand. Sie war kühl und leicht wie Papier. »Vergessen Sie mich nicht.«

»Ganz sicher nicht! Außerdem wird sich ein Kollege von mir um Sie kümmern. Er kommt in den nächsten Tagen vorbei, um sich vorzustellen.« Clara reichte Lilly Groman die Visitenkarte von Arno Pöttinger.

Lilly Groman beachtete die Karte nicht. »Pah! Wozu

bräuchte ich wohl einen Anwalt?«, sagte sie und griff mit zittrigen Händen nach der Kaffeetasse.

Clara musterte Lilly Groman amüsiert und stellte sich die erste Begegnung der beiden vor. »Bitte werfen Sie ihn nicht gleich raus. Er ist ein sehr netter Mann. Und ein ziemlich imposanter noch dazu. Sie werden sich gut verstehen.« Arno Pöttinger war hauptsächlich Strafverteidiger, über eins neunzig groß, wog gute zwei Zentner und trug sein graues Haar zu einem Pferdeschwanz gebunden. Er war überaus streitbar, doch konnte er auch sehr charmant sein, wenn er wollte.

»Ach ja? Na dann …« Lilly Groman zuckte mit den Schultern. »Dann soll er eben kommen. Obwohl ich hier schon einen sehr netten Mann habe, der sich um mich kümmert. Kennen Sie ihn? Er heißt Stefan.« Sie trank von ihrem Kaffee und deutete gleichzeitig mit der anderen Hand in Richtung Solo.

Clara nickte. »Ja, wir haben uns schon kennengelernt«, sagte sie und sah Solo an. »Er hat mich aus einem dunklen Tunnel gerettet.«

Solo erwiderte ihren Blick schweigend. Seine Unterarme waren noch immer von Narben und hässlichen Schnitten entstellt, doch keine der Wunden war neu. Sie würden langsam heilen, und vielleicht, mit etwas Glück, würden keine neuen mehr dazukommen.

Clara reichte Solo die Hand. »Mach's gut, Solo.«

»Ja. Werd ich.« Sein Händedruck war so fest, dass Clara zusammenzuckte.

Dann war alles erledigt. Sie ging zurück zu ihrem Auto, ließ Elise in die Box springen, stieg ein und fuhr los: in Richtung Nordwesten.

DANKSAGUNG

Ein besonderer Dank gilt der Stadt München und dem Projektleiter der ARGE Luise-Kiesselbach, Herrn Wittmann, sowie vor allem Herrn Rudzki von der Bauüberwachung, der es mir ermöglicht hat, die Tunnelbaustelle zu besichtigen, und der mir in 30 Meter Tiefe mit Engelsgeduld und Humor die Feinheiten des Tiefbaus erklärt und meine ganz und gar untechnischen Fragen beantwortet hat. Herzlichen Dank auch für den Witz mit dem Zitronenfalter!